# Perfecte resten

Van Helen Fields verscheen eveneens
bij Ambo|Anthos *uitgevers*

*De schaduwman*
*De laatste die sterft*

In de serie met Ava Turner en Luc Callanach:
2 *Perfecte prooi*
3 *Perfecte dood*
4 *Perfecte stilte*
5 *Perfecte misdaad*
6 *Perfecte moord*
7 *Perfecte wraak*

Helen Fields

# Perfecte resten

Vertaald door Ernst de Boer
en Ankie Klootwijk

Ambo|Anthos
Amsterdam

MIX
Papier | Ondersteunt verantwoord bosbeheer
FSC® C083411

Eerste druk 2019
Drieëntwintigste druk 2024

ISBN 978 90 263 5750 3

Oorspronkelijke titel *Perfect Remains*
Oorspronkelijke uitgever HarperCollins Publishers
Omslagontwerp Studio Jan de Boer
Omslagillustratie © Elle Moss/Arcangel Images
Foto auteur © David Baumber

Verspreiding voor België:
Veen Bosch & Keuning uitgevers nv, Antwerpen

*Voor David, Gabriel, Solomon en Evangeline, die me hebben laten schrijven ondanks ons verschil in tijdbeleving. 'Nog vijf minuutjes' in mijn wereld is in die van jullie altijd een uur of twee.*

# 1

Met een bijna vaderlijke zorgzaamheid drapeerde hij het lichaam op de grond, spreidde de armen en benen wijd zodat de lucht vrij rond haar huid kon circuleren. Ze zag er asgrauw maar vredig uit, haar wimpers scherp afgetekend tegen het grijs van haar gezicht, haar lippen kleurloos. Zo had hij haar liever dan zoals ze eruitzag bij hun eerste ontmoeting. Zoals ze daar uitgespreid lag, was haar naaktheid onaantrekkelijk maar noodzakelijk. Er mocht niets van haar overblijven. Geen enkel aspect van haar verleden, geen enkele connectie met het leven dat ze achter zich liet. Dit was in veel opzichten een loutering. Hij tilde zijn voet op, mikte nauwkeurig net boven het midden van haar linkerbovenarm en liet hem met zijn volle gewicht neerkomen, zodat hij het kraken en versplinteren van het bot in de botten van zijn eigen been voelde doortrillen. Pas toen hij zich ervan overtuigd had dat de brandstapel onberispelijk was, haalde hij het kleine zijden buideltje uit zijn broekzak. Hij liet de witte juweeltjes in zijn handpalm vallen, rolde ze geroutineerd tussen zijn vingers heen en weer, genietend van het contrast tussen de gladde en scherpe kanten, en liet ze allemaal op één na in haar mond vallen als munten in een wensput. Het leek zonde om zo'n puntgave creatie door de vlammen te laten verslinden, maar er mocht geen stukje vlees gespaard blijven. Hij had het lijk de hele nacht in een brandbare vloeistof laten weken, had haar gemarineerd, had hij gegrapt, voor het geval iemand het vroeger dan verwacht zou ontdekken, hoewel hij niet zo amateuristisch te werk ging dat dat zou gebeuren.

Voordat hij het stenen huisje verliet, liet hij als finishing touch een met bloed besmeurd stukje stof van een zijden sjaal op de grond dwarrelen. Hij legde er een zware steen op en stampte die in de aarde. Het krassende geluid van een lucifer die werd aangestoken, het knarsen van eeuwenoude roestige scharnieren, het *woesj* van zuurstof verslindende vlammen, en het was klaar. Een eindje verderop legde hij een metalen honkbalknuppel neer en bedekte die met stenen. Zijn vingerafdrukken had hij eraf gepoetst, maar op het handvat was een voor het blote oog onzichtbaar veegje bloed blijven zitten, wachtend op het infraroodlicht dat erop zou schijnen. Een meter verder gaf hij de laatste tand prijs, waaraan nog plakkerige draadjes tandvlees hingen, en hij schopte er voor de vorm een laagje aarde overheen. Dat volstond.

Hij moest een eindje lopen, niet ver, maar riskant in het donker, waardoor hij moeizaam opschoot. De temperatuur was onder nul, zelfs hier in de uitlopers van de bergen. Door de wasem van zijn adem verloren de sterren boven hem aan scherpte. Het was een mooie rustplaats, vond hij. Ze had geluk. Er waren weinig mensen die de wereld vanaf zo'n prachtig punt achter zich lieten. De Cairngorms verdwenen achter hem in de nevel. Bij het eerste daglicht zouden de bergen paars-grijs kleuren tegen de hemel, kaal en rotsachtig, bijna een maanlandschap. In zijn achteruitkijkspiegel zag hij de uitgestrekte formaties slinken tot een laag heuvellandschap. Dit was zijn laatste bezoek aan deze plek, bedacht hij. Een laatste vaarwel. Het was de volmaakte plek gebleken.

Edinburgh lag op meer dan een uur rijden hiervandaan en er was regen voorspeld, maar dat zou het vuur niet tegenhouden. Tegen de tijd dat de eerste druppel viel zou de hitte zo intens zijn dat slechts een stormvloed de vernietiging tot staan kon brengen. Zijn eerste zorg was zo snel mogelijk thuis te komen. Er viel nog zoveel te doen.

De vrouw had zich makkelijker gewonnen gegeven dan hij had gedacht. In haar plaats zou hij zich tot op het laatst hebben verzet, zou hij tot het allerlaatste restje woede en haat weerstand hebben geboden. Ze had gesmeekt, gebeden, en op het laatst zachtjes gehuild en gejammerd. Het leven was goedkoop, mijmerde hij, omdat het gewone volk er weinig waarde aan hechtte. Hijzelf zat anders in elkaar. Zelf zocht hij constant de grenzen van zijn kunnen op, spande hij zich in om te leren, om zichzelf te overtreffen. Hij dorstte naar kennis zoals anderen hunkerden naar geld, en dat maakte het moeilijk om iemand te vinden die zijn gelijke was. Dat was de reden waarom hij zich gedwongen zag te moorden. Zonder dit offer zou hij altijd omringd zijn door vrouwen die zijn intellect niet konden bevredigen.

Onder het rijden luisterde hij naar een taalcursus op cd. Hij maakte er een sport van om elk jaar een nieuwe taal te leren. Dit keer was het Spaans. Een taal die makkelijker was dan de meeste andere, gaf hij schuldbewust aan zichzelf toe, maar hij had nu eenmaal een hoop andere vermoeiende zaken aan zijn hoofd. Niemand kon van hem verwachten dat hij aan iets ingewikkelders zou beginnen nu hij zoveel onderzoek moest doen en zoveel moest reizen.

'Het is nou niet zo dat ik ook maar een moment vrij heb gehad.' Een konijn schoot de weg op. Hij stond meteen boven op de rem, niet zozeer om het dier te ontwijken als wel vanwege de schrikreactie op de beweging in zijn ooghoek. 'Verdomme!' Hij was afgeleid en hij had weer in zichzelf zitten praten. Dat deed hij alleen als hij oververmoeid was. En gespannen. Hij had tot laat in de avond gediscussieerd. Wie dacht dat het eenvoudig was om een intelligente vrouw duidelijk te maken wat het beste voor haar was, was niet goed bij z'n hoofd. Het was ontzettend lastig, zelfs voor een man met zijn capaciteiten. Hoe slimmer de vrouw, des te moeilijker het was. Maar uiteindelijk toch de moeite waard.

Hij zette de auto in een buitenwijk van Edinburgh aan de kant van de weg en dronk de nog redelijk warme koffie uit een thermosfles. Hij durfde het niet aan een café binnen te gaan. Hoewel hij waarschijnlijk niet op enige belangstelling hoefde te rekenen – niemand had zin om naar een kalende man van middelbare leeftijd met een uitgezakte pens te staren – zou het stom zijn om op de terugweg langs deze route door een bewakingscamera te worden betrapt.

De Spaanse stem dreunde op de achtergrond door tot hij het geluid uitzette. Het was zo'n geweldige dag, waarom zou hij niet even rust mogen nemen? Thuis wachtte een dame op hem die veel verzorging en aandacht nodig had. Ze zou voorlopig niet verstaanbaar kunnen praten; waarschijnlijk zou ze zelfs logopedie nodig hebben. Gelukkig was hij op veel gebieden een getalenteerde docent. Het zou hem een genoegen en een voorrecht zijn haar te helpen.

## 2

Inspecteur Luc Callanach vroeg zich af hoelang het zou duren voordat ze zouden stoppen met hun stekelige opmerkingen, terwijl ze nog niet eens echt begonnen waren. Het was zijn tweede dag bij het team Zware Misdrijven van de Schotse politie in Edinburgh, en hij bleek te zijn terechtgekomen in een somber, oud, grijs gebouw dat niets weg had van een hypermodern centrum van een opsporingsdienst. Gisteren was het een makkelijke kennismakingsdag geweest die alleen bestond uit bijeenkomsten en briefings met meerderen die te politiek correct waren om flauwe grappen over zijn accent of nationaliteit te durven maken. Maar zijn ondergeschikten zouden minder mededogen met hem hebben. Het leek alsof de Schotse politie nog nooit eerder een half-Franse, half-Schotse rechercheur in haar gelederen had hoeven opnemen.

Vandaag stond een kennismakingstoespraak op het programma waarin hij zijn werkwijze en zijn verwachtingen ten aanzien van de mannen en vrouwen onder zijn bevel uit de doeken deed. Het zou al erg genoeg worden wanneer ze hem zagen: typisch Europees, met stug, donker haar, bruine ogen, een gebruinde huid en een scherpe neus. Zodra hij zijn mond opendeed, zou het alleen maar erger worden. Hij keek op zijn horloge en wist dat de flauwe grappen al in de maak waren. Als hij hen liet wachten, zou het er niet beter op worden. Niet dat het hem veel kon schelen wat ze van hem dachten, maar hij wilde het zichzelf ook niet moeilijker maken dan nodig.

'Stilte alstublieft. Dan kunnen we beginnen,' zei hij, terwijl hij zijn naam op een bord schreef en de ongelovige blikken negeerde. 'Ik ben nog maar kortgeleden uit Frankrijk hiernaartoe verhuisd, dus het zal wel even duren voordat we aan elkaars accent gewend zijn. Daarom wil ik jullie vragen langzaam en duidelijk te spreken.'

Er viel een stilte, tot er achter in de zaal, waar de mensen te dicht op elkaar zaten om de spreker eruit te pikken, iets werd gezegd wat klonk als: 'Dat méén je toch verdomme niet?' Onmiddellijk klonk er een 'Sst!' dat duidelijk van een vrouw afkomstig was. Callanach wreef over zijn voorhoofd en onderdrukte de impuls op zijn horloge te kijken terwijl hij zich schrap zette voor het onvermijdelijke commentaar.

'Pardon, inspecteur, maar is Callanach niet een Schotse naam? We hadden gewoon niet zo'n... Europees iemand verwacht.'

'Ik ben in Schotland geboren en ben tweetalig opgevoed. Dat is alles wat jullie hoeven te weten.'

'Twee wát? Is dat hier eigenlijk wel wettelijk toegestaan?' riep een blonde vrouw tot groot vermaak van haar collega's. Callanach zag dat ze de reacties van de anderen afwachtte en concludeerde dat ze indruk op de mannen probeerde te maken. Hij wachtte kalm en met een verveelde uitdrukking op zijn gezicht tot het gelach was verstomd.

'Ik verwacht regelmatige updates over lopende zaken. De bevelstructuur zal streng worden nageleefd. Onderzoeken lopen vast als mensen nalaten informatie aan anderen door te geven. Een hogere rang is geen vrijbrief om degenen onder u de zwartepiet toe te spelen en onervarenheid is geen excuus voor onbekwaamheid. Kom bij me langs om vorderingen of problemen te bespreken. Met klachten kun je bij je moeder terecht. We hebben op dit moment drie lopende zaken, en jullie hebben daarin taken toegewezen gekregen. Vragen?'

'Klopt het dat u bij Interpol hebt gezeten, sir?' vroeg een hoofdagent. Callanach schatte hem niet ouder dan vijfentwintig, één brok nieuwsgierigheid en enthousiasme, net als hijzelf op die leeftijd. Het leek een eeuwigheid geleden.

'Dat klopt,' antwoordde hij. 'Hoe heet je?'

'Tripp,' zei de man.

'Goed, Tripp, weet je het verschil tussen een internationaal moordonderzoek bij Interpol en een moordonderzoek in Schotland?'

'Nee meneer,' zei Tripp, terwijl zijn ogen van links naar rechts schoten, alsof hij doodsbenauwd was dat de vraag het begin was van een onverwachte overhoring.

'Dat is er ook niet. Er is een stoffelijk overschot, er zijn rouwende nabestaanden, meer vragen dan antwoorden en druk van bovenaf om de zaak zo snel mogelijk en met zo min mogelijk kosten op te lossen. Ook al werken we met een krap budget, ik tolereer geen slordigheid. Er staat te veel op het spel om je ongenoegen over het huidige overwerktarief van invloed te laten zijn op je inzet.' Hij liet zijn ogen door de zaal dwalen, waarbij hij elk paar ogen recht aankeek om duidelijk te maken dat hij het meende. 'Tripp,' zei hij toen hij klaar was, 'kom straks met een collega naar mijn kamer.'

Callanach verliet de ruimte zonder afscheid te nemen of zich iets van andere plichtplegingen aan te trekken. Ongetwijfeld kreeg Tripp het meteen al voor de kiezen omdat hij eruit was gepikt, zat het team nu al te meieren over de pas aangestelde inspecteur en te kankeren op de Schotse politie omdat die niet iemand uit de eigen gelederen promotie had gegeven. Politiewerk was overal ter wereld hetzelfde, alleen de koffie smaakte anders. Het verraste hem niet dat die hier meer dan verschrikkelijk was.

Zijn kamer kon op z'n best worden omschreven als functioneel. Pas bij promotie naar een hogere rang zou hij er echt comfortabel bij zitten. Maar de kamer was wel rustig en licht en er stonden twee telefoons, alsof hij zich in tweeën kon splitsen en twee gesprekken tegelijk kon voeren. Op de grond stonden slechts twee dozen met persoonlijke bezittingen, die nog een plekje in bureauladen en op planken moesten vinden. Niet dat er iets belangrijks in zat. Hij was naar Schotland gekomen om een nieuwe start te maken. Zijn vaderland had de meest voor de hand liggende plaats geleken om zich te vestigen, en bovendien was het een van de twee landen waar hij als paspoorthouder op vacatures bij de politie kon solliciteren.

Tripp klopte op zijn deur, met achter hem een jonge vrouw.

'Hebt u nu tijd voor ons, sir?'

Callanach gebaarde dat ze binnen moesten komen. 'En jij bent?'

'Hoofdagent Salter. Aangenaam kennis te maken, sir,' zei ze, naar haar schoenpunten starend. Haar onhandigheid was even ergerlijk als voorspelbaar. Callanach had namelijk last van een zeer onwaarschijnlijke kwaal: hij was zo waanzinnig aantrekkelijk dat het afleidde. Met zijn uiterlijk kon hij – daadwerkelijk – verkeersopstoppingen veroorzaken. Er waren weinig mensen die begrepen dat dat tegenwoordig eerder een last dan een zegen was.

'Salter, kun jij me uitleggen hoe de procedures werken – vanaf het registreren van een aangifte, het aanvragen van forensisch onderzoek tot en met de voorbereiding op de rechtszaak? Tripp, van jou wil ik een uitgebreide toelichting op het invullen van formulieren, manier van archiveren, de hele rataplan. Oké?'

'Ja sir, geen probleem.' Tripp leek opgetogen dat hij van dienst kon zijn. Alles wat Salter kon uitbrengen was een onduidelijk gemompel dat Callanach als een bevestiging interpreteerde.

'Zouden jullie ons even alleen kunnen laten, alsjeblieft?' onderbrak een stem hen. Achter hen stond een politievrouw in gala-uniform. Salter en Tripp liepen naar buiten terwijl zij binnenkwam en de deur met haar voet achter zich dichtduwde.

'Ik ben inspecteur Turner, Ava, omdat we dezelfde rang hebben.' Ze grijnsde breed, en in tegenstelling tot Salter had ze er geen moeite mee hem recht in de ogen te kijken. Callanachs collega was ongeveer een meter vijfenzestig lang, en slank. Haar kastanjebruine schouderlange haar krulde, hoewel ze een poging had gedaan het in een paardenstaart in bedwang te houden. Ze was naar moderne advertentiemaatstaven niet beeldschoon, maar 'knap' zou een belediging geweest zijn. Ze had fijne trekken en haar grijze ogen stonden wijd uit elkaar.

'Callanach,' antwoordde hij. 'Aan je gezichtsuitdrukking te zien denk ik dat je iets weet wat ik niet weet. Wil je het me vertellen of moet ik ernaar raden?'

Ava Turner negeerde zijn smalende toon en gaf direct antwoord. 'Nou, ik hoorde wel dat een van de brigadiers zich afvroeg waarom ze met een ondergoedmodel waren opgezadeld in plaats van met een echte politieman.'

'Ik begrijp het,' zei hij.

'Ik denk dat je dat wel gewend bent. Troost je maar met de gedachte dat de meesten makkelijker accepteren dat jij Frans bent, dan ze míj accepteren.'

'Ben jij dan Engelse?' vroeg hij, terwijl hij een archiefkast verschoof.

'Honderd procent Schots, maar mijn ouders hebben me op mijn zevende naar een Engelse kostschool gestuurd, vandaar het accent. Daardoor ben ik zo ongeveer even welkom als de pest. Maak je geen zorgen. Als ze je al meteen mochten, zou je gedoemd zijn te mislukken. Waarschijnlijk heb je je al een bijpassende dikke huid aangemeten. Trek maar aan de bel als je tegen problemen aanloopt, mijn telefoonnummers staan in de lijst met contactpersonen op je bureau. Ik ga me maar eens omkleden. Ik kom net terug van een prijsuitreiking en ik ben dat uniform spuugzat. Je team is een tof stel, maar ik zou niet te veel van ze pikken.'

'Ik ben niet van plan iets van wie dan ook te pikken,' zei hij terwijl hij een van de telefoons opnam om te checken of hij een kiestoon kreeg. Toen hij weer opkeek, zag hij dat hij tegen een lege kamer en een openstaande deur had gesproken. Callanach liet zich in de stoel achter zijn bureau zakken. Hij haalde zijn mobiel tevoorschijn en sloeg daar een paar van de belangrijkste nummers uit de lijst met contactpersonen in op, en was net van plan om de eerste doos leeg te maken toen Tripp weer binnen kwam vallen.

'Sorry dat ik u stoor, sir, maar we hebben net een telefoontje gekregen van een agent in Braemar. Ze hebben een lijk gevonden en ze willen daar graag iemand over spreken.'

'En in welk deel van de stad is Braemar?'

'Het is niet in de stad, sir, het is in de Cairngorm Mountains, sir.'

'Tripp, hou in godsnaam op met dat sir aan het eind van elke zin en leg me uit hoe dat ooit een zaak voor ons zou kunnen zijn.'

'Ze denken dat het het lijk is van een vrouw die een paar weken geleden in Edinburgh is verdwenen, Elaine Buxton, een advocate. Ze hebben een stuk stof gevonden dat afkomstig is van een sjaal die ze droeg toen ze voor het laatst werd gezien.'

'Is dat alles? Geen verdere aanknopingspunten?'

'Verder is alles verbrand, sir, ik bedoel, sorry. In Braemar dachten ze dat we er vanaf het begin bij betrokken zouden willen zijn.'

'Goed, Tripp. Verzamel alles wat er bekend is over Elaine Buxton en bel dan met Braemar. Ik wil over vijftien minuten alle informatie op mijn bureau hebben. Als het die vermiste persoon uit Edinburgh is, lopen we al twee weken achter op de moordenaar.'

# 3

Toen Callanach na afloop van het gesprek met de politie van Braemar de telefoon neerlegde, voelde hij zich doodmoe en kwam hij tot de conclusie dat dat moest liggen aan de moeite die hij had moeten doen om het Schotse accent te ontcijferen. Hij had amper herinneringen aan zijn vader, en hoewel zijn moeder erop had gestaan dat hij zowel Engels leerde als haar moedertaal, Frans, was hij niet voorbereid geweest op een volledige onderdompeling. De brigadier uit Braemar doorspekte zijn lijzige manier van spreken met een fikse dosis spreektaal. Callanach vermoedde dat hij dat vooral deed om hem een plezier te doen, en na een paar zinnen had hij niet meer de moeite genomen om te vragen wat het allemaal betekende. Hij maakte een zinloze aantekening van het woord *haver*, dat, zo ontdekte hij later, 'gebazel' bleek te betekenen. Tripp zou een dubbelrol als tolk moeten spelen. Ondertussen had Callanach zich wel een zaak op de hals gehaald die strikt beschouwd buiten zijn jurisdictie lag. Dat zou hem geen bonuspunten opleveren, omdat het vermijdbare extra kosten en mankracht betekende, maar het leek er sterk op dat het lichaam in de bergen inderdaad van de vermiste vrouw uit Edinburgh was.

Hij zag Salter langs zijn kamer lopen en stak zijn hoofd door de deuropening.

'Welke van de drie lopende zaken is het dichtst bij een oplossing?' riep hij haar na.

'De moord in Brownlow, sir. De dader is gearresteerd, we zijn net bezig het dossier voor de officier van justitie samen te stellen. Eerste hoorzitting is volgende week.'

'Goed. Ik wil dat jij, Tripp en twee anderen over tien minuten in de briefingruimte zijn. Regel het. En hoe ver is het naar de Cairngorms?' De blik die Salter hem toewierp was voldoende. Hij zou een weekendtas moeten meenemen.

De sfeer tijdens de briefing was gespannen. De ploeg die hij van de Brownlow-zaak had gehaald zat duidelijk niet te wachten op een rit van twee uur, en evenmin op een nieuwe lading papierwerk terwijl ze met de vorige zaak nog niet klaar waren. Hoofdagenten Tripp, Barnes en Salter stonden onder leiding van brigadier Lively. De brigadier nam Callanach aandachtig op, alsof hij net uit een beerput was geklommen. Callanach schonk hem verder geen aandacht, legde zo snel mogelijk uit waarom ze hier waren en gaf toen het woord aan de rechercheur die hen op de hoogte moest brengen van het onderzoek naar de vermiste vrouw.

'Elaine Margaret Buxton, negenendertig jaar oud, gescheiden, geen kinderen, werkte als bedrijfsjurist bij een van de grootste advocatenkantoren van de stad. Ze is zestien dagen geleden verdwenen. Ze is het laatst gezien op een vrijdagavond toen ze van de sportschool naar huis ging. Haar moeder heeft haar de volgende avond als vermist opgegeven toen ze niet was komen opdagen voor de lunch en ze haar niet te pakken kon krijgen op haar mobiel of haar vaste telefoon. Haar auto stond in de garage, er waren geen kleren of koffers weg en haar paspoort lag ook thuis. Het is niets voor haar dat ze zaterdagochtend haar mail niet heeft gecheckt. Haar sleutels zijn gevonden in de gemeenschappelijke hal van het appartementencomplex waar ze woonde. Ze wordt omschreven als ongelooflijk efficiënt, op het randje van workaholic, en heeft zich de afgelopen twee jaar nog geen dag ziek gemeld.'

'Is er een vriend in beeld, of voor de hand liggende verdachten?' vroeg Barnes.

'Haar ex, Ryan Buxton, werkt in het buitenland en heeft een waterdicht alibi. Het is niet bekend of ze een vriend had. Iedereen die we gesproken hebben heeft bevestigd dat ze alleen maar met haar werk bezig was. Ze was ofwel op kantoor te vinden, of thuis, of in de sportschool. We hadden geen enkele aanwijzing. Tot nu toe.'

'Waarom zijn ze er in Braemar zo van overtuigd dat dit jullie vermiste is?' vroeg Callanach.

'Degene die mevrouw Buxton als laatste heeft gezien had een foto van haar op haar mobieltje. Buxton was even langsgekomen om de verjaardag van een vriendin te vieren in de bar van de sportschool. We hebben de foto rondgestuurd, samen met een gedetailleerde omschrijving van haar kleren. Dat leidde tot een voorlopige identificatie.'

'Is haar familie al op de hoogte gesteld?' vroeg Tripp.

Callanach gaf zelf het antwoord. 'Nee, en we houden dit onder de pet tot we het stoffelijk overschot en de plaats delict zelf hebben gezien. We hebben DNA nodig voor een definitieve identificatie.'

'Misschien is dit onze vermiste persoon, maar het is niet onze moordzaak. Waarom gaan we halsoverkop naar het platteland terwijl we nog niet eens een definitieve identificatie hebben?' vroeg brigadier Lively. 'Het is nou niet zo dat we hier niks te doen hebben en er zitten daar ook heus wel een paar rechercheurs die deze zaak net zo goed aankunnen als een voormalige hoge piet bij Interpol.'

'Als dat Elaine Buxton is, betekent het dat ze in Edinburgh is ontvoerd en dat het zeer goed mogelijk is dat ze hier ook is vermoord. Ik laat de kans niet voorbijgaan om de plaats delict te inspecteren omdat u geen zin hebt in de rit. En wat betreft het werk aan de Brownlow-zaak: leer eens multitasken.' Callanach griste zijn aantekeningen van tafel. 'We moeten een flink stuk rijden, dus schiet maar op.'

Op zijn kamer gooide Callanach een tandenborstel, regenjas en regenlaarzen in een tas. Hij speelde even met de gedachte brigadier Lively niet mee te nemen, zodat hij de komende twee dagen niet tegen diens zure gezicht aan hoefde te kijken, maar bedacht zich. Het was beter om de confrontatie aan te gaan dan de man te laten winnen. Zijn team moest er van meet af aan van zijn doordrongen dat hij geen luiheid of insubordinatie tolereerde. Het kon hem niet schelen wat ze van hem vonden. Het komende halfjaar zouden ze kritiek hebben op al zijn beslissingen, of die nu goed of fout waren, tot ze een nieuwe kop-van-jut gevonden hadden.

# 4

Ze troffen de politie van Braemar in het plaatselijke bureau en werden vandaar in een fourwheeldrive naar de bergen gereden. Het laatste stuk moesten ze over ruw terrein rijden om dicht bij de plaats delict te kunnen komen, en er was slecht weer op komst. Het was nog zeker een uur rijden, en het was al een stuk kouder geworden tegen de tijd dat Callanach de lichten en tenten van het onderzoeksteam in het oog kreeg. Het enige prettige van de plek was dat de pers in geen velden of wegen te bekennen was.

'Wie heeft het lijk gevonden?' vroeg hij aan de bestuurder.

'Een paar wandelaars zagen de vlammen vanaf een bergtop een eind verderop, maar ze moesten nog een kwartier lopen voordat ze bereik hadden om het te kunnen melden. Tegen de tijd dat de brandweer de berghut had gelokaliseerd, was het vuur al bijna uitgebrand. Er valt niet veel meer te zien, ben ik bang.' Callanach haalde een camera tevoorschijn. Hij nam altijd zelf foto's bij een plaats delict. Later hing hij die dan aan de muur van zijn werkkamer.

De stenen berghut, meer een schuilhut dan een accommodatie, stond altijd open voor wandelaars die onderweg door een storm werden overvallen, en bestond uit een enkele ruimte, waarvan de achterkant tegen de rotswand aan was gebouwd. Callanach schatte dat het bouwsel een paar eeuwen oud was. Het dak was volledig verdwenen, ingestort zodra het vuur om zich heen greep, wat het forensisch onderzoek zou bemoeilijken. Zelfs de enorme rotsblokken aan de onderkant van de muren waren door de intense hitte verschoven. Callanach speurde de horizon af. Dit was niet een plek die je bij toeval ontdekte. Degene die de vrouw hiernaartoe had gebracht had deze locatie zorgvuldig uitgekozen, had zich ervan overtuigd dat die niet in de buurt lag van de meer reguliere wandelpaden, en hij was hier al eens binnen geweest.

'Waar is het lichaam?' vroeg hij.

'Ze hebben de botten al verzameld, maar ze hebben de positie ervan binnen op de grond aangegeven,' zei de chauffeur tegen hem.

'Alleen botten? Is dat alles wat er over is?'

'Helaas wel. Het zachte weefsel is volkomen verkoold. We weten niet precies hoelang het vuur heeft gebrand, maar zeker een paar uur.'

Ze liepen naar de deuropening van de hut, die nu felverlicht werd door draagbare schijnwerpers, en zagen twee mensen van de technische recherche voorzichtig rondlopen tussen de met roet bedekte restanten. Het was een macabere plaats om te sterven. Een hand op Callanachs schouder voorkwam dat zijn fantasie de akelige details invulde.

'Inspecteur Callanach? Ik ben Jonty Spurr, een van de pathologen uit Aberdeen. Er is helaas niet veel voor u overgebleven.'

Callanach schudde niet-begrijpend zijn hoofd. 'Ik begreep dat jullie een kledingstuk hebben gevonden. Hoe kan dat als al het andere tot as is vergaan?'

'Het is geen volledig kledingstuk, alleen een flard van een sjaal, maar het dessin was tamelijk opvallend, waardoor een van de rechercheurs het herkende als de sjaal die jullie vermiste persoon droeg. Het stuk stof was onder een steen vast komen te zitten, en door het gebrek aan zuurstof is het bewaard gebleven. Het is al onderweg naar het lab voor DNA-tests. Het lijkt of er wat bloed op zit.'

Callanach keek bedenkelijk. 'Is dat alles? Er is toch vast nog wel meer?'

'Met deze kaarten moeten we het doen, inspecteur. Vuur is de grootste vijand van onderzoek op een plaats delict. Meestal kunnen we de brandbare stof vrij snel identificeren, maar jammer genoeg bestaat de bodem in dit deel van de Cairngorms uit veen, waardoor het vuur letterlijk van nog meer brandstof werd voorzien. Anders had het vuur niet zo lang gewoed en was het niet zo verzengend heet geweest. De botten zijn zwaar aangetast.'

'Hoe zit het met bandensporen? Die moeten er zijn.'

'Dat zou je hopen, maar de brandweer is als eerste gewaarschuwd en de wagens hebben het terrein volledig kapotgereden. Ze hadden geen idee wat ze daar binnen zouden aantreffen. Morgen kammen we de omgeving uit met honden, maar dat heeft vanavond geen zin meer, het is al te donker.'

Callanach pakte zijn camera weer en begon foto's te maken van de grijszwart verkoolde bodem. 'Is ze hier gestorven?'

'Dat kan ik niet met zekerheid zeggen, en omdat er alleen maar botten over zijn, kan ik misschien geen doodsoorzaak vaststellen, tenzij ik iets uit de schedel kan opmaken. Veel van de botten zijn gebroken, de kaak ligt aan stukken. Maar ik denk dat het hem erom ging zich hier van het lijk te ontdoen. De moordenaar wilde niet dat er ook maar iets van overbleef, en hoopte waarschijnlijk dat ze niet te identificeren zou zijn,' merkte de patholoog op terwijl hij zijn handschoenen uittrok en zijn nek strekte.

'Denkt u dat ze ergens anders is vermoord en hierheen is gebracht?'

'U bent de rechercheur. Dat mag u uitvissen. Als u hier in de buurt overnacht, kom dan morgenochtend langs in het mortuarium om te zien wat we hebben.'

'Ik zal er zijn,' antwoordde Callanach, om zich heen kijkend of hij Tripp ergens zag. Hij zag dat die net een slok koffie uit de thermosfles van brigadier Lively nam. 'Tripp, ondervraag jij die wandelaars, markeer hun precieze positie op een kaart en vraag hoe laat het was toen ze het vuur voor het eerst zagen. Ik wil hun telefoontje naar het alarmnummer horen en ik wil dat je naar die plek gaat waar ze stonden, om een foto te maken van het uitzicht dat ze vandaar hadden.'

Brigadier Lively onderbrak hem. 'Ze hebben vast al een verklaring afgelegd, dus ik zie niet in wat we daarmee opschieten.'

De onwillige houding van de man, die liever vandaag dan morgen met pensioen leek te willen gaan, was vermoeiend, maar zeker niet ongebruikelijk. Callanach weerstond de impuls om de man tot de orde te roepen en concentreerde zich in plaats daarvan op belangrijker zaken.

'Het aantal uren dat het vuur heeft gebrand geeft ons een indicatie van het tijdstip waarop de moordenaar hier is weggegaan. De hoogte, en misschien zelfs de kleur van de vlammen toen de wandelaars het vuur zagen kan daarbij ook helpen, en dan kunnen we mensen in de buurt vragen of ze in dat tijdsbestek onbekende auto's hebben zien rijden.'

'U bent de baas,' mompelde Lively met een nauwelijks verhuld gebrek aan respect.

'Waar overnachten we, sir?' vroeg Tripp, terwijl hij met zijn voeten stampte en zijn handen dieper in zijn zakken stak. Hij voelde zich duidelijk niet op zijn gemak op het platteland en in de vrieskou.

'Vraag de plaatselijke politiemensen wat de mogelijkheden zijn. Er moet hier in de buurt wel iets te vinden zijn. Zeg tegen Salter dat ze morgenochtend met me mee moet naar het mortuarium, en ik wil dat Barnes hier op de plaats delict blijft tot die volledig is gedocumenteerd. Ik wil dat ieder van jullie elke twee uur verslag aan me uitbrengt.'

'En als dat Elaine Buxton nou niet is? Dan is het allemaal verspilde moeite.'

Callanach keek Lively woedend aan. 'Wiens overschot dit ook is, brigadier, hij of zij is vrijwel zeker vermoord, en als wij iets aan het onderzoek kunnen bijdragen zou alleen een idioot dat als tijdverspilling zien. Dus hou in het vervolg uw mening voor u, tenzij u beroepshalve iets bij te dragen hebt.'

# 5

De vaste telefoon ging. King keek naar het nummer voordat hij opnam. Het was een lokaal nummer.

'Dr. King,' zei hij bits.

'Goedemorgen, dit is Sheila Klein van personeelszaken. Ik moest u bellen om te vragen wanneer we u terug kunnen verwachten. Het beleid van de universiteit is dat we een doktersverklaring nodig hebben bij een ziekmelding van meer dan drie achtereenvolgende dagen.'

Reginald King zuchtte. Hij had de pest aan de onbenullige regeltjes en voorschriften die hem aan zijn banale openbare bestaan kluisterden. De vrouw aan de telefoon kon onmogelijk bevatten dat er aspecten van zijn leven waren die meer aandacht vereisten dan zijn onderbetaalde, ondergewaardeerde en onbevredigende werk.

'Ik ken de voorwaarden in mijn arbeidscontract.'

'Dus, hebt u een idee wanneer we u weer zien of hebt u een verklaring van uw huisarts?' vroeg Sheila met een stem die aan het eind van de zin steeds zachter klonk.

King haalde een sleutel uit zijn zak terwijl ze maar door bleef zeuren. 'Over een paar dagen,' zei hij. 'Een week misschien. Het virus is op mijn borst geslagen en daardoor is mijn astma gaan opspelen.'

'Ach jee, dat klinkt akelig. U weet toch dat we een opendeurbeleid hebben? Belt u vooral als u denkt dat u meer tijd nodig hebt. Het hoofd van de vakgroep heeft daar vast begrip voor.'

Het hoofd van de vakgroep filosofie zou geen begrip tonen, dacht King. Ze zou even onnozel zijn als altijd, en de onnozelen wisten hem nooit te waarderen. Alleen maar omdat hij een administratieve functie had in plaats van een academische, omdat hij zijn diploma had behaald aan een universiteit die zij niet wenste te erkennen, omdat hij geen carrière had gemaakt door te netwerken en sociaal wenselijk gedrag te vertonen, was ze niet in hem geïnteresseerd. Nou ja, de vakgroep filosofie mocht zijn salaris betalen terwijl hij wat tijd voor zichzelf nam. Hoogleraar Natasha Forge, het jongste hoofd van alle vakgroepen van de universiteit van Edinburgh, zou zijn afwezigheid ongetwijfeld niet eens opmerken.

King trok de telefoonstekker eruit. Hij daalde de twaalf treden naar de kelder af, deed het licht aan en schoof een houten paneel in de muur opzij waarachter een sleutelgat zichtbaar werd. Hij deed de verborgen deur van het slot en ging naar binnen, waarna hij weer twaalf treden omhoogging via een tweede trap, evenwijdig aan de eerste, maar verborgen achter een laag gipsplaat, baksteen en geluiddempend materiaal. Aan de achterzijde van zijn huis bevond zich een geheime kamer, raamloos, stil en tijdloos. Een plek van schoonheid. Hij was trots op de fraaie, rustgevende pastelkleuren waarmee hij de ruimte had ingericht, de zoetgevooisde klassieke muziek en de kunstreproducties aan de muur. Je zou nooit achter het bestaan van dit gedeelte aan de achterzijde komen, tenzij je het huis vanbinnen en vanbuiten nauwgezet zou onderzoeken. Het was zijn eiland. Hij citeerde de strofen van John Donne terwijl hij de sleutel in de laatste deur stak. De grote dichter had gelijk: hij kon niet volkomen zijn als hij alleen bleef. Daarom bood hij één uitverkoren persoon de kans hem op zijn reis te vergezellen. Toen hij de deur opendeed, begon de vrouw op het bed te gillen.

De als onlangs overleden beschouwde Elaine Buxton, van wie de aan haar lijk toegeschreven knoken al ergens op een autopsietafel lagen en wier DNA-strengen al in gecodeerde vorm door cyberspace zeilden zodat haar dood formeel bevestigd kon worden, krijste tot ze geen stem meer had.

'Je tandvlees heelt mooi,' zei King op zachte toon. Hij was er trots op dat hij nooit zijn geduld verloor, hoe hard ze ook gilde. Dat was bij die andere vrouw niet het geval geweest. Toen hij haar had meegenomen had ze hem gekrabd, gebeten en zo hard in zijn kruis geschopt dat hij een week lang verging van de pijn. Zij had geen zachte aanpak verdiend. Zij was te min voor hem geweest.

'Ajjebief, a me ga,' murmelde Elaine, en de tranen sprongen haar weer in de ogen. Dat ergerde hem, zoals het iedere man zou ergeren, maar dat viel in het begin ook wel te verwachten. Tot ze had geleerd hem te waarderen.

'Over een week is je mond zover hersteld dat ik je een gebit kan indoen, en dan kunnen we met spraakles beginnen. Dat zal niet zo heel snel gaan, maar je bent een intelligente vrouw. Je hebt nog een dosis antibiotica en steroïden nodig. Verzet je alsjeblieft niet, ik probeer alleen maar het genezingsproces te bespoedigen.'

Elaine begon te trillen, maar die beweging werd niet overgebracht op de metalen boeien met de korte kettingen waarmee ze aan handen en voeten op het bed lag vastgepind. King haalde twee injectienaalden tevoorschijn. Hij raakte haar altijd respectvol aan, hij zou haar nooit onnodig pijn doen. Dat begreep ze nog niet, en ze verkeerde duidelijk in de veronderstelling dat ze elk moment dezelfde behandeling zou ondergaan als haar plaatsvervangster. Het was jammer dat hij de vrouw voor de ogen van Elaine had moeten vermoorden, maar dat hoorde allemaal bij het opvoedingsproces. Ze moest weten dat hij streng kon zijn. Je moest elke leerling de roe tonen en het zoet laten proeven. De wetenschap dat je meester het niet zou tolereren als je niet onvoorwaardelijk meewerkte, was een uitstekende stimulans.

Hij streelde Elaines arm met zijn bleke, zijdezachte hand. Ze huiverde bij zijn aanraking, maar zei niet dat hij moest ophouden.

Misschien, dacht hij, begon ze het al te leren. Om die reden had hij haar uitgekozen. Maandenlang had hij haar geobserveerd, gewacht en haar dagen en nachten vanuit de schaduw in zich opgenomen. En de toewijding waarmee hij haar had bestudeerd – niet het povere surrogaat ervan dat de universiteiten tegenwoordig accepteerden – had zijn vruchten afgeworpen. Ze was volmaakt. Plooibaar. Snel. Geen afleidende factoren in de vorm van man of kinderen. Hij had haar 's avonds om zes uur een stapel juridische dossiers zien pakken en haar de hele avond zien werken, slechts gezelschap gehouden door cafeïne, en haar de volgende ochtend de rechtbank in zien dansen alsof ze tien uur geslapen had. Daarna ging ze naar de sportschool om de spanning uit haar lijf te verdrijven. Onmatigheid was haar vreemd. Ze was gedreven, net als hij. Ze werkte voortdurend aan zichzelf.

Daarom was de keuze van haar stand-in zo ironisch geweest. King had geen grotere tegenpool kunnen opduikelen. Hij had alleen een vrouw nodig gehad van ongeveer dezelfde leeftijd, lengte en postuur. Dat ze een prostituee was, graatmager (vermoedelijk door jarenlang drugsgebruik) en amper een coherente zin kon uitbrengen, had het voor hem makkelijker gemaakt om zich van haar te ontdoen. Hij had vriendelijker kunnen zijn, maar ze wilde niet luisteren toen hij haar probeerde uit te leggen welke dienst ze hem bewees, door voor hem de weg te plaveien naar een levenspartner die perfect bij hem paste.

Hij had zelfs nooit naar haar naam gevraagd. Zoals de zaken er nu voor stonden zou zij voor altijd de vermiste Elaine Buxton zijn. En Elaine Buxton, die uit de wereld van de levenden was weggerukt, behoorde hem nu totaal en exclusief toe.

'Ik zou je een andere naam kunnen geven,' zei hij. 'Dat zou een belangrijk onderdeel van het aanpassingsproces kunnen zijn. Bedenk maar alvast een lijstje van drie of vier namen. Daarna kun je me uitleggen waarom je juist voor die namen gekozen hebt, en dan kies ik er de naam uit die me het best bevalt. Dat zou een goede manier zijn om samen verder te gaan.'

'Je bè gék,' fluisterde ze toen hij de naald uit haar arm trok.

'Die verachtelijke woorden moet je niet gebruiken. Maar je bent overstuur en ik zal nog een poosje mild blijven.'

'Wà hèh je mèh ie vouw gehaan?'

'Maak je over haar maar geen zorgen. Uiteindelijk heeft ze haar verspilde leven met haar offer goedgemaakt.'

Elaine staarde naar de plek waar hij zorgvuldig een groot stuk plastic had uitgespreid om het lichaam van de vrouw op te leggen. King had een oude auto gehuurd bij een schimmige dealer die niets met de politie te maken wilde hebben, en had die gestald in een garage die een eind van zijn huis vandaan lag. Op een avond was hij naar Glasgow gereden en had de vrouw opgepikt op haar vaste tippelstek (hij was er verschillende keren geweest om het juiste type uit te zoeken) en had wat rondgereden om een rustige plek te vinden waar ze haar geld kon verdienen. Hij had dat een grappige gedachte gevonden, toen hij de in chloroform gedrenkte lap tegen haar gezicht duwde. Geld verdienen. Alles wat jonge vrouwen tegenwoordig meenden te hoeven doen om een paar pegels te verdienen was een kort rokje aantrekken en hun lippen rood stiften omdat ze dachten dat mannen louter bestonden om voor hen te betalen. Het was meelijwekkend. En ze vroeg dertig pond om haar smerige tong in zijn broek te steken. Hij verloste de wereld van een plaag. Het zou goed kunnen dat hij de verspreiding van een vreselijke ziekte had voorkomen door een stuk zeil over haar bewusteloze lichaam te leggen en haar weg te rijden van haar volgende klant.

Het had hem enorm veel inspanning gekost om haar de verborgen kamer in te zeulen. Een trap omlaag en dan weer een trap omhoog had hem destijds een ingenieus plan geleken, maar de praktijk bleek verdomd veel lastiger. Ze was met haar hoofd een paar keer keihard tegen de traptreden gebonkt, al maakte dat niet uit. Hij had haar in plastic verpakt, maar wel zo dat ze kon ademen. Het was niet de bedoeling dat ze zou stikken.

Elaine was niet blij geweest toen hij de vrouw binnenbracht. Achter het melodramatische hyperventileren, het wilde hoofdschudden en de opengesperde ogen meende hij een piepklein beetje jaloezie te bespeuren. Hoe kon ze nou denken dat hij zo'n smerig, laag wezen in hun leven zou willen brengen?

King had haar lang genoeg bij bewustzijn laten komen om erachter te komen of ze weleens iets gebroken had. Botbreuken konden een verhaal vertellen. De verdikkingen van botten na een breuk konden een geschiedenis onthullen, ook al was al het DNA vernietigd. Ze was buitengewoon hulpvaardig geweest. Hij had haar alleen maar hoeven beloven dat hij haar leven zou sparen als ze hem de verlangde informatie verschafte.

Het bleek dat hij zich geen zorgen hoefde te maken. Een vinger gebroken tussen een autoportier en een uit de kom geschoten schouder waarvan niets meer te zien zou zijn. Veel belangrijker was het om haar linkerbovenarm te breken op de plek waar Elaine een fractuur had opgelopen toen ze als tiener van de fiets was gevallen. Als dat bot nog intact was en de patholoog zorgvuldig was, zou al Kings noeste arbeid voor niets zijn geweest.

Toen hij eenmaal alles wist wat hij moest weten, had King tegen Elaine gezegd dat ze moest toekijken en haar blik niet mocht afwenden. Toen hij de veiligheidsbril opzette, had de prostituee slechts verbaasd gekeken. Toen hij ook nog rubberhandschoenen aantrok en een gezichtsmasker opzette, was ze begonnen te smeken. Elaine had zich voor de verandering stilgehouden. Maar vanaf het moment dat hij de honkbalknuppel oppakte, was het een ander verhaal geworden. Hij kon zich Elaines reactie gedurende die paar minuten niet meer herinneren. Blijkbaar had hij voor het eerst in zijn leven ervaren wat tunnelvisie was. Het was een adembenemende belevenis geweest. Alles vervaagde, behalve de schreeuwende, jammerende, kwijlende, jankende homp levend vlees voor hem. Hij had zich door niets laten afleiden, had niets anders gehoord dan haar dierlijke gekrijs. Het was de diepste, meest intense zintuigelijke ervaring geweest die hij ooit had meegemaakt.

Toen hij weer wakker werd, en het voelde werkelijk als een ontwaken, stond hij met de honkbalknuppel in zijn handen geklemd over haar heen gebogen en stelde hij vast dat zijn hart bonkte alsof hij een marathon had gelopen. Het had hem een intense adrenalinestoot gegeven. Daarna was het even stil gebleven tot het gesnik van Elaine met tussenpozen tot hem begon door te dringen. Het gezicht van de vrouw zag er verschrikkelijk uit, precies zoals hij het bedoeld had. Hij had haar tanden en kiezen stuk voor stuk uit hun holten moeten rammen en haar kaak zodanig beschadigd dat de identiteitsverwisseling nooit met röntgenfoto's vast te stellen zou zijn. Hij had niet voorzien dat hij zich zo zou laten gaan en hij voelde schaamte in zich opwellen over het verboden genoegen dat hij had beleefd aan het resultaat van zijn werk toen hij de bloeduitstortingen op haar hals en borsten zag. Hij vermoedde dat ze ook verwondingen op haar buik en benen had, maar had geen zin haar ongetwijfeld weerzinwekkend smerige kleren op te tillen om te kijken. Hij had zijn zelfbeheersing verloren – niet iets om trots op te zijn – maar mocht hij alsjeblieft eens stoom afblazen? Beter om het op haar af te reageren dan op Elaine. Want zijn aanwinst wilde hij geen geweld aandoen.

King schudde de herinnering van zich af en staarde naar de vrouw wier identiteit de prostituee bij haar dood had aangenomen.

'Hoe zitten we met die cassettebandjes? Je bent vast blij dat je iets hebt om je bezig te houden. Ik weet dat je al Frans spreekt, dus ik dacht dat Russisch misschien een interessante uitdaging zou kunnen zijn. Als je weer fatsoenlijk kunt praten, ga ik je overhoren, en dan kunnen we echt vorderingen maken.'

Hij drukte een toets in op de geluidsinstallatie en een stem begon woorden uit te spreken die Elaine niet wenste te horen of herhalen. Voordat hij wegging, gaf hij een zijdezachte kus op haar voorhoofd en zette een proteïnedrankje naast haar neer.

# 6

De autopsietafel zag er comfortabeler uit dan het bed waarin hij geslapen had. Althans, voordat de vermoedelijke overblijfselen van Elaine Buxtons skelet erop waren uitgestald. Callanach had een beroerde nacht achter de rug. Hij zou zichzelf een fatsoenlijke fles rode wijn als medicijn hebben voorgeschreven, ware het niet dat er slechts een goedkope literfles te krijgen was waar alleen een comazuiper genoegen mee zou nemen. Braemar was een enigszins toeristisch, maar wel aardig stadje zonder al te veel overnachtingsmogelijkheden, waarvan de betere al helemaal vol zaten. Bij gebrek aan wijn had hij genoegen genomen met een aftandse tv met een slechte ontvangst, soep waarvoor hij in zoverre bewondering kon opbrengen dat hij het onmogelijk had geacht dat je die zo slecht kon klaarmaken, en koffie die er net mee door kon.

Jonty Spurr, de patholoog, deed zijn werk in stilte. Callanach waardeerde dat. Hij had al te veel lijkschouwingen meegemaakt om zich van slag te laten brengen door een lijk. Maar de geforceerde opgewektheid van sommige pathologen vond hij veel verontrustender: praatziek, vastbesloten de sfeer op te vrolijken. Spurr werkte langzaam, niet op het irritante af, maar ongehaast, en waarschijnlijk liet hij zich zelfs onder de grootste druk niet van de wijs brengen.

'Het slachtoffer was een volwassen vrouw van tussen de dertig en veertig, en ongeveer een meter zeventig lang.'

Callanach wierp een blik op Salter. Ze was jong maar ervaren, en ze bleef onbewogen onder het tafereel.

'Is al bekend welke brandstof er is gebruikt?' vroeg ze.

'We moeten nog een paar tests uitvoeren op de botten voordat we dat weten. Misschien heeft de brandweer iets gevonden op de plaats delict.' Spurr koos een stukje bot en hield het omhoog zodat Callanach het van dichtbij kon inspecteren. 'Door de hitte en de duur van het vuur is er geen schijn van kans dat we nog DNA uit het beenmerg kunnen halen. Op de schedel, kaak en het bovenlijf zijn beschadigingen te zien die niet door het vuur zijn veroorzaakt. Er is een patroon van een serie breuken te zien, veroorzaakt door een zwaar, stomp voorwerp. Moet behoorlijk wat kracht hebben gekost.'

'Was dat de doodsoorzaak?' vroeg Callanach.

'Ik gok erop dat die verwondingen voor haar dood zijn toegebracht. Ze is waarschijnlijk overleden aan het hersentrauma dat daar het gevolg van is. Omdat er geen weefsel over is, kan ik er niet veel meer van zeggen. Gezien alle moeite die de dader heeft gestoken in het laten verdwijnen van het lijk, kan ik geen andere praktische reden verzinnen om het gezicht te verminken nadat de dood al was ingetreden.'

'Vuile schoft,' zei Salter.

'Absoluut,' antwoordde Spurr. 'We vergelijken de tanden en kiezen met de tandartsgegevens van Elaine Buxton. Sommige kiezen hebben een vulling of een kroon, dus dat zou geen problemen moeten opleveren.'

'Hoe snel weten we dat?' Callanach popelde om te vertrekken. Hij werd altijd claustrofobisch in mortuaria, ondanks het felle licht en de blazende airconditioning. Het was alsof je in een gevangeniscel zat, en daar had hij er genoeg van gezien.

'Misschien morgen al. Bent u dan nog hier?'

Geen haar op Callanachs hoofd die erover dacht om nog een

nacht in hetzelfde hotel te blijven.

'Nee, in Edinburgh. We gaan nu nog even terug naar de plaats delict om die bij daglicht te zien, en dan vertrekken we. Belt u me wanneer u nieuwe informatie hebt?'

Spurr knikte, trok een handschoen uit en stak zijn hand naar Callanach uit. Die hield niet van het droge, poederige gevoel van de aanraking, alsof de dood besmettelijk was.

'Heb je vanmorgen nog iets nieuws vernomen van de plaats delict?' vroeg hij aan Salter toen ze eenmaal in de auto zaten.

'Nee. Ik heb geprobeerd Tripp te pakken te krijgen, maar het mobiele bereik was slecht. Lively en hij waren al onderweg om met die wandelaars te spreken, maar ze zijn alweer terug op de plaats delict tegen de tijd dat wij daar aankomen, denk ik.'

'Ze is daar niet vermoord,' zei Callanach.

'Dat is in dit stadium nog moeilijk te zeggen,' was het commentaar van de jonge hoofdagente.

'Waarom zou hij haar helemaal hiernaartoe brengen om haar te vermoorden? Dat is onlogisch. Het is dan misschien de volmaakte plek om een lijk te dumpen, maar het is geen comfortabele of handige plek om een of ander droomscenario rond haar dood ten uitvoer te brengen. Er is een hoop tijd verstreken tussen haar vermissing en de vondst van het lijk, en die tijd heeft de moordenaar ergens anders met haar doorgebracht. Degene die haar heeft ontvoerd, had deze plek al weken, zo niet maanden in gedachten.'

Na een uur kwam de schuilhut weer in zicht. De mensen van de technische recherche riepen elkaar wat toe en op hun gezicht stond opwinding te lezen. Callanach was de auto al uit nog voor Salter de handrem had aangetrokken.

'Wat is er aan de hand?' vroeg hij aan een langslopende agent.

'De honden hebben een eindje verderop een wapen gevonden onder een hoop stenen.'

Callanach zag dat de hondenbegeleiders elkaar op de schouder klopten.

Er zouden vast geen vingerafdrukken op zitten, dacht hij. Iemand die zo'n ideale plaats had gevonden om zich van een lijk te ontdoen, zou geen afdrukken achterlaten.

'Goed nieuws, toch, meneer?' klonk Tripps stem achter hem.

'Vertel maar wat je hebt,' antwoordde Callanach.

Tripps glimlach verdween van zijn gezicht en hij keek in zijn notitieboekje.

'De wandelaars hebben herhaald wat ze in hun verklaringen zeiden. Oliver Deacon en Tom Shelley, allebei begin twintig, hadden ongeveer drie uur gelopen en waren halverwege de route toen ze het fel brandende vuur van...' – hij keek om zich heen, zag een bergtop en wees in de verte – 'daar zagen. Ze hadden een verrekijker bij zich en namen foto's met hun telefoon. Niet dat er iets op is te zien behalve een oranje stip in de verte. Ik heb hun route in kaart gebracht.'

Callanach knikte. 'We gaan vanavond terug naar Edinburgh,' zei hij. 'Als ik nog meer overuren toesta, staat mijn baan straks op de tocht.'

Twee uur later wurmden ze zich moeizaam door het stadsverkeer.

'Is er iets mis, sir?' vroeg Tripp voorzichtig nadat ze Salter thuis hadden afgezet.

'Ik denk van wel,' antwoordde Callanach. 'Ik weet alleen nog niet wat.'

'We nemen de zaak toch wel over, als dit het lichaam van Elaine Buxton blijkt te zijn?'

'Zodra ik groen licht van de hoofdinspecteur heb gekregen. Rij me maar direct naar het bureau.'

De afdeling Zware Misdrijven was vrijwel verlaten, maar Callanach vond het prettig om in z'n eentje te werken. Dan kon hij zich concentreren zonder te worden afgeleid door slaande deuren, het gesis en geklater van koffie- en frisdrankautomaten en het constante geroezemoes van stemmen. Stilte was ongecompliceerd. En het betekende dat hij voorlopig niet terug hoefde naar zijn flat. Op het moment dat hij zijn sleutel in de deur zou steken, zou de overstap naar werken en wonen in Schotland iets definitiefs krijgen. Hij miste Frankrijk, miste de cultuur die hem in het bloed zat. Dat hij een Schotse vader had en de taal vloeiend sprak, kon het gemis van het land dat op de eerste vier jaren van zijn leven na zijn thuis was geweest, niet goedmaken. Zelfs de nare omstandigheden waaronder hij was vertrokken konden zijn herinneringen aan Lyon niet bezoedelen.

Hij maakte een doos open en propte de inhoud ervan in laden.

'En, was je uitstapje naar de Cairngorms de uitbrander waard die je ongetwijfeld boven het hoofd hangt?' zei een stem vanuit de deuropening. Geschrokken liet hij een map uit zijn handen vallen, wat zijn collega een lach ontlokte. 'Sorry, ik wilde je niet aan het schrikken maken. Interpol-medewerkers zijn kennelijk makkelijk te verrassen.'

Callanach raapte de map op en bracht met een fronsende blik de papieren weer op orde.

'Inspecteur Turner, ik dacht dat ik alleen was.' Hij keek op zijn horloge. 'Het is bijna één uur 's nachts.'

''s Nachts kan ik het makkelijkst met een grote boog om het papierwerk heen lopen. Niemand die me erover aan m'n kop zeurt. Daar komt nog eens bij dat ik zoveel nachtdiensten heb gedraaid dat mijn hersenen geen onderscheid meer maken tussen donker en licht,' zei ze. 'En wat is jouw excuus?'

'Ik dacht dat ik maar beter alles kon uitpakken voordat ik ontslagen word,' zei hij.

Ze glimlachte. 'Ik heb nog wat single malt op mijn kamer. Dan kunnen we in één keer proosten op je komst en je afscheid.'

Callanach kneep in zijn neusbrug en ademde langzaam in; hij was zich ervan bewust dat hij knarsetandde terwijl hij zocht naar de vriendelijkste manier om eronderuit te komen.

'Maak je geen zorgen,' zei Ava. 'Je hebt een paar lange dagen achter de rug. Een andere keer, dan.'

'Ik vind het gewoon niet slim om persoonlijke contacten aan te knopen op het werk. Het is belangrijk om een zekere afstand te bewaren.'

'Geen probleem,' zei ze glimlachend. 'Je moest ook wel meteen flink aan de bak. Het is misschien beter om morgen verder te gaan met uitpakken.'

Hij haalde een hand door zijn haar en strekte zijn nek. 'Weet je, je hebt gelijk, ik kan wel een borrel gebruiken.'

'Nee, ik denk dat jij gelijk hebt. Je hoort hier om één uur 's nachts helemaal niet te zijn. Ik ga naar huis. En je ziet eruit of jij dat ook beter kunt doen. Welterusten.' Ze liet de deur zachtjes dichtvallen terwijl hij binnensmonds vloekte. Dat had hij beter kunnen spelen. Het werd tijd om zijn appartement op te zoeken en te accepteren dat zijn leven was veranderd en dat hij derhalve ook moest veranderen.

# 7

Van alle Schotse steden was Edinburgh de stad die nog het meest leek op Lyon. Ondanks de omvang en de economische bedrijvigheid, en een geschiedenis waar de inwoners trots op waren, voelde Edinburgh als een middelgrote stad. Dankzij de prettige menggeling van oude en moderne architectuur en een bevolking die uiteenlopende rassen en culturen leek te hebben omarmd zonder haar eigen karakter te verliezen, was het een stad waar je snel verliefd op werd. Als ze nu ook nog iets tegen de harde wind en de bijbehorende gevoelstemperatuur konden doen, zou het ideaal zijn, dacht hij. Callanach had een appartement in Albany Street gehuurd. Honderd jaar geleden was het nog een statig herenhuis van vier verdiepingen waar de elite van Edinburgh woonde. Nu werd het bewoond door drukke yuppen die elkaar bij het naar binnen en naar buiten gaan via de centrale hal slechts even toeknikten of groetten. Hij vond die minimale communicatie tussen buren rampzalig. Dat was een van de redenen waarom lijken pas werden opgemerkt wanneer de stank ondraaglijk was geworden en huiselijk geweld onbelemmerd kon dooretteren. Goed burencontact vergemakkelijkte het politiewerk.

Hij schonk zich een groot glas rode wijn in en pakte een boek. Al zolang hij zich kon herinneren las hij zichzelf in slaap. Het was de enige manier waarop hij het werk van zich af kon zetten. Maar vanavond kon hij zich moeilijk concentreren. Telkens kwam het beeld van de troosteloze Cairngorm Mountains terug, wreed en onheilspellend. De winter kwam eraan. De barman in Braemar had hun verteld dat het stadje bij de eerste sneeuwval volliep met skiërs en snowboarders. Het zou nog een paar weken duren, maar in december zouden de toppen met sneeuw zijn bedekt. De stroom wandelaars was allang opgedroogd, en alleen de taaie doordouwers lieten zich niet afschrikken door de harde wind en de regen. De timing van de moordenaar was daarom volmaakt geweest, of hij had onwaarschijnlijk veel geluk gehad.

Callanach werd vroeg wakker in het besef dat hij niets in huis had, vervuld van heimwee naar het piepkleine café op de hoek bij zijn vroegere appartement in Lyon, waar hij altijd een verse croissant at en de krant doornam. Hij haastte zich naar de enige zaak in de buurt die open was, een natuurvoedingswinkel richting Broughton Street, waar hij verrassend vriendelijk werd geholpen en gedroogd fruit, yoghurt en roggebrood kocht.

Onder het eten sloot hij zijn laptop aan en vroeg zich af hoeveel privémailtjes hij zou hebben. Die hadden zich al een week lang opgestapeld en even overwoog hij ze allemaal te verwijderen nog voor hij ze gelezen had.

Er waren zakelijke e-mails bij van Interpol met het verzoek een adreswijziging te sturen – niet echt belangrijk. Verder nieuwsbrieven over evenementen in Lyon waar hij normaal gesproken naartoe zou zijn gegaan – een wijnbeurs, een sporttoernooi, de opening van een nieuw restaurant – en gelaten drukte hij een paar keer op delete. Er zat veel spam bij, maar tussen een aanbod lid te worden van een wijnclub en een nieuwsbrief van zijn laatste sportschool zag hij een melding dat zijn bericht aan het adres van zijn moeder niet bezorgd kon worden. Kennelijk was ze nu een stap verder gegaan dan zijn mailtjes hardnekkig te negeren en had ze een ander e-mailadres genomen, zoals ze ook al met haar mobiele nummer had gedaan. Zijn brieven kwamen ongeopend retour en zijn telefoontjes naar haar vaste nummer werden geblokkeerd. Callanach gooide de rest van zijn ontbijt in de vuilnisbak, sloeg met een klap zijn laptop dicht en had onmiddellijk spijt dat hij zich daar zo door liet beïnvloeden. Boos worden zou niet helpen. Hij zat nu eenmaal waar hij zat. Op dit moment ging het om Elaine Buxton, en om niemand anders. Hij moest iets van deze nieuwe start zien te maken. Dat hij Ava Turner de vorige avond had geschoffeerd was geen geweldig begin geweest, en tactisch gezien was het verstandig die blunder zo snel mogelijk recht te zetten. Hij bedacht dat hij op het bureau zijn kamer nog moest inruimen en trok zijn joggingkleren uit, deed een overhemd en een keurige broek aan en ging op weg naar zijn werk.

Toen hij bij zijn kamer aankwam stond Tripp hem daar uitgerust op te wachten. Hij had er zin in. Dat was het voordeel dat twintigers hadden: je was ongevoelig voor slaapgebrek en had geen last van stress omdat je leven zo zorgeloos was. Heel even kwam Callanach in de verleiding hem terug te sturen naar Braemar. Maar dat zou harteloos zijn. Hij mocht van geluk spreken dat brigadier Lively hem niet stond op te wachten.

'Brigadier Lively wil u graag spreken, meneer.' Callanach sloeg zijn ogen ten hemel. 'En ik dacht,' ging Tripp verder, 'dat u in het licht van wat we in Braemar hebben ontdekt, de flat van Elaine Buxton vandaag wel zou willen zien, dus ik heb geregeld dat we daar rond lunchtijd terechtkunnen, en het telefoonnummer van haar ex ligt op uw bureau.' Tripp was druk bezig geweest. In gedachten tikte Callanach zichzelf op de vingers omdat hij Tripp weer naar Braemar had willen sturen. Het was aandoenlijk dat de jonge rechercheur van zichzelf totaal niet in de gaten had dat hij overijverig overkwam. Dat zag je weinig bij politiemensen.

'Dank je wel. Waar is de brigadier?'

'In de briefingruimte. Zal ik hem halen?'

'Nee, we gaan wel naar hem toe. Koffie onderweg.'

Toen ze bij de briefingruimte kwamen, kon Callanach woord voor woord het gesprek volgen waarvan hij al vermoedde dat het rond gonsde. De deur stond open, want van fijngevoeligheid had Lively geen last, en zijn stem galmde naar buiten.

'Hoe is hij in godsnaam zomaar tegen de functie van inspecteur aangelopen? Dat zou ik weleens willen weten. Er waren per slot van rekening bosjes andere kandidaten, mensen die de stad kennen en de mensen begrijpen. Het gerucht gaat dat hij zich hier door een hele grote kruiwagen naar binnen heeft laten rijden. En hij was nog geen tien minuten binnen of hij dirigeerde ons het district uit voor een onderzoek dat ergens anders thuishoort.'

'Wind je niet op, brigadier, hij heeft gewoon gedaan wat hij in het belang van het onderzoek nodig vond,' zei een vrouwenstem. Het duurde even voordat Callanach besefte dat het Salter was.

Tripp deed een dappere poging om hem een paar stappen voor te blijven en een einde te maken aan het gesprek, maar Callanach stak een hand op om hem tegen te houden.

'Laten we nog even blijven luisteren.'

'Maar sir,' begon Tripp te zeggen voordat Lively verderging.

'Nou, vooruit dan, Salter, vertel dan maar eens wat je van hem denkt. Je vindt hem zeker een soort genie omdat hij bij Interpol heeft gewerkt, en zo? Ik vraag me af waarom hij hiernaartoe is gekomen. Misschien redde onze inspecteur het niet in de eredivisie en dacht hij dat hij het hier wel zou kunnen bolwerken?'

Callanach duwde met zijn voet de deur open en zette zijn koffie met een klap op het bureau.

'U wilde me spreken, brigadier. Hebt u nieuws te melden?' Callanach staarde Lively strak aan en negeerde de andere aanwezigen.

'Ze hebben bloed op de honkbalknuppel aangetroffen en wat weefsel op een tand die vlakbij is gevonden. Het DNA van beide monsters komt overeen met dat van Elaine Buxton. Haar zaak is officieel opgeschaald van vermissing naar moord. Het rapport van de patholoog komt later vandaag. En de baas wil u spreken.'

'Regel een bord, Salter. Kaarten, foto's, resultaten van het forensisch onderzoek, alles wat we hebben,' riep Callanach terwijl hij naar de deur liep.

'Het is nog steeds niet onze zaak, inspecteur,' riep Lively hem na.

'Binnenkort is het mijn zaak. En als u niet wilt dat het uw zaak wordt, dan staat er op mijn kamer een groot, leeg bureau waarop u uw ontslagbrief kunt neerleggen,' beet Callanach hem toe.

Lively stond op. Callanach wist dat hij het hier beter bij kon laten om de gemoederen tijd te geven om af te koelen, maar het gesprek dat hij in de gang had opgevangen, zat hem nog steeds dwars.

'Wil je me soms kwijt, vriend?' vroeg Lively. 'Dat geloof ik graag, want ik heb gehoord wat je hebt gedaan. Zal ik je eens vertellen wat we in Schotland doen met mensen als jij? Jullie fucking Fransozen denken misschien dat jullie het recht hebben om...' Lively had een stap naar voren gedaan en onderstreepte zijn laatste woorden door met zijn vinger in Callanachs schouder te porren. Verder kwam hij niet. Callanach gaf hem zo'n harde duw naar achteren dat Lively in de armen van zijn collega's vloog, die zijn val braken en hem vermoedelijk voor een gebroken stuitbeentje behoedden. Lively camoufleerde zijn gêne met een lachje, dat als een ongemakkelijke echo door de groep werd overgenomen.

'U mag wel oppassen met die driftbuien van u, inspecteur,' zei Lively. Om zijn mond speelde een verbeten, zelfgenoegzaam glimlachje. 'Anders komt u nog in de problemen. Maar daar bent u natuurlijk al aan gewend...'

Callanach liep op Lively en zijn aanhangers toe. Zijn handen jeukten om die zelfingenomen grijns van zijn gezicht te slaan en hij beet zo hard op zijn lippen dat hij bloed proefde.

'Sir, hoofdinspecteur Begbie zit op u te wachten.' Tripps stem klonk zacht en onzeker, maar daarmee werd wel de spanning verbroken. Lively's vechtlust was al weggeëbd. Hij had zijn zegje gedaan, en straks, wanneer zijn dienst erop zat, zou hij ongetwijfeld verdergaan in de pub. Tripp pakte Callanachs koffie en mappen en hield de deur voor hem open.

Callanach beende zo snel door de gangen dat Tripp bijna moest hollen om hem bij te houden.

'Brigadier Lively kan niet zo goed met nieuwe mensen overweg. En hij was heel dik met de vorige inspecteur. Ik zou er niet te veel aandacht aan schenken,' waagde hij te zeggen.

'Als ik je hulp of advies nodig heb, vraag ik er wel om. Ga jij maar terug naar Salter en stel die whiteboards op. Ik wil dat dit onderzoek ordelijk verloopt, ik wens geen verdere afleiding meer.'

Zoals hij al verwacht had vergde het gesprek met hoofdinspecteur Begbie veel van zijn energie. De baas was een man van de oude stempel die tegen zijn pensioen liep. Bij Interpol was de omgang met zijn meerderen voor Callanach nooit een probleem geweest. Ze vertrouwden op zijn oordeel en hadden zijn carrière begeleid. Maar hier werd hij eraan herinnerd dat hij zich nog moest bewijzen. Hij zat er niet eens zo mee dat hij werd toegesproken als een eigenwijs kind, maar hij vond het wel pijnlijk dat hij een standpunt moest verdedigen dat eigenlijk niet meer dan een onderbuikgevoel was: namelijk dat Elaine Buxton in Edinburgh was vermoord. Hij vond zijn eigen argumenten nogal afgezaagd klinken. Uiteindelijk had de hoofdinspecteur tot op zekere hoogte toegegeven. Callanach kreeg toestemming het appartement van het slachtoffer te onderzoeken, met getuigen te praten en een verhaal in elkaar te zetten dat overtuigend aantoonde dat hij het onderzoek moest leiden. Het was niet veel, dacht Callanach nijdig, maar het was een begin.

Elaine Buxtons appartement was smetteloos en al even begerenswaardig als het adres zelf, aan het zeer gewilde Albyn Place, met uitzicht op de Queen Street Gardens. Het was smaakvol ingericht, en alleen een dun laagje stof verried de afwezigheid van de eigenares. Het was het appartement van iemand die haar leven ergens anders leidde, van iemand die zo door en door professioneel was dat ze nooit steken liet vallen. De enige kamer die tekenen van bewoning vertoonde was haar werkkamer, waar twee vuistdikke boeken over contractrecht open op haar bureau lagen in plaats van op de plank. Hij zou moeten nagaan welke zaken ze onder handen had toen ze verdween, maar het leek hem onwaarschijnlijk dat zo'n saai onderdeel van het recht tot zo'n gewelddadige dood kon leiden.

Hij ging in haar grote leren stoel zitten en leunde achterover. Hij zat niet lekker. De hoofdsteun vertoonde geen slijtageplekken. Dit was niet een vrouw die zich in haar werkkamer overgaf aan bespiegelingen over het leven. Toen Callanach zich voorovenboog om de laden open te trekken, verschoof het kussen onder hem enigszins. Ja, dat was het. Haar vaste positie, het hoofd voorovergebogen, gericht op een boek of resumé. Altijd geconcentreerd aan het werk. De inhoud van de laden was al even ordelijk als het bureaublad. Een Montblanc-vulpen lag in zijn doosje, markeerstiften zaten in hun plastic etui en strips met pijnstillers, aangebroken en half gebruikt, waren terug in hun verpakking gestopt. Een presse-papier van glad, zwart gepolijst glas hield een keurige stapel rekeningen en correspondentie op zijn plaats. Callanach strekte zijn hand uit om hem aan te raken en stelde zich voor dat Elaine dat ook deed onder het lezen of telefoneren, en voelde het koude, onbeweeglijke glas onder zijn vingers. Het was een sober en eenvoudig voorwerp en het deed zijn werk voorbeeldig, eigenlijk zoals Buxton zelf. Ze hield van orde en regelmaat. Wat er ontbrak, dacht Callanach, was een persoonlijke toets. Nergens hing een foto. Geen plant te bekennen. Geen enkel levend wezen dat verzorging of aandacht nodig had. De vriezer stond vol gezonde zelfgemaakte maaltijden, allemaal in handige, geëtiketteerde eenpersoonsporties. Het hele huis leek verstoken van alles wat een plek menselijk maakte.

Callanach liep weer terug naar haar slaapkamer. Het beddengoed was er afgehaald door de technische recherche, op zoek naar aanwijzingen van seksuele activiteit en DNA. Ze hadden alleen dat van haar gevonden. In de laden lag een minimale hoeveelheid make-up, en in het kastje in de badkamer stonden twee flesjes parfum. Hij deed haar garderobekast open en zag twee rijen schoenen staan, een rij voor op het werk en een rij sportschoenen. Het was ironisch dat iemand die zoveel waarde hechtte aan orde en netheid, op zo'n chaotische, traumatische manier aan haar eind was gekomen. Op welk moment had ze zich gerealiseerd dat er iets mis was? Zodra ze de sportschool uit was gelopen, misschien. Had iemand haar gevolgd of had hij haar thuis opgewacht? Buxton was fit en gezond. Als ze niet volkomen verrast was geweest, had ze zich wel verzet. Maar er waren nergens sporen van een worsteling gevonden.

Op het laatst vond Callanach naast een stel netjes opgevouwen truien wat er ontbroken had: een pluizige teddybeer keek van de hoogste plank omlaag, zo te zien vaak geknuffeld, en te dierbaar om met de andere kinderspullen weg te gooien. Iets om elke ochtend en avond onder het aan- en uitkleden naar te kijken. Een vleugje warmte in een verder steriel huis. Hij sloot de kastdeur om de eenzame, wachtende blik van de beer te ontlopen. Die zou hem niet helpen de moordenaar te vinden en de zaak was er ook niet mee gediend als hij zich de tragische dood van Elaine Buxton al te persoonlijk aantrok. Alleen met wetenschappelijk bewijs, logica en onderzoek loste je zaken op. Van het huis werd hij niet veel wijzer. Callanach sloot het appartement af en was blij dat hij de stilte en zielloosheid achter zich kon laten.

Telefoontjes met haar ex-man Ryan leverden niets op. Hij had al meer dan een jaar geen contact meer met haar. Naar aanleiding van het autopsierapport stelde de politie Buxtons moeder die middag op de hoogte van haar dood. Callanach was blij dat die klus dit keer niet op zijn bord lag. Hoe goed je ook was getraind en hoeveel ervaring je ook had, het overbrengen van een overlijdensbericht werd er niet makkelijker door. Vlak daarna werd de pers op de hoogte gesteld, en deed de politie een hernieuwde oproep aan het publiek om informatie te geven. Callanach spoorde de vriendin op die haar verjaardag in de sportschool had gevierd, en kreeg te horen dat ze eigenlijk meer een kennis was. Ze hadden samen op pilates gezeten en gingen elke woensdag en vrijdag naar de sportschool, maar hadden daarbuiten geen contact. De vrouw zei dat Elaine het nooit over een vriend had gehad, maar dergelijke onderwerpen kwamen sowieso niet ter sprake. Dat strookte met haar leefwijze. Haar collega's zeiden allemaal hetzelfde. Dan zou het haar toch moeten zijn opgevallen, mijmerde Callanach, dat iemand belangstelling voor haar had, haar observeerde en volgde. Ze was juriste. Ze moest hebben geweten dat er gerechtelijke bevelen bestonden om haar te beschermen. Was haar moordenaar zo beheerst dat hij zich geen enkele keer kenbaar had gemaakt?

Buxtons agenda en correspondentie waren als bewijs in beslag genomen. Callanach nam de hele papierwinkel mee naar huis in de verwachting dat hij niet veel meer dan afspraken en takenlijstjes zou bevatten. De agenda was al een keer doorgespit door het team dat haar vermissing had onderzocht, en had geen nuttige informatie opgeleverd. Hij had een A4-formaat, met een pagina per dag, en de notities waren kort en bondig.

Drie weken voor haar ontvoering noteerde ze:

Functioneringsgesprek. Score: goed. Meer declarabele uren maken.

Buxton behaalde dus goede resultaten, maar was niet altijd even zakelijk, ze kneep haar cliënten niet hard genoeg uit. De sympathieke advocaat: een witte raaf. Callanach bladerde door de overige pagina's en kreeg het beeld van een efficiënte, hoogopgeleide vrouw die haar dag nauwkeurig indeelde en haar tijd optimaal benutte.

Van de agenda zelf kwam Callanach niets nieuws te weten, maar achter in de omslag stak een kaart van vermoedelijk een oude vriendin die vertelde dat ze bevallen was van een dochter en haar op de hoogte bracht van de laatste ontwikkelingen. Een verhuizing, het opschorten van haar carrière om tijd te hebben voor de baby, en een grap over een gemeenschappelijke kennis. Niets wat erop wees dat de vriendin Elaine de afgelopen maanden of zelfs jaren nog had gezien. Het retouradres was in Londen. Achter de kaart zat een kladje met een half afgemaakte antwoordbrief. Die begon met de gebruikelijke gelukwensen, lovend commentaar op de babyfoto's en vragen over de verhuizing. Daarna veranderde de toon.

> Het spijt me heel erg dat ik er niet was op de babyshower, en het ziet ernaar uit dat ik ook niet bij de doopplechtigheid kan zijn. Het werk is op dit moment nogal veeleisend. Je zei altijd tegen me dat ik het leven te serieus nam, en ik begin te geloven dat je gelijk had. Ik doe m'n best om binnenkort een keer naar Londen te komen. Misschien verras ik je wel en boek ik een vakantie, zoals je me aanraadde. Sinds de scheiding ben ik niet meer weg geweest. Misschien ontmoet ik zelfs wel iemand (die je vast leuker vindt dan Ryan). Ik kan niet eeuwig met mijn neus in de boeken blijven zitten.

Callanach sloot zijn ogen. Er bestond niet zoiets als een goede moord, geen eerlijke of aanvaardbare omstandigheden waaronder iemand van het leven beroofd mocht worden, maar de moord op Elaine Buxton was wel heel wreed. Hoe had ze zich gevoeld toen tot haar doordrong dat ze werd ontvoerd? Dacht ze aan die onafgemaakte brief, aan de ironie van het dromen over een vakantie en een ontmoeting met een nieuwe man, of had de paniek haar volledig in zijn greep? Had ze uiteindelijk haar stem hervonden en voor haar leven gevochten? Callanach legde de agenda neer. Terwijl hij heen en weer liep in zijn kleine zitkamer, gleed zijn ene hand in zijn broekzak en voelde hij daar Elaine Buxtons presse-papier zitten, die zich daar als een verstekeling had verstopt. Hij haalde hem tevoorschijn, veegde een stofje van het smetteloze oppervlak en probeerde zich het precieze moment te herinneren dat hij hem in zijn zak had gestoken en hoe hij dat voor zichzelf had gerechtvaardigd, maar zijn geheugen was een grote waas. Langzaam en onopvallend, alsof hij in de gaten werd gehouden, liep hij naar zijn slaapkamer en schoof het zware glazen object onder zijn kussen.

# 8

King was razend omdat Elaine niet wilde meewerken. Over het algemeen verlaagde hij zich niet tot schuttingtaal, maar áls hij dan een plat woord moest gebruiken, zou hij haar een tyfushoer noemen. Hij wilde haar haar nieuwe kunstgebit laten passen, maar ze begon te huilen toen hij het in haar mond duwde, gilde van de pijn en jammerde dat haar tandvlees nog te gevoelig was. Het walgelijke wijf schudde als een dolle hond wild met haar hoofd om eraan te ontkomen. Hij was erop voorbereid dat er speeksel zou vloeien, dus had hij alvast handschoenen aangetrokken, maar nu haar hoofd alle kanten op schoot, kreeg hij dikke klodders snot van haar loopneus in zijn gezicht. Hij moest bijna kokhalzen.

Ze moest haar nieuwe situatie aanvaarden. Als dat niet goedschiks ging, dan maar kwaadschiks. Wat tucht zou geen kwaad kunnen. De proteïneshakes die hij voor haar maakte werden ook al niet gewaardeerd. Hij had haar neus al verschillende keren moeten dichtknijpen terwijl hij het drankje in haar mond goot. Ze had al snel begrepen dat ze zichzelf niet zou kunnen uithongeren. King pakte een oude houten liniaal uit een la op zijn werkkamer, pakte in tweede instantie ook zijn laptop mee en liep vervolgens de gewone trap af en de verborgen trap weer op. Een krasje op de rand van het paneel waarachter het sleutelgat schuilging moest nodig gladgeschuurd worden. Hij mocht niet slordig worden nu al het andere volgens plan was verlopen.

Elaine wierp hem een bozige blik toe toen hij binnenkwam. Net een tegendraadse tiener, dacht hij. Maar dat zou niet lang meer duren. Als hij haar door deze fase heen kon helpen, zou ze wel tot inkeer komen. Hij liep zonder een woord te zeggen op haar bed af. Het was zinloos om de strijd met haar aan te gaan. Dat zou alleen maar een nieuwe scène veroorzaken. De hulp die hij haar wilde bieden, deze harde maar liefdevolle aanpak, kon je maar het best snel uitdelen, en zonder iets te zeggen. King controleerde of de handboeien en kettingen waarmee haar handen vastgebonden waren, strak genoeg zaten zodat ze geen woeste bewegingen kon maken en zichzelf geen onnodig letsel kon toebrengen. Ze kneep haar ogen stijf dicht en perste haar lippen op elkaar omdat ze ervan uitging dat hij van plan was het gebit nog een keer te passen. Uit haar gedrag bleek duidelijk dat hij haar niet zou kunnen overreden om mee te werken. Hij had part noch deel aan deze onvermijdelijke gang van zaken, vond hij. Het was allemaal haar eigen schuld.

Pas toen hij de kettingen aan haar enkels strakker aantrok, waardoor haar benen wijder werden gespreid, begon ze te gillen. Het deed hem genoegen dat haar boeien geen millimeter weken onder haar aanval van hysterie. Hij was er trots op dat hij de boeien voor zijn gastenverblijf zo zorgvuldig had uitgekozen. King liet een schril lachje horen. Elaine stopte met gillen en staarde hem aan alsof hij opeens twee hoofden had.

'Gastenverblijf,' mompelde hij hardop.

Een seconde later begon ze weer te krijsen als een klein kind. Niet met haar praten, zei hij tegen zichzelf. Zwijgen tot de les voorbij was. Op dat moment begon ze te smeken. Hij had al geweten dat ze dat zou doen.

'Afjebief, afjebief, verkrach me afjebief nie,' zei ze net zo moeilijk verstaanbaar als altijd, wat haar eigen schuld was omdat ze weigerde naar hem te luisteren. 'Oe he gebi è maa i. Ik za gehoorzaa zij.'

King draaide zijn hoofd langzaam van de ene schouder naar de andere om de spanning te laten wegvloeien die haar zielige gejammer had veroorzaakt. Hij keek haar koeltjes aan. Hij zou haar natuurlijk gerust kunnen stellen, dacht hij. Hij was geenszins van plan om haar te verkrachten. Hij was geen beest. Alleen verdorven smeerlappen verlaagden zich tot verkrachting. Maar aan de andere kant, als dat vooruitzicht zo angstaanjagend voor haar was dat ze meewerkte, kon hij dat dreigement misschien toevoegen aan zijn trukendoos om haar te helpen zich aan hem te onderwerpen?

'Níét onderwerpen,' fluisterde hij. 'Ópvoeden. Verdomme!' schreeuwde hij. Waarom praatte hij in zichzelf? Ze had hem uit zijn evenwicht gebracht met haar reactie op zijn vermeende dreiging met verkrachting. Hij moest zich concentreren. King pakte de liniaal en sloeg keihard op haar blote voetzool. Het kletsende geluid was als een zuiver, wit licht. In gedachten telde hij mee en hij was al bij vier toen het geschreeuw begon, omdat de ontelbare zenuwuiteinden op haar voetzolen de tijd namen om het signaal naar haar brein door te sturen. Pas nu stond hij zichzelf toe tegen haar te spreken.

'Dat duurde langer dan ik had verwacht,' zei King. 'Dat was wat de Duitsers een *Sohlenstreich* noemen, letterlijk een klap op de voetzool. Een oude en veelgebruikte vorm van tucht in culturen over de hele wereld. Mijn vader liet me er op vrij jonge leeftijd mee kennismaken. Hij was een begenadigd pedagoog.' Hij gaf een klets met de liniaal tegen haar andere voetzool. Dit keer wist Elaine wat ze kon verwachten en schreeuwde ze al voordat het hout haar huid raakte. 'Het is effectief, omdat het bijzonder pijnlijk is en maar weinig littekens of blijvend letsel achterlaat. Ik zal proberen geen botjes in je voet te breken, maar er gebeuren weleens ongelukken.' Hij sloeg nog een keer met de liniaal op haar linkervoet.

'En wat verkrachting betreft: dat zijn liederlijke gedachten. Ik sta niet zo op springen dat ik zulke minderwaardige prikkels nodig heb.' Haar luide gekrijs begon ondraaglijk te worden.

'Als je je kop niet houdt,' zei hij, met een liniaalklets na elke lettergreep, 'ga ik gewoon door!' Elf kletsen vlak na elkaar. Meer dan hij van plan was geweest. Maar ze begon zichzelf onder controle te krijgen, keek hem met wijd opengesperde ogen aan, en huilde nu in plaats van te gillen. Haar hele lijf trilde. Ze was in shock, maar daar kwam ze wel weer overheen. Het menselijk lichaam was sterker dan de geest.

'Ik ga je nu een paar vragen stellen om te controleren of je vooruitgaat. Als je het goede antwoord geeft, houden we hiermee op en kunnen we weer vrienden zijn. Mag ik straks het gebit bij je passen zonder dat je je verzet?' Elaine knikte hevig. 'Goed. En drink je je proteïnedrankjes ook zonder gedoe op?' Weer hevig knikken. 'Wat is het Duitse woord voor deze vorm van tucht?' Stilte. Dreigend hief hij de liniaal.

'Nee, nee, ik probeer het me te herinneren, ik doe mijn best,' fluisterde ze hees. Zelfs zonder het kunstgebit deed ze beter haar best om duidelijk te spreken, speelde ze de vlijtige leerlinge.

'Je hebt niet zitten opletten, hè, Elaine?' Hij sloeg met de liniaal tegen haar rechtervoetzool, niet al te hard, dacht hij, maar toch gilde ze zo hard dat zijn oren pijn deden. Hij vermoedde dat de pijn toenam door de bloeduitstortingen.

'Toe nou, denk eens na...'

'Ik weet het niet, ik kan niet denken. Doe me alsjeblieft geen pijn meer,' snikte ze.

'Sohlenstreich,' schreeuwde hij, en hij gaf een harde klap op haar linkervoetzool. 'Sohlenstreich, zeg het me na.' Er volgden nog meer klappen, hij was de tel al kwijtgeraakt, maar toen voltrok zich het wonder. Ze dreunde het woord samen met hem op, keer op keer, bij elke klets tegen haar voetzolen. Ze huilde niet meer. Elaine had iets geleerd. Hij voelde een uitbarsting van vreugde die dicht in de buurt van extase kwam. Het besef dat hij had gezegevierd, dat hij het vanaf het begin bij het juiste eind had gehad, was overweldigender dan hij ooit had durven dromen. Hij voelde vanbinnen iets trillen. De eerste stap was voltooid. Hij had haar veranderd, haar dichter bij volmaaktheid gebracht, dichter bij hem.

Hij liet de liniaal vallen en kwam naast haar staan. 'Lief meisje,' lispelde hij in haar oor en hij streek de haren die op haar met tranen en zweet bedekte gezicht geplakt zaten, naar achter. 'Je bent mijn lieve meisje, toch? Dat was toch niet zo moeilijk? Gehoorzaamheid wordt beloond, maar je moet je wel gedragen. Je moet begrijpen dat ik alleen wil wat het beste voor je is. We gaan verder.' Hij besloot dat het tijd was voor wat mildheid, maakte haar enkelboeien los en legde haar benen teder naast elkaar op het bed. Ze trok haar knieën op tegen haar borst en beet op haar onderlip. 'Kijk nou toch, je doet zo je best om stil te blijven voor mij. Ik zal wat pijnstillers in je volgende drankje doen. Dan slaap je beter.' Hij maakte de kettingen aan haar armen iets losser zodat ze kon ontspannen.

'Er is nog iets wat ik je wil laten zien. Ik denk dat je het wel leuk zult vinden.'

Hij pakte zijn laptop, trok een stoel bij het hoofdeinde van het bed en ging zo zitten dat ze samen konden kijken. Hij klikte op een bestand om een video te starten. In het begin klonk er wat gekraak en was het beeld donker en korrelig, maar al snel werd het duidelijker en werd er een groot videoscherm zichtbaar met onder in beeld een massa hoofden.

'Wát?' fluisterde ze. King glimlachte. De pijn in haar voeten was al vergeten. Dit zou een onbetaalbaar moment worden.

'Wacht maar even,' zei hij. 'Je ziet het zo.'

Een kerkorgel zette 'Blijf bij mij, Heer' in, en het scherm kwam tot leven. King hield Elaines gezicht in de gaten terwijl haar moeder met een zonnebril op en een zakdoek voor haar mond plaatsnam op de eerste rij. De camera zwenkte langzaam rond en bracht rijen stemmig geklede mensen in beeld, de meesten met gebogen hoofd. Niemand praatte. Elaine smoorde een snik achter in haar keel.

'Ik begrijp het niet,' stamelde ze.

'Hou je maar niet van de domme,' antwoordde King, terwijl hij haar linkerhand vastpakte en met zijn duim over de rug van haar hand streelde. 'Dit is je herdenkingsdienst. De politie wil je stoffelijk overschot natuurlijk nog niet vrijgeven. Wie weet hoelang ze die zak met botten nog bij zich willen houden? Maar dit is je grootse afscheid. Je *fifteen minutes of fame.*'

'Ik wil niet meer kijken,' zei ze, en ze wendde haar blik af.

'O, maar dat verlang ik van je. Echt, daar sta ik op.'

Haar familie zat op de voorste kerkbanken. King kende ze allemaal bij naam en somde allerlei details over hen op opdat Elaine zou beseffen hoe grondig hij zich in haar leven had verdiept. Het was een geweldig compliment voor haar dat hij zoveel van zijn kostbare tijd aan haar had gewijd. Haar nicht Maureen las iets voor en daarna werd er weer gezongen. Daarna volgde een schitterende speech door een man die King niet kende. Hij schetste een beeld van Elaine toen ze nog jonger was, maar King herkende haar niet in zijn beschrijving. De man vertelde over een rampzalige skivakantie, over een jonge vrouw die hard werkte maar nog harder kon feesten, vertelde allerlei inside jokes die anders aan de wereld voorbij zouden zijn gegaan. Nu leek het of haar leven openbaar bezit was geworden. Daar had King zich onder het filmen aan gestoord. Er waren te veel mensen op de dienst af gekomen, en de kerk had helemaal vol gezeten zodat ze buiten een videoscherm hadden moeten plaatsen. Er was veel politie op de been geweest.

'Een tikkeltje overdreven, vond ik,' zei King na afloop.

'Michael,' zei Elaine, alsof ze de naam in haar slaap mompelde. King kneep gemeen hard in haar hand.

'Wie is dat?'

'Mijn vriend tijdens onze rechtenstudie,' antwoordde Elaine. 'We zijn elkaar uit het oog verloren. Hij is naar New York verhuisd.'

King reageerde geërgerd toen hij zag dat de tranen haar in de ogen sprongen. Hij vond haar werkelijk stuitend irritant.

'Je zou dankbaar moeten zijn. Hoeveel mensen krijgen de kans om de dingen te zien en te horen die ik net voor jou heb afgespeeld? Je werd gerespecteerd, bewonderd en ze hielden van je, en dat heb je allemaal kunnen horen zonder dood te gaan. Ik heb je bevrijd!'

'Laat me gaan,' smeekte Elaine met een zachte stem. 'Ik zal niemand iets vertellen. Ik doe net of ik een hersenschudding heb gehad. Ik denk niet dat u een slecht mens bent, alleen dat u in de war bent.'

King ademde zwaar in en uit. Hij voelde dat het bloed hem naar de wangen steeg. Het geluid van zijn eigen knarsetanden echode in zijn schedel, en opeens kon hij haar ruiken: ongewassen, wegrottend op dat matras. Ze was hier al twee weken en had nog geen enkele keer gevraagd of ze zich mocht wassen. Speciaal voor dat doel had hij een douchecabine in de hoek van de kamer neergezet en hij zou graag toezicht hebben gehouden als ze zich maar voldoende rustig had gedragen. Ze hoefde het alleen maar te vragen. Smerig kutwijf. Ze had hem belazerd, ze had niets geleerd. Hij had er de pest aan als hij besodemieterd werd. Hij was tekortgeschoten in zijn beoordelingsvermogen. Ernstig tekortgeschoten. Misschien was ze uiteindelijk toch niet de juiste keus.

King bracht zijn ene hand onder de laptop met een ruwe, plotselinge beweging omhoog, en ramde het plastic en metaal in haar gezicht zodat ze geschrokken achteruitdeinsde.

'In de war, stomme slet? Ik ben niet degene die hier in de war is. Je bent dood! Snap je dat niet? Iedereen denkt dat je het loodje hebt gelegd. Ze hebben je bloed, je kleren, een lijk en je tanden. Je bent geschiedenis voor ze. Weet je wat dat betekent, mevrouwtje de slimme advocate?' Hij greep de hals van haar T-shirt vast en duwde zijn gezicht tegen het hare. 'Dat betekent dat ik met je kan doen wat ik wil. Je bent van mij en je doet wat ik zeg en wanneer ik het zeg, en je hebt het maar fijn te vinden. Niemand komt je redden. Hun verdriet gaat uiteindelijk over en ze vergeten je. Niemand is meer naar je op zoek.' Hij smeet haar op het kussen en streek zijn eigen kleren glad, in het besef dat hij rustig moest zien te blijven.

'Je hebt gelijk,' siste ze vanaf het bed. 'Naar mij gaan ze niet op zoek. Maar ze zijn wel op zoek naar jou. Je zult nooit een moment rust hebben, je zult altijd op je hoede moeten zijn. Op een dag kom je thuis en wachten ze je op, en dat is dan...'

Met zijn arm gaf hij een ram op haar mond, waardoor haar hoofd opzij vloog en het bloed uit haar mond spoot. Hij kalmeerde meteen. Dat was precies wat ze wilde. Dat hij haar zou vermoorden. Maar daartoe zou hij zich niet laten verleiden. Hij had nog grootse plannen met haar. Alleen zou hij misschien een beetje moeten improviseren. King liet haar geknakte lijf liggen zoals het lag en liep de kamer uit. Elaine mocht in haar eentje bijkomen en haar lot tot zich door laten dringen.

# 9

Callanach werd er gek van dat ze geen stap verder kwamen. Hij had de herdenkingsdienst voor Elaine Buxton bijgewoond en had de grote menigte buiten de kerk geobserveerd, rouwend om een vrouw die ze niet persoonlijk hadden gekend. Hij wist wat ze allemaal dachten. Dat het hun ook had kunnen overkomen. Hun vrouw, zus, dochter of moeder. Zulke misdaden lieten diepe littekens na in een gemeenschap, die zich net zo scherp aftekenden als de geblakerde aarde op de plek waar ooit de berghut had gestaan. De mensen waren daar niet alleen heen gekomen om te rouwen, maar ook om samen van die onuitgesproken waarheid te getuigen: godzijdank was ik het niet. En er was niets mis mee, dacht Callanach, om je aan het leven vast te klampen. Dat was tenslotte ook het werk van de politie, die de taak had om een te kort en te fragiel bestaan te beschermen, te respecteren en te beveiligen.

In de twee weken die sindsdien waren verstreken, sleepten de uren zich voort. Zijn telefoon ging steeds minder vaak. Oproepen tot informatie bleken vruchteloos. De politie had de bestanden op Elaines computer doorgespit, haar agenda, haar e-mails en de oude en nog lopende zaken waar ze aan had gewerkt. Daar was niets uit gekomen. Ze was niet actief op sociale media, belde meestal liever met vrienden dan dat ze een appje stuurde en was altijd met een grote boog om datingsites heen gelopen. Alle gebruikelijke aanknopingspunten liepen dood. Callanach had zelfs tijd gehad om niet alleen de inhoud van zijn dozen in de laden te kieperen, maar er ook een soort ordening in aan te brengen.

'Komt het gelegen?' vroeg Ava Turner terwijl ze haar hoofd naar binnen stak.

'Ik heb het niet bepaald druk, als je je daar zorgen over maakt,' antwoordde hij. Hij had haar de afgelopen weken een paar keer gezien, maar nog niet de gelegenheid gehad om zich voor zijn gedrag te verontschuldigen. Nu was het te lang geleden en vond hij het belachelijk om terug te komen op haar voorstel samen een borrel te drinken en zijn afwijzende reactie daarop.

'Ik heb wat mensen nodig om een nieuwe ontwikkeling in een zaak na te trekken. Kan ik deze week hulp van jouw team krijgen?' Ze liet zich in een stoel tegenover hem vallen.

'Natuurlijk,' zei Callanach. 'Het is goed voor ze om eens ergens anders mee bezig te zijn.'

'Geen doorbraak?' vroeg ze. 'Dat is wel pech.'

'Het klopt gewoon niet,' mompelde Callanach, 'dat een moordenaar alles zo nauwgezet voorbereidt, zo ver vooruitdenkt. Dat strookt totaal niet met de chaos en het fanatisme die nodig zijn om een moord te plegen.'

Ava boog zich voorover en veranderde van collega in rechercheur terwijl ze met hem meedacht. 'Dat komt doordat je op zoek bent naar een goedgeorganiseerde moordenaar. Je ziet hem of haar niet meer als mens. Degene die dit heeft gedaan kan zich dat soort vaardigheden niet zomaar eigen hebben gemaakt. Je bent op zoek naar iemand die al zijn hele leven nauwgezet is, misschien wel obsessief, die altijd al zijn afspraken nakomt en nooit een uitzending van zijn favoriete radioprogramma mist, die bijhoudt hoeveel tijd hij elke maand aan verschillende bezigheden spendeert, die in zijn agenda noteert wanneer hij de lakens heeft verschoond. Ga eerst op zoek naar de persoon. Dan kom je de moordenaar later op het spoor.' Ava stond op. 'Dus ik kan twee mensen uit je team inzetten?'

'Zolang brigadier Lively maar een van hen is,' zei hij.

'Geen schijn van kans,' antwoordde ze.

'Heb je vanavond een uurtje over om wat te gaan drinken?' vroeg Callanach terwijl ze zijn kamer uit liep.

Ava kwam weer naar binnen om antwoord te geven.

'Dat denk ik niet,' zei ze.

'Als dat te maken heeft met vorige keer...' Hij haalde zijn schouders op. 'Ik vond het niet makkelijk om hierheen te verhuizen.'

'Het bureau gonst van de geruchten over je overstap van Interpol. Er wordt altijd geroddeld als een buitenstaander een hoge positie krijgt in plaats van iemand uit de eigen gelederen. Ik begrijp dat je het werk eerst in de vingers wilt krijgen voordat je iets aan je sociale contacten gaat doen, en dat is heel verstandig,' zei Ava.

'Dat is eigenlijk niet...'

Barnes kwam binnenlopen, wat Ava als teken of excuus benutte om weg te lopen. Op Barnes' gezicht stonden opwinding en bezorgdheid te lezen. 'We denken dat we er nóg een hebben, sir. Er wordt sinds gisteravond een vrouw vermist. Haar assistent heeft het gemeld.'

'Wat is het verband met Elaine Buxton?' vroeg Callanach.

'De vrouw is na haar werk naar huis gegaan, maar lijkt daar niet te zijn aangekomen. Ongeveer net zo oud als Buxton, alleenstaand, geen kinderen. Het past totaal niet bij haar om zomaar een poos onder te duiken. In de briefingruimte ligt een rapport over de vermissing en we halen de assistent op om meer te weten te komen. We hebben agenten bij het huis van de vrouw geposteerd en we voeren de gebruikelijke gesprekken met haar collega's.'

Het was bomvol in de briefingruimte. Callanach ging met een notitieboekje op schoot achter in de zaal zitten omdat hij eerst wilde horen hoeveel informatie er was verzameld. Ava Turner opende de deur en keek met een vragende blik naar binnen. Hij wenkte haar.

'Ik wilde mijn hulptroepen ophalen,' fluisterde ze. 'Wat is er aan de hand?'

‘Er wordt nog een vrouw vermist,’ zei hij.

‘Vind je het goed als ik er even bij blijf?’ vroeg ze. Hij knikte en ze ging naast hem zitten.

Er verscheen een foto van Jayne Magee op het scherm. Iedereen in de kamer hield even zijn adem in. Callanach begreep niet wat er zo schokkend aan was, behalve dat hij verrast werd door wat de vrouw op de foto om haar hals droeg. De brigadier die het rapport over de vermissing had opgesteld, stak van wal.

‘Dit is eerwaarde Jayne Magee, zesendertig jaar, blank, Schotse nationaliteit. Haar assistente, Ann Burt, gaf haar vermissing door toen Jayne vanmorgen niet kwam opdagen voor een bijeenkomst in de kathedraal van St Mary aan Palmerston Place, onderdeel van de Schotse Episcopaalse Kerk. De alarmbellen gingen rinkelen toen ze gisteravond niet thuis bleek te zijn geweest. Haar medewerkster zei dat Jayne geen plannen had voor die avond. De dominee had tegen Ann gezegd dat ze zich verheugde op een rustig avondje thuis, met een Indiase curry. Blijkbaar was dat haar enige zwak. Toen ze vanochtend niet kwam opdagen bij de bijeenkomst en ze haar telefoon niet opnam, is de medewerkster naar haar huis gereden. Ze had een sleutel en is naar binnen gegaan. Geen spoor van Jayne. Geen tas of jas, en de curry stond nog onaangeroerd in de ijskast. Ann Burt had haar gisteravond om zeven uur nog gemaild met een vraag, maar geen antwoord gekregen. Doorgaans checkt de dominee haar mail elke avond even en beantwoordt ze die. Ann Burt zei dat het haar gisteravond verbaasde dat ze geen antwoord kreeg, maar ze ging ervan uit dat er iets tussen was gekomen, dat Magee zich niet lekker voelde of onverwacht bezoek had gekregen, en daarom had ze haar niet gebeld.’

‘Waar woont ze?’ riep Lively vanaf de andere kant van de kamer.

De brigadier bracht een kaart van de stad op het scherm. De kathedraal was gemarkeerd met een blauw kruis, en een rode stip markeerde het huis van de geestelijke, vermoedde Callanach.

‘Ze woont in een vrijstaand huis in Ravelston Park, ten noordwesten van de kathedraal, aan de andere kant van de rivier. Ze loopt altijd van en naar haar werk, ook bij slecht weer, en gisteren was ze ook lopend.'

'Dus hoe laat ging ze weg bij St Mary's?' vroeg Callanach.

'Rond zeven uur 's avonds. Ze heeft er de avondzangdienst bijgewoond, bleef nog even napraten en ging toen naar huis. Er zijn geen sporen van braak of een worsteling en voor zover de medewerkster kan zien, is er niets gestolen.'

'Ik zie natuurlijk wel overeenkomsten,' zei Callanach, 'maar heb je niet een tastbaarder verband met de zaak Elaine Buxton?'

'Alleen dit.' Er verscheen een nieuwe foto op het scherm. Als één man bogen de mensen in de zaal zich naar voren om te zien waar ze naar moesten zoeken in de groene wirwar op de foto. 'Hier, helemaal onderaan, hebben we Jayne Magees mobiele telefoon gevonden. Net in haar voortuin, tussen de wortels van een struik. We weten niet of zij die heeft laten vallen of dat iemand anders hem heeft weggegooid. We hebben hem opgestuurd om hem te laten onderzoeken op vingerafdrukken en belgegevens.'

'Misschien heeft ze geprobeerd te bellen omdat ze bang was dat ze werd gevolgd en is ze daarbij gestoord en heeft ze hem laten vallen,' opperde Salter.

'Of degene die Magee heeft ontvoerd wilde niet dat we het signaal zouden traceren en een locatie konden vaststellen,' mompelde Ava. 'Ik red het wel zonder jullie,' fluisterde ze tegen Callanach. 'Ziet ernaar uit dat je al je mensen nodig hebt.' En ze liep weg.

Er waren niet bepaald sterke aanwijzingen dat er een verband tussen de twee zaken was. Als het inderdaad dezelfde persoon was als die Elaine had meegenomen, wisten ze alleen dat Jayne Magee waarschijnlijk niet veel tijd meer had. Callanach stond op, streek met zijn hand door zijn dikke haar en liep naar voren. Binnen twee seconden bereikte het geroezemoes in de zaal het punt waarop hij zich niet meer verstaanbaar kon maken.

'*Arrêtez!*' riep hij, in zijn ergernis teruggrijpend op het Frans. 'Stop. We hebben geen tijd.'

Iemand riep honend 'O, o' in reactie op zijn boosheid en werd onmiddellijk afgekapt door brigadier Lively.

'We hebben werk te doen en de inspecteur probeert het onderzoek op de rails te krijgen. Dus als je je niet kunt beheersen, dan kun je beter meteen opdonderen,' riep Lively.

Callanach keek hem even aan en sloeg toen zijn notitieboekje open om het lijstje door te nemen dat hij tijdens de briefing had opgesteld. Hij vroeg zich af of Lively zijn kop had gestoten en daardoor een persoonsverandering had ondergaan. Die zou vast niet lang duren.

'We vragen beelden van bewakingscamera's op om te zien of we een deel van haar wandeling naar huis te pakken kunnen krijgen. Buren of andere getuigen die haar gisteravond bij haar huis hebben gezien. De technische recherche is daar denk ik al?' De brigadier die de briefing had gedaan knikte bevestigend. 'Spoor de laatste persoon op met wie ze in de kerk heeft gesproken. Vraag in wat voor stemming ze was, waar ze het over gehad hebben, wat ze droeg. Ik wil haar agenda, haar computer, en zorg ervoor dat het mobieltje prioriteit krijgt. Tripp, jij gaat samen met Salter op zoek naar mogelijke verbanden met de zaak-Buxton. Ik wil van allebei een volledig antecedentenonderzoek, vanaf de geboorte tot nu. Begrepen?' Iedereen knikte. Opvallend genoeg werden er dit keer geen flauwe grappen gemaakt, wat voor Callanach duidelijk maakte dat iedereen dacht wat hij dacht: de tijd drong. 'Goed. Dan gaan we nu weer aan de slag!' Iedereen stroomde de gang op, opgezweept door de adrenaline en de spanning. De komende vierentwintig uur zouden doorslaggevend zijn.

Lively was erin geslaagd nog eerder op Callanachs kamer te zijn dan hijzelf. 'Ik zou de getuigen in de kerk graag ondervragen,' zei hij. Zijn gezicht was rood aangelopen en hij haalde zwaar adem. Van zijn vroegere obstinate gedrag was niets meer over.

'Is daar een speciale reden voor?' vroeg Callanach.

Lively knikte en staarde naar de grond. 'Dat is omdat ik eh... ik ga daarnaartoe. Naar die kerk, bedoel ik. Ik ken dominee Magee. Niet persoonlijk, we hebben nooit met elkaar gesproken, maar ik ben wel naar haar diensten geweest. Ze is een goed mens en als dit dezelfde man is die Elaine Buxton heeft ontvoerd, zou ik de mensen in de kerk graag zelf willen ondervragen. Sir.' Hij keek Callanach niet aan terwijl hij op antwoord wachtte. Door die onderdanige toevoeging van het respectvolle 'sir', begreep Callanach hoezeer deze zaak Lively aan het hart ging.

Eigenlijk wilde hij het verzoek afwijzen om de man te straffen voor diens eerdere nauwelijks verhulde dreigementen en horkerige gedrag. Maar als Lively zich op de kerk zou concentreren, was hij tenminste uit de buurt. Bovendien was Callanach zelf ook te ver gegaan door de brigadier een duw te geven – niet dat iemand met zo'n groot ego als dat van Lively meteen een klacht zou indienen, maar een rivaal die bij hem in het krijt stond was altijd beter dan eentje die rancune koesterde. En dus liet hij de rede zegevieren over zijn woede.

'Dat kan zinvol zijn, als je er maar niet al te persoonlijk bij betrokken raakt. Je moet wel gefocust blijven,' zei Callanach.

'Dat is geen probleem. En ik zou het op prijs stellen als dit onder ons kon blijven,' mompelde Lively.

Het was eigenlijk wel heel ironisch, bedacht hij, dat Lively eerst had gedreigd alles wat hij wist over Callanachs gedwongen vertrek uit Lyon op straat te gooien, en hem nu vroeg om zijn eigen privéleven te ontzien.

'Neem iemand mee en ga meteen aan de slag. We lopen al veel te veel achter op die schoft,' zei Callanach alleen maar.

Het was amper voorstelbaar dat iemand als Jayne Magee als beoogd slachtoffer in beeld was gekomen bij een ontvoerder. Er waren geen aanwijzingen dat Elaine Buxton regelmatig naar de kerk ging, dus het had in ieder geval niets met religie te maken. De patholoog had niet kunnen vaststellen wanneer Buxton was overleden, zodat de politie wat dat betrof geen enkel houvast had, behalve het feit dat ze al zestien dagen vermist werd toen haar lichaam werd gevonden. Misschien zou de ontvoerder dit keer Jayne wekenlang in leven houden, maar ze kon ook al dood zijn. De moordenaar was in Callanachs gedachten een man geworden. Daar was geen hard bewijs voor, hij baseerde zijn aanname alleen op jarenlange ervaring en het feit dat het nogal voor de hand lag. Misschien ging het om meer dan één persoon, dacht hij, maar Ava had gelijk met haar opmerking dat ze eerst naar de persoon moesten kijken. Het leek hem onwaarschijnlijk dat iemand met zulke obsessieve karaktertrekken goed was in teamwork.

Diezelfde middag had Callanach een gesprek met de assistente van Jayne Magee, Ann Burt. Bij binnenkomst stak ze een druipende paraplu in Callanachs prullenmand, trok haar sjaal van haar hoofd en vouwde die op voordat ze ging zitten. Instinctief maakte Callanach zijn bureau een beetje aan kant terwijl ze plaatsnam. Ann Burt, broodmager, schrille stem en naar schatting eind zestig. Ze deed hem denken aan zijn oma, aan wie hij weliswaar maar een vage herinnering had. Burt was iemand die geen blad voor de mond nam.

'Dus nu zit ik hier tegenover de inspecteur?' begon ze. 'U bent de derde aan wie ik vandaag mijn verhaal moet vertellen. Kunt u me zeggen wat er aan de hand is?'

'Het is gewoon routine, mevrouw Burt. We onderzoeken alle mogelijkheden.'

'Ik mag dan wel oud zijn, maar ik heb ze nog allemaal op een rijtje. Ik kreeg vandaag een telefoontje dat er drie rechercheurs in St Mary's rondlopen en dat er een heel team bezig is in Jaynes huis. Jullie houden ongetwijfeld rekening met het ergste.'

'Er is momenteel geen spoor van haar en niemand heeft contact met ons opgenomen om te zeggen waar ze is, dus dit hoort allemaal bij de standaardonderzoeksprocedure.'

'En de naam Elaine Buxton is nog niet ter sprake gekomen, klopt dat?'

Callanach zei niets. Het zinnetje over de standaardonderzoeksprocedure was nog enigszins vergeeflijk, liegen niet.

'Dat dacht ik al,' ging ze verder. 'U moet weten dat dominee Magee een onverschrokken vrouw is. Ze kan iedereen aan. Schrijf haar niet meteen af.' Ze klonk dapper, maar in haar ogen glinsterden tranen. Callanach maakte een paar overbodige notities om haar even de tijd te geven tot zichzelf te komen.

'We weten nog niet wie dit heeft gedaan, maar de ervaring leert ons dat een snelle start in elke zaak essentieel is. We hopen dat de dominee opduikt, dat het om een persoonlijke crisis gaat of dat ze misschien gewoon even alleen wilde zijn. Maar als dat niet het geval is, moeten we met alle mogelijke scenario's rekening houden,' zei hij.

'Ze heeft vlak na de vermissing van mevrouw Buxton een wake voor haar gehouden. Daar kwamen honderden mensen op af, we hebben kaarsen gebrand, gebeden en een minuut stilte gehouden. We hadden toen natuurlijk nog geen idee wat er met die arme vrouw was gebeurd.' Dit keer deed Callanach niet of hij niets zag toen de tranen begonnen te vloeien.

'We doen alles wat we kunnen. U hebt ons haar agenda en haar computer gebracht, daar hebben we wat aan. Vertelt u nog eens wat voor iemand ze is,' vroeg Callanach.

'Ze is charmant, oprecht charmant. Helemaal niet pretentieus of opzichtig, gewoon hartelijk. En ze heeft een geweldig gevoel voor humor. Dat had ik nooit gedacht van een vrouw in haar positie. Zo zie je maar, je moet nooit te snel oordelen. En ze is heel open, ze heeft altijd tijd voor iedereen. En hemeltjelief, wat is ze intelligent! Ze heeft een master van Oxford op zak. Ze zit altijd met haar neus in de boeken.'

'En mevrouw Magee heeft nooit gezegd dat haar iets dwarszat? Dat iemand haar misschien te veel aandacht schonk?'

'Nooit,' antwoordde Burt. 'Als ze al ooit een onaardige gedachte over iemand heeft gehad, dan heeft ze die in mijn bijzijn nooit uitgesproken.' Ze pakte haar handtas. 'U zult haar toch wel vinden, inspecteur? Voordat er iets...' Ze kon haar zin niet afmaken.

'Ik doe alles wat in mijn macht ligt om haar te vinden,' zei hij. Ann Burt gaf een klopje op zijn hand, een aanraking die hij heel even toeliet tot hij zijn hand terugtrok en opstond om haar uit te laten.

Aan het einde van de middag waren ze nog niets opgeschoten. Het lab had bevestigd dat de enige vingerafdrukken op de telefoon van Jayne Magee waren. Ondervraging van de naaste buren leverde slechts loftuitingen op aan het adres van hun vriendelijke buurvrouw en ontzetting over haar vermissing. Callanach gaf het op. Hij pakte Jayne Magees dossier en ging naar huis, en haalde onderweg een curry bij een afhaalrestaurant. Als dat de enige zwakte van de vermiste dominee was, was het vast een goede keus.

In zijn appartement in Albany Street at hij voor de tv. Op het avondjournaal zag hij Ava Turner die getuigen opriep in de zaak van een pasgeboren baby die op een bank in een park was achtergelaten en helaas al was overleden door onderkoeling voordat hij werd gevonden. Ava zag eruit zoals hij zich voelde. Callanach had niet geweten met welke zaak zij bezig was, maar als het om kinderen ging, trok dat altijd een zware wissel op je.

Zonder verder na te denken toetste hij haar nummer in. Toen hij de voicemail kreeg overwoog hij even om op te hangen, maar hij riep zichzelf tot de orde. Het werd tijd om bondgenoten te zoeken.

'Ava, met Callanach. Ik snap dat je moe bent en dat je het druk hebt, maar ik kan wel een frisse blik op mijn zaak gebruiken en jij staat boven aan mijn lijstje. Eerlijk gezegd ben je de enige op mijn lijstje. Ik wil mijn excuses aanbieden en een nieuwe start maken, morgenavond misschien, als we allebei vrij zijn? Laat het maar weten.'

Hij had te veel cafeïne in zijn lijf zitten om te kunnen slapen, en hij opende Jayne Magees agenda. Het zag ernaar uit dat het een lange nacht zou worden.

# 10

Nog geen vijf minuten nadat King op zijn werk was verschenen, had het hoofd van de vakgroep filosofie hem op haar kamer geroepen. Ze had hem op z'n minst de tijd kunnen geven om zijn achterstand weg te werken. Na drie weken te zijn weg geweest was het frustrerend hoe het werk zich had opgestapeld. Had nou niemand zijn taken tijdens zijn afwezigheid kunnen overnemen? Hij was dan wel niet echt ziek geweest, maar dat wisten ze op het werk toch niet? Niet één telefoontje om hem beterschap te wensen. En vanochtend hadden zijn collega's van de administratie hem niet eens gevraagd hoe het nou ging. Zo was het altijd geweest, en er was geen reden om te verwachten dat het nu anders zou zijn. Kwam dat doordat ze zich door hem geïntimideerd voelden, of was het gewoon jaloezie, vroeg hij zich af terwijl hij opzettelijk treuzelde met theezetten om Natasha, of professor Forge, zoals ze door hem genoemd wilde worden, nog een paar minuten langer te laten wachten.

Toen hij bij haar binnenstapte zat ze te telefoneren en stak ze haar wijsvinger op, alsof hij een onhandelbaar studentje was dat ze tot stilte maande terwijl zij haar gesprek afhandelde. Natasha droeg een donkergroen mantelpakje dat haar lichtbruine ogen en asblonde haar goed liet uitkomen. King vervloekte de gevoelens die ze bij hem opriep. Hoewel hij het tegenwoordig ondraaglijk vond om in haar nabijheid te verkeren, kon hij niet om haar schoonheid heen. Hij bewonderde haar lange, slanke hals en haar huid waar een meid van begin twintig jaloers op zou zijn. Forge was al zesendertig, maar de tand des tijds had opmerkelijk weinig vat op haar. Maar King zou zich niet meer door haar laten imponeren zoals vroeger – thuis lag er een hele nieuwe wereld op hem te wachten waar zij geen idee van had. Net als in een spannend avonturenboek van Jules Verne zou hij naar zijn geheime innerlijke domein afdalen, en dat net zolang perfectioneren tot zijn utopie compleet was. Hij stelde zich Natasha in die wereld voor – ze stond erop dat hij haar officieel aansprak met 'professor', maar in gedachten bezigde hij heel andere namen voor haar en sommige daarvan zou ze beslist niet waarderen. En plotseling werd hij overspoeld door zo'n hevige begeerte dat de mok in zijn hand begon te trillen. Eindelijk hing ze op.

'Gaat u zitten, dr. King. Fijn dat u weer beter bent. Ik wil graag dat u een spreker vindt voor de volgende avondlezing. Dat is al over twee weken, dus we zijn wat laat met de voorbereidingen. Kunt u dat voor die tijd regelen?' Ze trok haar wenkbrauwen een beetje op en keek hem aan. Er was een tijd dat hij verrukt was van die uitdrukking op haar gezicht. Als ze hem met een peinzende blik in haar ogen aankeek. Maar hij had zich vergist. Het was juist ergerlijk. Destijds had hij niet gezien dat die blik kleine fronsrimpeltjes op haar voorhoofd maakte en was hem niet opgevallen dat ze de neerbuigende gewoonte had om haar hoofd schuin te houden in afwachting van een antwoord.

'Geen enkel probleem.'

Ze ademde in alsof ze nog iets wilde zeggen, maar veranderde van gedachten en sloeg haar agenda dicht.

'Goed. De lezing moet gaan over een van de titels die we dit trimester op de lijst hebben staan, en we willen graag zeven dagen van tevoren een synopsis hebben, dus het is kort dag.'

'Ik ken de opzet,' zei hij, zich verkneukelend over haar ongemakkelijkheid. Ze had haar armen beschermend voor haar borst geslagen. Ze wist niet half hoe terecht dat was, dacht hij. Kon ze maar zien wat hij had gedaan, hoe hij zich had ontpopt. De op maat gemaakte mantelpakjes, de hoge hakken en haar onberispelijke korte en zakelijke kapsel zouden in zijn geheime territorium niet meer zo intimiderend zijn.

'Goed, u hebt vast een hoop in te halen van uw ziekteverlof, dus dit is alles op dit moment.' Ze richtte haar ogen op het computerscherm. Hij kon inrukken. Zo behandelde ze hem nu altijd: hij werd afgeserveerd. King had ooit een paper ingediend waar hij maanden aan had gewerkt in de hoop dat die in het maandblad van de vakgroep zou worden geplaatst, maar hij was zonder meer afgewezen. Drie keer had hij gesolliciteerd naar academische functies binnen de afdeling, en twee keer was hij al in de eerste ronde afgevallen. De derde keer was hij uitgenodigd voor een gesprek. Hij herinnerde zich nog enigszins beschaamd hoe opgetogen hij was toen hij die uitnodigingsbrief kreeg. Urenlang had hij elk filosofieboek bestudeerd dat hij kon vinden, onderwijsplannen bekeken en de geschiedenis van de vakgroep gelezen – alles waarmee hij indruk op de sollicitatiecommissie kon maken. Eindelijk zou hij de erkenning krijgen waar hij recht op had. Hij zou zichzelf niet teleurstellen.

Op de dag van de sollicitatie had hij op het herentoilet zijn zenuwen gekalmeerd door koud water in zijn gezicht te plenzen. Op dat moment had hij die twee imbecielen in het damestoilet ernaast horen giechelen, waar ze dachten dat ze niet konden worden afgeluisterd.

'Waarom hebben ze hem in godsnaam uitgenodigd? Ik vind hem een engerd en hij doet echt afschuwelijk tegen studenten, hij doet net of ze lucht zijn. Zie je hem al lesgeven? Ik blijf hier niet werken als hij die baan krijgt, en dan moet ik zeker voor hem notuleren en zijn agenda bijhouden. Waarschijnlijk wil hij dat we hem allemaal aanspreken met "sir",' zei de lelijke geblondeerde receptioniste. Hij had haar altijd walgelijk gevonden. Ze belichaamde de allerslechtste eigenschappen van moderne jonge vrouwen, die zich alleen bekommerden om hun uiterlijk en hun sociale leven, die zich vergooiden aan de laagste bieder en geen zin zonder spelfouten op papier konden zetten.

'Straks laat hij ons nog een reverence maken wanneer we zijn kamer in komen,' zei een ander. Dat was een oudere stem. Deirdre, dacht King. Dat was nog veel erger. Zij was in zijn gezicht altijd beleefd tegen hem geweest, vriendelijk zelfs. Wat belazerden vrouwen je toch makkelijk. Hij gooide een papieren handdoek in de prullenmand en zei tegen zichzelf dat hij niet langer moest luisteren omdat hij wist dat het zijn zelfvertrouwen zou ondermijnen voor het belangrijkste halfuur van zijn leven, dat hem uitzicht bood op de academische carrière die hij altijd had geambieerd. Maar hij was toch blijven staan. Zo zit de mens nu eenmaal in elkaar: de behoefte om het ergste te horen, het destructieve verlangen om te weten hoe het voelt als je niet dieper kunt zinken. Hij drukte zijn oor tegen de muur om het beter te kunnen horen. De stemmen waren gedempt en hij hield zijn adem in om alles te kunnen opvangen.

'Ik zou me geen zorgen maken,' siste de hypocriete Deirdre. 'Natasha wilde hem eigenlijk niet uitnodigen voor een gesprek, maar personeelszaken heeft tegen haar gezegd dat ze er niet onderuit kon. Ze wilden niet dat ze van oneerlijkheid zouden kunnen worden beticht bij het opstellen van de longlist. Zijn cv is behoorlijk indrukwekkend.'

'Hoe weet je dat allemaal?' vroeg het blondje verbaasd. 'O mijn god, ik hoor dat soort dingen nooit.'

'Ik moest de notulen uittikken van haar gesprek met personeelszaken. Professor Forge riep me speciaal naar binnen om te zeggen dat ik er niks over mocht vertellen, dus bazuin het alsjeblieft niet rond. Ik denk dat ze kippenvel van hem krijgt, net als iedereen, en die baan geeft ze hem zeker niet.'

'Zeker weten,' had de slet met het gele haar gezegd.

King was blijven staan tot ze zich eindelijk hadden opgetut, hij de deur van het damestoilet achter hen hoorde dichtvallen en ze vals lachend de gang op waren gelopen. Toen hun overdreven gelach eindelijk was weggestorven had hij zijn woede de vrije loop gelaten en zijn vuist in de spiegel geramd, waarin zijn rood aangelopen gezicht en opkomende tranen weerspiegeld werden. Keer op keer sloeg hij in op het verbrijzelde glas, zonder dat er een pijnsignaal van zijn hand naar zijn hersenen werd gestuurd, omdat alles om hem heen zwart was en gonsde, en opeens wist hij niet meer wat hij hier deed, waarom hij hiernaartoe was gekomen – hij wist alleen dat hij weg moest, weg, weg!

Hij griste een toiletrol mee en wikkelde het papier om zijn hand tot het bloed niet meer zichtbaar was, stak zijn vuist in zijn zak, veegde het zweet en andere onvoorstelbare lichaamssappen van zijn gezicht, en beende de gang door. Hij dwong zichzelf langzamer te lopen, met opgeheven hoofd, zette zijn waardigheid weer op als een helm en verliet het gebouw. Hij kon zich later niet herinneren dat hij naar huis was gereden, de deur open had gedaan en al zijn aantekeningen, al dat werk in de vuilnisbak had geflikkerd. Hij kon zich niet herinneren dat hij zijn hand, waarin hij ondanks alle verwondingen nog steeds geen gevoel had en waarvoor hij eigenlijk naar het ziekenhuis had gemoeten, had schoongemaakt en verbonden. Evenmin kon hij zich herinneren dat hij op de vloer van de slaapkamer op zijn rug in slaap was gevallen met zijn handen voor zijn gezicht alsof hij de wereld die hem zo had gekrenkt wilde buitensluiten: dezelfde kamer waar zijn moeder zijn zus en hem urenlang les had gegeven in algebra, Frans, scheikunde en nog veel meer. Dit huis had een lange geschiedenis. Destijds had hij gewild dat zijn ouders trots op hem konden zijn. En hij was ervan overtuigd geweest dat, ook al waren ze nu dood, deze nieuwe carrièrewending hen met trots zou hebben vervuld. Maar hij was bedrogen. Belogen. Voor gek gezet. Wat hij zich nog wel kon herinneren, verrassend duidelijk zelfs, was dat hij wakker werd en besefte dat hij beter was dan zij allemaal. Hij zou ze laten zien hoe superieur hij was, hen stuk voor stuk imponeren met zijn genialiteit. Hij zou niet vluchten, zich niet laten wegjagen, hij zou ze nooit laten merken welke vernedering hij had moeten ondergaan. Reginald King was een man die was voorbestemd om gerespecteerd en zelfs geadoreerd te worden, en hij zou niet opgeven voordat hij had gezegevierd.

Hij glimlachte toen hij eraan terugdacht. Wat een moment was dat geweest, wat een kantelpunt in zijn leven. Maar er moest ook nog gewerkt worden voordat hij verder kon gaan met zijn ontwikkeling. Werk waarmee hij in zijn levensonderhoud kon voorzien. Hij mocht niet verslappen: hij had monden te voeden. Bij personeelszaken diende hij een vervalste doktersverklaring in waarin stond dat hij aan chronische gastro-enteritis leed, en vervolgens verstuurde hij een paar e-mails om een gastspreker te zoeken. Hij was erop gebrand een vertegenwoordiger van de belangengroep Academici tegen Abortus voor de lezing te strikken. Daarmee zou hij Natasha, die vrouwenrechten hoog in het vaandel had staan, beslist tegen de haren in strijken. Over een paar dagen zou hij ze nabellen.

De rest van de middag besteedde hij aan het opruimen van zijn bureau voordat hij op weg naar huis langs de supermarkt ging. Er moesten wat vrouwelijke verzorgingsartikelen worden aangeschaft. Niet een klusje waar hij naar uitkeek, maar het moest gebeuren. Hij rekende af bij de zelfscankassa om eventuele nieuwsgierige blikken van caissières in zijn boodschappenmandje te vermijden, trakteerde zichzelf op een fles goede witte wijn – misschien zou hij zelfs een glas drinken met de dames als ze zich gedroegen – en ging naar huis om het avondeten voor ze klaar te maken. Het zou een interessante avond worden, dacht hij. Het werd tijd dat ze elkaar allemaal wat beter leerden kennen.

# 11

Op Ava's voorstel hadden ze afgesproken in een pub aan York Place, vlak om de hoek van Callanachs appartement. Ze had de naam van de pub niet willen zeggen, alleen dat hij zou weten welke ze bedoelde als hij hem zag.

Ze had gelijk. Callanach zag de Conan Doyle aan het eind van de straat en wist meteen dat hij goed zat. Ava had beloofd ergens af te spreken waar geen andere politiemensen kwamen, want ze hadden geen van tweeën zin in het geroddel dat het zou opleveren. De pub zag er gezellig en uitnodigend uit en had niet de pretentie van een trendy wijnbar. Er stonden comfortabele stoelen en er hing een ontspannen sfeer. Inspecteur Turner zat er al met een glas voor zich en checkte haar mail op haar telefoon.

'Kan ik iets voor je bestellen?' vroeg Callanach.

'Nee hoor, ga zitten, dan haal ik iets te drinken voor je,' zei ze glimlachend. 'Ik was hier vroeg, ik had niet gedacht dat ik zo snel een parkeerplaats zou vinden.'

'Wat drink jij?'

Ava hield de glazen pul omhoog en hij rook de geur van appels en specerijen. 'Warme cider,' zei ze. 'Onweerstaanbaar. Ik vermoed dat ik je er niet toe kan verleiden hetzelfde te nemen?'

'Liever een glas rood, denk ik,' zei hij. Terwijl ze naar de bar liep, nam hij haar glas in zijn handen, dat prettig warm aanvoelde, en keek om zich heen. Boven de trap bij de ingang hing een groot schilderij van de schepper van Sherlock Holmes. Callanach vroeg zich af welke persoonlijke demonen de schrijver hadden geplaagd dat hij in staat was zo'n excentrieke held te bedenken.

'Ben je een fan?' vroeg Ava terwijl ze hem een groot glas cabernet-syrah aanreikte.

'Toen ik jong was, heb ik zijn boeken verslonden. Onbewust heeft dat me doen besluiten bij de politie te gaan, denk ik. En jij?'

'Ik weet dat ik meer zou moeten lezen, maar na een dag werken ben ik zo afgepeigerd dat geconcentreerd een boek lezen ook als werk voelt. Ik ben dol op films. Ik ga vaak in mijn eentje naar de nachtvoorstelling, met een zak popcorn op schoot. Dat helpt me om het werk van me af te zetten.'

Callanach hief zijn glas en ze toostten. Ze zwegen een poosje en nipten van hun drankjes, tot een barman achteloos een menukaart op hun tafeltje legde.

'Je zei dat je over je zaak wilde praten,' zei Ava. 'Dacht je aan iets in het bijzonder?'

'Niet echt. Ik vraag me nog steeds af waarom we geen millimeter vooruitgang boeken, en of dat misschien aan mij ligt. Misschien heeft die verhuizing naar Schotland me te veel afgeleid. Als ik de moordenaar van Elaine Buxton had gevonden, zou Jayne Magee vanavond veilig thuis zitten.'

'Je weet niet zeker of het dezelfde dader is,' zei ze.

'Er zijn te veel overeenkomsten om van toeval te kunnen spreken. Ik heb de profielen van de slachtoffers vandaag doorgenomen. Uitmuntende schoolresultaten, allebei een hoge academische titel, allebei zeer gewaardeerd in hun beroep, hardwerkend, toegewijd. En ze zijn allebei vlak bij hun huis verdwenen zonder een spoor na te laten.'

Ava zette haar glas neer. 'Je zult bij Interpol ook wel onderzoeken hebben geleid waarin er tijdenlang geen doorbraak was, tot er opeens iets gebeurde waardoor het ontbrekende puzzelstukje op z'n plaats viel en je het hele plaatje zag. Zolang er geen aanwijzingen zijn, kan het je niet worden aangerekend dat er geen schot in de zaak zit.'

'Het is onze taak toch om antwoorden te vinden in plaats van af te wachten tot de oplossing zich aandient?'

Ava verkoos daar geen antwoord op te geven. Callanach realiseerde zich dat hij nogal hoogdravend had gereageerd op haar poging hem gerust te stellen, en veranderde van onderwerp. 'Waarom ben jíj bij de politie gegaan?'

'Toen ik vijf was is mijn oudtante vergiftigd en is mijn erfenis gestolen, en ik zwoer dat ik de moordenaar zou vinden,' zei ze.

'*Je suis désolé*, wat erg. Ik had geen idee...' hakkelde Callanach.

Ava begon te lachen, probeerde zich in te houden, maar proestte het toch uit. 'Niet te geloven dat je daar intrapte,' zei ze, zich verslikkend van de lach. Ze schoot weer in de lach en Callanach zat met opgetrokken wenkbrauwen te wachten tot ze ophield. 'Toen ik begin twintig was vond ik dat politiewerk goed bij me paste. En waarschijnlijk wilde ik mijn ouders ook duidelijk maken dat ik helemaal geen zin had om te trouwen en het ene etentje na het andere te organiseren tot ik een paar kleinkinderen voor ze op de wereld had gezet. Als ik het mocht overdoen, weet ik niet of ik het weer zo zou doen. En jij? Het was nogal een stap van Interpol naar een stedelijk politiekorps. Wij hebben vast niet zoveel glamour als je Franse collega's.'

Hij dronk zijn glas leeg en zei: 'Glamour is overgewaardeerd. Ik heb honger. Kun je hier lekker eten?'

'De steak is uitstekend,' zei Ava. 'En de brie uit de oven ook, die neem ik.'

Callanach moest onwillekeurig glimlachen en voelde dat hij dat enigszins ontwend was. Maar Ava Turner was ook zo ontwapenend open en direct. Ze bestelden en zaten wat te kletsen tot het eten op tafel kwam.

'Nou, vertel op, iedereen heeft een reden en Sherlock Holmes lijkt me niet de doorslaggevende factor. Waarom de politie?' vroeg Ava terwijl ze een stukje stokbrood in de gesmolten kaas doopte.

Callanach had er meteen spijt van dat hij haar zo'n persoonlijke vraag had gesteld. Hij had kunnen voorzien dat ze de bal zou terugkaatsen. Hij liet zo'n lange stilte vallen dat Ava zijn terughoudendheid al had aangevoeld voordat hij haar weer aankeek.

'Je hóéft niet te antwoorden. Het is geen valstrik. En je moet het maar zeggen als ik ernaast zit of achterlijk ben, maar meestal werkt het zo: jij stelt mij een vraag en dan stel ik er jou een. We lopen elkaar tegen het lijf op het werk en we leren elkaar wat beter kennen zodat we elkaar over en weer gaan vertrouwen. Als een van ons een rotdag heeft, glimlacht de ander naar je zodat je weet dat alles weer goed komt.'

'Ik weet hoe het werkt,' zei Callanach. Het kwam er feller uit dan de bedoeling was, en hij had er onmiddellijk spijt van. De avond dreigde een heel andere kant op te gaan. Hij wilde net zijn excuses maken toen Ava hem onderbrak.

'Niet doen,' zei ze. 'Je moet je niet weer verontschuldigen. Mensen zijn zoals ze zijn. Ik ben van mening dat het energieverspilling is om ze te willen veranderen. Maar je moet wel beter leren communiceren. Je team hoeft je niet aardig te vinden, maar ze moeten wel respect voor je hebben. Dus als je niet alsjeblieft en dank je wel tegen je rechercheurs zegt, doen ze wel wat je zegt, maar ze vinden het niet fijn om zich voor jou het vuur uit de sloffen te lopen. Als je de hele tijd mensen afblaft, haal je je eigen team naar beneden. En als je niemand toestaat om jou beter te leren kennen, of ik het nou ben of wie dan ook, heb je geen reden om hier te zijn, want dan heb je geen band met de mensen, zijn ze niet loyaal aan je. En dat is alles wat je bij het korps hebt. Dat is je steun en je houvast. Uiteindelijk is dat het wat het werk draaglijk maakt. En je mag gerust tegen me zeggen dat ik mijn mond moet houden omdat je dat allemaal al weet.'

Ava stond op, pakte haar tas en beende weg. Callanach zag dat ze haar jasje had laten liggen, pakte het op en wilde haar naroepen. Hij liep naar de smalle trap die naar de uitgang leidde, maar ze was al verdwenen. Hij vloekte in zichzelf en liep terug naar het tafeltje, gooide haar jasje op haar stoel en legde zijn hoofd in zijn handen. Zo was hij vroeger nooit geweest. Behalve dat hij alles was kwijtgeraakt – zijn huis, zijn carrière en zelfs zijn moeder – was hij iemand geworden aan wie hij zelf een hekel had gekregen. Misschien was Schotland een vergissing, misschien had hij zich vergist toen hij dacht dat hij in een ander land weer bij de politie kon gaan en dat alles dan weer zou worden zoals vroeger. Als hij had willen vluchten had hij veel verder weg moeten gaan en nooit meer moeten omkijken. Hij trok zijn jas aan en stond op om weg te gaan toen hij een glas wijn in handen geduwd kreeg.

'Ga je soms ergens naartoe?' vroeg ze.

'Ik dacht dat je...' hakkelde hij, en hij probeerde zijn woorden in te slikken voordat hij zich helemaal belachelijk maakte.

'Dat ik wat? O god, dacht je dat ik weg was gegaan?' Ava schoot onbedaarlijk in de lach, een lach waarin geen spoortje kwaadaardigheid of laaghartigheid school. Callanach keek naar het grote glas rode wijn in zijn hand en wenste vurig dat hij een tijdmachine had om de avond opnieuw te beginnen. 'Je kunt natuurlijk opstappen, maar ik heb geen dienst en ik ben niet van plan om de avond te verpesten door boos weg te lopen. Zoals je ziet ben ik naar de bar gegaan. Het leek me goed om je even de tijd te geven om te besluiten of je een gesprek wilde of dat je hier zo appelig blijft zitten.'

'*Comme une pomme*?' Deze uitdrukking zei hem niets.

Ava moest weer lachen, maar dit keer zachtjes. Callanach gaf het op, nam een grote slok wijn en dwong zichzelf achterover te gaan zitten en in ieder geval te doen alsof hij zich ontspande. Misschien was dat wat hij nodig had om een nieuw leven te beginnen. Misschien kon hij maar het beste doen alsof hij zich in het gezelschap van andere mensen nog steeds normaal kon gedragen. Wie weet zou hij er steeds beter in worden. Hij haalde diep adem en dwong zichzelf het soort vertrouwelijkheden uit te wisselen dat hij vroeger zonder aarzelen zou hebben verteld.

'Ik heb met mijn ouders in Schotland gewoond tot mijn vader overleed. Ik was toen vier. Daarna kon mijn moeder het niet meer aan en verhuisden we naar Frankrijk zodat ze in de buurt van haar familie kon zijn. Ze maakte lange dagen om in ons levensonderhoud te voorzien en daardoor leerde ik op jonge leeftijd al voor mezelf op te komen. Ik werd al snel gehard, stond altijd klaar met bijdehante opmerkingen waardoor ik in de problemen kwam en vaak ruzie had met de jongens uit de buurt. Voor hen was ik niet echt Frans, ik voelde me er niet thuis. Ik denk dat ik zo de arrogante klootzak ben geworden die anderen in me zagen. Toen ik ging studeren, wist ik elke vrouw die ik wilde het bed in te krijgen en was ik dag en nacht aan het feesten. Mijn moeder noemde dat mijn duistere jaren. Ik ging bijna nooit naar huis, gedroeg me egoïstisch en onuitstaanbaar. Toen ontmoette ik iemand door wie alles veranderde. Zes maanden lang wist ik me als een normaal mens te gedragen, mijn cijfers gingen omhoog en ik was gelukkig.'

'Zijn jullie uit elkaar gegaan?' vroeg Ava.

'We hadden ruzie gekregen om iets onbenulligs. Daarna ben ik de deur uit gelopen en dronken geworden, en later op de avond vond ze me in het bed van haar beste vriendin. Ze is weggegaan en niet meer teruggekomen. Sindsdien heb ik haar nooit meer gezien of gesproken.'

'En dat heeft je voorgoed veranderd in de betere mens die je nu bent?' vroeg Ava plagerig.

'Helaas niet. Ik verdiende wat bij met modellenwerk en dompelde me onder in die zelfzuchtige, giftige wereld vol drugs, en liet mijn studiegenoten links liggen. In de weekends trok ik op met een stel roekeloze thrillseekers. Als we niet dronken of high waren, gingen we wel skiën, duiken, zeilen of skydiven.'

'Klinkt vreselijk,' zei Ava met opgetrokken wenkbrauwen.

'Ik was onmatig in alles, wat betekende dat alles na een poosje alledaags werd. Een van de vele dingen waar ik spijt van heb is dat ik toen nooit nuchter genoeg ben geweest om te beseffen hoeveel geluk ik had. Het ging mis toen ik werd aangehouden voor rijden onder invloed. De agent die me aanhield was een vrouw. Toen ze op het politiebureau proces-verbaal wilde opmaken, heb ik vreselijk denigrerende opmerkingen over haar uiterlijk gemaakt en heeft ze me een keiharde klap in het gezicht gegeven.' Hij haalde zijn hand over zijn wang bij de herinnering. 'Vervolgens besloot ze me niet te arresteren, maar zette ze me in een auto en reed me naar mijn moeder driehonderd kilometer verderop, tegen wie ze herhaalde wat ik tegen haar had gezegd. Voor het eerst in jaren schaamde ik me kapot. Mijn moeder moest huilen van schaamte. Mijn leven bevond zich op dat moment op een tweesprong, en die agente heeft me de goede kant op gestuurd. Als ik door iemand anders was gearresteerd, had ik hier niet gezeten.'

'Dus zij is de reden dat je bij de politie bent gegaan?' vroeg Ava.

'Dat is misschien iets te kort door de bocht,' zei hij. 'Maar het had er wel mee te maken, en destijds leek het me een verstandige beslissing. Ik heb tot mijn dertigste bij de Franse politie gewerkt en werd toen overgeplaatst naar Interpol, waar ik de afgelopen vijf jaar heb gewerkt.'

'En waarom ben je weggegaan?' vroeg Ava. Haar telefoon zoemde en ze nam even de tijd om het appje te lezen, waarbij ze haar voorhoofd fronste en in zichzelf mompelde.

'Wat is er?' vroeg hij.

'Er is nóg een baby achtergelaten in hetzelfde park. Hij leeft nog en is onderweg naar het ziekenhuis, maar het ambulancepersoneel denkt niet dat hij het haalt. Hoe kan dat nou dat het nog een keer gebeurt? Sorry, Luc, ik moet ervandoor. Ik vind het heel jammer dat ik je midden in het gesprek moet laten zitten.'

'Dat is niet erg,' antwoordde hij. 'Ik heb in elk geval een restaurant gevonden waar ze weten hoe je een goeie biefstuk klaarmaakt.'

Ze glimlachte. 'Goed om te weten waar je prioriteiten liggen.' Ava legde haar hand vriendschappelijk op zijn schouder toen ze langs hem liep. Hij deinsde onmiddellijk achteruit en hoopte dat ze het niet had gemerkt, maar zag de vragende uitdrukking op haar gezicht. 'Tot morgen, Luc. Pas goed op jezelf.'

Ze liet hem alleen, en hij staarde naar de decoratieve boeken, wereldbollen en koperen lampen aan de muur. Er waren slechtere plekken om wijn te drinken en niet te hoeven nadenken. Hij bestelde nog een glas wijn en zat tot sluitingstijd rustig om zich heen te kijken.

De volgende dag begon te vroeg. Voor het eerst in weken had hij fatsoenlijk geslapen en het geluid van zijn telefoon rukte hem uit de slaap. Het was Tripp.

'Ik weet niet of het relevant is, sir, maar ik heb de verklaringen van de buren van Jayne Magee doorgenomen. Een van hen heeft rond de tijd dat we denken dat ze ontvoerd is een man de hoek om zien gaan met een grote rolkoffer. Ik weet dat het niet waarschijnlijk is, maar...'

'Ik ben er over een halfuur,' zei Callanach.

Hij was er binnen twintig minuten, en zag er voor zijn doen uitermate slordig uit: met een ongestreken overhemd, en sokken die totaal niet bij elkaar pasten. Tripp staarde hem aan toen hij binnen kwam lopen met een dampende kop koffie, waarvan hij zonder het in de gaten te hebben een groot deel op zijn jasje had gemorst.

'Goedemorgen, sir. Alles goed?'

'Laat me de verklaring lezen en pak er een kaart bij.'

Tripp viste de documenten uit een dossierdoos en legde ze op Callanachs bureau. 'Het huis van Jayne Magee is hier,' zei hij, wijzend op een rode stip op een kaart met grote schaal. 'En hier,' wees hij, 'ongeveer tweehonderd meter verderop, heeft de buurvrouw die man gezien. Mevrouw Yale liet haar hond uit en liep net Ravelston Park weer in toen ze de man in de richting van Ravelston Dykes zag lopen. Ze weet niet waar hij daarna naartoe is gegaan. Denkt u dat dat onze man is?'

Callanach zweeg. Hij begon in de bureauladen te rommelen.

'Eh... kan ik helpen, sir?'

'Nee, ik heb het al.' Callanach hield een meetlint omhoog. 'Ga eens op de vloer liggen, op je zij, en maak je zo klein mogelijk.'

Tripp keek met open mond naar de deuropening en hipte van het ene been naar het andere.

'*Pour l'amour de Dieu*, Tripp, ik maak je heus niet van kant, ik wil je alleen opmeten. Ga liggen.'

Tripp ging stil op de grond liggen terwijl Callanach een stuk plakband in de vorm van een ruwe rechthoek op de vloer aanbracht.

'Trek je benen een beetje in,' zei Callanach. 'En je ellebogen. Je kunt je toch wel iets kleiner opvouwen?'

'Nee, als ik ook maar iets beweeg, steekt er weer iets anders uit.'

'*C'est des conneries!*' mompelde Callanach, en hij gooide het meetlint op de grond. 'Hoe lang is Jayne Magee?'

'Een meter zestig,' antwoordde Tripp. Hij rolde op zijn rug en bleef daar met uitgespreide armen liggen, terwijl Callanach naar de deur beende.

'Salter!' riep hij in de richting van de briefingruimte.

Er klonken rennende voetstappen en ze kwam al binnengestormd.

'Wat is er, sir?

'Tripp legt het wel uit. We moeten je opmeten.' Hij gooide hun het meetlint toe terwijl hij inlogde op zijn computer. 'Maak jezelf klein; we gaan ervan uit dat ze vastgebonden was.'

Ze waren net klaar met de houdini-act, het aanbrengen van het plakband en het opmeten, toen Callanach op internet vond waar hij naar gezocht had. 'De grootste rolkoffer is zesentachtig centimeter lang. Zou dat lukken?'

'Hangt ervan af hoe diep hij is,' zei Tripp, toen Salter weer was opgekrabbeld. 'Maar ik denk dat het mogelijk is.'

'Salter, zoek een winkel,' zei Callanach en hij stopte haar wat bankbiljetten toe, 'en koop een rolkoffer van zesentachtig centimeter, de diepste die je kunt vinden, met sterke wielen. Tripp, wij gaan naar Ravelston Park.'

Ze stopten op de hoek van de straat waar de getuige de man had gezien en stapten uit de politieauto.

'Twee straatlantaarns, allebei aan de overkant van waar de man liep,' merkte Callanach op. 'Veel bomen en hoge struiken. Er kwam niet veel licht uit de omringende huizen, want die staan allemaal een eindje van de weg af.'

'Maar hij moet op Ravelston Dykes links af zijn geslagen, anders was hij vóór de hoek wel de weg overgestoken,' zei Tripp. 'Dus ofwel heeft hij zijn auto op loopafstand van haar huis geparkeerd, of hij woont hier vlakbij.'

'Ik denk dat hij niet het risico wilde lopen dat getuigen hem terug naar huis zouden zien gaan,' zei Callanach. 'Er hadden best meer mensen op straat kunnen lopen die hun hond uitlieten. Zijn auto is cruciaal. Laat de uniformdienst nog een keer binnen een straal van vijfhonderd meter een huis-aan-huisonderzoek doen om na te gaan of iemand een vent met een koffer in een auto, een bestelbusje of een vrachtwagen heeft zien stappen. En we moeten nagaan of de getuige die haar hond uitliet ons nog meer kan vertellen.'

Ze hoorden mevrouw Yale al, nog voordat ze haar zagen, toen ze haar man op luide toon commandeerde Callanach en Tripp binnen te laten, terwijl zij een airedaleterriër in bedwang probeerde te houden die er eerder hongerig dan vriendelijk uitzag. Ze was forsgebouwd, achter in de zeventig en duidelijk in de wolken met alle aandacht.

'Let maar niet op Archie,' zei ze, zenuwachtig heen en weer lopend. 'Ga zitten. Michael zet wel even thee voor ons, hè, lieverd?' Haar echtgenoot schuifelde plichtsgetrouw naar de keuken.

'Mevrouw Yale,' begon Callanach.

'Isabel,' zei ze. 'Wilt u een koekje bij de thee?'

'Nee, dank u. U zag een man met een koffer de straat uit lopen. Kunt u hem nog een keer omschrijven?' vroeg Callanach.

'Er was niet veel te zien, ben ik bang. Het was donker en koud. Hij droeg een lange jas, grijs of zwart, een wollen muts en een sjaal tot over zijn mond. Hij liep in de schaduw. Ik zag hem amper.'

'Maar u zag wel een koffer?' hielp hij haar.

'Ja, een groot ding. Ik heb altijd de pest aan het geluid van die wieltjes.'

'Kunt u ons wat meer over die koffer vertellen?' vroeg Tripp, terwijl hij een kop thee van het blad pakte.

'Hij was zacht, eerder een soort enorme rugzak dan zo'n harde rechthoekige koffer. En ook zwaar, als je zag hoe hij liep te sleuren. Het ding was zwart en had een heleboel ritsen. Ik heb er geen labels aan zien hangen.'

'U lijkt zich de koffer beter te herinneren dan de man zelf, als ik zo vrij mag zijn,' merkte Tripp op.

'Dat kwam omdat ik daar dichterbij stond. Ik boog me net voorover om Archies behoefte in een zakje te doen toen die kerel langsliep. Wat me als eerste opviel was dat zijn schoenen zo keurig gepoetst waren. Er zijn tegenwoordig niet veel mannen meer die die moeite nemen. Zwarte veterschoenen. Niet echt praktisch met dit weer.'

'Herinnert u zich nog iets anders, mevrouw Yale? Wat dan ook?' vroeg Callanach.

'Ik had me niet gerealiseerd dat ik iets belangrijks had gezien,' zei ze terwijl ze geagiteerd een paar koekkruimels van haar kleren veegde. 'Maar er hing een vage lucht om hem heen. Ik denk niet dat mensen die lucht tegenwoordig nog kennen, maar ik weet zeker dat het mottenballen waren.'

'Mottenballen?' vroeg Callanach aan Tripp, omdat hij het woord niet kende.

'Van die dingen die je in de kast legt tegen de motten. Ze worden niet veel meer gebruikt.'

'*L'antimite*. Weet u dat zeker?' vroeg Callanach nog eens aan mevrouw Yale, die de kruimels aan de uitgehongerde Archie voerde.

'Ik ken die lucht uit mijn jeugd, mijn moeder zwoer erbij. In de oorlog konden we ons geen nieuwe kleren permitteren, jongen, dus moesten we heel zuinig zijn op de kleren die we hadden.'

# 12

Dr. King was zenuwachtig. Het was belachelijk. Hij was in zijn eigen huis. Hij had deze vrouwen door middel van pure wilskracht hiernaartoe gebracht voor een hoger doel, en stond op het punt zijn eerste echte gesprek te hebben met de vrouw die hij zou begeleiden op weg naar hun nieuwe leven samen. Misschien zou ze zelfs de nog altijd rebelse Elaine in het gareel kunnen brengen.

De verdoving zou ondertussen wel zijn uitgewerkt. Jayne had nu behoefte aan eten, drinken en een uitleg. Omdat ze zo diepgelovig was zou ze misschien iets minder afwijzend staan tegenover de manier waarop zij hem in handen was gevallen. Als er een God was, had die Jayne misschien speciaal voor hem uitverkoren. Hij zette het blad neer en deed de deur van het slot. Binnen, op twee bedden, lagen de vrouwen die zijn leven zouden veranderen.

Hij was aanvankelijk van plan geweest er slechts één mee te nemen, maar hij had ze allebei bestudeerd om de meest geschikte uit te kiezen. Je moest altijd een plan B achter de hand hebben, daar ging het om. Jayne Magee was van hem. Hij had er niet op gerekend ze allebei hierheen te halen, tot Elaine zo onhandelbaar bleek te zijn. De geestelijke zou volgzamer zijn en zich makkelijker aanpassen. Dat had hij al gevoeld toen hij haar op het bed legde en voorzichtig haar enkel- en handboeien omdeed om haar geen pijn te doen. De menselijke aard dicteerde dat gevangenen zich altijd het felst verzetten wanneer ze weer bij bewustzijn kwamen. Hij was er zeker van dat Jayne daarbovenuit zou stijgen.

Toen hij de kamer binnenkwam, sloeg een verschrikkelijke stank hem tegemoet. Hij kokhalsde en sloeg dubbel, waardoor het dienblad op de vloer kletterde en zijn kleren onder de spetters van de proteïnesmoothie met meloensmaak kwamen te zitten.

'Ik heb me speciaal netjes gekleed om jullie te ontmoeten,' schreeuwde hij. 'Wie van jullie heeft dat gedaan? Wie? Ik kom er wel achter!' Hij beende met grote passen op de bedden af, en de kleverige vloeistof die van zijn gezicht droop, kleurde zachtroze door zijn hoogrode wangen. Hij rukte Elaines beddengoed weg. Hij had verwacht, en eigenlijk gewild dat het Elaine was, maar zij lag daar zoals altijd als een debiel heen en weer te wiegen, met haar ogen stijf dichtgeknepen.

Dan was het Jayne. Haar deken trok hij voorzichtiger terug, en de stank was ondraaglijk. Hij rende naar een kast, pakte een ventilator en zette die bij haar bed neer. Heel even vroeg hij zich af of het wel verstandig was geweest om voor een kamer zonder raam te kiezen, maar dat ging niet anders. Hij pakte rubberhandschoenen uit het gootsteenkastje en begon met de schoonmaakoperatie. Ze was wakker en dat wist hij, ook al had ze haar gezicht van hem afgekeerd en zweeg ze. Het was beter dat ze allebei zwegen tot dit akkefietje achter de rug was. Hij moest haar vergeven. Ze wist tenslotte niet wie hij was en welke plannen hij met haar had. Hij kon iedereen zijn, een willekeurige gek die haar onuitsprekelijke dingen zou aandoen. Het was beter als ze de waarheid ontdekte en zijn handelen in de juiste context kon plaatsen. King maakte de schoonmaakklus af, ging douchen en maakte opnieuw een dienblad met eten klaar. Daarna ging hij weer terug om zich behoorlijk voor te stellen, zoals het hoorde.

Dominee Jayne Magee had haar gezicht nog steeds weggedraaid, dus trok hij maar een stoel bij.

'Jayne, ik ben dr. King, Reginald, maar misschien moeten we

elkaar formeel blijven aanspreken tot we vooruitgang hebben geboekt. Ik zal je geen pijn doen, dat zeg ik je nu maar meteen.'

Jayne lag zachtjes en monotoon te mompelen.

'Wat zeg je? Ik versta het niet.' Hij boog zich over haar heen en probeerde haar lippen te zien, maar ze wendde haar gezicht nog verder af. Pas na een paar minuten herkende hij de woorden. Jayne bad het Onzevader.

'We zijn hier om het daarover te hebben. Over het bestaan en het wezen van God. Dat is een van de redenen waarom ik jou heb uitgekozen. Ik heb het proefschrift gelezen dat je tijdens je studie hebt geschreven, en ik denk dat je zult moeten beamen dat ik een paar interessante kanttekeningen voor je in petto heb.' Ze wilde nog steeds geen antwoord geven, zelfs niet nu hij blijk had gegeven van zijn oprechte interesse in haar. Dit begon ergerlijk te worden. 'Draai je hoofd alsjeblieft om. Het is heel onbeleefd om iemand niet aan te kijken als hij tegen je praat.' Geen reactie.

King wilde Jayne niet meteen straffen zo vlak na haar komst. Dat zou haar alleen maar afschrikken. Eerder dacht hij nog dat Elaine door haar gedrag onbruikbaar was geworden, maar nu realiseerde hij zich dat ze misschien toch van nut kon zijn, dat ze de ontwikkelingen in een stroomversnelling zou kunnen brengen.

'Jayne, je weet hoe breekbaar het menselijk leven is en hoe weinig tijd we hebben. Ik wil graag een gesprek met je beginnen' – het gemompelde gebed hield aan – 'dus stel ik jou verantwoordelijk voor het lot van je metgezel. Ik ben verplicht de discipline te handhaven, dominee, en dat kan ik op een heleboel manieren doen.'

Hij deed de kast boven de gootsteen van het slot, pakte een naald uit de EHBO-doos en liep op Elaine af. Ze deed of ze in haar eigen wereldje zat, maar had al die tijd meegeluisterd en wist dat er iets ging gebeuren. Ze gilde toen hij haar hand vastpakte.

'Het is een gesteriliseerde naald, al die drukte is helemaal nergens voor nodig. Er is geen blijvende schade.' Hij stak de naald langzaam onder de nagel van haar middelvinger en duwde hard door toen ze zich verzette, zich afvragend hoe het mogelijk was dat een mens tegelijk kon gillen en gorgelen. Het leek alsof ze in de pijn verdronk.

'Stop!' krijste Jayne. 'Stop alsjeblieft.'

'Nu praat je wel tegen me, hè?' vroeg hij, zonder de naald onder Elaines nagel vandaan te halen – niet voordat hij zeker wist dat ze hem begrepen had.

'Ja, ik zal met je praten, echt,' riep ze.

'Wat denk je, Elaine? Heb ik je genoeg pijn gedaan?'

Elaine brabbelde een ja, knikte heftig en smeekte Jayne woordeloos om hulp.

King stond zichzelf toe de naald nog één keer diep in Elaines nagelbed te steken, en werd beloond met een laatste, gehoorzaamheid garanderende gil voordat hij de naald terugtrok.

'Kun je je herinneren wat er is gebeurd?' vroeg hij aan Jayne.

Ze schudde haar hoofd.

'Mijn lippen doen pijn,' zei ze, 'en ik heb een zere nek.'

'Chloroform irriteert de huid, ben ik bang, en ik heb je ketamine moeten toedienen toen ik naar mijn werk moest voor het geval je overstuur zou raken en jezelf zou verwonden. Het is een fantastisch kalmerend middel. Het heeft je staat van bewustzijn veranderd, maar toch kon je mijn instructies opvolgen. Het kan zijn dat je de komende dagen rare dromen hebt. En je raakt uitgedroogd.' Hij pakte het dienblad. 'Hier, drink dit maar.' Ze wendde haar hoofd af toen hij haar de beker aanreikte. 'Je moet drinken en ik ben niet zo primitief dat ik je voortdurend wil drogeren. Het doel van je aanwezigheid hier is om contact met elkaar te maken, en ik heb geen zin om mijn verzoeken nóg een keer kracht bij te moeten zetten. Dat zou niet eerlijk zijn tegenover Elaine.'

Elaine begon te jammeren en te kronkelen op het bed. Jayne nam het rietje tussen haar lippen en dronk voorzichtig.

'Dat lijkt er meer op,' zei King goedkeurend.

'Wat gaat u met me doen?' vroeg Jayne. Gezien de omstandigheden klonk ze opmerkelijk rustig, dacht hij bewonderend.

'Ik ben een hoogopgeleide man, Jayne, geen beest. Ik probeer hier een beter leven voor mezelf en voor jou in te richten.' Hij boog zich voorover en fluisterde samenzweerderig: 'Om eerlijk te zijn weet ik niet hoelang het nog duurt voordat Elaine het hier heeft verbruid. Ze heeft zich niet zo ontwikkeld als ik had gehoopt.'

'Waarom doet u dit?' vroeg Jayne. King staarde haar recht in de ogen en vroeg zich af wat ze dacht. Hoopte ze vrijgelaten te worden, was ze nieuwsgierig naar hem, was ze nog te bang om haar situatie onder ogen te zien? Ze leek vol spannende mogelijkheden te zitten. Het schoolvoorbeeld van iemand met veel potentie. Ze deed hem vagelijk aan zijn zus denken. Niet dat Eleanor lang genoeg had geleefd om volwassen te worden, maar als dat wel zo was geweest, had ze misschien veel weg gehad van de dominee. Hun ouders zeiden altijd dat Ellie was voorbestemd een leidende positie te bekleden met haar buitengewone academische capaciteiten, om nog maar te zwijgen van haar muzikale begaafdheid. Ze was bijna perfect geweest. Soms zelfs ergerlijk perfect.

'Ik doe dit voor ons. Voor een toekomst waarin we samen kunnen leren, elkaar kunnen waarderen en onze geest op glorieuze wijze kunnen ontplooien.'

'En als ik daar geen zin in heb?' vroeg Jayne. King dacht daar even over na. Ze daagde hem niet uit, besloot hij, en ze wilde ook niet lastig doen. Het was een oprechte vraag en die verdiende een oprecht antwoord.

'Uiteindelijk wil je dat wel,' zei hij. 'Ik ben er om je daarin te begeleiden.'

'Dit is niet goed,' zei ze. 'Denk alstublieft na over wat u aan het doen bent.'

'Niet doen, Jayne,' waarschuwde hij haar. 'Elaine heeft het geprobeerd, God weet dat ze dagenlang heeft gesmeekt, maar het heeft niet gewerkt. Ik heb namelijk een plan, begrijp je? Soms moet een mens een grootser leven nastreven dan waartoe hij op aarde is gekomen. Ik ben meer dan de som van mijn delen, net als jij. Het stoffelijk omhulsel is niet belangrijk. Elaines vinger zal weer genezen, pijn gaat over. Het leidt allemaal naar vooruitgang, verlichting.'

'Ik begrijp het,' zei Jayne alleen maar. Hij wachtte of ze nog meer zou zeggen, maar dat was het. Hij had gewonnen. Voor vandaag zou hij daarmee tevreden moeten zijn.

Hij was doodmoe, bekaf van het tuchtigen van Elaine en al het schoonmaakwerk. Terwijl hij de deur achter zich op slot deed, hoorde hij gefluister. Hij overwoog even om te vragen wat ze zeiden, maar besloot dat niet te doen. Ze hadden tijd nodig om elkaar te leren kennen. Pas toen hij onder aan de trap stond, had zijn vermoeide brein eindelijk de woorden gedecodeerd die hij had opgevangen.

'We zullen hier sterven,' had Jayne simpelweg gezegd.

Reginald King dacht dat risotto met gerookte zalm en paddenstoelen een uitstekende keuze was als avondmaaltijd.

# 13

Rechercheur Salter paste keurig in de extra grote rolkoffer nadat Tripp haar armen met ducttape had vastgebonden. Er was geen hard bewijs dat dominee Magee in die koffer had gezeten of dat de man die hem voorttrok haar ontvoerder was, maar Callanach zag het haarscherp voor zich, en hij wist zeker dat het zo moest zijn gegaan. De opmerking van Isabel Yale over de schoenen van de man sloot naadloos aan bij Ava's intuïtie over het obsessieve gedrag van de ontvoerder. Wie zorgde er nu voor dat zijn schoenen glanzend gepoetst waren als hij iemand ging ontvoeren?

Lively klopte één keer op de deur en kwam binnenlopen. 'We hebben het onderzoek in St Mary's afgerond. Het enige wat het heeft opgeleverd is dat er een groepering is die tegen vrouwelijke dominees is. Jayne Magee schijnt wat akelige brieven te hebben ontvangen, waarin ze werd uitgescholden en bedreigd. Ze heeft het niet bij de politie gemeld, maar we vonden de briefjes op haar bureau. Ze worden onderzocht.'

'Dat past niet in het patroon van de moord op Elaine Buxton,' merkte Callanach op. 'Ik wil dat je alle openstaande dossiers van het afgelopen jaar over vermiste vrouwen in die leeftijdscategorie naast elkaar legt. En ik wil een forensisch rapport van de mobiele telefoon. Dat had ik gister al op mijn bureau moeten hebben. En bel de politie van Braemar. Vraag of ze bij de berghut op zoek willen gaan naar sporen van een grote rolkoffer die naar de hut leiden. Het is een kleine kans, maar de moeite waard om te onderzoeken.'

Callanach liet het aan Tripp over om Salter los te knippen en liep de gang in naar het keukentje. De koffieautomaat was kapot, maar daar was hij niet rouwig om. Toen hij zich omdraaide, stond Ava achter hem met een lege mok te zwaaien.

'Ik was, jij droogt,' commandeerde ze terwijl ze een tweede vuile mok van het aanrecht pakte en heet water in de gootsteen liet lopen.

Net toen het water kookte kwam er een geüniformeerde agente binnenlopen, nog nahijgend van de paar traptreden vanaf de begane grond. Ze zette een grote kartonnen doos op de tafel in de hoek, en liep zonder een woord te zeggen weer weg.

'Biddlecombe,' riep Ava haar na. 'Wat is dat?'

'Pakje voor Zware Misdrijven, mevrouw. Geen naam. Van een of andere chique bloemist. Zal wel van een tevreden klant zijn.'

'Onze klanten zijn of dood of psychisch gestoord, Biddlecombe. Die sturen geen bloemen,' riep Ava. Ze pakte de doos op en bekeek hem argwanend. 'Zal ik hem openmaken of hem uit het raam gooien?' vroeg ze grinnikend aan Callanach.

'Tikt hij?' vroeg hij.

Ava hield de doos theatraal tegen haar oor en schudde haar hoofd.

'Bel de receptie en zeg Biddlecombe dat ze weer naar boven komt om hem voor je open te maken. Ze kan sowieso wat meer lichaamsbeweging gebruiken.'

Ava was al bezig het pakket open te scheuren.

'Er gaat niets boven een strikt nageleefd veiligheidsbeleid,' merkte hij op, over Ava's schouder meekijkend.

In de doos zat een boeket schitterende witte rozen met een lange steel. Hij stak zijn hand uit en trok een kaartje uit een piepklein goudkleurig envelopje.

Inspecteur, de doorn verleent de bloem nog meer schoonheid. Met vriendelijke groet.

'Is dat alles?' vroeg Ava.

Callanach draaide het kaartje om en controleerde de envelop en de doos nog een keer. 'Dat is het,' zei hij. 'Heb je pasgeleden soms iemand gearresteerd wegens het schrijven van slechte, kwezelige gedichten? Want het lijkt erop dat je iemands aandacht hebt getrokken.'

'Hoe weet je dat ze niet voor jou zijn bestemd?' vroeg ze. 'Mijn bewonderaars vragen meestal gewoon om een foto van me in uniform om in hun cel aan de muur te hangen, in plaats van een dartbord, denk ik.'

'Kan niet voor mij zijn. Is het niet zo dat Keltische vrouwen de man van hun dromen gewoon met een knuppel op het hoofd meppen en hem naar hun grot slepen?' vroeg Callanach.

'Aye,' zei Ava spottend. 'Maar alleen als we een lekker potje van hem kunnen stoven, anders nemen we die moeite niet eens.' Ze pakte de bloemen, propte ze in een lege bureauprullenbak, vulde die met water en zette hem op de tafel. 'Hoe dan ook, als ze voor mij zijn bestemd, weet de gever niet dat ik hooikoorts heb, dus geen punten voor spitwerk.'

'Moet je dit niet op z'n minst rapporteren?' vroeg Callanach. 'Dit soort dingen kan uit de hand lopen.'

'Omdat ik nu toch niks beters te doen heb dan me druk te maken om een bosje bloemen?' zei ze lachend. 'Ik ben tegen iedere activiteit die niet rechtstreeks bijdraagt aan het wegwerken van de berg papier op mijn bureau, inspecteur Callanach.'

'Ik hoop niet dat het je rouwboeket wordt,' antwoordde hij. 'Ben je al iets wijzer over je baby's?'

Ava schakelde meteen weer naar de werkstand. 'Nee. Ze hebben niets met elkaar te maken, behalve een dekentje waar ze allebei in waren gewikkeld. Gewoon witte badstof, maar identiek. Er moeten ergens twee diepbedroefde of verwarde vrouwen rondlopen. En hoe zit het met jouw zaak?'

'Enige beweging, niet veel, maar het is een begin.'

'Forensisch rapport van het mobieltje van Jayne Magee.' Tripp stond in de deuropening en reikte hem het verslag aan. 'Het lab zegt sorry dat het zo lang duurde, maar ze waren bezig met de babyzaak van inspecteur Turner.'

Callanach bladerde het rapport door. '*Et voilà*,' mompelde hij, terwijl hij een restje koffie in de gootsteen liet lopen en zijn vinger langs een paar regels liet gaan die bol stonden van wetenschappelijk jargon. Hij las de alinea twee keer, en riep Tripp toen terug. 'Het lab bevestigt dat er sporen van chloroform op het mobieltje zitten. Dat betekent dat hij handschoenen droeg en dat het absoluut om een ontvoering gaat, en dat sluit aan bij de theorie dat ze is uitgeschakeld voordat ze in de koffer is geduwd.'

'Klopt. En een van de mensen van de uniformdienst die bezig is met het huis-aan-huisonderzoek aan Ravelston Park heeft via de radio gemeld dat hij een verklaring heeft opgenomen van een man die vaak langs die route naar huis fietst. Over vijf minuten heb ik de details voor u.'

Callanach liep terug naar zijn kamer en belde Jonty Spurr. De patholoog klonk korzelig en gestrest, en de telefoon stond duidelijk op de speaker zodat hij onder het praten verder kon met zijn werk.

'Hebt u even tijd?' vroeg Callanach.

'Vier dode tieners in één auto. Ze hadden xtc geslikt en zijn gaan racen. Je blijft je verbazen over hoe slordig mensen met hun leven kunnen omspringen.' Callanach zei niets, omdat er niets te zeggen viel. 'Maar goed, wat wilt u weten?' vroeg Spurr.

'Er is een vrouw ontvoerd, en ik denk dat de dader de moordenaar van Elaine Buxton is. Ze is bedwelmd met chloroform. Is er een methode om chemicaliën in het stoffelijk overschot van Buxton op te sporen?'

'Nee, niet in de botten of de omgeving. Normaal gesproken zou het geen probleem zijn als we de organen konden onderzoeken, maar de enige zachte weefselcellen die we hebben zijn afkomstig van de tand die bij de honkbalknuppel is gevonden. Ik beloof niks, maar ik zal er een toxicologische test op loslaten. De uitslag is afhankelijk van hoe recent en in welke hoeveelheid ze de stof heeft ingeademd.' Callanach hoorde het gerammel van metalen instrumenten die werden neergelegd en opgepakt.

'Nog één vraag. Hoelang duurt het voor het effect van chloroform is uitgewerkt?'

'Bij chloroform spelen er een aantal variabelen mee, zoals de lengte en het gewicht van het slachtoffer, en de dosis. Als we ervan uitgaan dat hij haar geen overdosis heeft gegeven en ze het overleefd heeft, gaat het eerder om minuten dan om een uur, zeg een kwartier als hij voorzichtig te werk is gegaan. Een te grote dosis kan brandwonden op de huid en lever- en nierschade veroorzaken. Het is geen veilig middel om iemand langdurig mee te verdoven.'

'Waar kun je chloroform kopen?' Callanach wist dat hij zijn hand overspeelde.

'Dat zijn twee vragen, en jullie hebben daar in Edinburgh zelf ook een patholoog. Het antwoord is: via internet, maar dan is het waarschijnlijk opgestuurd vanuit het buitenland. Het is in bepaalde Oost-Europese landen vrij te koop, en verder wordt het voor industriële toepassingen gebruikt. Lastig om bronnen aan te wijzen, maar je kunt er makkelijk aan komen als je dat wilt.'

'Bedankt,' zei hij. 'En ik sta bij u in het krijt.'

'Daar zal ik u aan herinneren,' antwoordde Spurr, voordat de verbinding abrupt werd verbroken.

Tripp stond voor zijn deur te wachten tot het gesprek was afgelopen.

Callanach riep geïrriteerd: 'Ik ben je hoofdmeester niet, Tripp. Je hoeft niet op de gang te wachten. Wat ben je te weten gekomen?'

'De agenten zeggen dat er geen gedetailleerd signalement kon worden gegeven, maar Liam Granger fietste over Orchard Road South van zijn werk naar huis, toen hij ter hoogte van Ravelston Dykes een man passeerde die hem opviel omdat hij druk in zichzelf liep te praten. Granger keek nog eens en zag toen de rolkoffer. Het gezicht of de kleren van de man heeft hij niet gezien, het was te donker om meer dan een silhouet te zien. Hij ging ervan uit dat de man psychisch gestoord of dronken was.'

Callanach liep met een rode pen op de kaart aan de muur af, en trok een lijn van Jayne Magees huis naar Orchard Road South.

'Hier moet hij ergens geparkeerd hebben,' wees Callanach. 'Dat is met een zware koffer zo'n vijf minuten lopen. Als hij hooguit een kwartier had tot ze weer zou bijkomen, kon hij niet het risico lopen om de auto te ver weg te zetten.'

'Het is een dichtbevolkte wijk en er staan de hele dag auto's langs die weg geparkeerd. We hebben overal aangeklopt, maar niemand heeft een verdacht voertuig gezien,' zei Tripp.

'Stuur nog een paar mensen naar Elaine Buxtons huis om daar in de buurt te informeren of iemand een vent met een grote rolkoffer heeft gezien rond de tijd dat ze thuiskwam. Hij heeft dit geoefend. Hij wist precies hoe hij het lichaam moest opvouwen zodat het in de koffer zou passen en hij had de chloroform bij de hand. En zou je de foto's van het huis van Elaine Buxton nog eens kunnen halen?'

Vijf minuten later lagen de foto's op Callanachs bureau terwijl Salter informeerde of er een auto vrij was om ze naar Albyn Place te brengen.

'Is er nog nieuws over de baby's van inspecteur Turner?' vroeg Callanach.

'Nee sir,' zei Salter.

'Wat draait er op dit moment in de bioscoop?' vroeg hij.

Salter bloosde.

'Ik moet gewoon de zinnen even verzetten,' verduidelijkte hij, biddend dat zij zijn vraag niet als een uitnodiging had opgevat.

'Dat weet ik niet. Mijn vriend downloadt tegenwoordig alles.' Callanach dankte haar in stilte omdat ze haar partner ter sprake had gebracht. 'U lijkt me niet echt een bioscooptype, als ik zo vrij mag zijn,' merkte ze op.

'Wat denk je dan dat ik in het weekend doe, Salter?'

'Uit eten gaan in chique restaurants, wijn drinken, de kranten lezen, naar etentjes gaan. Dat soort dingen? Ik kan die auto maar beter even gaan halen, sir.' Ze vluchtte weg en Callanach realiseerde zich dat hij haar met die vraag in het nauw had gebracht. Maar haar antwoord zei veel over het beeld dat ze van hem hadden. Dat hing deels samen met de clichés over Fransen, maar toch kwam het akelig dicht bij de waarheid over zijn vroegere leven. Behalve het laatste jaar dan. Hij had nu alle deuren gesloten, met alleen de spoken van vroegere feestjes die hem nog gezelschap hielden.

Toen Elaine Buxtons appartement in zicht kwam, zag hij een in het oog springend TE KOOP-bord voor het gebouw. Haar moeder kon het zich niet veroorloven het aan te houden en zou ook niet herinnerd willen worden aan de plek waar haar dochter was ontvoerd, vermoedde Callanach.

'Rij maar achterom,' instrueerde hij Salter. Hij stelde vast welke garage van Buxton was en bestudeerde de foto's van de plaats delict. Hij was al een keer in haar huis geweest om zich een beeld van haar te vormen, maar de garage had hij nog niet gezien. Met de sleutels die hij uit de opslagruimte voor het bewijsmateriaal had meegenomen, klikte hij de automatische deur open en ging naar binnen. 'Deze sleutels zijn toch gevonden in de gemeenschappelijke hal naar haar appartement?'

Salter controleerde het logboek en knikte.

'Dat lijkt erop te duiden dat haar ontvoerder haar binnen heeft opgewacht, maar niemand heeft hem binnengelaten of heeft hem daar gezien. Geen tekenen van een worsteling, geen lawaai, geen sporen. Dat is veel te clean. Ik denk dat hij haar in de garage heeft gepakt, de deur naar de hal open heeft gedaan en de sleutels daar met opzet heeft laten vallen.'

'Volgens haar moeder zat de garage zeker op slot. Het slachtoffer vond veiligheid heel belangrijk,' zei Salter.

'Er staan struikjes bij de garage. Hij kende haar dagelijkse gewoonten. De eenvoudigste oplossing is meestal de beste. Hij komt hier eerder aan dan zij, het is donker, hij staat verscholen achter de bosjes, wacht tot ze de automatische deur opendoet en sluipt gebukt achter de auto aan naar binnen.'

'Dan moest hij weten dat ze alleen was,' merkte Salter op.

'Ze nam nooit mannen mee naar huis. Hij kende haar goed genoeg om daar zeker van te zijn. Tegen de tijd dat ze de motor had afgezet en de garagedeur dicht was, stond hij klaar met de chloroform.'

'Dus eigenlijk zegt u daarmee dat ze het niet had kunnen vermijden, ongeacht hoeveel voorzorgsmaatregelen ze had genomen? Dat klinkt niet erg geruststellend voor andere mensen. En waarom zou hij de sleutels in de gang hebben gegooid?'

'Om de aandacht af te leiden van het zijpad, waarlangs hij waarschijnlijk de garage uit is gekomen, via de zijdeur, vermoedelijk met een grote rolkoffer. Kom maar mee.'

Hij voerde Salter naar een zijdeur die vanuit de garage rechtstreeks uitkwam op een grindpad dat terugliep naar de straat. Ze wilde naar buiten lopen, maar hij hield haar tegen.

'Niet doen,' zei hij. 'Haal de technische recherche er maar bij. Ik wil dat een team hier zoekt naar evenwijdige afdrukken, grind dat diep in de modder is geduwd. Door het gewicht van haar lichaam moeten de wielen van de koffer een diep spoor hebben achtergelaten.'

Hij had de vraag over wat er zoal aan films draaide niet zomaar gesteld. Thuisgekomen keek hij wat er die avond speelde en stuurde Ava een appje.

Ik heb nog voor een paar uur papierwerk op m'n bureau,

antwoordde ze.

Als je om halftwaalf nog op bent, heb je dan zin om naar de nachtvoorstelling van *Ice Cold in Alex* te gaan in de bioscoop achter de Conan Doyle?

Hij had geen idee wat voor film het was. Hij had hem niet bij de recensies van de nieuwe films zien staan. Dat kwam doordat het een film uit 1958 bleek te zijn. Hij trof Ava aan met haar voeten tegen de lege stoel voor haar, gekleed in een spijkerbroek en een geruite blouse, en met de grootste bak popcorn die Callanach ooit had gezien. Haar blik strak gericht op de openingstitels.

'Ze draaien hier oude films,' fluisterde ze. 'Zoveel leuker dan tv-kijken. En niet van die klote-HD, geen superkleuren of surround sound-onzin. Zo hoort film te zijn. Het verhaal op de eerste plaats, de rest is van ondergeschikt belang.' Ze bood hem de popcorn aan, maar hij schudde zijn hoofd.

'Ga je dat echt allemaal opeten?' vroeg hij.

'Absoluut. En als jij niet ook wat neemt, heb je het niet helemaal begrepen.'

'Hoe is het met je zaak?' Callanach nam één stukje popcorn en speelde ermee tussen zijn vingers.

'Sst!' kreeg hij als antwoord, en hij dwong zich zijn aandacht op het scherm te richten. Inspecteur Ava Turner ging al helemaal op in de beelden van een Noord-Afrikaanse woestijn in de Tweede Wereldoorlog.

Anderhalf uur later hadden John Mills en Sylvia Syms een Oscarwaardige acteerprestatie neergezet, en Callanachs ogen zaten tot aan de aftiteling aan het scherm geplakt, tot Ava opstond en veelbetekenend kuchte.

'Nu mag je praten,' zei ze. Ze gingen naar een pub met een late sluitingstijd aan Leith Street waar ze ook redelijke koffie schonken en gingen in een hoekje zitten, waar ze het stel naast hen probeerden te negeren, dat ruziede over hun trouwplannen. 'Wat vind jij ervan?' vroeg Ava, en ze zette voorzichtig een dienblad op het plakkerige tafeltje, met daarop een kop koffie waar Callanach om had gevraagd en een glas brandy, waar hij niet om had gevraagd.

'Ik denk dat ze moeten weglopen en in Las Vegas trouwen als het zoveel stress oplevert.'

'Van de film bedoelde ik,' zei Ava, terwijl ze hem de brandy aanreikte. Hij trok een wenkbrauw op. 'Het is vrijdagavond, als je het nog niet wist,' zei ze. 'Ik kan wel een drankje gebruiken en Schotten drinken nu eenmaal niet in hun eentje. Kom op, geef toe, die film was volmaakt.'

'Het was niet wat ik verwachtte,' zei hij. 'En dat bedoel ik positief.'

'Daar drinken we op,' zei ze, en ze nam een slok. Haar grijze ogen leken blauwer in de gloed van de oranje neonverlichting. Ze was een en al levendigheid, alsof ze niet kon wachten op het volgende moment, de volgende uitdaging. Heel even wenste Callanach dat hij in haar huid kon kruipen om zich te herinneren hoe dat ook alweer voelde. 'Je gaat het verpesten door over het werk te praten, hè?' zei ze.

'Ben ik nu al zo voorspelbaar?' vroeg hij.

'Het is je vangnet,' zei ze.

'En wat is jouw vangnet?' vroeg hij, en hij had er onmiddellijk spijt van dat hij haar weer een persoonlijke vraag had gesteld.

Maar Ava leek niet van haar stuk gebracht. 'Ik doe alsof ik zelfverzekerd, scherp en grappig ben,' zei ze.

'Waarom zou je dat doen?' vroeg Callanach, die de brandy veel lekkerder vond dan verwacht.

'Zodat niemand ziet hoe doodsbang en onzeker ik meestal ben,' zei ze glimlachend. 'Misschien is het beter om over het werk te praten.' Ze dronk haar glas leeg en pakte haar koffiekopje. 'Waarom zouden twee vrouwen die niets met elkaar te maken hebben allebei hun baby in hetzelfde park achterlaten? Ik kan geen goede reden verzinnen, behalve dat er een psychopathische kinderrover in de stad rondwaart, maar dan zouden de moeders zich wel hebben gemeld.'

'Als het niet om kopieergedrag gaat, en dat lijkt in dit geval vrijwel onmogelijk, dan hebben de twee moeders elkaar ontmoet en afgesproken om het samen te doen. Ze willen iets duidelijk maken,' zei Callanach.

'En wat zou dat dan zijn?'

'Dat ze die baby's in het openbaar achterlieten zou erop kunnen wijzen dat ze die nooit hebben gewild,' zei Callanach.

'Dus dan denk je aan slachtoffers van verkrachting,' mompelde Ava.

'Misschien,' zei Callanach, 'maar er zijn ook andere verklaringen. Zwangere slachtoffers van vrouwenhandel moeten hun baby vaak onder dwang afstaan. En dan is het ook begrijpelijk waarom we niets van de moeders hebben gehoord.'

'Dat zou kunnen, maar waarom zou een mensensmokkelaar die babylijkjes niet verdonkeremanen? Nu hebben ze alleen bereikt dat het DNA is geregistreerd. Maar het is wel het overwegen waard. Waarom is het altijd makkelijker om een heldere visie op de zaken van anderen te hebben dan op die van jezelf?'

'Distantie en een andere kijk,' zei Callanach. 'Ik heb te maken met een anonieme kidnapper die zich tot moordenaar heeft ontpopt en die alles tot in de puntjes voorbereidt, wat wijst op een uitzonderlijk vermogen zijn emoties en gedrag onder controle te houden, maar die in het openbaar in zichzelf praat, vermoedelijk zonder dat hij het zelf doorheeft.'

'Innerlijk overleg en onbewuste geruststelling,' zei Ava. 'Hij is eenzaam, heeft niemand om mee te praten of die hem feedback geeft. Er bestaat een theorie die zegt dat we anderen net zo goed nodig hebben om ons uit te dagen als om ons te prijzen, zodat we ons handelen kunnen beredeneren en rechtvaardigen. Mensen die dat niet hebben, roepen een tweede stem in het leven, een hoorbare stem.'

'Denk je dat hij Elaine en Jayne daarom heeft ontvoerd?' vroeg Callanach.

'Dat slaat nergens op,' antwoordde Ava.

'Waarom niet?' Callanach schoof zijn stoel dichter naar Ava en verder weg van het ruziënde stel dat het had goedgemaakt en nu luider dan strikt noodzakelijk zat te zoenen.

'Als hij gezelschap wil, waarom vermoordt hij ze dan?' vroeg Ava.

'Hij heeft er tot nu toe maar één vermoord,' zei Callanach, 'maar als je gelijk hebt met het motief voor de ontvoering, is er een kans dat Jayne Magee nog in leven is, toch?'

Hun gesprek werd onderbroken door herrie bij de deur. Een scheldende, dronken twintiger strompelde naar binnen, gevolgd door een paar al even beschonken maten, en met z'n allen kwamen ze wankelend op het zoenende stel af.

Callanach keek naar de barvrouw, die hulpeloos om zich heen keek.

'Wat de fuck, Suze? Ik hou nog steeds van je. Zeg me dat je niet met dit stuk stront hier gaat trouwen.'

'O ja, Gary, echt waar?' kaatste het meisje terug, eerder verveeld dan geschrokken. 'Ik heb het je al gezegd, en mijn vader ook. Je moet me met rust laten. Het is klaar.'

'Ik weet dat je nog van me houdt. Je zei dat je altijd van me zou houden. En hij verkoopt verzekeringen! Wat is dat voor lullig baantje?'

Callanach trok zijn wenkbrauwen op naar Ava, die snoof en haar koffie opdronk.

'Nu moet je weggaan, man,' zei de verzekeringsman annex verloofde, hoewel hij overtuigender klonk dan hij eruitzag.

'Ik ga pas als mijn vriendin zegt dat ik moet gaan. Jij houdt je bek als je weet wat goed voor je is. Kom op, Suze, we moeten even buiten praten.'

De ex greep Suze bij de arm en begon haar uit haar stoel te trekken. De toekijkende klanten vielen stil en schuifelden achteruit.

'Ik wil niet met je naar buiten. Ik wil helemaal niks met je. Het is over. Ik hou van Robert.'

'Je komt mee naar buiten om dit uit te praten. Het wordt tijd dat je je gezonde verstand gebruikt, mens.'

De ex trok nog harder, waardoor de mouw van Suzes jurk loskwam, en er verscheen een vuurrode plek op haar arm toen ze zich losrukte. Met tranen in haar ogen wreef ze over de pijnlijke plek, maar het volgende moment sloeg de pijn om in woede en spuugde ze hem in het gezicht.

'Tyfuswijf!' brulde de ex.

Callanach stond op.

'Nee, niet doen,' zei Ava.

'Hij gaat door het lint,' zei Callanach.

'Als jij je ermee bemoeit, krijg je een klacht aan je broek wegens politiegeweld. Als ik het doe, is de vernedering zo groot dat hij er niet over peinst om aangifte te doen.'

Ava ging tussen Suze en haar tierende ex-partner in staan. 'Je moet naar huis. Dit is niet de goeie tijd en de goeie plaats,' zei Ava rustig.

'Wie ben jij verdomme? Flikker op. Dit zijn jouw zaken niet.'

'Je hebt gelijk, dat klopt. Maar ik zat hier rustig iets te drinken, en niemand hier heeft zin in een vechtpartij. Dus wat denk je ervan? Waarom maak je niet een lange wandeling om af te koelen?'

'En wat denk jij ervan om opzij te gaan voordat ik jouw kop gebruik om Robertje in mekaar te timmeren?'

'Dat zou ik je niet aanraden,' zei Ava, zonder ook maar een ogenblik haar stem te verheffen.

'Kom op dan, arrogante trut,' zei de ex, en hij haalde naar haar uit.

Ava leek amper te bewegen, maar ze ontweek de aanval door iets opzij te gaan, zijn gestrekte arm te pakken en die omlaag te trekken.

Tegelijkertijd zakte ze iets door haar knieën, zette een stap naar hem toe en veegde met haar been een van zijn enkels onder hem vandaan, waardoor ze hem beentje lichtte en hij met zijn gezicht op de grond viel. Callanach kreeg niet eens de tijd om te overwegen of hij moest ingrijpen. Het was fascinerend om Ava in actie te zien. Vervolgens liet ze zich boven op de dronken malloot vallen, draaide zijn arm op zijn rug en boog zich naar hem toe. Hij probeerde zich uit alle macht te verzetten, maar het was duidelijk dat hij geen kant op kon tenzij Ava dat toestond. Wat begon als goedkeurend gefluister van de omstanders groeide uit tot gefluit en gelach om het schouwspel.

'Willen jullie je vriend nu naar huis brengen?' vroeg Ava aan de andere herrieschoppers, op wier gezicht duidelijk stond te lezen dat ze geen trek hadden hetzelfde lot te ondergaan.

'Aye, daar zorgen we voor,' mompelde een van hen.

'En ga jij dan rustig mee, of moet je hier eerst nog even op de grond blijven liggen?' vroeg Ava.

'Ik ga wel. Ze is het verdomme sowieso niet waard.'

Ava staarde hem nog even aan op zoek naar tekenen van verzet, maar het was gebeurd. Even later was de opschudding overgewaaid en ging iedereen weer verder met drankjes bestellen en appjes versturen.

'Zullen we gaan?' vroeg Ava aan Callanach.

'Bedankt,' riep Suze toen ze naar buiten liepen.

'Blijf bij Robert en zoek je ex voorlopig niet op,' antwoordde Ava terwijl ze de deur achter zich dicht liet vallen. 'Biervlekken op m'n broek. Heb ik weer. Maar goed dat ik geen dure kleren aanheb die naar de stomerij moeten.'

'Nou, dat was een verrassing,' zei Callanach. 'Politietraining?'

'Jiujitsu. Mijn moeder wilde dat ik in mijn tienerjaren 's avonds etiquettelessen volgde, maar ik ging natuurlijk nog liever dood. Uiteindelijk kwamen we tot een compromis: voor elke les die ik volgde, betaalde zij een les van mijn eigen keuze.'

'Dat moet een interessant cv hebben opgeleverd.'

'Ik kan nu als de beste drankjes mixen, drummen en in een sportwagen stappen zonder dat mijn slipje te zien is. Verder sta ik mijn mannetje in een gevecht, kan ik tijdens een diner een geanimeerd gesprek voeren met diplomaten en ben ik tot nu toe nog nooit door een man verslagen met darten.' Ava lachte.

Callanach wist nooit zeker wanneer ze hem voor de gek hield of niet. Dat vond hij leuk aan haar.

'En bedankt dat je je er niet mee bemoeide. Het is fijn om niet als een klein kind behandeld te worden.'

'Ik zag die plas bier op de grond,' zei Callanach. 'En ikzelf koop vrij vaak kleren die wel naar de stomerij moeten.'

'Nou, we gaan vooruit,' zei Ava lachend. 'Goed om te horen dat je ook grappen kunt maken.'

'Wie zegt dat ik een grapje maakte?' vroeg Callanach, terwijl hij het portier van een taxi voor haar openhield.

De volgende dag gaf Callanach zijn eerste persconferentie in Schotland die op tv zou worden uitgezonden. De vader van dominee Magee sprak eerst, riep iedereen die informatie had op om zich te melden en vertelde hoezeer zijn dochter van het leven hield en dat ze enorm vergevingsgezind en begripvol was. Nadat Jaynes gezicht stevig was verankerd in het geheugen van elke kijker, was het de beurt aan Callanach.

'We denken dat Jayne springlevend is,' begon hij. 'Er is geen verband aangetoond met de moord op Elaine Buxton, en ik wil benadrukken dat het hier nog steeds gaat om een ontvoering. De komende dagen vragen we mogelijk de medewerking van het publiek bij het doorzoeken van huizen en bijgebouwen binnen een bepaalde straal rondom Ravelston Park.'

Daarna nam een persvoorlichter het van hem over om het nummer van de meldlijn en het e-mailadres te geven, hoewel Callanach daar niet veel van verwachtte. De ontvoerder was gewoon te slim geweest. Het werd tijd om hem uit de tent te lokken. Hopelijk zou hij proberen haar naar een andere plaats over te brengen en daarbij in paniek raken en fouten maken, de benen nemen en onderduiken, zodat iemand anders – een huisbaas, een postbode of een collega – hem als vermist zou opgeven. Callanach moest hem laten voelen dat de jacht geopend was. Als de aandacht van de pers te snel zou afnemen, liepen ze het risico haar helemaal niet meer te vinden.

# 14

Reginald King verscheurde het stuk papier en smeet het in de prullenbak. Er was niemand van Academici tegen Abortus beschikbaar om een lezing voor de vakgroep te geven. Gek, want ze zouden toch niet gauw overstelpt worden met aanvragen, dacht hij. Hun gedachtegoed was nou niet bepaald populair. Maar Natasha verwachtte wel een naam en informatie over de lezing. Hij herinnerde zich hoe blasé hij had gereageerd op haar verzoek een spreker te vinden, en hij kromp ineen. Ze zou een vermoeide zucht slaken, wist hij, en haar teleurstelling niet uitspreken, maar die zou wel op haar gezicht staan te lezen.

Professor Forge keek op toen hij haar kamer binnenkwam, ze was zo druk bezig dat ze vergat te doen alsof ze glimlachte.

'Ik heb u al een paar keer gevraagd me de naam van de spreker door te geven, dr. King, maar ik heb nog niets gehoord. U hebt tien dagen de tijd gehad sinds we elkaar voor het laatst gesproken hebben. Wie heeft u kunnen regelen?'

'Ik heb geprobeerd contact te krijgen met een buitengewoon interessante groep, en die hebben me helaas aan het lijntje gehouden. Het blijkt lastig...' stotterde hij.

'Ik heb het vreselijk druk, dus we moeten het even snel afhandelen. Welke groepering?'

'Academici tegen Abortus,' zei hij.

'Hoe haalt u dat in uw hoofd?' Ze stond op van haar stoel. 'U weet dat de universiteit een strikt beleid voert ten aanzien van vrouwenrechten en gelijkheid. Wilt u soms een rel veroorzaken?'

'U zegt altijd dat een kwestie van alle kanten moet worden belicht. Ik dacht dat u het een goed idee zou vinden om uit de bubbel te stappen waarin de afdeling zichzelf heeft opgesloten. Andere instituten doen dat ook. Sommige lezingen die ik het afgelopen jaar heb bijgewoond waren een regelrechte openbaring.'

'Zeg ze af,' zei professor Forge. 'Ik betaal de eventuele kosten die ze al hebben gemaakt. Maar zorg dat ik niet hoef te horen hoe ze mijn studenten wijsmaken dat er een wet moet komen die vrouwen het recht ontzegt over hun eigen lichaam te beslissen.'

'Ze konden tóch al niet,' zei hij feller dan de bedoeling was, en ze keek hem ongelovig aan.

'Waarom hebben we het hier dan... nou ja, laat maar. Zeg alleen ja of nee. Hebben we een spreker geregeld voor deze week?' vroeg ze rustig.

Er waren allerlei dingen die hij haar wilde zeggen: dat hij zich niet liet vertellen hoe hij een vraag moest beantwoorden. Dat ze een knoopje van haar blouse open had gelaten (hij zag daaronder het vermoeden van een zwarte kanten bh en kon zich moeilijk concentreren). Dat hij haar gelijke was en dat ze hem niet zo kon toespreken. Dat hij even wreed en hard kon zijn als zij, en o, wat wilde hij haar graag meenemen naar zijn geheime kamer en haar voorstellen aan Elaine en Jayne.

'Nee,' was het enige antwoord dat over zijn lippen kwam. 'Maar ik ga er vanmiddag mee aan de slag. Als u terugkomt van de lunch...'

'Ik regel het zelf wel. Zorg dat alle inschrijvingen voor volgend jaar grondig beoordeeld worden en plan een vergadering in van de academische staf om de beleidswijzigingen ten aanzien van de studiebegeleiding te bespreken. Ik ben laat,' zei ze, en ze griste haar handtas mee en beende naar buiten en liet King alleen achter, starend naar de lege ruimte achter haar bureau.

Hij deed haar deur zo geruisloos mogelijk op slot. Ze had hem nog nooit alleen in haar kamer achtergelaten. Het gaf een merkwaardig intiem gevoel, omringd te worden door haar boeken, papieren, foto's van kinderen die ze aan de muur had hangen, van wie je zou denken dat het haar kinderen waren als je niet had geweten dat het neefjes en nichtjes waren. Hij liep om haar bureau heen en liet zijn vingers over het hout glijden, zo zacht glanzend dat het haar haar had kunnen zijn. Haar stoel had een harde zitting, maar was door alle uren die ze erin had gezeten naar haar lichaam gevormd. King liet zich tot helemaal achter in de stoel glijden en stelde zich haar billen voor die tegen het leer duwden en het verwarmden. Hoe ze heen en weer schoven als ze ging verzitten. Hij raakte opgewonden. Dat fascineerde hem en tegelijkertijd schaamde hij zich ervoor. Dat soort gevoelens had hij nooit bij Elaine en Jayne. Met hen was het zuiver en ging het om een ontmoeting tussen geesten, om het vooruitzicht te kunnen genieten van hun intellect. Terwijl hij de zwelling in zijn broek probeerde te onderdrukken, vroeg hij zich af hoe het toch kwam dat Natasha hem op zo'n ordinaire, platvloerse manier wist te raken.

'Dat is haar laag-bij-de-grondse natuur,' zei hij tegen de lege kamer. 'Je kunt het als man niet helpen dat je daardoor wordt aangetrokken. Daar moet ik boven staan.' Hij duwde tegen de strakgespannen stof. Het doordringende gerinkel van de telefoon bracht hem weer in beweging en hij schoot naar de deur, in de vaste overtuiging dat ze terug zou komen om het gesprek aan te nemen. In de gang struikelde hij, hervond zijn evenwicht en stoof naar zijn kamer. Toen hij weer in zijn kamer stond, hoorde King onderdrukt gegiechel en deed hij zijn deur op slot en liet de jaloezieën neer om wat privacy te hebben. 'Het is Natasha's schuld dat ik me zo voel,' zei hij. 'Dit wil ze. Ik ben beter dan zij. Ik heb ook vrouwen die beter zijn dan zij, en slimmer. Die behandelen me tenminste niet als een idioot.'

Hij was harder gaan praten, te hard. Met één hand probeerde hij nog steeds de bobbel in zijn broek te onderdrukken, met de andere reikte hij naar een plank boven zijn hoofd en zette de radio aan. Een mannenstem met een sterk accent vulde de kamer met hypercorrect Engels. In het begin verstond King niet wat hij zei, maar toen hoorde hij haar naam. Hij had de media uitgebannen omdat hij wist dat hij er paranoïde van zou worden. Nu vertelde iemand – een Fransman dacht hij, maar evengoed een politieman in Edinburgh – de wereld dat Jayne Magee springlevend was. Ze doorzochten huizen in de stad en vroegen het publiek om medewerking. En dat allemaal omdat er geen lijk was gevonden.

Het was om gek van te worden dat hij zo onder druk werd gezet. Hij was nog niet klaar. Hij moest eerst een andere auto hebben en die rat van de sloperij begon vragen te stellen, ondanks de extra cash die hij hem had toegestopt om dat te voorkomen. De auto's waren of gestolen of afgeschreven, en waren na hun laatste eigenaar door talloze handen gegaan. Hun chassisnummer was verwijderd en ze waren al zo oud dat ze niemands belangstelling wekten. Geen van die barrels zou het meer dan duizend kilometer uithouden voordat ze definitief naar de sloop gingen, maar dat kwam hem juist prima uit. Eén auto voor elke vrouw, had hij zich voorgenomen. Hij mocht niet te traceren zijn. Daarna bracht hij de auto terug naar die rat, en kon die hem aan de volgende dubieuze gebruiker verhuren.

Het was niet zijn bedoeling geweest om zowel Jayne als Elaine mee te nemen, dat was het probleem. Hij had al drie auto's gebruikt, en zou nu nog een vierde nodig hebben. Hij had niet voldoende vooronderzoek kunnen doen en nog geen volwaardige vervangster voor Jayne uitgekozen. Een onzorgvuldige planning betekende dat het geen perfect resultaat zou opleveren, maar daar viel niets meer aan te doen. Allereerst moest de politie nu op een dwaalspoor worden gezet. Als ze dan zo graag een lijk wilden, dan moest hij ervoor zorgen dat ze dat kregen.

King hield de klok in de gaten tot hij eindelijk weg kon en in de auto kon stappen die officieel op zijn naam stond geregistreerd. Toen belde hij de man die hij alleen kende als Louis en maakte een afspraak. Onderweg stopte hij even bij een geldautomaat. Louis nam alleen betalingen in briefjes van tien of twintig pond aan, wat verdomd lastig was, maar wel verstandig. Een uur later had King geregeld dat de auto zou worden geparkeerd in een achterafstraat bij Causewayside, op loopafstand van zijn huurgarage, zodat hij zijn eigen auto daar kon laten staan en met de andere naar Glasgow kon rijden.

Die avond ging hij om tien uur op weg, nadat de duisternis volledig was ingevallen maar nog voordat de pubs leegstroomden, zodat het op straat redelijk rustig was. De auto was een oude, lichtgrijze Saab met een gierende V-snaar die hem op de zenuwen werkte. Hij droeg een regenjas uit de kringloopwinkel met daaronder een werkoverall. Een petje bedekte de steeds dunner wordende plek op zijn hoofd waar hij vaak overheen wreef wanneer hij gespannen was, wat het haarverlies ongetwijfeld had versneld.

De rit naar Glasgow duurde iets minder dan een uur. Het was een stad van uitersten, vond King. De bouwwerken van glas en staal, de bruggen met neonverlichting en de schitterende nieuwe theater- en concertzalen slaagden er niet in het zogeheten 'Glasgow-effect' te verhullen: de armoede, de achterstand en de lage levensverwachting. De historische stad Glasgow, die met zijn fraaie universiteit met de vele torentjes meer weg had van een kinderboek dan van een bastion van gewelddadige criminaliteit, was een en al schone schijn. King wist dat hij een bijdrage ging leveren aan die sombere statistieken, ook al was het maar met één geval, maar in deze stad, waar modernisme en tweedewereldarmoede heftig met elkaar botsten, zou dat niemand opvallen. Het was zo makkelijk om slechts de schoonheid van Glasgow te zien, de toeristische attracties te bezoeken en alleen de levendige kant ervan te zien. Maar die was niet echt. Glasgow, dacht King, was een stad die van de dood leefde.

Tegen de tijd dat hij de wijk Govanhill bereikte was het gaan regenen, en hij vloekte omdat het water tussen de vegen van de ruitenwissers door zijn zicht belemmerde. Bovendien gingen de hoeren met dit weer schuilen. Maar de echte doorzetters stonden er nog, zag hij op een eerste verkennend rondje langs de tippelzone van Allison Street. Beide zijden van de straat waren een levend historisch museum, met huurkazernes van vierhoog en daaronder winkels met opschriften in alle talen, die eten uit alle culturen verkochten. Je kon het met recht een wereldstraat noemen, dacht King. Hij kon de humor er wel van inzien, zich verbazend over al die talen die tegenwoordig in Schotland werden gesproken en waarvoor hij nooit genoeg tijd of zin zou hebben om die allemaal te leren. Er waren tatoeagestudio's, zogenaamde designeroutlets – daar moest King hartelijk om lachen –, geldschieters, kapsalons en kringloopwinkels, je kon het zo gek niet bedenken of het was er. Veel te veel panden 'Te huur'. Veel te veel gestutte gebouwen. Veel te veel dat je voor een habbekrats kon krijgen. En dat was natuurlijk precies wat hem hierheen had gebracht.

Hij probeerde de lengte en leeftijd te schatten van de vrouwen die hij passeerde, die voorzichtig geïnteresseerd terugkeken. Jayne Magee was niet lang, en deze vrouwen liepen allemaal op hoge hakken, waardoor het vrijwel onmogelijk was om een keus te maken. Leeftijd zou de doorslag moeten geven. Hij reed nog een rondje en kreeg een vrouw in het oog met een dikke laag make-up op, om klanten wijs te maken dat ze in de twintig was, hoewel haar grijs uitgegroeide dunne haar en haar hangtieten de waarheid vertelden. Hij stopte langs het trottoir en deed het raampje aan de passagierskant open.

'Goeienavond schatje, waar ben je naar op zoek?'

'Hoeveel?' vroeg hij, vasthoudend aan zijn rol.

'Aftrekken dertig, pijpen veertig, neuken vijftig,' zei ze.

'Aftrekken is oké,' antwoordde King, en hij deed het portier open. Ze leek voldoende op Jayne, en hij wilde niet het risico lopen nóg een rondje te moeten maken.

Ze aarzelde.

'Is er een probleem of zo?' vroeg hij.

'De binnenverlichting van je auto doet het niet. Waarom is dat?' Ze deed een stap naar achteren, heviger geschrokken dan hij verwacht had. Het was maar een voorzorgsmaatregel, maar wel een noodzakelijke. Hij wilde niet dat voorbijgangers zijn gezicht zouden zien en daarom had hij voor zijn vertrek het lampje losgedraaid.

'Het lampje is kapot,' zei hij, 'en het regent naar binnen. Schiet 's op.'

Ze tuurde in de duisternis van de auto alsof ze hem beter probeerde te zien en gooide toen het portier dicht.

'Ik denk dat ik vanavond pas, vriend. Je kunt beter naar huis gaan.'

King gaf een klap op het stuur. Stomme teringhoer. Hij had geen tijd om spelletjes te spelen. Hij haalde diep adem, maande zichzelf tot kalmte en riep haar na.

'Ik betaal het dubbele, oké? Zestig voor alleen aftrekken. Kom terug!'

'Dacht het niet,' riep ze over haar schouder terwijl ze wegliep. 'Er is iets niet in de haak met jou.'

Op dat moment kwam er een man uit de duisternis aanlopen die haar bij de mouw van haar jas pakte en haar terug naar Kings auto trok.

'Je betaalt zestig, oké? Alleen aftrekken, geen extra dingen. Vooruitbetalen.' Hij stak een hand door het raam en terwijl King zijn portemonnee tevoorschijn trok, gaf de man de onwillige prostituee op haar lazer.

King gaf hem het geld en zorgde ervoor dat zijn gezicht in de schaduw bleef.

'Alsjeblieft,' zei hij met een vervormde stem en hij gaf de man drie briefjes van twintig. Dit werd een dure avond. De pooier, aan zijn accent te horen een Roemeen, dacht King, duwde haar de auto in.

'Over een halfuur ben je hier weer terug. En je gaat niet naar de pub,' zei hij tegen haar.

'Ja, krijg de pest,' fluisterde ze nadat King was weggereden en ze buiten gehoorsafstand van de pooier was. 'Daar rechtsaf, ik weet een plek dichtbij waar we kunnen stoppen, als je het in de auto wilt doen, tenminste. Het is vanavond een beetje te koud om het buiten te doen.'

'In de auto is oké,' zei hij, en hij volgde haar aanwijzingen tot ze een geschikte plek vonden. Hij wachtte tot ze bezig was zijn gulp open te ritsen voordat hij het gripzakje uit zijn jaszak pakte en er een doekje uit trok.

'Je bent goed voorbereid,' grapte ze. 'Maar als ik zie hoeveel werk er hier beneden aan de winkel is, zul je die zakdoek voorlopig niet nodig hebben.'

Terwijl ze moest giechelen om haar eigen grap, ramde King de doek tegen haar mond en neus en duwde haar hoofd genadeloos achterover tegen de hoofdsteun. In de voetenruimte dansten haar benen een horlepiep waar een volksdanser zich niet voor zou hoeven schamen, en met haar handen sloeg ze in het wilde weg om zich heen en probeerde ze afwisselend de doek weg te trekken en naar Kings handen te klauwen. Op het laatst was ze niet meer dan een trillend, stuiptrekkend wrak en gleed ze onderuit in haar stoel tot haar kin op haar borst rustte.

Hij gaf zo'n harde klap tegen de zijkant van haar gezicht dat hij haar nekwervels hoorde kraken. 'Nou mag je lachen,' zei hij. Ze was echter niet helemaal buiten bewustzijn en hij zou haar een middel moeten toedienen dat haar langer onder zeil hield dan chloroform. Hij bond haar vast, deed een prop in haar mond, duwde haar op de achterbank en gooide een deken over haar heen.

Tegen de tijd dat hij de bewusteloze vrouw in een enorme zak langs de verborgen trap achter de keldermuur omhoog sleepte, was hij doodmoe. Zijn spieren deden zeer, zijn hoofd klopte en in zijn maag draaide een pijnlijke zenuwknoop rond als een stuk vlees aan het spit. Hij moest eten en slapen.

'Goddelozen hebben geen vrede,' zei hij terwijl hij de deur van het slot deed. 'En dat geldt voor jou vrij letterlijk, denk ik zo. Maar dit is niet míjn schuld. Als die politieman er niet zo op gebrand was geweest om Jayne op te sporen, was er een goede kans geweest dat ik iemand anders had gekozen. Je bent te oud en te zwaar om voor Jayne te kunnen doorgaan. Maar goed, aan al dat vlees kan ik wel iets doen. Laten we maar eens kijken wat je me verder nog kan vertellen.'

Elaine en Jayne lagen nog precies zoals hij ze had achtergelaten. 'Ach, wat zijn jullie toch een lust voor het oog,' zei hij opgewekt, terwijl hij de zak naar het midden van de kamer sleepte en leegschudde, waaruit een langzaam tot leven komend, verdwaasd hoopje mens tevoorschijn kwam.

De vrouwen keken angstig toe. Hij wist wat ze dachten. Zouden ze worden vervangen? Was dit iemand die beter was dan zij, zodat hij hen niet meer nodig had? Hij kwam even in de verleiding om hen in die waan te laten om te zien of ze indruk op hem zouden willen maken om hun positie te behouden. Maar Jayne had besloten dat het tijd was om te praten. Hij zette zich al schrap voor nog meer smeekbeden.

'Wie is dat?' vroeg ze. Vandaag sprak ze rustig, bijna ontspannen. Hij had haar stemmingen bijgehouden om te zien of er een patroon in te ontdekken viel. Ze had in hoog tempo de stadia van angst, ongeloof en woede doorgemaakt en bleek veel taaier te zijn dan Elaine.

'Je plaatsvervangster,' zei hij. 'Ik heb deze vrouw hierheen gebracht om jouw leven te sparen.' Hij trok de vrouw aan haar haren omhoog om haar gezicht te laten zien. Ze was niet knap met al die blauwe plekken, maar dat was ze daarvoor ook al niet. 'Oordeel niet te streng over haar,' zei hij tegen Jayne. 'Er zal vast wel een reden zijn waarom ze zo is geëindigd. Ik denk dat ze heel wat verhalen zou kunnen vertellen als we genoeg tijd hadden gehad. Maar waar zijn mijn manieren! Hebben jullie een fijne avond gehad?'

Jayne fronste haar wenkbrauwen. Dat beviel hem niet. Het deed hem aan Natasha denken.

'We zijn de hele dag aan deze stoelen geketend met één hand vrij en alleen een urinaal om in te plassen. Dan kun je moeilijk een fijne avond hebben,' antwoordde ze.

'Over een poos krijg je meer vrijheid, als je hebt laten zien dat je je gedraagt. Elaine, hoe bevalt het kunstgebit?' King knipte met zijn vingers voor Elaines gezicht. Ze deed meteen haar mond gedwee open. 'Het zal nog wel pijn doen, maar dat was te verwachten. Een medicinaal mondwater zal wel helpen. Ik hoop dat jullie je hebben vermaakt.' Hij inspecteerde het schaakbord dat hij tussen hen in had neergezet om de tijd te verdrijven en hun geest te stimuleren. Het was van zijn ouders geweest, zoals vrijwel alles in het huis, maar dit object was hun bijzonder dierbaar geweest. Wanneer hij thuiskwam uit school zat zijn vader of zijn moeder vaak te schaken met Eleanor. Zijn zus kreeg thuisonderwijs, wat makkelijk kon omdat hun vader wetenschapsjournalist was en hun moeder fulltimehuisvrouw. Zijn moeder zei dat geen enkele school goed genoeg was om Eleanors potentie ten volle te ontwikkelen. Reginald ging wel gewoon naar school en had daardoor 's middags nooit meegedaan aan de schaakcompetities van het gezin. Pas na Eleanors dood had zijn vader tijd gevonden om hem te leren schaken. Het had even geduurd, maar hij had een heel behoorlijk niveau bereikt. Zijn vader had het er bij hem in gestampt hoe belangrijk strategie in dit spel was. Hij mocht alleen schaken in zijn vrije tijd, als hij klaar was met zijn huiswerk en overhoord was. Dat was altijd het moment van de dag waar King het meest naar uitkeek.

Elaine zag er ook uit of ze wel een verzetje kon gebruiken. Ze zat de hele tijd met gebogen hoofd en zei nauwelijks iets. De schaakstukken waren niet aangeraakt, maar het eten en drinken dat hij had achtergelaten waren op.

'En hoe was úw dag?' vroeg Jayne, waarop Elaines mond openviel en ze zo verbijsterd keek dat het bijna grappig was.

King probeerde antwoord te geven, moest daarover nadenken, hakkelde wat en begon opnieuw.

'Ik heb geen makkelijke dag gehad, maar dank je dat je ernaar vroeg. Om je de waarheid te zeggen ben ik erg moe.'

Jayne knikte, en op haar gezicht verscheen vreemd genoeg iets van medeleven. 'Waarom gaat u niet even slapen. Als u me losmaakt, kan ik voor die vrouw zorgen om u wat werk te besparen.'

Even kwam hij in de verleiding. Het zou zo makkelijk zijn en hij verlangde wanhopig naar zijn bed. Het kwam door de stress die de confrontatie met de pooier had veroorzaakt, dacht hij. Dat was helemaal niet de bedoeling geweest. Iemand had hem van dichtbij gezien, zijn stem gehoord. En dat allemaal voor Jayne Magee. Het was niet meer dan redelijk dat zij iets terugdeed om hem voor zijn inspanningen te bedanken. Maar het was jammer genoeg een valstrik. Elke vrouw wist je met zachtheid te bedriegen, je met zoete leugens te paaien. Ze wilde hem helemaal niet helpen. En toch wilde hij verschrikkelijk graag dat ze te vertrouwen was. Kings hart verhardde en hij aanvaardde zijn lot. Hij kon een leraar zijn of een vriend, maar niet allebei.

'Ik zou je aanbod hebben gewaardeerd als het bedoeld was om me te helpen. Maar dat is niet het geval, dominee, en ik keur het af dat een vrouw met uw kwalificaties en morele statuur zo dubbelhartig is. U wilt deze vrouw ongetwijfeld helpen, maar doe nou niet alsof dat is om mij te ontlasten.'

'Hij gaat haar vermoorden,' mompelde Elaine. 'Je kunt er niks tegen doen. Maar je moet niet kijken. Ik kan het niet nog een keer aanzien.' Ze trilde zo hevig dat haar enkelboeien in haar vlees sneden. Jayne reikte over de tafel en hield haar hand vast tot het trillen minder werd. Dat de twee vrouwen zo totaal verschillend op hun situatie reageerden was een fascinerende les in de kracht en zwakte van de menselijke geest. King overwoog er een paper over te schrijven. Gebaseerd op het inzicht van een insider en volslagen uniek, net als hijzelf.

'Heeft Elaine gelijk?' vroeg Jayne kalm. 'Was u van plan die vrouw te vermoorden?'

Het ergerde hem dat de zelfingenomen dominee de verleden tijd gebruikte, alsof ze er zo van overtuigd was dat ze het hem uit het hoofd zou kunnen praten dat ze de situatie niet in de tegenwoordige tijd hoefde te benoemen.

'Ze hoort toch niet in jullie gezelschap thuis, of wel soms?' beet hij haar toe. 'Een stoephoer in gezelschap van een gerespecteerde advocaat en een eminente theoloog. Dat zou een belediging voor jullie allebei zijn.'

Jayne liet Elaines hand los en leunde achterover in haar stoel, en nam de tijd om te antwoorden. King besefte dat hij hiervan had gedroomd, een echt debat, een ontmoeting der geesten, maar ze was veel te zeker van haar mening. Ze leek van haar eigen standpunt overtuigd. Waar was de bereidheid om naar zijn visie te luisteren?

'Geen van ons weet waartoe een ander menselijk wezen in staat is of wat het te bieden heeft. Je kunt anderen niet beoordelen op hun uiterlijk of wat ze voor de kost doen. Moeten we niet eerst met haar praten om meer te weten te komen? We zouden weleens tot verrassende inzichten kunnen komen.'

'Hoe je leeft getuigt van wie je bent. Leert de kerk ons niet dat we op ons gedrag beoordeeld zullen worden?' zei King.

'En hoe zit het dan met úw gedrag?' vroeg Jayne nauwelijks hoorbaar. Op haar gezicht stonden slechts ernst en nieuwsgierigheid te lezen. Als er ook maar een zweem van laatdunkendheid in haar vraag had doorgeklonken, zou hij nog veel meer genoegen hebben beleefd aan hetgeen hij op het punt stond te doen.

'Ik ben niet religieus,' zei King. 'Ik geloof in wetenschap, feiten en scholing. Je kunt me onmogelijk van mijn voornemen afbrengen, hoewel ik het natuurlijk waardeer dat je het probeert.'

Hij pakte een elektrische tondeuse uit de tas die hij over zijn schouder droeg en legde die op de vloer naast het lichaam van de vrouw. Ze probeerde onhandig overeind te komen, wat niet lukte omdat ze de beheersing over haar beenspieren nog niet terug had. Toen hij gehuld in een plastic schort en rubberhandschoenen haar smerige kleren uittrok en die in een vuilniszak stopte, begon Elaine een hoog, irritant jammerend geluid te maken, als een hond die te lang alleen gelaten is.

'Kunnen we hierover praten?' vroeg Jayne.

'Nee, dat kunnen we niet,' blafte King. 'Ik wil niet meer praten. Ik moet morgenochtend weer aan het werk en ik heb slaap nodig. Ik raad je aan ervoor te zorgen dat Elaine haar kop houdt voordat ik het zelf doe.' Hij gebaarde met zijn hoofd in Elaines richting zonder haar aan te willen kijken, omdat hij wist dat ze weer kwijlend heen en weer zou zitten wiegen. King hoorde Jaynes stoel over de vloer schrapen en begreep dat ze de verloren ziel naast haar troostte. Ook al vervulde Elaines gedrag hem alleen maar van afkeer, toch voelde hij een steek van ergernis omdat Jayne duidelijk niet bang was. 'Nou, dat zal niet lang duren,' zei hij.

'Sorry? Dat heb ik niet verstaan,' zei Jayne.

King propte de laatste kleren van de vrouw in de vuilniszak en gooide die in de richting van de deur.

'Niets,' zei hij. 'Ik had het niet tegen jou.'

'Tegen wie had u het dan?' vroeg ze onschuldig. Hij was haar neerbuigende gedrag zat. Dat ze een mastertitel van de universiteit van Oxford had en door de boulevardpers werd opgehemeld, betekende nog niet dat ze superieur aan hem was. En toch sprak ze hem aan alsof hij een afgedwaald lid van haar gemeente was.

'Het is belangrijk dat je kijkt,' zei King, terwijl hij het lichaam van de vrouw languit op de grond legde.

Hij begon met ruwe bewegingen haar hoofdhaar af te scheren. Op dat moment kwam ze eindelijk weer volledig bij bewustzijn.

Ondanks het feit dat haar handen achter haar rug waren vastgebonden en haar enkels waren samengebonden, begon ze te worstelen als een reusachtige regenworm, wanhopig heen en weer zwaaiend met haar lijf, wegglijdend over de vloer. Door de prop in haar mond klonk ze of ze dronken was, maar ze wist wel duidelijk te maken wat ze bedoelde.

‘Au, gore teringlijer. Ik wíst verdomme dat er iets mis was met je. Laat me los, klootzak. Laat m’n haar verdomme los.’ Ze begon zich nog heviger te verzetten. King zat op de vloer achter haar en hield haar hoofd tussen zijn knieën geklemd terwijl hij de laatste plukken haar afschoor. Jayne was aan het praten, maar hij hoorde niet wat ze zei. Als ze zijn aandacht wilde, moest ze maar uit haar hooghartige bubbel breken en gaan gillen. Toen de schedel helemaal kaal was, zag hij tot zijn genoegen dat Jayne er opeens niet meer zo kalm uitzag.

‘Hoe heet je?’ vroeg Jayne aan het kronkelende lijf op de grond.

‘Grace,’ zei ze.

King begon te lachen. Het was een valse lach, en dat wist hij. Zo klonken de jongens die hem vroeger op het schoolplein uitlachten ook. Het was een hard, vreugdeloos geluid, bedoeld om te desoriënteren en te vernederen. Hij ging steeds harder lachen.

‘Grace?’ wist hij door zijn tranen heen uit te brengen. ‘Grace! Wat een misplaatst optimisme van je ouders! Konden ze je nu maar zien terwijl je de zieke, stinkende geslachtsdelen van mannen voor een paar centen afzuigt.’

‘Mijn ouders zijn dood,’ jammerde Grace door de prop heen.

‘Amen,’ zei King. ‘Dan is hun tenminste een beetje schande bespaard.’

‘Hou op,’ zei Jayne.

King zweeg.

‘U bent gemeen.’

Dr. King keek naar het monster dat hij zijn huis binnen had gebracht. Jayne Magee was al even erg als Natasha: ze speelde de baas over hem en was neerbuigend.

‘Hou jij me maar tegen,’ fluisterde hij zacht in haar gezicht. Hij liep naar een lade, deed die met trillende handen van het slot, koos een tang en kwam weer op Grace af.

'Wijd opendoen,' zei hij. Hij nam zijn plaats achter Grace' hoofd weer in en trok de prop uit haar mond, en toen ze schreeuwde, duwde hij een dun houten plankje overdwars tussen haar kiezen. Hij zette de tang op de linkersnijtand in haar onderkaak en begon te zingen. 'Amazing Grace, how sweet the sound, that saved a wretch like me.' Grace kokhalsde, hetzij door het stuk hout tussen haar kiezen of van angst en pijn, niet dat de oorzaak er verder toe deed. Het was een gezegende opluchting om te zingen en zo het lawaai te overstemmen. Hij ging nog harder zingen. 'I once was lost but now am found, was blind but now I see.'

Toen hij tussen twee strofen door even ademhaalde, schreeuwde Jayne hard genoeg om boven Grace' dierlijke gekreun en gekrijs uit te komen.

'Wat moet ik doen?' riep ze. 'Zeg me wat ik moet doen en ik doe het.' De snijtand kwam los en er spoot een straal bloed uit haar kaak. Grace' ogen draaiden weg en ze verloor het bewustzijn. King liet de vergeelde tand in een glas vallen, veegde het bloed van haar onderkaak – hij had er jammer genoeg nogal een rotzooitje van gemaakt – en zette de tang op de volgende tand.

''Twas Grace that taught my heart to fear...' Bij het noemen van Grace' naam gaf hij een geweldige ruk met de tang, waardoor hij haar uit de pijnloze verdoving weer bij bewustzijn bracht. 'And Grace, my fears relieved.' Hij rukte nog een keer en ze schopte wild met haar benen tegen de vloer. Elaine sloeg met haar hoofd op het tafeltje voor haar en Jayne gilde tegen hem terwijl hij bleef zingen. Ze vormden een tamelijk alternatief bandje met elkaar, dacht hij. 'How precious did that Grace appear, the hour I first believed.'

Weer een tand in het glas, bloed over de vloerplanken, en King voelde dat hij de controle begon te verliezen toen hij ging verzitten en nog meer kracht op de tang zette om houvast te krijgen op de lastige linkerhoektand van de onderkaak.

'Through many dangers, toils and snares I have already come.' Dit keer moest hij een draaiende beweging met de tang maken, en door de inspanning kreeg hij niet meer de juiste toon te pakken. Hij kuchte en wilde net verdergaan met zingen toen Jayne tegen hem begon te gillen.

'Laten we een spelletje schaak spelen met haar als inzet. Als ik win, laat u haar met rust. Als u wint, dan... u wilde dat ik leerde. Ik wil zien welke strategieën u hanteert. En u kunt me vast een paar nieuwe zetten leren. Alstublieft?'

Dr. King ging verder met de tand, maar iets zachtzinniger dan daarvoor, terwijl hij de uitdaging overwoog. 'Goed dan,' zei hij, en hij legde de tang neer. 'Maar bedenk wel dat ik moe ben, en misschien niet mijn beste spel laat zien.' Hij veegde zijn handen af. De schaakstukken mochten niet onder het bloed komen te zitten. Sommige dingen in het leven moest je respecteren. Hij liet Grace' handen en voeten geboeid, propte zijn zakdoek in haar mond om ervoor te zorgen dat het enigszins stil bleef en trok de zak weer over haar bovenlijf. Afleiding tijdens het schaken was onacceptabel. ''Tis Grace that brought me safe thus far,' zong hij, terwijl hij Elaine losmaakte van de stoel tegenover die van Jayne en haar naar het bed droeg. Ze rolde zich meteen om met haar gezicht van hem weggedraaid en bleef onbeweeglijk liggen. '... And Grace will lead me home.'

# 15

Er was alweer een baby achtergelaten in hetzelfde park, en de media doken erbovenop. Maar deze baby was sterker of had meer geluk dan de vorige twee, en leefde nog toen hij werd gevonden door iemand die zijn hond uitliet. Of misschien wilde zijn moeder wel niet dat hij dood zou gaan, want hij was dik ingepakt.

Ava was in bespreking met hoofdinspecteur Begbie toen Callanach kwam informeren hoe het onderzoek liep. Het was laat. Eigenlijk zou niemand om vier uur 's ochtends meer aan het werk moeten zijn, op de been gehouden door frisdrank en voorverpakte broodjes van een benzinestation. Maar het had geen zin om naar huis te gaan. Sinds Jayne Magee uit haar omgeving was verdwenen, was de slaap uit Callanachs leven verdwenen. Hij ging terug naar zijn kamer en stuurde Ava een appje waarin hij voorstelde samen koffie te drinken wanneer haar gesprek met de hoofdinspecteur achter de rug was. Een halfuur later kwam ze binnen.

'Je weet toch wel dat je niet vierentwintig uur per dag kan werken, hè?' zei ze.

'Moet jij nodig zeggen,' zei hij. 'Wat is het laatste nieuws?'

'De baby redt het wel. Hij is uitgedroogd, maar hij heeft niet heel lang buiten gelegen. Weer dezelfde deken, dus er is een verband tussen alle drie.'

'En niemand heeft hem als vermist opgegeven?' vroeg Callanach.

'Nee, maar er is iets anders. De technische recherche zegt dat er een beetje opgedroogd bloed in een huidplooi onder zijn arm zat. De kinderarts denkt dat het niet van de baby is.'

'Van de moeder dan?'

'Dat denken we, ja. De uitslag kan een paar dagen op zich laten wachten, ook al hebben we tegen het lab gezegd dat er haast bij is. De vraag is hoe die vrouwen met elkaar in contact komen. We hebben geen signalen gekregen van huisartsen, vroedvrouwen of wijkverpleegsters of iemand van de zuigelingenzorg dat ze zich zorgen maken over een baby die niet voor nacontrole is gebracht.'

'Prostituees die niet bij de openbare gezondheidszorg terechtkunnen?' opperde Callanach.

'Zouden die niet gewoon abortus plegen als ze hun baby niet wilden?' Ava trok een grimas en streek met haar hand door haar haar.

'Er zijn vast wel mannen met fantasieën over seks met hoogzwangere vrouwen. Misschien dwingen hun pooiers ze wel om de hele zwangerschap uit te dragen om zo veel mogelijk geld te verdienen en de baby's dan te dumpen.'

'Ik wist wel dat ik beter naar huis had kunnen gaan dan met jou te praten. Dat is een walgelijke gedachte.' Ava trok haar jas aan. 'Wil je een lift?'

'Je hebt twee dode baby's en één levende zonder moeder of naam. Dit verhaal krijgt geen happy end. En ja, een lift zou fijn zijn.'

Ze liepen samen zwijgend naar de auto, allebei piekerend over hun eigen zaak. Op het moment dat Ava de auto van het slot deed, hoorden ze een geluid achter zich. Ze draaiden zich allebei om en staarden in de duisternis. Toen het verder stil bleef, stapten ze in. Pas toen ze bijna bij Callanachs appartement waren, verbrak hij de stilte.

'Heb je ooit contact opgenomen met die bloemist om erachter te komen wie die rozen heeft gestuurd?' vroeg hij.

'Geen tijd,' antwoordde ze. 'Hoezo?'

'Ik had daarnet het gevoel dat we werden gadegeslagen. Dat deed me denken aan je anonieme bewonderaar.'

'Je hebt een levendige fantasie. Dat zal wel door de cafeïne komen,' zei Ava terwijl ze in Albany Street stopte.

'Wees toch maar voorzichtig,' mompelde Callanach toen hij uitstapte. Hij overwoog of het nu wel of niet gepast was om Ava nog binnen te vragen voor een kop koffie, maar hij keek op zijn horloge en bedacht zich. Als hij geluk had kon hij nog een paar uurtjes slapen voordat hij weer naar het bureau moest. Ze reed weg nog voordat hij haar voor de lift kon bedanken.

Toen hij in bed stapte, drong pas tot hem door dat hij bijna een vrouw in zijn huis had uitgenodigd. Een maand geleden was het nog ondenkbaar geweest dat hij zich zo op zijn gemak zou voelen bij een vrouwelijke collega, maar inspecteur Turner was anders. Ze zat lekker in haar vel, leek niet snel ergens van onder de indruk te zijn, behalve van goede films dan. Sterker nog, ze begon al bijna als een vriendin te voelen. Het was veel te lang geleden dat hij nog vrienden had gehad. Toen hij zich omdraaide om een prettiger houding te vinden gleed zijn hand onder het kussen en voelde hij een koud, hard object. Toen hij het eronderuit wilde trekken, draaide het rond in zijn hand. In het bleke maanlicht dat door een kier in de gordijnen naar binnen viel, glom het zilverachtig, maar in het licht van het bedlampje zag hij dat er allerlei kleuren en lijnen op waren gedrukt. De miniatuurwereldbol maakte deel uit van een sleutelring zonder sleutels, en had op de kaptafel van dominee Jayne Magee gelegen. Keek ze er elke avond naar, vroeg Callanach zich af, dromend van alle plekken waar ze heen kon gaan, fantaserend over de klanken en beelden van een grotere wereld dan de gemeente die zij bijstond? Of had het ding alleen maar sentimentele waarde? Was het een souvenir dat haar ouders van hun vakantie hadden meegenomen om te laten zien dat ze aan haar dachten? Hij keek naar de presse-papier van Elaine, die nu op een boek op zijn nachtkastje lag, en probeerde zich uit alle macht de gezichten van beide vrouwen scherp voor de geest te halen. Die twee eenvoudige voorwerpen waren voor hem een soort heiligdom. Zolang hij die bij zich hield, kon hij ze niet vergeten, kon hij niet om ze heen. Hij viel in slaap met het wereldbolletje in zijn hand, zich afvragend waar Jayne Magee in godsnaam zou kunnen zijn.

De volgende dag kreeg hij de bevestiging dat er inderdaad dubbele wielsporen in het grind bij de garage van Elaine Buxton liepen. Dat zou hem een overwinningsgevoel moeten geven, maar het beeld van een vastgebonden, dubbelgevouwen vrouw in een rolkoffer was te schrijnend om zich ook maar enigszins te kunnen verheugen over dit kleine succesje. Callanach belegde een teamvergadering in de coördinatieruimte die op een levensgrote legpuzzel leek. De ene muur was gewijd aan Elaine Buxton, haar huis, het kantoor waar ze werkte en het forensisch bewijsmateriaal. Aan de andere muur hingen foto's van Jayne Magee. Van haar hadden ze meer materiaal, waaronder krantenknipsels, essays die ze had geschreven, brieven van de gemeente en foto's van de paar mensen van wie Lively had ontdekt dat ze het niet eens waren met de benoeming van een vrouwelijke predikant in hun kerk.

Callanach had Lively gevraagd de bijeenkomst te openen. 'We weten dat beide vrouwen zijn ontvoerd toen ze thuiskwamen. Hun belager, een man, bedwelmt zijn slachtoffers met chloroform en stopt ze dan in een rolkoffer om ze naar een andere plek te brengen. Vanmorgen hebben we bevestigd gekregen dat er chloroform is gevonden in het zachte weefsel dat vastzat aan de kies van Elaine Buxton. Jullie hebben kopietjes gekregen van de getuigenverklaringen. De politie in de Cairngorm-regio staat paraat voor het geval hij het lichaam van Jayne Magee op dezelfde manier wil laten verdwijnen als dat van Elaine Buxton.'

'Hoe zit het met het opstellen van een daderprofiel? Als we Jayne Magee niet kunnen vinden, kunnen we dan niet meer te weten komen over de man die haar vasthoudt?' vroeg een rechercheur achter in de zaal.

Lively keek Callanach vragend aan.

'Bij één enkele moord is het niet mogelijk om een daderprofiel te laten opstellen,' zei Callanach.

'Waarom in godsnaam niet?' vroeg Lively.

'Dat soort ondersteuning is alleen onder bepaalde voorwaarden beschikbaar, en daar voldoen wij nog niet aan.'

'Omdat we maar één lijk hebben? Of is het opstellen van een daderprofiel gewoon te duur? Dominee Magee zit wel opgesloten met een gek. Hoeveel langer overleeft ze dat nog?' Lively was luider gaan praten. Callanach zag dat de zaak hem meer aangreep dan hij tot nog toe had laten blijken.

'Het is niet alleen een kwestie van geld,' legde Callanach uit. 'Zolang je nog maar één lijk hebt, kun je geen profiel opstellen omdat er domweg nog geen patroon is. Als we in dit stadium aannames over de moordenaar doen, kunnen die als oogkleppen werken en ons de verkeerde kant op sturen. Het is onmogelijk om op grond van één moord te zeggen dat de moordenaar bepaalde kenmerken heeft. Op dit moment zijn we het meest gebaat bij een open blik.'

'Gelul,' zei Lively. 'Klotebureaucratie.'

Een nieuwe confrontatie met de brigadier werd Callanach bespaard toen een agent in uniform zijn hoofd naar binnen stak en twee anderen naar de gang riep. Het was een mooi excuus om de bijeenkomst te beëindigen. Uit het op gedempte toon gevoerde gesprek bij de deur ving Callanach nog net de woorden 'dreigen' en 'gebouw afsluiten' op, voordat Tripp hem een stapel overwerkformulieren overhandigde.

'Deze zijn teruggestuurd door de afdeling Financiën, sir. U hebt ze geparafeerd in plaats van uw volledige handtekening te zetten. De boekhouding weigert het overwerk uit te betalen tot dat is geregeld.'

Callanach nam de stapel papier vloekend in ontvangst.

'Gaat dat altijd zo?'

'Meestal niet, maar er zit een nieuwe op die afdeling, nogal een muggenzifter naar het schijnt.'

'Dat kun je wel zeggen. Wat was er zo belangrijk dat onze bijeenkomst moest worden onderbroken?' vroeg hij.

'Er is een dreigbrief bij inspecteur Turner onder de deur van haar kamer geschoven. Het wordt hoog opgenomen. Alle camerabeelden in en rond het gebouw worden op dit moment bekeken. De inspecteur zit nu bij de baas.'

Toen Callanach een minuut later bij Ava's kamer aankwam, werd hij weggestuurd door de technische recherche, die bezig was vingerafdrukken te nemen en ter plekke foto's van de brief nam voordat die in het lab zou worden onderzocht. Hij besloot in de gang voor Begbies kamer te wachten tot ze naar buiten kwam.

'Drukke ochtend?' vroeg Callanach toen ze naar buiten kwam.

'Nogal,' zei Ava. 'En wat doe jij hier?'

'Ik probeer erachter te komen waarom mijn briefing werd onderbroken. Ik wilde de informatie liever uit de eerste hand krijgen. Politiemensen zijn meestal een onbetrouwbare bron.'

'Pff,' zei ze. 'Een hoop drukte om niks. Hoort erbij hè? Iemand heeft een briefje achtergelaten om duidelijk te maken dat hij me niet mag. Het irritantste is nog dat ik mijn kamer een poos niet in kan. Dat zou ook geen drama zijn, maar dan had ik net zo goed nog een paar uur langer in mijn bed kunnen blijven liggen.'

'Het kan met de bloemen te maken hebben. Misschien dacht de briefschrijver dat hij naar extremere middelen moest grijpen om je aandacht te krijgen.'

'Het is nogal een sprong van rozen naar doodsbedreigingen, vind je niet? Het is niet de eerste keer dat iemand me wil omleggen en het zal niet de laatste zijn. Het goeie nieuws is dat het lab een voltreffer meldde met het DNA van het gestolde bloed. Het is niet het bloed van de baby, maar ze zijn er vrij zeker van dat het van de moeder is. Ze halen het nu door het systeem om te kijken of we een match hebben.'

'Dat is niet waarschijnlijk,' zei Callanach. 'Grote kans dat ze nooit met justitie in aanraking is geweest.'

'Hé, kun je je eigen team niet de put in gaan praten?' vroeg Ava.

'Je hebt niet gezegd wat er in dat briefje stond,' kaatste hij terug.

Ava sloeg haar ogen ten hemel en probeerde verveeld te kijken. Callanach zag een vrouw die het onaangename idee probeerde te verdoezelen dat ze een doelwit was.

'Dat hij mijn gezicht met een ijspriem zal toetakelen en dat hij me zou laten wensen dat ik nooit geboren was. Ik heb bevel gekregen niet naar huis te gaan tot de labuitslagen binnen zijn. Alsof ik me daaraan hou.'

'Volg het advies op,' waarschuwde Callanach. 'Je weet maar nooit.'

'Dank je, inspecteur, dat zal ik in gedachten houden.' Ze salueerde voor de grap en beende weg.

# 16

Het potje schaak had zich vijfenveertig minuten voortgesleept. King was doodop, raakte verveeld en was zich ervan bewust dat Magee zijn vermoeidheid uitbuitte. In het begin had hij genoten van de stilte in de kamer toen ze er allebei voor gingen zitten en zich concentreerden. Grace lag nog altijd vastgebonden in de zak op de grond en rolde zo nu en dan heen en weer, waarbij ze een gedempt gejammer liet horen – vermoedelijk kwam ze soms even bij en verloor dan weer het bewustzijn. Zelfs de hysterische Elaine hield zich stil en lag met haar gezicht in haar kussen gedrukt, slapend of bewusteloos, dat kon hem niet schelen. Magee bleek verreweg de meest fascinerende van de twee te zijn. Hij had niet voorzien dat ze zo moedig en brutaal zou zijn om hem uit te dagen om het leven van de vrouw te spelen. Het was een gewaagde zet om op die manier de verantwoordelijkheid voor een andere ziel te nemen. Niet dat hij zich daardoor van de wijs had laten brengen. Van zijn vader moest hij vroeger schaakpartijen analyseren en er boeken over lezen. Hij was nooit zo goed geweest als zijn zus, dat was hem vaak genoeg ingewreven, maar hij wist zeker dat hij een vrouw kon verslaan die hij spoorloos had laten verdwijnen.

Het eerste halfuur kon hij zichzelf nog wijsmaken dat hij haar toestond de ene na de andere goede zet te doen om haar een gevoel van schijnzekerheid te geven. Jayne was in het nadeel en natuurlijk bloednerveus. Wat stak er voor kwaad in om haar een kleine voorsprong te gunnen? Tegen de tijd dat hij doorhad wat een gehaaide speelster ze was, probeerde hij tevergeefs de achterstand in te halen en wist hij nog maar net zijn uiterlijke kalmte te behouden. Na drie kwartier begon hij te verslappen. Hij had nooit moeten instemmen met een partij schaak als hij zijn ogen amper open kon houden. Het kon nooit een gelijke strijd zijn, en dat wist ze. Ze was een bedriegster, ze had hem verleid door zich wanhopig voor te doen, maar ze had al die tijd geweten dat hij zich niet zou kunnen concentreren. Toen ze haar koning naar het midden van het bord verplaatste, wist hij dat het eindspel begonnen was. Hij moest zich inspannen om zijn handen niet te laten trillen. Dat kwam door het gebrek aan eten en slaap. En door zijn woede omdat die smerige valsspeelster misbruik van hem maakte. Hij zou zich niet gewonnen geven, kón zich niet gewonnen geven. Het was ondenkbaar dat ze hem zou kunnen verslaan.

Een paar zetten later zei ze zonder een zweem van triomf of opschepperigheid dat hij schaakmat stond, en King haatte haar erom. Was ze zo zeker van de overwinning geweest dat ze er niet blij of verrast over hoefde te doen? Was ze ervan uitgegaan dat hij zo'n onbenul was dat bij voorbaat vaststond dat ze zou winnen?

'Waarom ben je niet blij?' siste hij haar toe. 'Het was een schaakpartij en jij hebt gewonnen. Alleen omdat ik aan het eind van mijn Latijn ben, maar hoe dan ook, jij hebt gewonnen. Is dat niet wat je wilde, mij kleineren? Je hebt je zin, ik heb verloren, dus je kunt op z'n minst aardig en gezellig doen.'

'Maak haar los,' zei Jayne. 'Laat me haar wassen.'

'Dus dát is het?' schreeuwde hij, en hij stond zo plotseling op dat hij het tafeltje omvergooide. Schaakstukken vielen op de grond. 'Ging het je alleen daarom? Om haar te redden? Ik heb je hierheen gebracht voor míj!' Hij krijste en klonk als een klein kind. Dat realiseerde hij zich en daar schaamde hij zich voor, maar hij kon niet stoppen. 'Je moet in míj geïnteresseerd zijn! We hebben met elkaar geschaakt. Dat was míjn tijd met jou. Míjn tijd! Niet die van haar!'

'We hadden een afspraak,' zei Jayne. 'U bent akkoord gegaan. U kende de voorwaarden vanaf het begin.'

'Hou je mond over voorwaarden!' tierde hij. 'Het gaat alleen om míj, begrepen? Voor één keer in mijn leven ben ik het belangrijkst. Jij doet wat ik wil, wanneer ik dat wil, en je doet het voor míj!'

Jaynes kalmte begon barstjes te vertonen, zag hij. In haar ogen glommen tranen, waardoor hij zich de winnaar voelde. Hij wílde dat ze huilde, dat ze zou blijven huilen en nooit meer zou ophouden.

'Alstublieft,' zei ze. 'Blijft u alstublieft rustig. Het spijt me. We kunnen praten zoveel u wilt. U hebt heel goed gespeeld. Als u niet zo moe was geweest, had ik u nooit kunnen verslaan.'

'Ik moet straf geven,' zei hij. 'En de straf moet passend zijn.' Hij pakte de zwarte dame vanonder het omgegooide tafeltje en hield die voor Jaynes gezicht.

'Wat gaat u doen?' vroeg ze. Er liep nu een traan over haar wang. Daar genoot hij van.

Hij trok de zak met een ruk van Grace' bovenlichaam en ging wijdbeens achter haar zitten, sloeg zijn ene arm om haar middel en trok haar tegen zich aan. Ook al was ze maar half bij bewustzijn en waren haar handen en voeten vastgebonden, toch verzette ze zich hevig en zwiepte met haar hoofd naar voren en achteren en opzij. Hij veegde wat schaakstukken bij elkaar, pakte haar bij de keel vast en trok haar hoofd naar achteren tegen zijn schouder. King wrong Grace' mond open en zag Jayne naar de tang kijken.

'Nee,' zei hij. 'Dat gaan we niet meer doen. Jij hebt haar dit aangedaan. Het is jouw schuld.'

King liet de dame in Grace' mond vallen en griste een toren van de vloer. Die ging ook naar binnen, gevolgd door een pion en een paard. Heel even stelde hij zich voor hoe kwaad zijn ouders zouden zijn als ze hadden gezien hoe hij met hun kostbare schaakstukken omsprong, maar zij hadden hem tenslotte ook nooit laten winnen.

Dit leek een heel wat betere toepassing van het antieke snijwerk van ebbenhout en ivoor dan het daarvoor ooit had gekregen. Hij had genoeg vernederingen ondergaan door dit spel.

Doordat haar luchtweg werd geblokkeerd, kwam Grace weer bij kennis en haar lichaam deed zijn best om haar te laten hoesten en de lichaamsvreemde objecten die steeds verder haar keel in werden geduwd, naar buiten te werken. Haar ogen puilden uit en door het zuurstofgebrek begon ze wild om zich heen te slaan, hoewel haar verzet langzaam begon af te nemen. King besloot dat het tijd was voor zijn favoriete strofe van het loflied.

'Yes, when this flesh and heart shall fail.' Hij propte twee lopers tegelijkertijd naar binnen en duwde ze hard tegen haar bloedende, kapotte tandvlees, waardoor haar mond behalve met schaakstukken vol bloed kwam te zitten, en Jayne buiten zichzelf raakte. 'And mortal life shall cease, I shall possess within the veil...' Tot slot greep hij een handvol willekeurige schaakstukken en propte ze in haar keelgat. Ze kronkelde, gorgelde en kokhalsde, maar hij hield haar mond stevig dicht, sloot zijn ogen en luisterde. Het was, vond hij, het geluid van de dood die oprees om met het leven te paren. Uiteindelijk, toen zijn vreugde over Jaynes tranen wat begon weg te ebben, bleef Grace stilliggen. King maakte het loflied af: '... a life of joy and peace.'

'Ik heb het je toch gezegd,' zei een klein stemmetje. Hij was Elaine vergeten. Ze zat rechtop in bed, de knieën hoog opgetrokken tegen haar kin, heen en weer te wiegen. 'Ik heb het je gezegd.'

King liep naar haar toe. 'Dat heb je ook gedaan, mijn schat. Je hebt haar verteld wat er zou gebeuren, maar ze wilde niet luisteren. Van nu af aan zal ze wel beter opletten, denk ik.' Hij trok een deken over Elaine heen om haar warm te houden voor de nacht, en streek haar haar glad terwijl hij haar instopte. 'Morgenochtend breng ik het vuilnis weg,' zei hij, en hij gaf in het voorbijgaan een schop tegen het lijk van Grace. 'Welterusten, dames.'

De volgende ochtend kwam hij te laat op zijn werk. Hij hoopte dat Natasha het niet had gemerkt. Hij gruwde van zijn ongestreken overhemd en zijn eigen lichaamsgeur. Afgelopen nacht was hij meteen in slaap gevallen en na het opstaan had hij geen tijd meer gehad om te douchen. Nog meer ziektedagen opnemen zou in de gaten lopen en hoe graag hij ook de hele dag was blijven slapen, het was onmogelijk. De vrouwen van de administratie gaapten hem aan. Het zat toch al niet in ze om hem te begroeten of een gesprekje aan te knopen, maar vandaag deden ze ronduit onbeschoft. Hij inspecteerde zichzelf. Wat zagen zij dat hij niet zag? Hij droeg het pak dat hij anders ook droeg en was niet vergeten zijn stropdas om te doen. Pas toen hij op zijn kamer in de spiegel keek, zag hij wat hun aandacht had getrokken. Bij zijn rechterslaap zat een blauwe plek die steeds donkerder werd. Hij kon zich de klap niet herinneren, maar vermoedde dat Grace hem met al haar gekronkel en verzet een keer geraakt had. Het deed geen pijn, behalve als hij de plek aanraakte, maar het was beter dat Natasha hem niet in deze toestand zag. Ze zou het heerlijk vinden, ze zou genieten van zijn warrige voorkomen en zou ongetwijfeld alle bijzonderheden willen weten. Hij overwoog weer naar huis te gaan, maar dat zou het alleen maar erger maken. Dat zou gelijkstaan aan toegeven dat er iets mis was.

Zijn telefoon ging. Hij zuchtte toen hij de stem hoorde.

'Dr. King. We hadden een afspraak. Was u dat vergeten?'

'Nee, professor Forge, ik was iets verlaat, ik heb een ongelukje gehad.'

'Komt u nu meteen even?' Natasha sprak snel. Ze sprak altijd gejaagd tegen hem, alsof ze het gesprek zo snel mogelijk wilde beëindigen. Als hij haar tegen andere mensen hoorde praten klonk haar stem zachter, en sprak ze langzamer. Ze was heel gestrest in zijn nabijheid. Er hing altijd een gespannen sfeer tussen hen, al vanaf het moment dat ze voor het eerst met elkaar kennis hadden gemaakt. Dat wist zij net zo goed als hij. Het verschil was dat hij de moed had het aan zichzelf toe te geven.

'Kunt u me niet aan de telefoon zeggen wat u nodig heeft?' Hij wilde niet dat ze hem in deze toestand zag, kon het niet verdragen dicht bij haar te zijn. De gedachte dat Natasha het opgedroogde zweet op zijn lijf zou ruiken, was hem te veel.

'Ik heb liever dat u even naar mijn kamer komt. Ik heb een biografie en een foto voor het programma van de lezing.' Met een klik werd het gesprek beëindigd. King keek nog eens naar de bloeduitstorting en verzon een verklaring.

Hij liep zonder kloppen haar kamer binnen.

'Ik heb u al eerder gevraagd om te kloppen voor u binnenkomt. Dat doet iedereen. Kunt u proberen er de volgende keer aan te denken?' Ze was bezig essays te beoordelen en sprak tegen hem zonder op te kijken. Toen ze uiteindelijk opkeek, zag hij haar ogen naar de bloeduitstorting schieten, en hij genoot meer van dat moment dan hij had verwacht. Misschien was het niet eens zo'n slecht idee om haar beeld van hem te doen kantelen. Hij wachtte op de onvermijdelijke vraag.

'Dit zijn de gegevens van de gastspreker van volgende week.' Ze richtte haar aandacht weer op haar bureau en reikte hem een map aan.

'Wat mijn oog betreft...' zei hij.

'U bent me geen uitleg verschuldigd.' Ze stak haar arm en de map nog verder naar voren.

'Eigenlijk is het wel een grappig verhaal.'

'Dat zijn uw persoonlijke zaken en ik vind dat we deze gesprekken zakelijk moeten houden. Zorg ervoor dat de foto in zwart-wit wordt afgedrukt, niet in kleur, en dat haar juiste titel erop komt. De lezing begint om halfacht. Met na afloop een drankje in de foyer. Ik zal haar inleiden en na afloop krijgen de aanwezigen tien minuten om vragen te stellen.'

King pakte de map van haar aan.

'Ik ken de opzet,' zei hij. Ze vroeg niet naar zijn oog. Wat moest er in godsnaam gebeuren voordat ze iets van medeleven zou tonen?

'Mooi zo,' luidde haar antwoord. Het was ook een seintje om op te krassen.

Hij liep naar de deur.

'En dit is een persoonlijke vriendin van me, een heel goede vriendin, dus zorg dat alles soepel verloopt. Ze heeft het heel druk, dus er mogen geen haperingen of problemen ontstaan. Duidelijk?'

King verwaardigde zich niet te reageren op haar bitse gedrag, maar liet haar deur achter zich dichtslaan en beet op zijn tong.

Natasha Forge was gewoon een ijskoningin. Toen hij haar voor het eerst had horen spreken over de vraag of filosofie als zelfstandige discipline moest worden onderwezen of fundamenteel met elk onderwerp was verweven, dacht hij dat hij nooit meer iemand anders wilde horen. In tegenstelling tot zijn moeder die voor zover hij wist zelden de deur uit ging, die alleen maar kookte, inmaakte, opruimde, boodschappenlijstjes maakte en betuttelde, draaide het bij Natasha Forge allemaal om de klare lijn; haar hele wezen ademde professionaliteit, van haar vlijmscherpe humor tot haar doordringende blik. Voor haar geen huiselijk leven dat alleen maar draaide om kinderen opvoeden of het thuis gezellig maken. King betwijfelde of ze ooit ergens anders at dan in restaurants, of ze ooit haar huis schoonmaakte of zelf de was deed. Haar leven stond in het teken van de wetenschap, van geestelijke ontplooiing. Zij was de reden dat hij naar die baan in de vakgroep had gesolliciteerd. In het begin had ze hartelijk en vriendelijk gedaan. Maar naarmate ze elkaar vaker spraken, was Natasha zich koeler gaan gedragen. Hij had gehoord dat sommige vrouwen zo waren – dat hun belangstelling omgekeerd evenredig was aan de hoeveelheid aandacht die je hun schonk. En toch viel niet te ontkennen dat Natasha intellectueel zeer begaafd was.

Nadat hij was afgewezen voor de positie van docent, had hij alle filosofiepapers van zijn hand gebundeld en in boekvorm gepubliceerd. Het was tegenwoordig geaccepteerd als je je werk in eigen beheer uitgaf, het was zelfs bijna de norm. Steeds meer gerespecteerde schrijvers deden het. Hij had het boek opgestuurd naar een universiteit in Amerika, die hem uit erkentelijkheid een doctoraat had toegekend. Daar had ze van onder de indruk moeten zijn. Maar de rest van de staf had zijn lachen niet kunnen inhouden toen hij het certificaat liet zien en erop stond dat zijn titel zou worden veranderd in 'doctor', in overeenstemming met zijn nieuwe status. Hij had ze wel horen fluisteren. En wat dan nog als het een online-universiteit was? Het inschrijfgeld was puur voor de administratiekosten. Hij had voor zijn diploma gewerkt en had dat verdiend met de uren die hij had geïnvesteerd in lezen, schrijven en redigeren. De naam van de universiteit die zijn prestatie had geformaliseerd deed er net zomin toe als de dikte van het papier waarop ze zijn certificaat hadden afgedrukt. Het was echt en het was van hem.

Met een ongeduldige zucht sloeg hij de map open die Natasha hem had gegeven. Als hij niet opschoot, zou hij nog te laat zijn voor de deadline voor het drukwerk. Hij staarde naar de foto van Natasha's dierbare vriendin. Door haar krullen had haar gezicht iets kinderlijks. Geen wonder dat ze had gevraagd om een zwart-witafdruk, ongetwijfeld om het beeld iets volwassener te laten lijken. De spreker van de lezing met als onderwerp 'Het morele en wettelijke recht van de samenleving om misdadigers te straffen' heette inspecteur Ava Turner.

# 17

'Het is vierentwintig uur geleden, sir, en ik heb geen dreigbrieven meer gehad. Dit is gewoon een gek die een reactie wil uitlokken.' Ava en hoofdinspecteur Begbie stonden voor Callanachs deur te praten. Hij probeerde te doen alsof hij niet luisterde, maar slaagde daar niet in, evenmin als twee andere rechercheurs die hen op de gang stonden aan te gapen.

'Die mafketel wist wel ongemerkt het gebouw binnen te komen en je kamer te vinden, inspecteur Turner. Die dreigbrief loog er niet om, zoals je vast nog wel weet. Tot we degene die het op jou gemunt heeft hebben geïdentificeerd en opgepakt, blijft er iemand van de dienst persoonsbeveiliging bij je tot je veilig thuis bent en je alarm hebt aangezet.' De chef was onvermurwbaar.

'Maar ik heb net met een vriendin afgesproken in de pub. Er gebeurt echt niks, behalve dat ik me een eersteklas idioot voel met een bodyguard bij me die je al van veraf herkent.' Ava was niet van plan toe te geven. Callanach wierp een blik op de klok. Hij kon hier verder niets meer doen.

Hij stak zijn hoofd uit zijn kamer. 'Ik ga wel met inspecteur Turner mee, als dat misschien helpt.'

Ze staarden hem allebei aan. Op Ava's gezicht stonden verwarring en hoop te lezen, maar de chef keek ronduit sceptisch. Callanach zocht daar verder niet veel achter; hij vermoedde dat dat

Begbies standaardgezichtsuitdrukking was.

Ava trok haar jas aan en zei: 'Dat is dan geregeld.'

'Wacht eens even. Je wijkt niet van haar zijde, Callanach, en dat is een bevel. Tot je hebt gecontroleerd of haar appartement veilig is en ze haar deur op slot heeft gedaan, ben jij verantwoordelijk voor de veiligheid van mijn inspecteur. Interpol of niet, je kunt je geen misser permitteren.'

'Begrepen, chef,' zei Callanach, en hij pakte zijn sleutels van zijn bureau.

'Ik mag toch zeker wel alleen naar het toilet?' vroeg Ava gevat.

Callanach pakte haar bij de arm en liep met haar de gang uit. 'Hoe gaat dat gezegde van jullie ook alweer?' zei hij. 'Je kunt beter stoppen als je op winst staat.'

Voor één keer deed Ava dat.

Een halfuur later waren ze in The Pear Tree en moesten ze vechten voor een plaatsje aan de bar.

'Waarom is het zo druk?' jammerde Callanach.

'We zitten vlak bij de universiteitscampus,' zei Ava. Ze gaf hem een glas rode wijn en wees naar een tafeltje dat net vrijkwam. Ze gingen zitten en legden hun jassen op een derde stoel om die bezet te houden. 'Dank je dat je aanbood om met me mee te gaan. Ik heb er de pest aan gechaperonneerd te worden, alsof ik niet voor mezelf kan zorgen.'

'Je snapt toch wel dat dat precies de reden is waarom ik hier ben? Jíj mag het dan leuk vinden om de chef te pesten, maar ik heb nog geen krediet bij hem, dus pas op als je 'm smeert.'

Ava rolde met haar ogen en grijnsde over zijn schouder naar iemand achter hem. 'Tasha! Ik heb al een gin-tonic voor je. Ga zitten. Dit is Luc Callanach, onze kersverse rekruut, van Interpol nog wel. Luc, dit is een heel goede vriendin van me, Natasha Forge, hoofd van de vakgroep filosofie aan de universiteit.'

'Aangenaam. Hoe hebben jullie elkaar leren kennen?' Callanachs vraag was aan beide vrouwen gericht, die allebei tegelijk antwoord gaven.

'Bij de ponyclub,' zeiden ze in koor, gevolgd door een gierend gelach.

Callanach keek niet-begrijpend. 'En waarom is dat zo grappig?' vroeg hij.

'We vonden het vreselijk. Allebei. Het was de schuld van dwingende ouders die ons in het weekend kwijt wilden zodat zij konden golfen, shoppen of weet ik veel wat. De eerste keer dat ik Tasha zag, sloop ze net weg achter de stallen om een sigaret te roken. Ik zag een gelijkgestemde ziel in haar en liep achter haar aan.'

'Zo ging het elk weekend, we trokken een paardrijbroek aan, zetten een cap op en verdwenen. Ik geloof niet dat ik ook maar één keer op een pony heb gezeten. Vreselijke beesten. Degene die heeft bedacht dat die beesten mensen op hun rug willen hebben, was behoorlijk in de war. Ik heb één keer een schop gekregen en ben daarna nooit meer in de buurt van een paard gekomen,' zei Natasha.

'En merkten jullie ouders dat dan niet?' vroeg Callanach.

'Op een dag moesten we in het kantoortje van de leidster komen om uit te leggen wat we daar eigenlijk deden. Ava beloofde dat we ons zouden gedragen als zij tegen onze ouders zei dat we het prima deden. We zagen elkaar elk weekend, onze ouders waren ons kwijt en de ponyclub verdiende goudgeld zonder er iets voor te hoeven doen. Toen Ava naar een kostschool werd gestuurd en ik hier achterbleef was het door het jaar heen saai, maar in de vakanties zagen we elkaar tenminste. De zomers leken eeuwig te duren.'

De twee moesten glimlachen bij de herinnering en Callanach ving een glimp op van de zorgeloze, rebelse meiden die ze ooit waren. Er viel een glas kapot en Ava draaide zich razendsnel om. Ze was gespannen en nerveuzer dan ze wilde toegeven en probeerde dat te verhullen door te ratelen.

'Over morgenavond dus. Ik heb mijn aantekeningen al klaar. Hoeveel mensen verwacht je? Is er een microfoon? Wat moet ik aan? Uniform of burgerkloffie?'

'Wow. Neem eerst nog wat te drinken,' zei Natasha lachend. 'Het stelt echt niet zoveel voor, hoor. Niet voor jou in elk geval. Ik heb je de afgelopen twee weken al een paar keer op het nieuws gezien. Trek aan wat je wilt. Het grootste probleem is om na afloop weg te komen. Ik zal je via de achterdeur moeten laten wegglippen om aan de eindeloze vragen te ontsnappen.'

'Waar gaat dit over?' vroeg Callanach.

'Ik geef een gastcollege,' zei Ava gemaakt hooghartig. 'En ze hebben me ook nog eens op de valreep uitgenodigd, hè? Wie heeft er afgezegd dat je zo wanhopig was dat je bij mij uitkwam?'

'Er heeft niemand afgezegd,' zei Natasha. 'Het liep alleen niet helemaal zoals het hoort doordat iemand van de administratie ziek was, maar dat betekent niet dat je niet mijn eerste keus was!'

'Wie kwamen er verder in aanmerking?' vroeg Ava.

'Een of andere idioot heeft geprobeerd Academici tegen Abortus uit te nodigen omdat dat goed zou vallen bij onze ruimdenkende, hoogopgeleide, evenwichtige studenten. Gelukkig heb jij me uit de brand geholpen en daar ben ik je eeuwig dankbaar voor.'

'Academici tegen Abortus?' vroeg Callanach.

'Een religieuze groepering die doet voorkomen alsof hun opvattingen eerder op wetenschappelijke dan op morele gronden gebaseerd zijn. Ze hebben ook een paar adviescentra voor ongewenst zwangere tieners, waar ze die meiden zo de stuipen op het lijf jagen dat ze denken dat ze onvruchtbaar worden of infecties oplopen of doodgaan als ze hun zwangerschap laten afbreken. Die adviseurs geven hun werkelijke agenda natuurlijk niet prijs. Het is een zeer gesloten club en wat mij betreft absoluut verderfelijk. Goed,' zei Natasha, 'ik waag het erop en baan me een weg naar de bar. Hetzelfde?'

Terwijl Natasha zich door de groeiende mensenmassa naar de bar wrong, dronk Callanach zijn glas leeg en keek naar Ava. Ze was stiller dan normaal.

'Gaat het?'

'Hm-hm,' was het antwoord.

'Je weet dat de baas wil dat je morgenavond weer wordt geëscorteerd door een beveiliger.'

'Goed,' zei ze zonder echt te luisteren.

'Je moet Natasha over die dreigbrief vertellen. De universiteit moet ook beveiliging regelen. Als er veel mensen zijn en je na afloop nog wat napraat, is één bodyguard misschien niet genoeg.'

'Ben je uit op promotie of zo? Want je klinkt al net als Begbie.'

Natasha zette hun glazen op tafel.

'Waarom kijken jullie zo serieus?' vroeg ze.

Callanach besloot dit op zijn manier af te handelen. Ava had duidelijk laten blijken dat ze het mogelijke gevaar van de situatie niet onder ogen wenste te zien. 'Ava heeft een dreigbrief gehad,' zei hij. 'Daarom ben ik meegekomen.'

'Heeft dat te maken met de zaak waar je nu aan werkt?' vroeg Natasha.

'Misschien,' zei Ava, 'of misschien is het een of andere crimineel die zich verveelt en die de afgelopen tien jaar een haat-liefdeverhouding met me heeft gekregen. Wie zal het zeggen? Het is niks waar jij je zorgen over hoeft te maken, Tasha.'

'Waarom kom je niet een poosje bij mij logeren?' stelde Natasha voor.

'Omdat je gek wordt van de muziek die ik draai en je doodergert als je wakker wordt omdat ik midden in de nacht thuiskom of wegga. En omdat ik van je hou en er geen enkele reden is om je zorgen te maken. We hadden niks moeten zeggen.' Ava sprak het woord 'we' nadrukkelijk uit. Hij had haar niet de keus gelaten en daar was ze razend over.

'Natuurlijk had je dat moeten vertellen,' zei Natasha. 'Ik zou veel geruster zijn als je bleef logeren.'

'Maar dan lijkt het of ik toegeef. Je weet dat ik dat nooit zal doen. Trouwens, ik moet ervandoor,' zei Ava abrupt. Ze pakte haar tas en trok haar jas aan. 'Sorry dat ik zo saai doe, maar ik moet naar huis. Ga je mee, Luc? Ik zie je morgen, Tash. Ik zal proberen er geen puinhoop van te maken.'

Natasha kuste haar op de wang. 'Je doet het vast fantastisch. Leuk je te hebben ontmoet, Luc.'

Ava woonde in het midden van een rij huizen in een rustige straat in het westen van de stad. Callanach schakelde over naar werkstand, wat hem met al zijn ervaring weinig moeite kostte. Hij controleerde alle kamers, waarbij hij overal het licht aandeed en controleerde of de sloten van de achterdeur en de ramen op de begane grond goed dichtzaten. Pas toen liet hij Ava binnen en moest ze hem demonstreren dat het alarm goed werkte.

'Je wilde wel heel snel weg uit de pub,' zei hij, terwijl hij controleerde of de vaste telefoon een kiestoon gaf.

'Ik moest opeens aan mijn zaak denken door iets wat Natasha zei. Ik kan wel wat slaap gebruiken en als ik met haar ga drinken, loopt het altijd uit de hand. Ze vond je aardig.'

'Hoe weet je dat?' vroeg hij.

'Als dat niet zo was, had je het wel gemerkt. Ze heeft een hekel aan idioten. Ze heeft binnen twee minuten door of een man te vertrouwen is, en voor zover ik weet heeft ze meestal gelijk. Maar wat vrouwen betreft heeft ze een minder goede hand van kiezen.' Ava zette water op en gooide haar schoenen in de richting van de deurmat.

'O?' zei Callanach vragend.

'Tasha is lesbisch, maar ze loopt er niet mee te koop. Ze wil absoluut niet dat ze dat op de universiteit te weten komen, ze wil geen etiket opgeplakt krijgen of in een hokje gestopt worden.'

'Dat begrijp ik,' zei hij. 'Goed, alles is veilig. Bel 999 en daarna mijn mobiel als er iets loos is.' Hij luisterde terwijl ze de deur op slot deed en de deurketting vastzette. Ondanks alle bravoure in het openbaar nam ze geen onnodig risico.

# 18

Ava stond in de briefingruimte, omringd door haar team, toen Callanach langsliep. Ze zag eruit als een vrouw met een missie. Uit nieuwsgierigheid liep hij zachtjes naar binnen en ging achterin zitten.

'De DNA-match is een uur geleden binnengekomen. De moeder van de laatste baby heet Lucy Costello, en ze woont bij haar ouders Mary en John in Murrayfield. Vergeet alsjeblieft niet dat dit een kwetsbare jonge vrouw is die pasgeleden is bevallen en die mogelijk lijdt aan een postnatale depressie. We nemen een medisch team en een gynaecoloog mee. Er mag geen dwang worden gebruikt, tenzij er iets onverwachts gebeurt. Het huis moet verzegeld worden om een mogelijk verband met de andere baby's te kunnen vaststellen. Gebruik je verstand alsjeblieft en behandel de bewoners met respect.'

'Wat is de reden dat ze in het systeem terecht is gekomen, mevrouw?' vroeg een van de geüniformeerde agenten.

'Formeel gezien vanwege drugs dealen, een jaar geleden. Ze had op een houseparty een aantal xtc-pillen gekocht en aan haar vriendinnen uitgedeeld. Ze hadden allemaal hun geld bij elkaar gelegd. Er waren undercoveragenten bij betrokken. Toen ze zich realiseerden dat ze pas veertien was, hebben ze haar een waarschuwing gegeven, maar het misdrijf was wel zo ernstig dat ze haar DNA in de database hebben opgenomen. Oké, we gaan!'

Callanach sprak haar aan toen ze naar buiten kwam. 'Eindelijk een aanknopingspunt. Wat een geluk.'

'Ja,' zei Ava. 'Als je je gedeisd houdt, kun je een uurtje meegaan. Dan kan mijn team je wat beter leren kennen.'

'Goed. Ik word gek als ik hier blijf zitten zonder een stap verder te komen. Zal ik met jou meerijden?'

'Natuurlijk,' zei ze.

Murrayfield was een van de betere wijken van de stad, en Callanach kon de welstand aflezen aan de overvloed aan recreatiemogelijkheden. Zelfs als je het rugbystadion niet meetelde, beschikte de wijk over een ijsbaan, tennisbanen, een golfterrein en een privékliniek op een strategische plek voor het geval er een sporter geblesseerd raakte. Een weinig voor de hand liggende plaats voor een jonge vrouw met een geschiedenis van drugsgebruik die haar pasgeboren kind in een park had achtergelaten.

De politieauto's werden een straat verderop geparkeerd om te voorkomen dat ze paniek zouden veroorzaken. Alleen Ava, de arts en een Range Rover met vier rechercheurs in burger parkeerden in de straat van de familie Costello. Toen Ava op de deur klopte, was het geluid van een stofzuiger uit een openstaand raam op de bovenverdieping te horen. Even later deed een geagiteerde vrouw, vermoedelijk Mary Costello, de deur open.

Ava hield haar legitimatie omhoog en stelde zich voor. 'We zijn op zoek naar Lucy Costello. Is ze thuis?'

'Nee. Waar gaat het om? Zit Lucy in de problemen?'

'We willen haar dringend spreken. Kunt u me zeggen waar ze het laatst is geweest?' Ava was beleefd, maar kordaat.

Mevrouw Costello reageerde zenuwachtig. 'Mijn dochter is op school. Ze had vanmorgen een toets. Ik heb haar zelf naar school gebracht. Ik denk dat ik het recht heb te weten waar dit over gaat.'

'Wij denken dat uw dochter pas is bevallen van een jongetje dat ze in een park heeft achtergelaten. En misschien is ze ook op de hoogte van andere misdrijven.'

'Dit is belachelijk,' stamelde mevrouw Costello, maar ze was in tranen en duidelijk van streek.

'Wilt u alstublieft met ons meerijden naar Lucy's school?'

'Ik moet mijn man bellen. Dan kan hij daar ook naartoe komen,' zei mevrouw Costello.

'U kunt onderweg mijn mobiel gebruiken. We moeten weg,' zei Ava. Zichtbaar trillend pakte mevrouw Costello een jas en een handtas mee en ze was al bezig met haar eigen telefoon een appje te sturen voordat Ava haar de beloofde telefoon had kunnen aanreiken.

De St Gabriella High School lag op tien minuten rijden van het huis van de Costello's, en de politieauto's konden alleen maar achter elkaar aan door de poort naar binnen. Horden nieuwsgierige schoolmeisjes in blauwe plooirokken en stijve blazers keken toe hoe ze het schoolterrein op reden. Net toen Ava mevrouw Costello uit de auto hielp schoot er een grijze Jaguar XJS in een parkeervak naast hen. Een heetgebakerde man stapte uit.

'Wat heeft dit te betekenen?' raasde hij.

Mevrouw Costello ging haastig naast hem staan. 'Schat, doe alsjeblieft rustig, ze willen Lucy graag spreken.'

'Dan zullen ze eerst met mij moeten praten,' zei hij tegen de rechercheur naast Ava. 'Wie heeft hier de leiding?'

'Ik. Inspecteur Turner. U moet John Costello zijn. We willen uw dochter spreken. U mag erbij zijn, maar ik wil u wel vragen om rustig te blijven.'

'Ik laat me niet zeggen dat ik rustig moet blijven, jongedame. Jullie hebben mijn vrouw overstuur gemaakt, allerlei belachelijke beschuldigingen geuit, en nu doen jullie een inval in de school van mijn dochter. Hoe moet ik dat aan het schoolhoofd uitleggen?'

Er rende net een groepje meiden met wapperende haren en in witte tenniskleren langs, terwijl hun lerares hen maande om vooral door te lopen, toen iemand achter Callanachs rug zei: 'Papa, mama, wat is er aan de hand?'

Lucy Costello was slank, buitengewoon slank. Dat was Callanachs eerste indruk. Sterker nog, ze was sportief, om niet te zeggen atletisch. Misschien had ze in een onbewaakt moment weleens een xtc-pil genomen, maar verder was ze het toonbeeld van gezondheid met een blozende huid, het haar in een paardenstaart en een tennisracket in haar hand, en zag ze er zorgeloos uit.

'Jij bent Lucy zeker,' zei Ava. 'Ik ben van de politie. Kunnen we even met je praten?'

Callanach hoorde de onzekerheid in Ava's stem. Er moest een fout zijn gemaakt. Dit meisje kon onmogelijk pasgeleden zijn bevallen.

'Wanneer zou die baby zogenaamd geboren moeten zijn?' vroeg John Costello.

Ava gaf de informatie terwijl Mary Costello haar dochter stevig vasthield.

'Toen was Lucy op schoolkamp. Ik zou het waarderen als u de feiten op een rijtje hebt voordat u mijn dochter ondervraagt.'

Ava gaf met een hoofdknik een van haar teamleden opdracht om dat binnen na te vragen.

'Vindt u het goed dat deze arts Lucy onderzoekt? Het duurt maar een paar minuten, het is geen inwendig onderzoek. Uw vrouw mag erbij zijn.'

Aan John Costello's gezicht viel af te lezen dat hij dat helemaal niet goedvond, maar zijn vrouw knikte en suste haar man, en Lucy werd meegenomen naar het kantoor van de directrice om te worden onderzocht.

'Ik moet dit even zien glad te strijken met het schoolhoofd. Dit gaat u uw baan kosten, mevrouw Turner.' John Costello beende kwaad weg.

'Er moet een fout zijn gemaakt bij het verwerken van het DNA-monster. Verontreiniging in het lab of een softwareprobleem,' zei Callanach.

'Ken je die uitdrukking dat als iets te mooi is om waar te zijn, dat ook meestal zo is?' reageerde Ava. 'Ik had moeten weten dat het niet zo eenvoudig zou liggen.'

Een agent bevestigde dat Lucy vorige week niet in Edinburgh was geweest. Dat niet alleen, maar het meisje had gekajakt, geklommen en gewandeld, en daar waren foto's van als bewijs. Het kwam daarom niet als een verrassing dat de arts vaststelde dat Lucy niet enkele dagen geleden was bevallen. Ava ging naar de familie om haar excuses aan te bieden.

'Lucy, mevrouw en meneer Costello, dank u voor uw medewerking aan ons onderzoek. Het spijt me dat dit zo'n commotie heeft veroorzaakt. Lucy's DNA leverde een match op en daarom zijn we hier.'

'Zeker vanwege dat akkefietje met die xtc.' John Costello keek zijn dochter strak en boos aan.

Callanach vond dat hij zijn dochter nogal hard aanpakte, in aanmerking genomen dat ze net door een politiearts was onderzocht en op school een eindeloze stroom roddels over zich heen zou krijgen.

'Het was duidelijk een vergissing en ik kan u alleen maar zeggen dat het ons ontzettend spijt. Ik hoop dat je er geen problemen mee krijgt, Lucy.' Ava stapte weer in de auto en Callanach volgde haar voorbeeld. Ze wist zich te beheersen tot ze op de doorgaande weg zaten.

'Godver, wat een blunder!' riep ze, en ze ramde met haar vuist op het stuur. 'Ik heb tijd en geld verspild, ik krijg een klacht aan m'n broek en we zijn geen zak opgeschoten!'

'Je hebt gehandeld naar de informatie die je kreeg. Wat moest je anders? Lucy paste in het plaatje: jong meisje, oud genoeg om seksueel actief te zijn, maar toch kwetsbaar, en ze woont in Edinburgh. Je moet weer terug naar de resultaten van het forensisch onderzoek.'

'En dan moet ik vanavond ook nog eens die klotelezing geven. Ik mag van geluk spreken als de pers daar niet verschijnt en mijn competentie ter discussie stelt. Shit!'

'Zet de auto aan de kant,' zei Callanach.

'Waarom?'

'Zet 'm aan de kant en stap uit.'

Ava sloeg een zijstraat in en stopte. Callanach deed haar portier open en gebaarde haar van plaats te wisselen.

'Ik kan heus nog wel rijden, hoor!'

'Je hebt nog twintig minuten voor we weer op het bureau zijn. Verspil je energie niet, pak je telefoon en geef opdracht om al die tests opnieuw te doen. Zo heb ik het bij Interpol geleerd. Níks kalmeren als er een probleem is. Ga erachteraan nu je nog zó kwaad bent dat je iedereen in de bevelstructuur het vuur aan de schenen legt. Kom op, doe het!'

Tegen de tijd dat Callanach de auto had geparkeerd, viel er weinig anders meer voor Ava te doen dan de situatie uit te leggen aan de chef.

'Geen excuses maken, vertel Begbie gewoon wat je hebt gedaan om het op te lossen,' adviseerde Callanach. 'Maak duidelijk dat hij een klacht van Lucy's vader kan verwachten en vertel hem wat voor man Costello is. Geen verrassingen. Daarna kom je mij ophalen. Ik ga met je mee naar de lezing, dan heb je tenminste geen agent in uniform om je heen hangen.'

'Ja, want jij mengt je onopvallend tussen het publiek.'

Callanach hield zijn handen berustend omhoog en zei: 'Als je liever een uniform meeneemt...'

'Nee, sorry. Ik waardeer het aanbod. Maar je hebt vast wel wat beters te doen vanavond. En je weet dat de baas geen overuren uitbetaalt,' zei ze lachend.

In de coördinatieruimte stuitte Callanach op Tripp, die druk bezig was een aantal mappen te doorzoeken.

'Wat ben je aan het doen?' vroeg hij aan de geagiteerd kijkende rechercheur.

'Dossiers van vermiste personen doornemen,' zei Tripp. 'Ik heb het onderzoek uitgebreid naar alle grote steden en ik ben ze nu aan het sorteren op geslacht, leeftijd en vergelijkbare personen. Het levert niet veel op, om eerlijk te zijn.'

'Niets wat op onze zaken lijkt?'

'Niet echt. Wel twee vrouwen in de juiste leeftijdscategorie die opeens niet meer zijn thuisgekomen, maar niet van die opvallende vrouwen als Buxton of Magee, en in beide gevallen waren er aanwijzingen dat ze depressief waren. Geen sporen van ontvoering, geen stoffelijk overschot gevonden. Verder beweert een beruchte pooier uit Glasgow dat een van zijn tippelaarsters wordt vermist, maar ze is niet het juiste type.'

'Goed. Verzamel de nodige informatie over die zaken en voeg alles samen tot één rapport. Over een uur ga ik met inspecteur Turner mee naar een lezing op de universiteit. Is er nog nieuws over die bedreiging aan haar adres?'

'Technisch onderzoek heeft niks opgeleverd. Geen vingerafdrukken, papier en inkt die overal verkrijgbaar zijn, geen contactsporen. Degene die hem heeft geschreven weet hoe je de boel schoon moet houden. Op de camerabeelden kunnen ze geen onbevoegden ontdekken die het gebouw zijn binnengekomen. Van de camera's op straat zijn we ook niks wijzer geworden.'

De collegezaal was afgeladen, maar Ava's angst dat de pers lucht had gekregen van de gebeurtenissen die dag bleek ongegrond. Ze werden in de foyer opgewacht door Natasha Forge, die strenger keek dan gisteravond, tot ze hem met een knipoog een glas sherry aanreikte.

'Gaat het goed met Ava?' vroeg ze. 'Ze lijkt er niet helemaal bij te zijn.'

'Zware dag gehad,' antwoordde Callanach. 'Maar ze is ontzettend taai.'

Natasha hield haar hoofd schuin en keek hem taxerend aan. 'Ja, maar ze is niet onbreekbaar, dus wees voorzichtig.' Ze leidde Ava naar de zaal en samen liepen ze het podium op.

Voor het eerst zag Callanach hoe begaafd zijn collega was. Ava gaf eerst een kort overzicht van de geschiedenis van het Schotse rechtssysteem, schakelde toen soepel over naar de vergelijking met de internationale strafrechtsystemen en sloot af met een korte bespreking van de ethiek van het straffen. De zaal was van begin tot eind stil. Niemand schoof onrustig heen en weer, liet zijn pen vallen of stond op om naar het toilet te gaan. Toen ze klaar was, gingen de studenten staan en gaven ze blijk van hun waardering. Naast haar leek Natasha het de gewoonste zaak van de wereld te vinden.

'Ik ben onder de indruk,' fluisterde Callanach Ava toe op het moment dat ze naar de foyer werd gedirigeerd.

'Hou je mond,' zei ze blozend.

Rechercheur Tripp kwam door de menigte op hem af lopen, op de voet gevolgd door een agent van de uniformdienst. 'Ik heb geprobeerd te bellen,' zei hij, 'maar u nam niet op.' Callanach zuchtte. Hij had zijn telefoon voor de lezing op stil gezet. 'Er is iets gevonden bij Granton Harbour. U moet meekomen naar de plaats delict. De chef zei dat ik hier een agent kon achterlaten om inspecteur Turner te begeleiden.'

'Een lijk?' vroeg Callanach.

'Niet echt. Om eerlijk te zijn weet niemand het nog zeker.'

Callanach liep naar Ava, bracht zijn mond dicht bij haar oor om er zeker van te zijn dat niemand iets zou opvangen, legde de situatie uit en vertrok. De volgende in de rij die aan haar zou worden voorgesteld was een tamelijk gezette man van gemiddelde lengte, met glimmend gepoetste schoenen en een keurig geperst kostuum. Callanach merkte hem totaal niet op.

Maar Reginald King had Callanach wel in de gaten. Hij zag dat de politieman in het echt nog meer van zichzelf overtuigd was dan hij op de radio had geklonken. Het viel hem op dat vrouwen niet achteruitdeinsden als Callanach bij hen in de buurt kwam. Het viel hem ook op dat die goede vriendin van Natasha wel heel erg vertrouwd met hem omging. King sloeg Natasha gade en wenste dat zij net zo naar hem zou kijken als inspecteur Turner naar die Fransman keek. Kon híj haar maar iets in het oor fluisteren, haar feliciteren met haar briljante geest of haar even apart nemen te midden van deze bewonderende menigte. Hij bleef Natasha heel lang gadeslaan en voelde een bijna onbeheersbare drang om haar pijn te doen.

# 19

Er was geen lijk, omdat er letterlijk geen lichaam was. Toen Callanach het pakhuis in liep begonnen zijn ogen meteen te tranen. Iemand van de technische recherche reikte hem een steriel pak, een bril en een masker aan.

Tripp praatte hem bij terwijl Callanach zijn spullen aantrok.

'De beveiliger van de avonddienst was bezig zijn ronde te doen en rook iets wat niet in de haak was. Toen hij de bron had gelokaliseerd, vond hij die zorgwekkend genoeg om er een collega uit het kantoor van de havenmeester bij te halen. De twee maakten het vat met een koevoet open en troffen een roodbruine vloeistof aan.'

'Hoe kan de stank van één vat zo sterk zijn?' vroeg Callanach, die blij was met het masker en het zorgvuldig over zijn mond en neus plaatste.

'Ze raakten in paniek. Er was een pluk menselijk haar vast komen te zitten tussen de rand van het vat en de deksel. Toen ze zich realiseerden dat er iets smerigs in moest zitten, probeerde een van hen de koevoet los te trekken, maar die bleef haken achter de rand en toen is de hele zooi omgevallen.'

'Wat een sukkels. Waar zijn ze?' Callanach was niet in de stemming om vriendelijk te doen, hoe geschokt de mannen ook waren door hun vondst.

'Bij het ambulancepersoneel. Ze hebben het goedje over hun kleren gekregen en moeten allebei naar het ziekenhuis. Ze worden nu ondervraagd door onze mensen van de uniformdienst. Deze kant op, sir.' Tripp wees naar een metalen loopbrug over een verdiepte betonnen vloer. Aan de andere kant trof Callanach een tafereel aan dat hij alleen als een slachting kon omschrijven.

De vloeistof was over een groot oppervlak uitgelopen en de technici deden hun best om de elementen van de plaats delict veilig te stellen voor zover die niet volledig vernietigd waren. Een leeg vat werd uit het midden van de plas gehesen en een fotograaf legde de details ervan vast.

'Weet je wat voor substantie het is?' vroeg Callanach aan een man die er monsters van nam en etiketten op reageerbuizen plakte.

'Waarschijnlijk natriumhydroxide, sir. Als je nagaat hoe grondig de botten zijn afgebroken, zou ik zeggen dat er maar weinig water bij is gedaan. Daardoor gaat het proces sneller en is het effectiever. Het wordt ook wel natronloog genoemd. In kleine hoeveelheden is het makkelijk te krijgen. Alleen bij grote hoeveelheden moet je je legitimeren.' Callanach zag dat hij iets oppakte met een pincet en het omhooghield om het goed te kunnen zien.

'Wat is dat?' vroeg Tripp.

De technicus draaide het een paar keer om voordat hij antwoord gaf. 'Hij is wel beschadigd, maar ik ben er vrij zeker van dat het een menselijke tand is. We sturen hem door naar de forensisch odontoloog om het zeker te weten.' Hij deed de tand in een zakje en bracht dat naar de agent die alle bewijsstukken registreerde.

Callanach zag meteen al dat het onmogelijk zou zijn voetafdrukken van de dader te vinden. De plaats delict was één grote kleverige bende. Hij was meer geïnteresseerd in wat de bewaker te vertellen had.

Buiten stond het schoonmaakteam al klaar om de schadelijke stof op te ruimen. Callanach zag de ambulance wegrijden en sprintte erheen om de wagen tegen te houden, waardoor de chauffeur voor hem moest uitwijken.

'Ik weet niet waar je mee bezig bent, maar we zijn op weg naar het ziekenhuis...' begon de broeder.

'Wacht even tot ik met die getuigen heb gesproken,' riep Callanach, zwaaiend met zijn legitimatie. 'Doe het achterportier open.'

Het portier ging open en hij zag twee mannen zitten met zuurstofmaskers op en een deken om hun schouders.

'Bewaker?'

De man rechts knikte.

'Zijn er bewakingscamera's op het terrein?'

De man schudde zijn hoofd.

'En hoe zit het overdag met de bewaking? Wie had er dienst vóór jou?'

De man deed zijn zuurstofmasker af om te praten. 'Daar is geen geld voor, man. Ze huren ons alleen in als het donker is om de kinderen en drugsverslaafden uit de buurt te houden. Ik heb het bedrijf al zo vaak gewaarschuwd dat er iets zou kunnen gebeuren, maar ze luisteren gewoon niet.' Hij begon te hoesten en zette zijn masker weer op.

Callanach stapte de ambulance uit en knalde de deur dicht. 'Tripp, controleer alle bewakingscamera's rond het haventerrein. Wegen, parkeerterreinen, particuliere beveiligingssystemen. En zoek uit waar dat vat vandaan komt. Zodra ze alle uitslagen binnen hebben, wil ik overleg met de patholoog.'

'Komt in orde, sir,' zei Tripp, die alles snel opschreef. 'En het leek me een goed idee om de omgeving af te zoeken naar een achtergelaten steekkarretje.'

Callanach keek de jonge rechercheur met opgetrokken wenkbrauwen aan.

'Dit keer kan hij zijn rolkoffer niet hebben gebruikt. Hij moet een karretje hebben gebruikt, en hier binnen zie ik er geen staan.'

'Je denkt dat het Jayne Magees lijk is. Daar is helemaal geen bewijs voor. Misschien heeft dit er wel niks mee te maken.' Callanach zette vraagtekens bij Tripps vermoeden en indirect ook bij zijn eigen vermoeden. Want ook hij had het gevoel dat ze hierop hadden zitten wachten, al had de vondst van dit lijk niets gemeen met het eerste lijk.

'Het lijkt er gewoon op dat hij het weer flikt, dat hij het lijk laat verdwijnen en alle bewijs vernietigt. Het ligt toch voor de hand?'

'Goed. Ga met een paar man op zoek naar karren of steekwagentjes. Vraag het personeel in de gebouwen hier in de buurt of ze iemand hebben gezien die hier niet thuishoort. Als het onze man is, is hij waarschijnlijk wel opgevallen.'

Het pakhuis was typisch zo'n gebouw waar goederen werden opgeslagen voor verzending naar het buitenland of voor verdere binnenlandse distributie. De kranen die vroeger buiten stonden waren allang verdwenen, maar het pakhuis had grote deuren voor de snelle aan- en afvoer van goederen, metalen loopbruggen op verschillende niveaus en een kantoorgedeelte met toiletten en een lunchruimte. Het zou niet al te moeilijk zijn om binnen te komen. Op sommige plekken kon je het harmonicagaas van het hek makkelijk optillen en via een paar kapotte ruiten kon je het gebouw binnenkomen en een branddeur van binnenuit opendoen. Maar het grote probleem was hoe je het vat naar binnen kreeg. Het naar binnen rollen was uitgesloten, omdat je dan het risico liep dat de gevaarlijke inhoud zou lekken. Maar waarom het pakhuis? Het gebouw was leeg, op een paar kratten en stokoude machines na. De plek was niet toevallig gekozen. Je moest weten waar je moest parkeren, hoe je binnen moest komen en wanneer de bewakingsdienst zijn ronden maakte. Callanach wenste dat de plaats delict niet zo grondig was verstoord. Áls ze al bewijsmateriaal zouden vinden, zou de verdediging dat in een rechtszaak vrijwel zeker met succes kunnen aanvechten. Hij kon het gevoel niet van zich afzetten dat het noodlot zijn uiterste best deed het onderzoek te saboteren. Het omgooien van het vat had de boel alleen maar erger gemaakt. De pers zou erbovenop springen. Vroeg of laat zou een journalist een van de bewakers opsporen en een uitgebreid ooggetuigenverslag publiceren van de verschrikkingen op de vloer van het pakhuis. Het enige wat hij kon doen was kijken en wachten. Hij maakte nog een paar laatste foto's van de buitenkant van het gebouw en ging toen terug naar het bureau.

Toen hij terugkwam op het bureau, had het rustig moeten zijn. Het werk dat 's nachts gedaan kon worden werd op de plaats delict of in het lab verricht. Daarom had hij niet verwacht daar Lively aan te treffen die hof hield in de coördinatieruimte, omringd door vrijwel alle teamleden en een paar gezichten die hij niet kende. Toen Callanach binnenkwam, viel er een doodse stilte.

'Is zij het?' vroeg Lively.

Callanach vroeg zich af wat het verstandigst was: de officiële lijn volgen of zijn eigen mening geven. Hij besloot de middenweg te bewandelen. 'Er heeft nog geen identificatie plaatsgevonden, maar er zijn aanwijzingen dat er menselijke overblijfselen in het vat zaten. Het laboratorium onderzoekt de overblijfselen vanavond en probeert DNA veilig te stellen. Tot de resultaten van het forensisch onderzoek compleet zijn, is het niet verstandig daarover te speculeren,' zei Callanach.

'Ze hebben haren met dezelfde kleur als die van Jayne Magee gevonden,' riep Lively. Zijn stem klonk schril en hij had zijn vuisten gebald.

Callanach wilde de bijeenkomst het liefst opbreken en met hem ergens gaan zitten waar ze rustig konden praten. 'De haarkleur kan nog niet worden bevestigd vanwege de chemische stof. We weten niet eens of het slachtoffer wel een vrouw was. Vanavond kunnen we niets meer doen. Morgenochtend heb ik iedereen op deze zaak nodig, dus ga naar huis, pak je rust en zorg dat je om acht uur weer hier bent voor een gedetailleerde briefing.'

'Intussen hebben we weer een avond verspild waarin we op zoek zouden moeten zijn naar Jaynes moordenaar. Ik ga niet zitten wachten tot er wat gebeurt. Er zijn hier mensen die kunnen helpen.'

'Brigadier Lively, voordat u ook maar iets doet, moet u wel bedenken dat dit Jayne Magee misschien helemaal niet is,' waarschuwde Callanach.

'O, is dat zo?' Lively praatte te hard en stond te dicht bij Callanach. De anderen in de kamer hielden hun adem in. 'Als u die verrekte persconferentie niet had gehouden om de moordenaar uit de tent te lokken, sir, dan zou Jayne Magee op dit moment misschien nog leven. Misschien bent ú wel degene die over zijn positie hier moet nadenken.'

Callanach wist dat Lively rouwde om de verdwijning van Magee, maar hiermee ging hij zijn boekje ver te buiten. Hoewel Callanach veel zin had om stoom af te blazen en mee te gaan in de ruzie waar de brigadier op aanstuurde, zou het meer kwaad dan goed doen als hij ten overstaan van het hele team zijn zelfbeheersing verloor.

'U hoeft niet tegen me te schreeuwen, brigadier. Zoals ik al zei, neem wat rust. Misschien weet u morgen weer wat een bevelstructuur is. Als u daar morgenochtend nog niet uit bent, moeten we daar nog maar eens over praten.' Zonder om te kijken liep Callanach naar zijn kamer. Het laatste wat hij in het onderzoek kon gebruiken was dat de gemoederen nog hoger opliepen. Hij volgde zijn eigen advies op en ging naar huis.

De volgende dag kreeg hij om zeven uur een berichtje waarin stond dat de patholoog hem om halfnegen kon spreken. Callanach was onder de indruk. Het forensisch team had kennelijk de hele nacht doorgewerkt. Dat betekende wel dat de baas weer met opgetrokken wenkbrauwen naar de overuren zou kijken. Terwijl hij een roerei stond te maken omdat hij vermoedde dat het een lange dag zou worden waarop de lunch erbij inschoot, ontving hij een tweede bericht. Hij negeerde het en smeerde zijn toast. Als het echt urgent was, zouden ze wel bellen. Voor acht uur 's morgens had hij in zijn eigen huis toch wel recht op een rustig ontbijt.

Hij begon te eten en staarde af en toe kwaaiig naar zijn telefoon voordat hij de tekst alsnog besloot te lezen. De afzender was Lively.

Callanach kwam even in de verleiding het bericht ongelezen te verwijderen, maar hij moest wel weten wat er aan de hand was en opende de berichtenapp. Lively stelde hem op de hoogte van een bespreking tussen hoofdinspecteur Begbie en een gezelschap dat geheimzinnig als 'andere geïnteresseerden in de moord op Jayne Magee' werd omschreven. Callanach voelde weer ergernis opkomen omdat het slachtoffer al bij naam werd genoemd voordat daar zekerheid over was, maar dwong zichzelf de zaak vanuit Lively's standpunt te bekijken. Er was niet veel fantasie nodig om te denken dat het stoffelijk overschot van de dominee in het vat zat.

'Shit!' zei hij hardop tegen de afkoelende kop koffie voor hem. 'Ik heb geen zin in dit gezeik.' Callanachs eerste gedachte was dat hij blijkbaar veel sneller in het Engels was beginnen denken en praten dan hij voor mogelijk had gehouden. Na de dood van zijn vader had zijn moeder erop gestaan dat hij zijn hele jeugd beide talen moest gebruiken, maar toch had hij huizenhoog opgezien tegen zijn vertrek naar een land waar geen Frans werd gesproken. Zijn onderbewuste had de verhuizing kennelijk sneller verwerkt dan zijn maag. Zijn volgende gedachte was dat mensen zelden logen wanneer ze hardop praatten zonder dat ze dat zelf doorhadden. Hij herinnerde zich dat een fietser de ontvoerder van Jayne Magee in zichzelf had horen praten, en nam zich voor om diens verklaring nog eens op te zoeken zodra hij op het bureau kwam.

Een uur later stond Salter hem in de gang op te wachten om hem meteen naar de chef te brengen. Ava was er al, samen met een vrouw die hij niet eerder had ontmoet.

'Inspecteur Callanach, dit is dokter Ailsa Lambert, hoofd van de dienst forensische pathologie van Edinburgh. Ik geloof dat u elkaar nog niet kent,' stelde Begbie hen voor.

Pas toen Ailsa Lambert opstond, zag Callanach hoe klein ze was. Ongeveer een meter vijftig, schatte hij, en tenger gebouwd. Ze moest omhoogkijken om zijn gezicht beter te kunnen zien en stak haar hand uit.

'Ik kon helaas pas later naar het pakhuis komen. Ik zat midden in een autopsie, vandaar. Maar Jonty Spurr heeft me over u verteld.'

Begbie kuchte beleefd en gebaarde naar Callanach dat hij moest gaan zitten. 'Goed, Ailsa, ik bedacht dat we de twee zaken waar mijn afdeling aan werkt, met elkaar konden doornemen. Ik weet hoe druk je het hebt, maar ik vind het fijn als mijn teams van elkaar weten wat er speelt voor het geval we mensen van de ene zaak naar de andere moeten overplaatsen. Waar wil je beginnen?'

'Dank je, George.' Ze glimlachte vriendelijk en opende een map op de tablet in haar hand. 'Dan begin ik met de babyzaak, denk ik. Vreselijk tragisch. Allebei de baby's waren gezond, afgezien van de onderkoeling die tot hun dood heeft geleid. Ik heb met de kinderarts gesproken, die bevestigt dat het derde kind ook geen verwondingen had. Het schijnt nu goed met hem te gaan. Ik weet dat jullie dachten dat er een fout was gemaakt bij het DNA-onderzoek, Ava, en daarom heb ik de laboranten gevraagd de test nogmaals uit te voeren. Die gaf hetzelfde resultaat, dus ik heb gevraagd of een hoogleraar die ik ken er nog eens naar wilde kijken. Je had gelijk én ongelijk.'

'Dat begrijp ik niet,' zei Ava. 'Was er nu een match tussen die bloedspetter op de baby en het DNA van Lucy Costello of niet?'

'Ja, voor zover het lab de markers normaal gesproken natrekt. Doorgaans controleren ze tussen de vijftien en twintig punten van iemands DNA, en dat levert al een ongelooflijk hoge betrouwbaarheid op voor positief bewijs. Toen ze nauwkeuriger keken, ontdekten ze vier mutaties die SNP's genoemd worden, een afkorting van Single Nucleotide Polymorphism. In gewonemensentaal: er zijn vier vrijwel onzichtbare verschillen tussen het opgeslagen DNA van Lucy Costello en dat van het bloed dat op de huid van de baby is gevonden. Dat betekent dat hoewel het bloed niet van Lucy Costello afkomstig is, het maar van één andere persoon afkomstig kan zijn: een eeneiige tweeling. Ze moet een eeneiige tweelingzus hebben, anders was er bij de eerste test geen overeenkomst gevonden.'

'Hè? Heeft Lucy een tweelingzus?' Ava begon onder het praten al een berichtje te tikken, en Callanach wist dat hij hetzelfde zou hebben gedaan: een van de rechercheurs vragen om een naam en eventuele dossiers te traceren. 'Maar geen van beide ouders heeft daar iets over gezegd...'

'Heb je in het huis niets gezien?' informeerde Begbie. 'Geen familiefoto's?'

'We zijn niet eens binnen geweest,' antwoordde Ava. 'Onze verdachte, Lucy, zat op school, dus daar zijn we meteen naartoe gegaan. Toen de dokter bevestigde dat ze niet bevallen was en de school haar alibi had bevestigd, was er geen reden meer om het huis binnen te gaan.'

'De ouders hebben niets gezegd over een tweelingzus toen we met ze praatten. Maar ze vermoedden waarschijnlijk wel dat we de verkeerde dochter voor ons hadden,' zei Callanach.

'Heeft John Costello al een klacht ingediend, meneer?' vroeg Ava aan Begbie.

'Nee,' gaf de hoofdinspecteur toe.

'Lucy's vader vermoedde niet alleen iets,' zei Ava, wier gezicht rood aanliep, 'hij wist het maar al te goed. Daarom maakte hij zo'n stampij. Ik zoek eerst uit op welke school ze zit voordat ik met de ouders ga praten. Bedankt, Ailsa. Vind je het erg als ik ervandoor ga? Ik moet mijn team optrommelen.'

'Ga maar gauw, lieverd,' zei dokter Lambert. 'En doe de groeten aan je moeder.' De patholoog kuste haar op beide wangen, en Ava stoof de deur uit. Callanach vroeg zich af hoe klein de kring van notabelen in Edinburgh moest zijn dat het hoofd forensische pathologie een vriendin van Ava's moeder was. Geen wonder dat Ava dacht dat haar team iets tegen haar geprivilegieerde opvoeding had.

'Goed, Luc,' zei Ailsa, die nu de houding van een bezadigde matrone aannam en met een veeg over het scherm van haar notebook naar een andere map ging. 'Het lijk in het vat. Absoluut menselijk. Fragmenten van een baarmoeder wijzen uit dat het slachtoffer een volwassen vrouw was. De botten, of wat daar nog van over was, waren te zeer aangetast door de chemicaliën om er een DNA-test op los te laten, maar het haar dat vastzat aan de rand van het vat is van je vermiste persoon Jayne Magee. Geen grote verrassing, aan je gezicht te zien.'

'Helaas niet,' zei Callanach. 'Hoelang heeft het geduurd tot het lichaam was gedesintegreerd?'

'In dit geval kunnen we daar minder makkelijk betrouwbare uitspraken over doen omdat de meeste vloeistof in de vloer is gedrongen, maar ik zou zeggen twee dagen. De samenstelling van de vloeistof was zodanig dat het weefsel zo snel mogelijk zou oplossen. De dader heeft precies de juiste hoeveelheid water toegevoegd, anders hadden we nog wel wat weefsel kunnen veiligstellen.'

'Goed,' zei hij. 'Ik zal de familie op de hoogte stellen en een persconferentie voorbereiden. Dank u, dokter Lambert, fijn dat de resultaten zo snel beschikbaar waren.'

'Er is nog wel iets interessants te melden,' zei ze.

Callanach bleef zitten en wachtte.

'Het gebit. Dat was niet compleet. De tanden en kiezen die we in het vat hebben gevonden waren aangetast, maar niet zo ernstig dat de forensisch odontoloog ze niet kon vergelijken met de gegevens van Jayne Magees tandarts. Hij is er zeker van dat ze van haar zijn, maar we hebben alleen tanden en kiezen van de onderkaak gevonden. Die van de bovenkaak ontbreken of zijn volledig opgelost.'

Callanach maakte aantekeningen en dacht ondertussen na over wat dat kon betekenen. 'Hoe kunnen de elementen van de bovenkaak zijn opgelost terwijl die van de onderkaak maar licht beschadigd waren?'

'Goeie vraag,' zei ze. 'Niet alleen dat, maar waarom zijn de teruggevonden tanden en kiezen niet in dezelfde mate opgelost als de botten, waar vrijwel niets van over was?'

'Lossen botten en tanden normaal gesproken even snel op?' vroeg hij.

'Niet precies even snel, maar omdat hij zo precies was met het aanlengen van de chemische stof, had ik gedacht dat ze meer schade zouden hebben opgelopen dan het geval is. Het is een raadsel. We doen nog wat tests om het afbraaktempo te bepalen, maar waarschijnlijk moet je nog wel een paar dagen op de resultaten wachten. Ik laat het je weten.'

Callanach liet de patholoog en zijn baas alleen om het over misdaadcijfers en politiek te hebben. Hijzelf moest eerst een gesprek voeren met Lively, en daar keek hij niet naar uit. Ver hoefde hij niet te zoeken. Lively zat op Callanachs kamer met twee mannen die Callanach niet kende. De een droeg een tweed pak en had een witte baard, de ander droeg een priesterboord. Tripp stond hem zichtbaar zenuwachtig bij de deur op te wachten.

'Ik heb nog gezegd dat we in de vergaderzaal op u moesten wachten. Het spijt me erg...' zei hij.

'En ik zei dat u het gezien de omstandigheden geen probleem zou vinden,' viel Lively hem in de rede. Zijn rode ogen en vettige haar verrieden dat hij weinig slaap had gehad en slecht voor zichzelf zorgde. Hij klonk gespannen, maar deed zijn best het volume van zijn stem en zijn woordkeus op een acceptabeler niveau te houden dan tijdens hun confrontatie van de vorige avond. Maar niet omwille van hem, dacht Callanach. De mannen die Lively had meegenomen dwongen bij de brigadier meer respect af dan Callanach zelf.

'Maakt niet uit, Tripp, je kunt gaan,' zei Callanach.

Tripp leek eerder opgelucht dan geërgerd dat hij kon inrukken, en verdween de gang in.

'Ik ben inspecteur Luc Callanach, maar dat weet u vast al.' Hij schudde de hand van de twee onbekenden.

'Dit is de eerwaarde kanunnik Paul Churchill, die met Jayne heeft samengewerkt,' zei Lively. 'En dit is professor Edwin Harris. We zijn hier om te praten over de volgende stappen in het onderzoek.'

Callanach haalde diep adem. Het was niet ongebruikelijk dat betrokken partijen om uitleg vroegen. Wat hem stoorde, was dat Lively de troepen op eigen houtje had opgetrommeld. 'Dank u, brigadier, maar de familie van het slachtoffer is nog niet op de hoogte gesteld van de ontwikkelingen van gisteravond, dus dit gesprek is prematuur.'

'Mag ik u onderbreken?' vroeg professor Harris. 'Ik ken de procedures. Ik heb jarenlang met justitie samengewerkt. Paul heeft gisteravond met de familie van Jayne gesproken, dus dat hoeft ons niet te weerhouden.'

'Hebt u met haar familie gesproken? Zonder speciaal in rouwbegeleiding getrainde politiemensen erbij?' Callanach draaide zich om en keek Lively recht in de ogen. 'Terwijl u alleen maar vermoedens had? Dat is een flagrante schending van het protocol. U weet toch dat dat disciplinaire gevolgen heeft, brigadier?'

Harris stak een hand op om een eind te maken aan de confrontatie tussen Callanach en Lively. De laatste richtte zijn blik weer op de professor. Callanach bleef zijn ondergeschikte woedend aankijken.

'Inspecteur, laten we niet steggelen over wie wat heeft gezegd en wanneer. We zijn allebei professionals en we weten dat er een grote kans is dat het stoffelijk overschot inderdaad van dominee Magee is. Gezien de omstandigheden had ik gehoopt dat u voor een wat praktischer benadering zou kiezen. De belangrijkste overweging is dat snelheid van handelen essentieel is, en ik ben hier om te helpen.'

Callanach was zich er scherp van bewust dat hij werd afgetroefd. 'En wat voor hulp kunt u dan bieden?'

De eerwaarde Paul Churchill nam het over en zijn praatje had het karakter van een goed ingestudeerd toneelstukje, waarin de professor het hoofd boog om zijn – in Callanachs ogen gespeelde – verlegenheid te tonen.

'Professor Harris is een wereldberoemde en gerespecteerde opsteller van daderprofielen, inspecteur. Hij is met pensioen, maar hij geeft nog steeds lezingen in het buitenland en hij heeft boeken over het onderwerp geschreven. Hij is ook al jaren een toegewijd lid van de gemeente en kende Jayne goed. De professor heeft zijn hulp aangeboden en de kerk is graag bereid de kosten voor haar rekening te nemen, om een onderzoek vlot te trekken dat volgens brigadier Lively momenteel muurvast zit.'

'Ik ben bang dat dat niet gepast is,' zei Callanach. 'U zou toegang tot vertrouwelijke informatie moeten hebben en het is ongebruikelijk om na slechts twee moorden al een profiel op te stellen.'

'Hoofdinspecteur Begbie heeft gezegd dat hij wel toestemming wil verlenen omdat professor Harris al eerder met onze afdeling heeft samengewerkt. Zolang St Mary's betaalt, hebben we groen licht,' zei Lively.

'We zouden daar later op de dag nog over praten,' antwoordde Callanach.

'De chef zei dat ik moest zorgen dat u voortdurend op de hoogte wordt gehouden. Ik heb al toestemming van de moeder van Elaine Buxton om haar dossier aan professor Harris te geven.' Lively deed het voorkomen of alles al in kannen en kruiken was.

'Ik zou graag direct toegang krijgen tot alle informatie.' Professor Harris nam de teugels in handen, nu zijn kwalificaties bekend waren gemaakt. 'En een kamer zou ook prettig zijn. Het bespaart me een hoop tijd als ik niet al te veel heen en weer hoef te lopen.' Hij sprak zo zacht dat het nauwelijks meer dan gefluister was, en onder het praten wreef hij over de zijkant van zijn neus en glimlachte zelfverzekerd. Deze man vroeg geen toestemming.

'Ik praat liever eerst met de chef voordat ik informatie vrijgeef,' zei Callanach. 'En er zijn andere zaken die mijn aandacht dringend nodig hebben. Dank u voor uw komst, heren.' Hij stond op en liep tussen hen door om de deur van zijn kamer open te doen.

'U begrijpt, inspecteur, dat hoe eerder ik het bewijsmateriaal kan evalueren, des te sneller ik kan zeggen naar wie u op zoek moet gaan,' zei Harris. Hij glimlachte nog steeds, maar zijn stem klonk nu harder.

'Dat zal ik in gedachten houden,' antwoordde Callanach.

Lively zag paars, maar de kanunnik legde een kalmerende hand op zijn arm en zei net luid genoeg zodat Callanach zijn woorden kon horen: 'Maak je niet druk, Matthew. Ik praat zelf wel met de hoofdinspecteur.'

Ze liepen de gang uit terwijl Harris hen met luide stem op de gevaren van tijdverspilling wees. Callanach pakte zijn telefoon en belde Ava. Hij had informatie nodig en hij had behoefte aan een klankbord voordat hij met de chef in gesprek ging. 'Ava, heb je tijd?'

'Ik stap over drie minuten in mijn auto. Als jij daar ook bent, heb je mijn volle aandacht op weg naar de St Gabriella High School. Dat is alles wat ik in de aanbieding heb,' zei ze.

Hij pakte zijn jasje en trok een sprintje.

# 20

Callanach wist maar net op tijd in de auto te springen. Zijn voet stak nog naar buiten toen Ava met piepende banden wegreed. Hij probeerde zich niet al te opvallend vast te houden aan de zijkant van zijn stoel, en concentreerde zich op de vragen waarop hij een antwoord wilde hebben.

'Wat weet je over professor Edwin Harris?' Bij anderen zou hij bedacht zijn op een diplomatiek antwoord, maar Ava bleek er geen doekjes om te winden.

Ze keek hem een fractie van een seconde van opzij aan. 'Die man die eruitziet als God op een jachtpartij?'

Callanach schoot volkomen onverwacht in de lach, waardoor de spanning werd doorbroken. De naald van de snelheidsmeter ging iets omlaag en hij kon zijn greep op de stoel wat laten verslappen.

'Hij was al met pensioen voordat ik inspecteur bij de recherche werd, maar hij was bij een paar zaken betrokken waar ik als hoofdagent aan werkte. Hoe is hij op je pad gekomen?'

'Hij heeft me zijn hulp aangeboden. Alleen betekent dat in dit geval dat ik die wel móét aanvaarden, of ik wil of niet. Hij heeft bijzonder nauwe banden met de kerk van Jayne Magee. Ze hebben al op de chef ingepraat om het aanbod aan te nemen omdat het niks kost. Als ik nee zeg en er wordt nog een moord gepleegd, ligt mijn hoofd op het hakblok.' Ze sloeg scherp rechts af, waardoor

Callanachs jukbeen tegen de autoruit sloeg.

'Laat me dan even advocaat van de duivel spelen. Dit is gratis advies van een man die jarenlang voor de politie heeft gewerkt. Waarom zou je dat niet willen en wat heb je te verliezen?'

Callanach zette zijn knie tegen het dashboardkastje om steun te vinden. 'Ik ben er niet van overtuigd dat een daderprofiel ons veel verder helpt, en ik ben bang dat het ons misschien de verkeerde kant op stuurt. In het zwartste scenario zien we mogelijk mensen over het hoofd die we als verdachte zouden moeten zien. Bovendien is Harris persoonlijk betrokken. Hij wil resultaat boeken om de kerk tevreden te stellen, en dat kan betekenen dat hij te hard zijn best doet om antwoorden te vinden die er misschien niet zijn.'

'Dan neem je zijn hulp aan, laat je hem een profiel opstellen en laat je je daar vervolgens niet door leiden,' zei Ava.

'Ik denk niet dat ik daar veel keus in heb. Maar wat ik eigenlijk wil weten, is of ik op zijn professionele oordeel kan vertrouwen.'

'Je onderbuikgevoel zegt al nee. Ik hoef jou vast niet te zeggen dat je je instinct moet volgen,' zei ze met een blik op haar horloge. 'Verdomme!' siste ze bij een rood stoplicht.

'Nee, maar ik hoopte dat je mijn onderbuikgevoel zou bevestigen.'

'Hij irriteert je omdat hij overduidelijk verzot is op dit soort zaken. Hij ziet er niet alleen uit als God op een kindertekening, maar gedraagt zich ook zo. Ik had hetzelfde gevoel toen ik hem voor het eerst hoorde praten op een briefing. Hij klonk zó zelfgenoegzaam! Alle goeie politiemensen die ik ken vragen zich met enige regelmaat af of ze het bij het juiste eind hebben, of ze hard genoeg hun best hebben gedaan, of ze iets over het hoofd hebben gezien. Hij straalt het tegendeel uit.'

'Dank je,' zei Callanach. 'Dat was precies wat ik wilde horen.'

'Graag gedaan. Maar pas op. Pak het slim aan. Hij loopt al zo lang mee dat hij een paar hoge pieten in zijn zak heeft. Daar ontleent hij ook zijn arrogantie aan. Zorg dat je je vingers er niet aan brandt.

Als ik jou was, zou ik het aan de chef overlaten om met hem in contact te blijven. Bij wijze van wederdienst kun je me nu rugdekking geven. Ik vind het een geruststellend idee om een hoge politieman als getuige te hebben, want er zal wel een klacht tegen me worden ingediend.' Voor de tweede keer reed ze het terrein van St Gabriella's op. De school zag er in de regen verlaten uit. Callanach liep achter Ava aan naar de receptie.

'Kan ik u helpen?' vroeg een vrouw op een toon waaruit meer afkeuring sprak dan nodig. Ze kregen allebei het gevoel weer in de schoolbanken te zitten.

'Inspecteur Turner,' zei Ava, zwaaiend met haar legitimatie, hoewel de receptioniste ongetwijfeld wist met wie ze te maken had. 'U bent de laatst bekende school waar Felicity Costello als leerling is ingeschreven. Is ze op dit moment aanwezig?'

Voordat ze kon antwoorden, ging er een deur achter in het kantoortje open en kwam er een man binnen. 'Informatie over leerlingen is strikt vertrouwelijk. Mag ik vragen of u daar een machtiging voor hebt?' vroeg hij. De man bewoog onrustig en had een afwerende houding die hij trachtte te verhullen met een krampachtige glimlach.

'Ja,' zei Ava, en ze gaf hem de vereiste papieren.

'Dan zou ik graag even de tijd willen krijgen om contact op te nemen met de advocaten van de school en uw papieren aan hen voor te leggen. Ik zou niet graag van plichtsverzuim beschuldigd willen worden.'

'Neemt u me niet kwalijk, uw naam is...?' vroeg Ava.

'Justin Currie,' zei hij. 'Rector.'

'Dit is een belangrijk onderzoek, meneer Currie, en het staat u natuurlijk vrij om contact op te nemen met de raadslieden van de school, maar ik zou de gegevens van Felicity Costello graag meteen inzien.' Ava's stem klonk vlak, maar het was duidelijk dat ze zich niet liet afschepen.

Curries glimlach verdween van zijn gezicht. 'Het kan tijd kosten om het dossier van een leerling op te zoeken, dus als u even plaatsneemt, ga ik erachteraan.'

Callanach zag meteen dat Ava beslist niet van plan was om plaats te nemen. De rector had bijzonder weinig mensenkennis als hij dacht dat hij hiermee weg kon komen in plaats van Ava's orders op te volgen.

'U mag vanzelfsprekend contact opnemen met de advocaten van de school, maar het is niet de bedoeling dat de receptioniste andere partijen op de hoogte stelt van ons onderzoek. Ik hoop dat dat duidelijk is. Inspecteur Callanach en ik lopen wel even met u mee,' zei Ava.

De glimlach op Curries gezicht was nu helemaal verdwenen. Heel even dacht Callanach dat hij zou protesteren, maar de man realiseerde zich dat hij geen keus had.

'Hierheen,' zei hij, wijzend naar zijn kantoor.

Curries kantoor was een en al zacht leer, notenhouten meubels en hoogpolig tapijt. Boven zijn bureau hing in een vergulde lijst een foto waarop een jongere versie van de rector voor een vroegere paus knielde, maar Callanach wist te weinig van religieuze beroemdheden om zich de naam van de kerkvorst te herinneren.

Twee grote archiefkasten stonden onder een raam met uitzicht op de sportvelden, die vandaag een verlaten zee van golvend groen waren. Een baan in de particuliere onderwijssector bood onmiskenbaar voordelen. Currie liep naar de linkerkast en trok de bovenste la open, gemerkt met A-D.

'Eigenlijk bijzonder makkelijk te vinden, meneer Currie. Ik kijk zelf wel even.' Ava was razend. Welke reden Currie ook had gehad om te doen of het een hele toer was om informatie over een leerling te vinden, het was in ieder geval niet zijn bedoeling om de politie ter wille te zijn. Ava trok twee mappen tevoorschijn, beide met de naam Costello erop, en sloeg die van Felicity open.

'Mag ik vragen waar u naar op zoek bent?' vroeg Currie.

Ava gaf geen antwoord. Ze bladerde geconcentreerd door de inhoud van de map.

'Hoeveel meisjes zitten er hier op school?' vroeg Callanach hem ondertussen, zodat Ava ongestoord verder kon zoeken.

'Vierhonderdtwintig, inclusief de bovenbouw,' zei hij kortaf. 'Welke overtreding onderzoekt u?'

Ava keek hem doordringend aan. 'Felicity is al vijf maanden niet naar school geweest, klopt dat?'

Hij knikte.

'En onder aan de aantekeningen zie ik de letters GM geschreven. Wat betekent dat?'

Er viel een stilte, een kuch, en nog een stilte. Callanach zag dat Ava Currie observeerde en vroeg zich af hoeveel tijd ze hem zou gunnen. Niet al te lang, bleek.

'Meneer Currie, is er een reden dat u geen antwoord geeft?' vroeg Ava.

'Ben ik wettelijk verplicht uw vragen te beantwoorden?' vroeg Currie, maar op zijn gezicht stond duidelijk te lezen dat hij wist dat hij verslagen was.

'Waarom zou u geen medewerking verlenen aan een strafrechtelijk onderzoek door het beantwoorden van een eenvoudige vraag?' zei Ava, terwijl ze de map onder haar arm stak.

'Het is een afkorting van een andere school. GM staat voor St Gerard Majella's.' Currie keek ongelukkig.

'Is dat in Edinburgh?' vroeg Callanach aan Ava.

'Ik heb er in elk geval nog nooit van gehoord.' Ze richtte zich weer tot Currie.

'Het is in Edinburgh,' bevestigde hij. 'Is dat alles?'

Ava liet de verdere plichtplegingen achterwege. Ze had waarvoor ze gekomen was, en ze had nog een paar uur voordat de schooldag was afgelopen. Een minuut later zaten ze weer in de auto. Callanach gaf de informatie via de radio door en vlak daarna kregen ze het adres.

'Gek om een school in de stad te ontdekken waar ik nog nooit van gehoord heb,' zei Ava. 'Ik ken de straat, maar ik heb nooit gezien dat er een school was.'

Dit keer ging het zwaailicht aan toen ze zich in het drukke verkeer stortten. Onder het rijden zweeg Callanach en liet hij Ava alleen met haar gedachten. Inmiddels hadden zich twee andere politieauto's bij hen aangesloten. Bij het opgegeven adres zouden ze worden opgewacht door een maatschappelijk werker en de arts die Lucy Costello eerder had onderzocht. Ava liet het aan de school over om meneer en mevrouw Costello te bellen. De eerste keer had ze hun al genoeg kans gegeven om schoon schip te maken.

St Gerard Majella's was gevestigd in een oud herenhuis in een straat waar vroeger de welgestelde families van de stad hadden gewoond. Het gebouw viel op doordat er geen enkel bord te bekennen was waarop de naam en het doel van de instelling werden vermeld. Hier en daar vertoonde het voorname herenhuis tekenen van achterstallig onderhoud, maar de ramen en deuren waren nieuw, en een ultramodern beveiligingssysteem hield hen buiten de ijzeren poort.

Ze lieten de auto langs de weg staan en werden bij de poort met een zoemer binnengelaten. Ava liet twee geüniformeerde agenten bij de poort achter en vroeg een rechercheur om de achterkant van het gebouw in de gaten te houden om te voorkomen dat er iemand zou wegglippen. Na enkele seconden ging er een enorme houten deur open en stond er een non op de drempel.

'Ja?' zei ze. Hier werd geen tijd verspild aan gespeelde vriendelijkheid, wat Callanach beter beviel dan Curries halfslachtige poging tot voorkomendheid. Opnieuw liet Ava haar legitimatie zien, en dit keer werd die uit haar hand genomen en zorgvuldig geïnspecteerd.

'We willen graag met Felicity Costello spreken,' zei Ava. 'U zult de ouders wel op de hoogte willen stellen, maar we hebben iemand van jeugdzorg meegenomen. En we willen ook graag dat ze door een arts wordt onderzocht.'

'Komt u mee,' luidde het antwoord. Callanach bestudeerde het gezicht van de non, maar er viel niets van af te lezen. Geen schrik, zelfs geen vleugje nieuwsgierigheid, en ze stelde geen vragen.

'Currie heeft ze gebeld om ze te waarschuwen,' fluisterde Ava hem toe terwijl de non een zware sleutelbos van haar riem losmaakte. Met veel gerammel koos ze er een die ze in het slot stak van een deur die het gebouw in leidde. Daarachter lag een gang en recht voor hen was nog een gesloten deur met een raam waarachter ze een trappenhuis zagen.

'Linksaf,' zei de non, en ze leidde hen een kantoor binnen waar slechts vier rechte stoelen stonden voor bezoekers, een eenvoudig bureau en een kruk, waarop zij plaatsnam. De enige aanwijzing dat ze in de eenentwintigste eeuw leefden, was het communicatiesysteem op haar bureau. Ze drukte op een knipperende rode toets op het bedieningspaneel en sprak met iemand in een ander kantoor. 'Verbind hem maar door,' zei ze.

Ava wilde protesteren, maar de non legde haar met een opgestoken hand het zwijgen op.

'Meneer Costello,' zei ze. 'Ik ben hier in het gezelschap van twee politiemensen die dit gesprek kunnen volgen, zodat duidelijk is dat we geen geheimen voor elkaar hebben. Ik wil graag dat u bevestigt dat u Felicity onlangs van onze school hebt gehaald en dat ze momenteel onder uw hoede is.'

'Dat klopt,' zei John Costello zonder een spoor van zijn eerdere arrogantie.

'Is Felicity bij u?' vroeg Ava, die opstond om boven de opgestoken hand uit te komen.

Callanach meende gedempt gesnik op de achtergrond te horen, en vroeg zich af of Currie eerst de school had gebeld, of eerst de ouders. Hoe dan ook, de houding van Costello had een opmerkelijke omslag ondergaan. 'Ze is hier,' zei hij.

'We komen eraan. Blijf waar u bent. We zijn er zo.' Ava stond al bij de deur.

'U kent uw plichten,' zei de non tegen Costello. Het huilen aan de andere kant van de lijn werd luider. Mevrouw Costello had zichzelf kennelijk niet meer in de hand.

John Costello antwoordde voordat hij ophing met een onderdanig: 'Ja, zuster Ernestine.'

'Felicity was al die tijd gewoon thuis. Ik hoop dat u uw speurwerk de volgende keer beter op orde hebt voordat u al die consternatie veroorzaakt,' zei de non tegen Ava.

Callanach zag een Spaans rietje op haar bureau liggen, pakte het op en liet het ronddraaien in zijn handen. 'Een herinnering aan de goeie ouwe tijd, zuster?' vroeg hij.

'Een educatief museumstuk, agent.' Het kleinerende 'agent' was opzettelijk. De non had zich niet van haar stuk laten brengen door hun bezoek, maar ze was er wel degelijk door geërgerd. Ava en Callanach liepen achter zuster Ernestine aan terug door de gang waar ze bleef staan om eerst de ene, en vervolgens de andere deur van het slot te doen.

'U heeft een indrukwekkend beveiligingssysteem voor een school – met al die camera's en die ijzeren poort,' merkte Callanach op.

'We zijn een particuliere school en we waken over de veiligheid van een heleboel jonge meisjes. Kunt u zich voorstellen wat er zou kunnen gebeuren als iemand met verkeerde bedoelingen hier binnenkomt met alleen mijzelf en mijn medezusters om onze pupillen te beschermen? Ik had verwacht dat een politieagent dat wel zou begrijpen.' Ze sloot de buitendeur voor hij antwoord kon geven.

Ava liep snel naar de auto. Callanach keek omhoog naar de ramen van de bovenverdiepingen. Dat de nonnen zich bewust waren van de veiligheidsrisico's was een understatement: de ramen zaten potdicht en er was geen scharnier te zien. Vanuit minstens vier verschillende posities waren er camera's op hem gericht, wachtend tot hij het terrein zou verlaten. Dit gebouw was een fort. Wat voor ouders zouden hun dochter hier op school willen doen? Die vraag stelde hij Ava toen hij in de auto was gestapt.

'Lucy Costello had al eens een officiële waarschuwing gekregen voor het dealen van xtc. Misschien was de tweeling opstandig en dachten hun ouders dat het beter was om ze uit elkaar te halen,' opperde Ava.

Callanachs mobieltje ging. Tripp probeerde hem op verzoek van de chef op te sporen. Begrijpelijk, dacht Callanach. Hij had verwacht op z'n hoogst een halfuur van het bureau weg te zijn, maar dit bleek een behoorlijk gecompliceerde zaak te worden. Hij vroeg of een patrouillewagen hem bij het huis van de Costello's kon oppikken en hem terug naar het bureau kon brengen. Ava zou hier nog wel even bezig zijn.

Ze arriveerden eerder bij het huis van de familie Costello dan de patrouillewagen, en Callanach zag hoe Ava op de deur klopte. De maatschappelijk werker van jeugdzorg stelde zich als eerste voor, en daarna legde Ava aan een lijkbleke Felicity uit wat er aan de hand was. Felicity bevestigde haar identiteit en verklaarde dat ze zich goed genoeg voelde om te worden ondervraagd. Verder zei ze niets. Ze vertoonde geen spoor van verzet, geen driftbui of eigenwijs tienergedrag. Ze was gewoon een stil, verlegen meisje dat haar ogen de hele tijd neergeslagen hield. Felicity Costello had haar baby in een park achtergelaten, maar ze was zelf nog maar een kind en eerder slachtoffer dan dader. Ava sloeg vriendelijk een arm om haar heen en leidde haar naar een politieauto.

Toen Callanach binnenkwam, zat de chef al met professor Harris en Lively te praten. Vervelend, want Callanach had zijn standpunt liever onder vier ogen aan Begbie willen uitleggen. Maar daar had Lively ongetwijfeld al rekening mee gehouden.

'Inspecteur, ik dacht al dat we u helemaal kwijt waren,' zei Harris.

Callanach verwaardigde zich niet om antwoord te geven, maar wierp een geërgerde blik op de dossiers die Harris op zijn schoot had liggen. 'Ik had gevraagd te wachten met het vrijgeven van deze vertrouwelijke informatie tot na dit gesprek. Ik ben er niet van overtuigd dat dit de juiste manier is om de zaak aan te pakken,' zei hij.

'Ik wilde de ochtend niet verspillen, en de chef heeft me toestemming gegeven om de dossiers van vermiste personen in te zien die uw rechercheur heeft verzameld. Ik heb ook met uw team gesproken en ik ben helemaal op de hoogte. Wat zijn op dit moment de speerpunten in het onderzoek, inspecteur?'

'We kijken voornamelijk naar de resultaten van het forensisch onderzoek. We weten dat hij chloroform gebruikt, dat hij zijn slachtoffers langdurig in de gaten houdt en zijn routes zorgvuldig plant. We hebben een vaag signalement van iemand die haar hond uitliet in de buurt van Jayne Magees huis, maar niet genoeg om een politieschets van hem te laten maken.'

'Het lijkt erop dat u weinig meer kunt doen dan wachten tot hij opnieuw toeslaat, in de hoop dat u dan meer geluk hebt! Maar goed dat ik erbij ben gehaald,' zei Harris.

Lively knikte bevestigend.

Callanach volgde Ava's advies op en gooide de handdoek in de ring. Harris kon tenslotte niet veel kwaad doen als hij alleen maar de taak had de dossiers van vermiste personen door te nemen, en dat betekende ook dat Tripp weer inzetbaar was.

'Neemt u de dossiers door als u wilt en stuur me uw verslag,' zei Callanach. 'We kunnen de zaak overmorgen om negen uur 's ochtends doorspreken.'

Harris schudde zijn hoofd en maakte een afkeurend geluid. 'Morgenochtend om acht uur is prima. Ik ben een snellezer, inspecteur, en zelfs met deze hoeveelheid documenten heb ik geen twee dagen nodig om ze door te nemen. Daarna wil ik uw getuigen graag opnieuw ondervragen.'

Callanach liet Harris al zijn verdere eisen stellen zonder hem in de rede te vallen. Dan was het gesprek tenminste snel achter de rug.

Nadat de anderen vertrokken waren, vroeg Begbie hem nog even te blijven. 'Ik weet dat je hier niet op zit te wachten,' zei hij, 'maar werk met hem samen. Het kan geen kwaad.'

'Als u iemand zoekt die een profiel kan opstellen, weet ik wel iemand. Ik heb bij een paar onderzoeken samengewerkt met een zeer deskundige Zwitserse psychologe. Ik kan haar bellen als u wilt.'

'Daar is geen budget voor,' zei Begbie. 'Om eerlijk te zijn, die vent werkt mij ook op de zenuwen, maar het zou meer moeite kosten om hem buiten de deur te houden dan hem zijn kunstje te laten doen.'

'Ik dacht dat u aan hun kant stond,' zei Callanach.

'Heb een beetje vertrouwen in me,' zei Begbie. 'Maar vergeet niet dat als we deze moordenaar niet snel pakken, het eerder míjn hoofd is dat op het hakblok ligt dan het jouwe. Maar laat je niet opjutten, hoor.'

'Nee hoor,' zei Callanach. 'Ik laat me niet opjutten.'

# 21

Tripp had goed werk geleverd. Op de foto's zag Callanach dat het steekwagentje bij Granton Harbour Breakwater in het water was gegooid. Als het door het tij niet in de modderige zandbank voor de zeewering was blijven steken, hadden ze het nooit gevonden. Op zich zou het wagentje slechts een vaag bewijs hebben gevormd, maar aan een van de handvatten was een dikke plastic zak gebonden met Jayne Magees kleren erin. Die waren meteen naar het lab gestuurd, maar dat was slechts een formaliteit. Het bloed op de kleren was ontegenzeggelijk van haar. Het steekwagentje zelf leverde minder bruikbare resultaten op. Dokter Ailsa Lambert belde hem net toen hij bezig was haar een e-mail te schrijven.

'Over de tanden en kiezen van Jayne Magee,' zei ze. 'De test die we hebben gedaan met natronloog van dezelfde concentratie als waarin de botten zijn opgelost toonde aan dat tanden een andere degeneratiesnelheid hebben, maar dan nog zou er veel minder van over moeten zijn dan wij in het pakhuis hebben gevonden. En we hebben geen idee wat er met de ontbrekende elementen van de bovenkaak is gebeurd.'

'Durft u daaruit conclusies te trekken?' vroeg Callanach.

'De tanden en kiezen van de onderkaak moeten apart van het kaakbeen in de loog zijn gelegd. Uren later, denken we.'

Callanach liep naar het raam in zijn kamer en keek naar de grijze straat beneden. Waarom zou de moordenaar de tanden en kiezen later in de vloeistof hebben gegooid? Misschien was hij bij het uitwissen van de bloederige sporen gestoord, of had het iets te maken met een ritueel.

'Bij het lichaam van Elaine Buxton is een honkbalknuppel gevonden waarmee de schedel en enkele tanden kapot waren geslagen. Zijn er aanwijzingen dat dat ook bij Magee is gebeurd?' vroeg hij.

'Dat denk ik niet. De buitenste glazuurlaag is aangetast, maar de tanden en kiezen zelf zijn intact. De kaak is mogelijk met wel een honkbalknuppel bewerkt, maar we hebben er maar een paar fragmenten van teruggevonden, en veel van die stukjes bot kunnen niet meer anatomisch worden geplaatst.'

'Dank u voor de update, dokter Lambert.'

Net toen hij de telefoon neerlegde, kwam Ava zijn kamer binnenlopen. 'De gynaecoloog heeft bevestigd dat Felicity Costello onlangs is bevallen,' zei ze. 'Felicity heeft tegen de vrouw van jeugdzorg gezegd dat het goed met haar gaat en ze heeft uit zichzelf gezegd dat er een dokter bij de bevalling was, maar daarna klapte ze helemaal dicht. Ik wil haar niet te hard aanpakken, ze heeft al genoeg te verduren gehad, maar ik heb nog een hoop vragen.'

'Heb je de ouders al ondervraagd?' vroeg Callanach, terwijl hij zijn recentste aantekeningen naast de foto van Jayne Magee op de muur prikte.

'Ik kan ze nergens voor aanklagen, en ze hebben al advocaten in stelling gebracht. We kunnen ze als getuigen ondervragen, maar ik denk dat ze niet erg zullen meewerken.'

'En als je de dokter nou eens opspoort die bij de bevalling aanwezig was?' stelde Callanach voor.

'Dat is niet zo eenvoudig als je denkt, als we ervan uitgaan dat ze die zelf hebben betaald,' zei Ava, en ze liet zich in een stoel vallen.

'Volg de geldstroom. De ouders moeten hem hebben betaald, direct of indirect. Als ze niks zeggen kun je de rekeningen van meneer

Costello opvragen en dan heb je morgenochtend het antwoord. Dat is meer dan ik op dit moment kan zeggen. Kom, dan loop ik met je mee naar beneden. Ik ga weer naar Granton Harbour.'

Op de trap kwamen ze Harris tegen, die diep in gesprek was met Lively.

'Je bent hem dus nog niet kwijt?' vroeg Ava.

'Ik wacht mijn kans af. Hebben ze al iets ontdekt over je doodsbedreiging?'

'Nee, en ik heb ook helemaal geen tijd gehad om me daar zorgen over te maken. Zelfs de chef heeft het opgegeven om me een escorte mee te geven. Wel gek dat die brief onder de deur van mijn kamer door is geschoven. Dat is eigenlijk enger dan wanneer het thuis was gebeurd, omdat ze blijkbaar ongezien het pand binnen kunnen komen.'

'Heb je eraan gedacht dat het misschien een politieman kan zijn?' vroeg Callanach.

'Daar wil ik niet aan denken,' zei ze. 'Dat zou betekenen dat ik nergens veilig ben, en dan word ik gek. Het is beter om gewoon door te gaan met mijn leven en te hopen dat degene die die brief heeft geschreven dat ook doet. Daar is Felicity met de maatschappelijk werker. Wacht je even op me?'

'Natuurlijk,' zei Callanach, die een eindje verderop ging staan zodat Ava met de vrouw kon praten.

'Hebt u al besloten of u haar vanavond in een beveiligde accommodatie wilt onderbrengen? Dan moet ik alleen wel even met de kinderafdeling bellen om te kijken of er plaats is,' zei de vrouw tegen Ava. Callanach keek naar Felicity. Het meisje stond daar met gebogen hoofd, maar luisterde aandachtig mee.

'Ik geloof niet dat dat nodig is,' antwoordde Ava. 'Ze is kwetsbaar, en hoewel haar ouders niet echt meewerken, denk ik dat het beter is dat ze in haar eigen bed slaapt. Ik zeg het wel tegen de Costello's.'

'Niet doen,' fluisterde Felicity. Callanach zag het meer dan hij het hoorde, en hij realiseerde zich dat Ava het niet had opgevangen. Die liep al naar de dubbele deuren, waarachter John en Mary Costello op hun dochter stonden te wachten. De tranen sprongen het meisje in de ogen. Ze keek eerst naar de maatschappelijk werker, maar die was bezig op haar telefoon, toen naar Ava, die al bijna buiten gehoorsafstand was, en ten slotte naar Callanach. 'Ik wil niet naar huis,' mimede ze naar hem.

'Inspecteur Turner,' riep Callanach. Ava keek om door het glas van de dubbele deuren, die net dicht zwaaiden. Hij gebaarde dat ze terug moest komen, pakte een stoel voor Felicity en nam Ava even apart om te vertellen wat er aan de hand was. Samen gingen ze bij de trillende tiener zitten om uit te leggen waar ze naartoe zou gaan als ze niet naar huis wilde.

'Weet je het zeker? Ik heb geen idee waar je dan vanavond terechtkomt, en je blijft dan in hechtenis tot we hebben besloten wat we moeten doen,' zei Ava.

'Loop je gevaar, Felicity?' vroeg Callanach.

Het meisje schudde haar hoofd en verviel weer in stilzwijgen.

De maatschappelijk werker rondde haar telefoongesprek af en kwam weer bij hen staan.

'Ik ben van gedachten veranderd,' zei Ava. 'Ik denk dat het toch beter is dat Felicity vanavond naar een beveiligde opvang gaat. Weet u een goede oplossing?'

'Er is een opvang hier vlakbij, maar daar worden vaak agressieve kinderen geplaatst.'

'Dat gaat niet,' zei Ava. 'Is er niks anders?' Callanach zag dat Ava zich naar de vrouw toe boog en haar in het oor fluisterde: 'Als het een kwestie van geld is, betaal ik het desnoods uit eigen zak.'

'Nee, dat is het niet. Het is alleen lastig een plek te vinden met gekwalificeerde volwassenen.' De vrouw keek op haar horloge. 'Ik ken een ervaren pleegouder. Als het maar voor een paar avonden is, kan ze me misschien helpen. Het is niet de normale gang van zaken, maar...'

'Dat klinkt geweldig,' zei Ava. 'Je gaat er toch niet vandoor, hè, Felicity?'

Het meisje keek haar recht in de ogen, voor het eerst. 'Nee, dat beloof ik. Dank u wel,' zei ze.

Callanach reed in z'n eentje naar Granton Harbour. Bij het pakhuis was het gebied dat tot voor kort met geel-zwart lint was afgezet veranderd in een ongelooflijke tuin, die vreemd aandeed in het industriële landschap. Rond het gebouw lagen zover het oog reikte bloemen, kransen, knuffels, kaarten, brieven en kaarsen die voortijdig waren uitgeblazen door de harde wind – net als Jayne Magees korte leven. Hij nam even de tijd om het tapijt van condoleances en gebeden te bekijken en vroeg zich af hoe één persoon zoveel mensen geraakt kon hebben. Hij ging op zijn hurken zitten en raapte een kaart op met de eenvoudige boodschap:

> Heengegaan, maar nooit vergeten.

En op een andere stond:

> Te vroeg van ons weggenomen.

En nog meer soortgelijke berichten, variaties op het thema van dankbaarheid en verlies, sommige persoonlijk, andere van onbekende bewonderaars. Maar te midden van die stroom van liefdevolle rouwbetuigingen zag hij een handgeschreven, zwart omrande kaart liggen waarop stond:

> Laten uw vrouwen in de gemeenten zwijgen. Het is hun immers niet toegestaan te spreken, maar bevolen onderdanig te zijn, zoals ook de wet zegt. En als zij iets willen leren, laten zij dat dan thuis aan hun eigen man vragen. Het is immers schandelijk voor vrouwen om in de gemeente te spreken. 1 Korintiërs 14:33-35.

Hij propte de kaart met de weerzinwekkende, ongewenste tekst in zijn zak. Toen hij opstond, botste hij bijna tegen een vrouw aan die net een boeketje neerlegde. Ze had tranen in haar ogen en sprak zachtjes tegen een baby'tje in een draagzak.

'Gaat het wel?' vroeg Callanach automatisch.

'Ik kan niet geloven dat ze er niet meer is,' zei ze met een klein stemmetje. 'Hoe kent u haar?'

Het was een vraag waar hij geen antwoord op had. De waarheid zou te schrijnend zijn. Hij koos voor: 'Via via. En u?'

De vrouw streek het haar van de baby glad tegen de wind, die het weer in de war maakte. 'Dit is Victoria. Zaterdag wordt ze zes maanden. Ze is Jaynes baby.' De vrouw kuste het bolle wangetje van het kind en sloeg haar armen om het bundeltje heen. Callanach kon alleen maar staren. Dat was niet het antwoord dat hij had verwacht. Ze sprak verder voordat hij iets kon zeggen. 'Zo zien mijn man en ik haar in elk geval. We hebben jarenlang geprobeerd kinderen te krijgen, maar we kwamen niet in aanmerking voor een ivf-behandeling, en zelf hadden we die nooit kunnen betalen. Vroeger gingen we naar de kerk waar Jayne preekte voor ze naar St Mary's vertrok. Toen we haar over onze kinderwens vertelden, bood ze aan de behandeling te betalen. Eerst zeiden we nee, maar elk jaar werd de pijn van onze onvervulde wens ondraaglijker. En uiteindelijk hebben we haar toch gevraagd om te helpen.'

'Dat heeft ze nooit van haar salaris kunnen betalen,' dacht Callanach hardop.

'Het geld kwam uit een trustfonds. Haar vader deed vroeger iets met aandelen of zo. Ze zei dat ze het niet over haar hart kon verkrijgen om het geld aan zichzelf uit te geven, maar als ze ons ermee kon helpen kinderen te krijgen, zou het geld een goede bestemming krijgen.' Ze deed een poging om naar haar baby'tje te glimlachen, maar slaagde er niet in haar verdriet te verbergen. 'Wie zou zo iemand nou kunnen vermoorden? Dat slaat toch nergens op. En weet u? Tegen ons zou ze zeggen dat we hem moesten vergeven.

Nou, ik kan dat niet. Ik heb gebeden om mijn haat opzij te kunnen zetten, maar dat gaat niet lukken.' De baby begon te dreinen, misschien omdat ze haar moeders verdriet voelde. 'En de politie lijkt ook niks te doen,' ging de vrouw verder. 'Hoeveel vrouwen moeten er nog sterven voordat ze zich met man en macht op deze zaak storten?'

Hij voelde zich een bedrieger en wist niets uit te brengen, ook al wilde hij zichzelf het liefst verdedigen, maar hij besefte dat hij nu niet meer het ware doel van zijn aanwezigheid bekend kon maken.

'Het spijt me,' fluisterde hij en hij liep weg. Hij voelde dat de vrouw hem nakeek terwijl ze haar baby troostte en haar eigen tranen droogde, en dat ze misschien meer aan zijn gezicht had afgelezen dan hij wilde prijsgeven.

Callanach wierp nog één blik op de zee van verdriet en dankbaarheid en liep toen van het pakhuis naar de plek waar het steekkarretje was achtergelaten. Het was een korte wandeling door een rustige omgeving. Er was geen aanwijsbaar verband tussen de manieren waarop de moordenaar zich van de lijken had ontdaan of de plekken waar ze waren gedumpt. Het team had geen connectie tussen Buxton en Magee kunnen ontdekken, en toch had dezelfde man zijn oog op deze twee vrouwen laten vallen: allebei hardwerkend, gerespecteerd, toegewijd aan hun beroep. Elaine Buxton had een hechte band met haar moeder, maar dat Jayne Magee uit een puissant rijke familie kwam, was Callanach ontgaan. Ze waren allebei ambitieus en werden bewonderd. En dominee Magee had ook nog eens een aanzienlijke erfenis nagelaten. Onder andere omstandigheden zou Callanach de woordkeus van de vrouw, die haar kind 'Jaynes baby' had genoemd, een tikje hoogdravend hebben gevonden. Maar door shock en verdriet werden menselijke emoties nu eenmaal uitvergroot en werden herinneringen gekleurd. Als haar leven een normalere loop had genomen zouden de goede werken van Magee aan het grote publiek voorbij zijn gegaan, maar nu verleende haar dood haar een bijna heilig aura.

Callanach keek om zich heen. De felle zeewind blies een fijne, zilte nevel in zijn gezicht, waardoor zijn huid trekkerig aanvoelde. Het was een grimmige, doodse omgeving, waar niemand langer dan nodig zou willen blijven. Alleen de meest geharde wandelaars zouden voor hun plezier langs de zeewering lopen. Toch was de moordenaar hier verschillende keren geweest om het pakhuis te kiezen, een geschikte plek te zoeken om zijn auto te parkeren, en een plek waar hij het steekkarretje kon achterlaten. De man die twee vrouwen in de kracht van hun leven, op het hoogtepunt van hun carrière had vermoord, had hier gestaan en over hetzelfde water uitgekeken, en zijn plan tot in de puntjes uitgedacht. Callanach keek naar de golven en vroeg zich af hoeveel zonden het water van deze plek had weggespoeld sinds Edinburgh een welvarende havenstad was geworden. Hij staarde naar de modder waarin het povere bewijs van de moord op Jayne Magee was blijven steken. Verderop langs de golfbreker lag de andere oogst van het tij: een ligstoel, een kentekenplaat, wieldoppen, de gebruikelijke winkelwagentjes, metalen skeletten van door de meedogenloze Schotse wind meegevoerde paraplu's, en zelfs een kinderwagen.

'Hij moet hier meer dan eens naar beneden hebben gekeken,' zei Callanach tegen de golven, 'en bij een van die bezoekjes moet het laagtij zijn geweest.' Het water gaf geen antwoord, maar spoelde wel een nieuw object aan, een oude, gehavende kreeftenfuik die misschien wel jarenlang had rondgedobberd. 'Hoe kan zo'n scrupuleuze moordenaar over het hoofd hebben gezien dat het bewijsmateriaal waarvan hij zich wilde ontdoen meteen weer teruggeworpen zou worden door de zee?' vroeg Callanach zich hardop af. Vlak naast hem streek een meeuw neer die zo hard krijste dat hij ervan schrok. Als hij last had gehad van een ongebreidelde fantasie, wat niet het geval was, zou hij hebben gedacht dat het beest hem wilde vertellen hoe stom hij al die tijd was geweest. Callanach pakte zijn telefoon en belde Salter.

Hij reed naar huis, herinnerde zich dat er geen eten in de koelkast lag, overwoog even in z'n eentje voor de tv een afhaalmaaltijd te eten, maar stuurde in plaats daarvan een appje. Een uur later kwam Ava het Jamaicaanse restaurant binnenwandelen dat hij op tien minuten lopen van zijn appartement had ontdekt. Ze hadden afgesproken die avond niet over het werk te praten. Ze zag er moe en afgepeigerd uit – net zoals hij zich voelde. Haar losse bruine krullen vielen langs haar gezicht omlaag. Ze zag bleek en droeg geen spoor van make-up. Ava Turner was niet het type vrouw dat moeite deed om indruk te maken op anderen. Het was een opluchting met iemand te zijn die zo volkomen zichzelf was. Callanach had al een gin-tonic voor haar besteld en gaf die aan nog voordat ze ging zitten. Tegen de tijd dat ze haar jas had uitgetrokken, was het glas al halfleeg. Ava vroeg hem voor hen allebei te bestellen, en twintig minuten later vielen ze aan op *jerk chicken* met rijst en doperwtjes.

'Dit is misschien wel het lekkerste wat ik ooit heb gegeten,' zei Ava met volle mond. Ze slikte. 'God, sorry, waar zijn m'n manieren. Ik wist niet dat ik zo'n honger had. Ik denk dat ik al een week niet fatsoenlijk heb gegeten. En waar zijn de doperwtjes?'

'Het zijn kidneybonen. Ik weet niet waarom ze het rijst met doperwtjes noemen. Ik heb het Jamaicaanse eten ontdekt toen ik daar was gestationeerd om de plaatselijke politie informatie te vragen over een drugsbaron die in heel Europa een zwik concurrenten had laten liquideren. Soms droom ik van een hutje aan het strand, warm weer en elke dag dit eten.'

'Dan zou je honderd kilo wegen en een gelooide huid hebben. Bovendien zou je de constante stress en de idioten missen waar we elke dag mee te maken hebben.' Ava zwaaide met haar lege glas om de aandacht van een serveerster te trekken.

'Hebben we het over de verdachten of over de collega's?' vroeg Callanach.

'Allebei, maar we zouden het niet over werk hebben. Hebben ze hem kunnen pakken, die Jamaicaanse drugsbaron?'

'Vlak voor de politie hem in Jamaica zou oppakken, moest ik terug naar Frankrijk. En ach, zodra hij was uitgeschakeld, werd hij natuurlijk direct vervangen door een even grote slechterik om het legertje stakkers aan te voeren dat maar al te graag alles doet wat hun wordt opgedragen om aan hun peilloze armoede te ontsnappen.'

'Waarom moest je terug naar Frankrijk?' vroeg Ava, nadat ze haar bord helemaal leeg had gegeten.

In gedachten zag Callanach zijn meerdere uit de auto stappen waarmee die onverwacht van het vliegveld was gekomen. Zijn strakke gezicht verried dat er iets helemaal mis was.

'Luc, het spijt me. Je wordt meteen teruggevlogen naar Lyon. Ik neem de zaak van je over,' had zijn baas gezegd. Er verscheen een frons op Callanachs voorhoofd toen hij eraan terugdacht.

'Sorry, ander onderwerp,' zei Ava. Callanach realiseerde zich dat hij zijn ongemakkelijkheid had laten blijken. 'Wil je koffie?'

'Alleen als jij ook wilt.' Callanach dronk zijn glas leeg. 'Maar een wandelingetje zal ons goeddoen, oké?' Hij gaf de serveerster zijn creditcard.

Ze liepen zwijgend naar de North Bridge, en bleven halverwege als op afspraak stilstaan om over Waverly Station uit te kijken. Overdag deed het grauwe emplacement pijn aan je ogen, maar 's avonds veranderde het in een rivier van licht. Callanach leunde tegen de brugleuning en viste een verkreukeld pakje Gauloises uit zijn jaszak.

'Ik wist niet dat je rookte,' zei Ava.

'Ik steek ze niet meer op, maar ik moet er een in mijn mond hebben wanneer ik 's avonds op een brug sta. Gek, maar dat is het enige onderdeel van de verslaving waar ik niet mee kan stoppen.'

'Typisch Frans,' zei ze droogjes.

'Kom,' zei hij. 'We gaan bij mij thuis koffiedrinken. Zelfs naar Schotse maatstaven is deze wind zo bijtend dat je er blijvende schade van kan oplopen.'

Ze liepen terug naar Albany Street, en Ava wees onderweg als een volleerde gids allerlei historische gebouwen aan en vertelde verhalen over het stormachtige verleden van Edinburgh. Door de zwart uitgeslagen bakstenen en imposante gebouwen had de stad iets weg van het decor van een griezelfilm. Maar Callanach raakte niet zozeer geïntrigeerd door het kasteel, de kerken of de statige gebouwen, als wel door de donkere zijstegen die onverwacht aan de rand van zijn blikveld opdoken. Die, als hij erin tuurde, in een inktzwarte duisternis eindigden doordat ze werden ingesloten en zelfs overwelfd werden door de omringende gebouwen. 's Avonds laat zouden die steegjes net zo goed een tijdmachine kunnen zijn – zo weinig waren ze door de eeuwen heen veranderd. Het was inspirerend en tegelijkertijd verwarrend. Edinburgh was als een reusachtige oude ui die vanbinnen niets was veranderd, maar die rond haar oude kern steeds weer nieuwe rokken van eigentijdse gebouwen en moderne architectuur had laten groeien. Terwijl Ava aan het vertellen was, dacht Callanach voor het eerst dat hij van deze stad zou kunnen gaan houden. Ze verschilde uiteindelijk niet zoveel van de Franse steden waar hij zich thuis had gevoeld.

Callanach deed de buitendeur open en liet Ava binnen. Ze stond in zijn keuken al water op te zetten, nog voordat hij zijn jas had uitgetrokken. Ze reikte hem al snel een kop koffie aan, deed haar schoenen uit en ging op de bank zitten met haar benen onder zich opgetrokken. Wonderlijk, dacht Callanach, dat vrouwen veel sexyer waren op de momenten dat ze daar niet hun best voor deden. Hij keek naar Ava's praktische hoge schoenen op de grond, zag hoe behaaglijk ze zich op de bank had genesteld met haar handen om haar mok gevouwen, totaal zichzelf en op haar gemak.

'En hoe zit het met jou?' vroeg hij. 'Je bent niet getrouwd of verloofd. Is er niet iemand met wie je je leven deelt?'

'Twaalf uur per dag deel ik mijn leven met een paar honderd politiemensen. Dat is toch niet niks,' zei ze bij wijze van grap.

'Nee, even serieus. Je gaat alleen naar de film, je zit vaker op het werk dan je thuis bent. Er zal toch nog wel wat meer zijn?'

'Vrienden,' zei ze. 'En ik heb natuurlijk wel vriendjes gehad, maar die begrijpen niks van mijn werk. Niet alleen de onregelmatige tijden, maar dat je altijd met een zaak bezig bent; onder de douche, wanneer je tv-kijkt en zelfs wanneer je slaapt. De enige realistische optie was om het met een collega aan te leggen, maar dat zou rampzalig uitpakken. Daten is hard werken. Om te beginnen had ik het daar te druk voor, en daarna raakte ik uit vorm. Meestal werd ik weggeroepen of ik liet mensen zitten. Nu weet ik geloof ik niet meer hoe het moet. Of het kan me niet meer schelen. Ik weet niet precies welke van de twee. Lekkere koffie, trouwens.'

'Ben je nooit eenzaam?' vroeg Callanach. Hij wist dat hij zich op glad ijs begaf. Hij had anderen al zo lang op afstand gehouden dat hij het doodeng vond zich bloot te geven. Maar tegelijkertijd vond hij dat er maar eens een eind moest komen aan zijn eenzame bestaan.

'Je lijkt m'n tante wel,' zei Ava lachend. 'Wat een luxe zou het zijn om de tijd te hebben om me eenzaam te voelen. Misschien moet ik me een paar dagen ziek melden om eens te kijken hoe dat is.' Ze zette haar mok neer. 'Nu is het mijn beurt. Het gerucht gaat dat je bent voorgedragen door iemand die hoog in de boom zit bij Interpol. Het is niet makkelijk om bij een korps in een ander land in dienst te komen, al ben je nog zo goed. Hoe zit dat?'

Callanach zuchtte en haalde zijn schouders op. 'Deels klopt het en deels is het een verhaal dat ze graag willen geloven. Ik weet zeker dat er over me gesproken is, maar ik was zelf ook verbaasd dat ik hier ben aangenomen. Laten we zeggen dat de aanbeveling net zo goed was bedoeld om me kwijt te raken als om me te helpen. Hoe zeggen ze dat ook alweer? Een win-winsituatie. Het had veel slechter kunnen aflopen.'

# 22

King nam niet meer de moeite om Elaine vast te binden. Ze kwam niet van haar bed, behalve om naar het toilet te gaan, en sleepte zich dan moeizaam voort, zich vasthoudend aan het meubilair. Ook had hij zijn aanvankelijke voorzichtigheid bij het binnengaan van de kamer laten varen. Hij was er niet langer voor beducht dat ze opeens de moed zou vinden om achter de deur te gaan staan en hem aan te vallen. Hij had haar gebroken. Volledig en volkomen. Elaine was een puppy die te vaak was geschopt en die het allang had opgegeven naar haar baasje te happen. Het was niet zijn bedoeling geweest haar zo vreselijk te beschadigen en het had hem verbaasd hoe makkelijk dat was gegaan. Na al die moeite die hij voor haar had gedaan, was ze in een jammerend, verschrompeld wrak veranderd.

Dominee Jayne Magee was een ander verhaal. Haar had hij beter ingeschat. Hij vroeg zich af of het door haar geloof kwam of door goede genen. Misschien kon hij een experiment bedenken om beide theorieën te toetsen. Maar niet vanavond. Vanavond zou hij hen overhoren om hun vorderingen in de Russische taal te evalueren. Hij had veel te weinig aandacht geschonken aan hun *éducation permanente*, maar hij vond ook dat hij zichzelf dat niet te veel moest aanrekenen. Hij had het gevoel dat hij met twee handen op de rug gebonden een marionettenvoorstelling moest verzorgen.

Natasha was in de wolken geweest na de lezing van inspecteur

Turner. King kon zich niet herinneren haar eerder zo opgetogen te hebben gezien. Haar wangen zagen rood van opwinding en ze was verrukt over de complimenten die haar vriendin na afloop kreeg.

Hij deed groenten in een blender en schonk er kippenbouillon bij. Het was niet erg inventief, maar de dames moesten het er vanavond maar mee doen. Zo zouden ze in elk geval niet al te veel calorieën binnenkrijgen. King probeerde niet terug te denken aan het moment dat hij zich tussen de studenten had gewrongen om zich aan Ava Turner voor te stellen. Hij wilde er niet aan denken omdat Natasha hem wéér had gekleineerd. Ze scheen het tot kunst te hebben verheven om hem een waardeloos gevoel te geven. Als hij er weer aan dacht, zou hij het misschien op Elaine en Jayne afreageren, en zo diep wilde hij niet zinken.

Hij deed de soep in de magnetron, luid meezingend met de radio om de herinnering te verdringen en regelmatig controlerend of de soep niet te warm was. Jaynes tandvlees was nog steeds gevoelig en ze kon geen hitte verdragen. Hij moest haar nu al hoge doses antibiotica geven om ontstekingen tegen te gaan. Toch was hij tevreden over zichzelf. Sinds hij Elaine onder handen had genomen, waren zijn tandheelkundige vaardigheden enorm vooruitgegaan. Niet dat hem zijn beginnersfouten kwalijk konden worden genomen. Het was niet niks dat hij slechts met behulp van een boek en een serie online instructiefilmpjes van dubieuze herkomst een vaardigheid onder de knie had gekregen waar een tandarts jaren over deed om die te perfectioneren. Toch was het verbazingwekkend wat je met een beetje oefening kon bereiken. Hij hoopte maar dat dat straks ook zou gelden voor hun beheersing van het Russisch. Hij wilde dat ze hun intellectuele vermogens weer gingen gebruiken, hoewel Elaine eigenlijk al reddeloos verloren was. Aan haar viel nog weinig eer te behalen. King schonk de soep in twee bekers met rietjes en liep naar de keldertrap. Hij luisterde aandachtig, hoorde niets en stelde tevreden vast dat het geluidwerende materiaal dat hij had aangebracht zeer effectief was. In de rest van het huis hoorde hij nooit een geluid uit de geheime ruimte. Het was of de vrouwen niet bestonden.

'Nou, feitelijk is dat ook zo,' zei hij, terwijl hij de deur van het slot deed. 'Wettelijk gezien zijn ze allebei dood. Ik vraag me af of er een verzamelnaam voor lijken is.'

Elaine had zich verplaatst, wat hij als een vooruitgang beschouwde. Jayne zat rechtop in bed met een hand geketend aan een bedstijl zodat ze zich kon omdraaien om op een postoel te kunnen zitten die hij uit zorgzaamheid had gekocht. Elaine was uit haar eigen bed gekomen en lag met haar hoofd op schoot bij Jayne, die haar haar streelde. Ze keken hem zwijgend aan toen hij met hun avondeten binnenkwam.

King hielp Elaine naar de tafel en zette de soep voor haar neer. Ze had haar verzet allang opgegeven en begon de soep meteen te drinken.

'Ik heb schone kleren op je bed gelegd. Gooi je vuile was in de mand bij de deur zoals ik je heb gezegd,' zei hij. 'En je moet jezelf beter wassen. Je mag rondlopen, dus ik verwacht dat je de faciliteiten goed gebruikt. Een keer per dag douchen lijkt me toch wel gepast. Of als je dat te veel moeite vindt, was je dan op z'n minst bij de wasbak met een washandje.' Elaine keek niet op, maar concentreerde zich op haar eten, zwijgend zoals altijd. Hij gaf Jayne haar beker, die ze op het nachtkastje neerzette zonder hem aan te raken.

'Mijn mond doet zeer,' zei ze. 'Ik heb pijnstillers nodig.'

'Mond open,' zei hij. Ze had gelijk, het tandvlees van haar onderkaak zat onder de zweren. De antibiotica waren niet sterk genoeg.

'Wat hebt u met mijn tanden en kiezen gedaan?' vroeg ze.

'Die heb ik bij het lijk van Grace gedaan ter vervanging van die van haar. De buitenwereld heeft bewijs nodig dat je bent overleden. Dat beetje bloed waar je zo'n drukte over maakte toen ik het bij je afnam, heb ik over je kleren gesprenkeld, en die heb ik in de buurt van het lijk achtergelaten.'

'Ze komen erachter dat ik het niet was,' zei ze. 'Daar is de forensische wetenschap te geavanceerd voor.'

'Ik heb niets achtergelaten waar ze iets aan hebben,' zei hij. 'Denk je soms dat ik slordig te werk ga? Ik heb hier maandenlang onderzoek naar gedaan. Ik weet precies wanneer ze DNA kunnen vinden en wanneer niet.'

'De wetenschap ontwikkelt zich razendsnel. U weet niet welke tests ze over een maand of een jaar kunnen doen.' Jayne weerde zich flink, vanavond. Hij genoot er eigenlijk wel van als ze zo tegendraads was. Dan was ze veel energieker, zoals die eerste keer dat hij haar zag, toen ze in een levendig openbaar debat verwikkeld was.

'Maar er is geen reden om je overblijfselen nog een keer te testen. Je bent dood. De begrafenis is nog niet geweest, maar het is algemeen bekend.' King deed twee aspirines in een glas water en gaf het haar aan. Ze wilde het in zijn gezicht gooien, zag hij, maar dat zou ze niet doen. De pijn was te intens om onbezonnen dingen te doen. Hij had respect voor haar omdat ze het hoofd koel hield. 'Neem afscheid van je oude leven, Jayne. Je hebt het dieptepunt bereikt. Accepteer dat. Omarm het. Er is maar één weg, en die is omhoog. Het leven hier met mij zou zo verrijkend kunnen zijn.'

'Dit is geen leven.'

Elaine verslikte zich en hapte naar adem. Hij hoorde het gerochel diep in haar keel. De blender had zijn werk niet goed gedaan. Met tegenzin stond hij op van Jaynes bed en begon Elaine hard op de rug te slaan. Na haar nog eens op de rug gestompt te hebben, braakte ze een grijze klodder groente uit die op Kings schoen terechtkwam. Hij trok een grimas en maakte een schopbeweging, waardoor het spul op het tapijt belandde, haalde toen een zakdoek tevoorschijn en begon verwoed over het glimmende leer te wrijven.

'Walgelijk mens,' siste hij haar toe. 'Beheers je, anders heb ik geen andere keus dan je af te danken.'

Elaine begon te snikken, met haar armen om haar lijf geklemd.

'Let maar niet op hem, lieverd,' zei Jayne.

Daar had je het weer. Die toespeling. Kings wereld kleurde vuurrood.

'Hou je gore bek, Natasha,' schreeuwde hij. Hij sprong op Jayne af en sloeg haar zo hard in haar gezicht dat het leek of er een ballon knapte. Elaine wierp zich gillend op de grond met haar handen over haar hoofd, alsof er een bom was afgegaan.

Jayne richtte haar hoofd op en staarde hem aan. 'Wie is Natasha?' vroeg ze.

'Wat?' zei King. 'Hoe ken je haar naam?'

Jayne kneep haar ogen halfdicht en keek hem onderzoekend aan. 'U noemde me net Natasha,' zei ze. 'Toen u me sloeg. Weet u dat niet meer?'

Nee. Daar herinnerde hij zich helemaal niets van. Hij wist niet dat hij überhaupt iets had gezegd.

'Dat heb je verkeerd verstaan,' zei hij. 'Je weet niet waar je het over hebt.'

Jayne hield aan. Dat was de keerzijde van haar verder lovenswaardige onverschrokkenheid. 'Nee, ik heb u niet verkeerd verstaan. Misschien was u zich er niet van bewust, maar u hebt haar naam gezegd. Natasha heeft u overstuur gemaakt. Wat heeft ze gedaan?'

Hij werd plotseling overvallen door de herinnering.

Hij had zijn hand naar inspecteur Turner uitgestoken en stond klaar om haar te begroeten en aan te bieden een drankje voor haar te halen.

'Ava,' had hij gezegd. 'Ik ben dr. King. Je lezing was lang niet slecht.' En toen voelde hij Natasha's hand op zijn arm die hem opzijduwde, nog voordat Turner hem de hand kon schudden, en haar vriendin meetrok terwijl ze iets in haar oor fluisterde. Maar hij had duidelijk verstaan wat ze zei.

'Sorry, let maar niet op hem,' had ze gezegd. 'Hij had je niet bij je voornaam moeten aanspreken.'

'Dat is echt geen probleem, hoor,' had Ava geantwoord, maar ze had zich laten meevoeren zonder verder nog om te kijken. Hij was daar blijven staan, met zijn uitgestoken hand in de lucht, en voelde zich voor gek gezet. Genegeerd. Precies zoals Natasha's bedoeling was geweest.

'Dr. King,' zei Jayne, 'is alles goed?'

'Hou op met je amateurpsychologische praatjes!' Hij greep haar hard bij de keel en trok haar gezicht naar zich toe. 'En hou op met het bemoederen van die zielige parasiet op de grond!'

Jayne probeerde vergeefs zijn vingers van haar keel los te wringen, en King probeerde met even weinig succes zijn eigen groeiende opwinding te beteugelen. 'Je zou me dankbaar moeten zijn. Ik heb je bovengebit intact gelaten zodat je niet zoveel pijn hoefde te lijden als Elaine. Ik heb jou niet in het gareel hoeven brengen zoals haar. Het enige wat ik van je vroeg was een beetje respect, maar je behandelt me als een idioot!' Hij duwde haar naar achteren tegen het kussen en veegde zijn hand, die besmeurd was met haar tranen en speeksel, af aan het beddengoed.

King ging zitten en liet zijn voeten op Elaines gekromde, bevende rug rusten.

'Ik moet mezelf ook niet zo van slag laten brengen,' zei hij. 'Natasha wil alleen maar aandacht van me. Ik heb dit helemaal verkeerd aangepakt omdat ik dacht dat ik een substituut voor haar kon vinden. Maar Jayne, zelfs jij met al je eigendunk en je onwankelbare ideologie kunt me niet raken zoals zij. Het wordt tijd dat ik dat toegeef, dat zie ik nu wel in. Dat is wat ze wil.' Hij gaf Elaine een schop onder de kin, zodat ze naar hem moest opkijken. 'En omdat er niet echt plaats is voor een derde bed, moeten jullie het recht verdienen om te mogen blijven.'

Hij sleurde Elaine van de vloer en smeet haar op het bed. 'Dus knap jezelf maar flink op. We gaan een competitie organiseren. Dat zul jij wel fijn vinden, Jayne. Jij lijkt me zo iemand die stiekem heel prestatiegericht is. Degene die de meeste indruk op me maakt, mag blijven. Jullie zijn allebei slim genoeg, dus ik hoef jullie niet voor te kauwen wat dat voor de ander betekent. Ik wil vriendelijk en met respect worden behandeld. Ik verwacht gesprekken, belangstelling en discussie. En ik wil géén gehuil!'

King had zijn gezicht tot vlak bij dat van Elaine gebracht, waardoor zijn speeksel in haar gezicht vloog. Zweet parelde op zijn voorhoofd. Hij was over zijn toeren. En dat kwam, hield hij zichzelf voor, omdat hij eindelijk besefte dat hij zijn woede direct op Natasha moest richten. Daar kon hij niet meer omheen. Steeds duidelijker zag dr. Reginald King in wat hem te doen stond en hoe hij het zou aanpakken.

# 23

‘Felicity Costello zegt dat ze wil praten, maar alleen met jou,’ zei Ava aan de telefoon. Callanach nam zijn mobieltje in zijn linkerhand, zodat hij een paar zinnen in de verklaring van Liam Granger kon markeren. De fietser die de ontvoerder van Jayne Magee had gezien en hem in zichzelf had horen praten, zou de volgende dag naar het bureau komen, en Callanach wilde goed voorbereid zijn.

‘Dat begrijp ik niet,’ zei Callanach. ‘Waarom met mij?’

‘Ze zegt dat jij de eerste bent die haar heeft geholpen. Kun je de ondervraging overnemen?’

‘Vind je dat niet vervelend?’ vroeg hij.

‘Als Felicity wil praten,’ zei ze, ‘kan het me niet schelen wie er met de eer gaat strijken.’ Ava klonk enthousiast, van haar vermoeidheid van gisteravond was niets meer te merken, hoewel ze nog heel lang hadden zitten praten en ze pas ver na tweeën naar huis was gegaan.

‘Dan help ik je natuurlijk,’ zei Callanach, ‘maar eerst heb ik die briefing met professor Harris.’ Hij hoefde niet te zeggen wat hij dacht. ‘Ik kan er om negen uur zijn. Kun je haar tot die tijd bezighouden?’

‘Dan ziet het ernaar uit dat ik ergens met haar ga ontbijten,’ zei Ava.

Callanach liep naar de briefingruimte. Hij had liever ergens achterin gezeten, maar Salter wees hem op een stoel vooraan, die voor hem was gereserveerd.

'Heb je gisteravond nog contact opgenomen met Jonty Spurr?' vroeg Callanach haar.

'Ja. En ik heb twee kamers in Braemar gereserveerd.'

'Ik was dat verschrikkelijke hotel al helemaal vergeten,' kreunde Callanach.

'Geen paniek,' zei ze. 'De pub is helemaal volgeboekt vanwege een groepsreis. Wij zitten in een B&B verderop. We moeten morgenmiddag om een uur of vier vertrekken. Is dat oké?'

'Dat moet dan maar,' zei hij. 'Waar wachten we op?'

'De professor wil graag worden ingeleid. Lively zei dat u dat maar moest doen.'

Callanach verzette zich tegen de impuls om gewoon te blijven zitten en speelde het spel mee. Hij bedankte professor Harris stijfjes voor zijn hulp en noemde ook de financiering door de Schotse Episcopaalse Kerk. Het had meer weg van een toespraak bij een prijsuitreiking dan een briefing.

'Dank u, inspecteur,' zei Harris, en hij drukte op een paar toetsen op zijn laptop om een powerpointpresentatie te starten. 'Gisteravond heb ik het bewijsmateriaal doorgenomen, voor zover dat er is.' Tripp snoof verongelijkt bij die geringschattende opmerking. 'Op deze eerste dia heb ik de fysieke kenmerken van de moordenaar op een rijtje gezet. We weten dat hij een blanke man is van tussen de dertig en zestig, van gemiddelde lengte en postuur. We weten ook dat hij fysiek sterk genoeg is om het lichaam van een volwassen vrouw voort te trekken, dus we kunnen concluderen dat hij niet gebrekkig is.' Callanach waagde een blik op zijn horloge. Hij wilde absoluut niet te laat zijn voor de afspraak met Felicity Costello, maar als Harris alles wat ze al wisten zo breed zou uitmeten, zou hij hier de hele dag zitten.

'Dus in welke richting gaan uw veronderstellingen, professor?' probeerde Callanach de zaken te bespoedigen.

'Geen veronderstellingen, inspecteur, maar conclusies gebaseerd op wetenschappelijke analyse en jarenlange ervaring.'

Callanach beet op zijn tong.

'Laten we het eerst hebben over het onvermijdelijke. Het seksuele karakter van de misdrijven. Deze man heeft het op intelligente, extraverte, hoogopgeleide vrouwen voorzien, het soort vrouwen van wie we kunnen concluderen dat ze buiten zijn bereik liggen. Hij wil ze misbruiken om zijn seksuele fantasieën op uit te leven, en daarom moet hij hun lichamen zodanig laten verdwijnen dat hij absoluut geen sporen nalaat. Daarmee voorkomt hij dat er forensisch bewijs van seksueel geweld kan worden verzameld, wat voor hem betekent dat hij zijn daad voor zichzelf kan ontkennen. Waarschijnlijk heeft hij last van aanvallen van schaamte, spijt en paniek. Op andere momenten zal hij de ervaring opnieuw willen beleven, misschien heeft hij ze gefilmd zodat hij ze keer op keer kan zien, en vermoedelijk gaat hij online op zoek naar vergelijkbare pornografische beelden.'

'Dus we zoeken iemand met een geschiedenis van seksueel geweld?' vroeg Lively.

'Absoluut,' zei Harris. 'Verkrachters die het punt bereiken waarop ze hun slachtoffer op het hoogtepunt van hun geweldsdaad vermoorden, beginnen meestal bescheiden en bouwen het geweld dan op. De escalatie van seksueel geweld vertoont in die gevallen een duidelijk patroon. Je zou alle bekende plegers van seksuele misdrijven in de regio moeten natrekken, van exhibitionisten tot verkrachters. Jullie hebben vast al alle zedendelinquenten nagetrokken in de buurt van waar de vrouwen woonden.'

Alle ogen richtten zich op Callanach. Hij zuchtte. Hij had zich voorgenomen tijdens de briefing geen vragen te beantwoorden. 'Er was bij geen van beide vrouwen enig bewijs van een seksueel misdrijf, en daarom vond ik dat we ons in de zoektocht naar de dader niet tot één specifiek type moesten beperken.'

Harris gaf hem een vaderlijk klopje op de schouder, en Callanach balde zijn vuisten vanwege die inbreuk in zijn persoonlijke ruimte. Iedere profiler die ook maar een beetje deskundig was, zou die lichaamstaal op een kilometer afstand herkennen, maar Harris niet. 'Ja, en daarom ben ik erbij gehaald. Als we kijken naar de psychologie van de moordenaar, dan zijn we op zoek naar iemand die chaotisch is. Af en toe is hij in staat tot heldere gedachten, maar alleen voor korte tijd. Hij bezit behoorlijk wat wetenschappelijke kennis, en het is de moeite waard om met name op zoek te gaan naar personen die in de industriële sector werken.'

'Zó chaotisch is hij nou ook weer niet,' onderbrak Salter hem. 'Hij heeft twee vrouwen vlak bij hun huis ontvoerd en heeft zich op openbare plekken van hun lijk ontdaan zonder dat iemand iets heeft gezien.' Callanach had haar ter plekke promotie willen geven.

'Zoals ik al zei,' ging Harris onverdroten verder, 'is hij tot heldere gedachten in staat, maar laten we vervolgens eens naar de afwikkeling van de moorden kijken. Het achterlaten van de honkbalknuppel en Elaines tand, en het dumpen van het steekkarretje met dominee Magees kleren. Dat wijst erop dat hij in paniek raakt of buiten zichzelf raakt, en op dat punt kunnen we hem pakken. Hij is niet in staat om gedurende langere tijd een baan te behouden, want hetzelfde onvermogen om een taak foutloos af te ronden is ook terug te zien in zijn werk. Misschien heeft hij af en toe een relatie, maar hij is niet in staat om een langdurige, blijvende relatie aan te gaan. En hij heeft alleen relaties met vrouwen die hij niet bedreigend vindt. Zijn partners hebben waarschijnlijk laaggeschoold werk in een fabriek of hebben een uitkering.'

'En hoe zit het met zijn schoenen?' viel Tripp hem in de rede. 'Ze glommen en waren net gepoetst volgens de getuige die hem bij het huis van Jayne Magee heeft gezien. Hoe valt dat te rijmen met het beeld dat u schetst?'

'Heel veel mensen poetsen hun schoenen regelmatig, agent,' zei Harris. Callanach probeerde niet omlaag te kijken, maar hij kon het niet laten, en dat gold voor een groot deel van zijn team. De schoenen van Harris waren inderdaad smetteloos. 'Jammer genoeg is dat een gewoonte die de jongere generatie kennelijk heeft afgezworen.'

'Precies,' ging Tripp verder. 'Ik zou gympen aan hebben gedaan als ik die rolkoffer naar een auto moest sleuren. Ik begrijp niet waarom hij dat niet heeft gedaan, tenzij hij die niet heeft.'

'Goed punt,' gaf Harris toe, 'maar zijn schoeisel zegt toch echt alleen iets over zijn schoenmaat, en niet over wat er in zijn hoofd omgaat.'

Tripp keek nijdig. Callanach dacht dat Harris zelf ook wel wist dat hij een belangrijk punt over het hoofd had gezien, maar dat hij het gewoon niet wilde toegeven. Hij zou later ongetwijfeld terugkomen op de schoenenkwestie en er met Lively allerlei theorieën over opstellen.

'Gisteravond heb ik de andere dossiers van vermiste personen doorgenomen. Het lijkt er niet op dat we nog meer lijken kunnen verwachten, tenzij hij weer een slachtoffer ontvoert.'

Dat was het moment waarop Callanach zijn mobieltje tevoorschijn haalde, het naar zijn oor bracht en een niet-bestaande beller vroeg om even aan de lijn te blijven. Het was niet erg slim of origineel, maar het was de enige manier om weg te komen. Hij schonk zichzelf een nog sterkere kop koffie in dan anders, had er een scheut whisky bij gedaan als hij die bij de hand had gehad, en liep naar de verhoorkamer waar Felicity Costello op hem wachtte. Ava stond hem voor de deur op te wachten.

'Klaar?' vroeg ze.

Hij knikte en ze gingen naar binnen.

'Dag Felicity,' zei hij. 'Je hebt gevraagd of je vandaag met mij kon praten. Klopt dat?'

'Ja,' antwoordde ze verlegen en met neergeslagen ogen.

'Je moet wel wat harder praten,' zei een vrouw naast Felicity tegen haar. 'Het gesprek wordt op video opgenomen, daar hebben we het gisteren over gehad.'

'Ik praat alleen met hem,' zei Felicity. 'Ik wil er geen andere mensen bij.'

'Ik ben een maatschappelijk werker, ik zit niet bij de politie. Ik ben hier zodat je je veilig voelt,' zei de vrouw.

Felicity sloeg haar armen over elkaar en keek strak naar de grond.

'We kunnen vanuit de filmkamer toekijken,' stelde Ava de vrouw voor. 'Dan kunt u het verhoor onderbreken wanneer u daar reden toe ziet, en Felicity kan even pauzeren wanneer ze wil.'

De vrouw keek ongelukkig, maar ging uiteindelijk overstag en pakte haar handtas.

'Felicity, ik ben inspecteur Callanach. Begrijp je dat alles wat je zegt, de bekentenissen die je doet, ertoe kunnen leiden dat je voor een misdrijf wordt aangeklaagd? Heb je dat die keer dat je die waarschuwing kreeg ook begrepen?'

'Ik ben geen idioot,' zei ze.

'Dat weet ik, maar ik moet het vragen. Dat hoort bij de procedure. Er mag ook een advocaat bij zijn als je dat wilt. Weet je zeker dat we dat niet moeten regelen?'

'Nee. Ik heb al met de advocaat van mijn vader gesproken. Die zei dat ik niks moest zeggen.'

Callanach wierp een bezorgde blik in de camera. Dit was gevaarlijk terrein en Ava zou zich nu al zorgen maken. Hij wilde niet dat wat Felicity hem vertelde later wettelijk ontoelaatbaar zou worden verklaard. En hij wilde zeker geen misbruik maken van haar leeftijd en gebrekkige kennis van de wet.

'Felicity, je hoeft me niet te vertellen wat je advocaat tegen je heeft gezegd, en eigenlijk moet je dat ook niet doen. Je kunt met je advocaat bespreken wat je wilt, en daar hebben wij niks mee te maken.'

'Het wás mijn advocaat niet, en hij probeerde me niet te helpen!' riep ze. 'Hij zei tegen me wat mijn vader wilde dat ik deed. Ik dacht dat u dat zou begrijpen, en dat u me wel wilde helpen.'

'Goed,' zei Callanach. 'Ik begrijp het. Het spijt me. Wil je me over de baby vertellen?'

Haar boosheid ebde meteen weg.

'Ik wilde niet dat hij doodging,' zei ze.

'Je hebt hem zo warm ingepakt dat hij is blijven leven, dus dat heb je geweldig gedaan. Was er een dokter bij de bevalling?' vroeg Callanach.

Ze knikte.

'Heb je de naam van de dokter opgevangen?'

'Nee, ik vond hem niet aardig...' stamelde ze. 'Ik was bang. Ik dacht dat hij aardiger zou zijn.'

'Nee, was hij niet aardig?' vroeg Callanach.

Weer schudde ze alleen met haar hoofd.

'Felicity, je was net veertien geworden toen je zwanger werd, en volgens de wet betekent dat dat je bent verkracht. Kun je vertellen wat er is gebeurd?'

'Mag ik wat te drinken?' vroeg ze. Callanach zag dat ze op haar nagels beet en begreep dat ze tijd probeerde te rekken. Hij ging een glas water halen en wachtte rustig tot ze verder wilde praten.

'Ik ga niet vertellen wie het is,' zei ze. 'Ik wil niet dat mijn ouders of de politie hem lastigvallen. Ik wist dat mijn vader me zou verbieden met hem om te gaan, dus ik heb thuis niet verteld dat ik een vriendje had. Hij heeft me niet verkracht. Ik vond hem leuk.'

'Ik begrijp het. Kun je me vertellen hoe oud hij is, Felicity?'

'Vijftien,' zei ze zachtjes.

'En hij heeft je er op geen enkele manier toe gedwongen of je bedreigd?'

'Het was mijn idee,' zei ze. 'Ik heb hem verteld dat ik niet zwanger kon worden, dat ik de pil slikte. Ik wilde gewoon weten hoe het was.'

Callanach glimlachte naar haar en vond dat de identiteit van de vader maar beter niet verder nagetrokken kon worden. Hij hoopte dat Ava er ook zo over dacht. Los van wat de wet zei, leek dit vooral een affaire van twee nieuwsgierige tieners die in tranen was geëindigd, en geen verkrachtingszaak.

'En waarom heb je je baby in het park achtergelaten? Je moet helemaal overstuur zijn geweest toen je dat deed.'

Plotseling verschenen er tranen in haar ogen. Callanach schoof een doos met papieren zakdoekjes naar haar toe. 'Wil je liever even stoppen?'

'Ik had het beloofd,' zei ze.

'Beloofd? Aan wie, Felicity? Aan de vader van de baby?' vroeg Callanach.

'Nee,' zei ze. 'Hij is er nooit achter gekomen dat ik zwanger was. Ik had het aan mijn vriendinnen beloofd. We hadden afgesproken dat we het alle drie zouden doen, en zij hebben het ook echt gedaan, maar later wilde ik het niet meer. Maar ik vond het zo rot voor ze en ik wilde ze niet in de steek laten.' Ze sloeg haar armen om haar knieën en liet haar tranen de vrije loop, zonder de moeite te nemen ze weg te vegen.

'Felicity,' zei hij.

Ze haalde haar neus een paar keer op en keek hem toen aan.

'Je moet me vertellen hoe ze heten.'

'Ik wil ze niet in de problemen brengen,' zei ze. 'Het is niet hun schuld. Zij wilden hun baby niet. We wilden ervoor zorgen dat het naar buiten kwam. Het was het enige wat we konden verzinnen.'

'En met die andere meisjes bedoel je de meisjes van wie de baby's in het park zijn overleden?' vroeg Callanach.

'Ja,' zei ze. 'Beloof me dat ze niet naar de gevangenis hoeven.'

'Dat kan ik je niet beloven. Daar ga ik niet over, maar als je uitlegt wat er is gebeurd, zullen we alles doen om ze te helpen. Zijn het ook tieners, net als jij?'

Ze knikte.

'Waar ontmoetten jullie elkaar?'

'Op school,' fluisterde ze.

'Op St Gabriella's?'

'Nee, op die andere school.' Ze begon zich weer af te sluiten. Callanach wist instinctief dat hij niet veel tijd meer had.

'Bedoel je St Gerard Majella's?' verduidelijkte hij.

Felicity keek hem stuurs aan, haar ogen fonkelden en haar gezicht was verwrongen van woede. 'Ja,' zei ze.

'En zitten die andere meiden daar nog?' vroeg Callanach.

Felicity liet haar hoofd hangen. 'Nee,' antwoordde ze. 'Ze laten je gaan als het voorbij is.'

'Als wat voorbij is?' Er viel een stilte. 'Kun je me iets meer vertellen?' Ze had het gehad en Callanach wist het. Hij keek in de camera en schudde zijn hoofd. Ze zouden niets meer uit haar krijgen. 'Felicity, je hebt het heel goed gedaan. Je hebt je vriendinnen buiten schot gehouden. Kan ik nog iets voor je doen?' Hij had het niet verwacht, maar langzaam richtte ze haar hoofd op en keek hem in de ogen.

'Ik wil hem zien,' zei ze. 'Kunt u vragen of ik mijn baby mag zien?'

# 24

‘Ga je mee?’ vroeg Ava.

‘Wat denk je?’ zei Callanach, terwijl hij achter haar aan liep.

‘Ik heb de rekeningen van John Costello uitgeplozen. Er zijn alleen betalingen aan St Gerard Majella’s gedaan, en niet aan privéklinieken. De school moet alles hebben georganiseerd.’

Ava schakelde het blauwe zwaailicht in. ‘Is het niet ongelooflijk?’ mijmerde Callanach. ‘Bij twee zaken die tegelijkertijd spelen is een kerk betrokken. De ene helpt misdrijven in de doofpot te stoppen, en de andere is zo hulpvaardig dat het de boel alleen maar compliceert. Geloof jij in God?’ vroeg hij Ava.

‘Vraag me dat over een paar uur nog maar ’s,’ zei ze terwijl ze een fietser ontweek.

Callanach pakte zijn mobieltje en liet haar met rust zodat ze zich op de weg kon concentreren.

‘Je hebt het heel goed gedaan met Felicity,’ zei ze zachtjes.

Callanach keek op van zijn mobiel. ‘Ze is nog maar een kind,’ zei hij.

‘Dat weet ik, maar ze vertrouwde je meteen. Ze moet hebben gevoeld dat je haar begreep. Jij was anders.’ Callanach keek even opzij en zag dat ze hem aanstaarde. Ze richtte haar blik weer snel op de weg en hij keek weer op zijn telefoon. Vlak voordat ze bij de school aankwamen, had hij gevonden wat hij zocht.

'Wat?' vroeg Ava toen hij hard in het Frans vloekte.

'Gerardus Majella is de beschermheilige van aanstaande moeders,' zei Callanach.

Ava parkeerde de auto en ze liepen naar de imponerende smeedijzeren poort, die dit keer echter niet automatisch openging. Er kwam een jonge non naar buiten die hen vanachter het hek aansprak. 'Zuster Ernestine is niet beschikbaar. Ze vraagt of u een afspraak wilt maken.'

'En ik eis toegang tot informatie aangaande de dood van twee baby's,' zei Ava.

'Dan zult u eerst de benodigde documenten moeten laten zien.' Het klonk alsof ze instructies had gekregen dat zinnetje op te dreunen.

Callanach deed een stap naar voren. 'Ik weet niet of zuster Ernestine media-aandacht op prijs zou stellen. Uitstel betekent dat we onze informatie met andere partijen zullen moeten delen.'

Er vond een gedempte conversatie plaats via een portofoon, toen klonk er een zoemer en als bij toverslag ging de poort open. Zuster Ernestine had zich vrij weten te maken van haar dringende verplichtingen en stond binnen achter de voordeur te wachten.

'Komt u maar mee naar mijn kantoor,' zei ze, en ze gebaarde naar de route die ze de vorige keer hadden genomen.

'Dat denk ik niet,' zei Ava. 'Ik heb aanleiding om te denken dat er hier bewijzen en getuigen zijn die onmiddellijk moeten worden veiliggesteld. Maak de binnendeur open, alstublieft.'

'Dit is privéterrein,' wierp zuster Ernestine tegen. 'De ouders van deze meisjes betalen een heleboel geld voor hun opleiding. Ik kan niet toestaan dat u hier binnenvalt en de boel verstoort.'

'Laat ons erlangs,' zei Ava, en ze zette een stap naar voren op een manier die geen misverstand liet bestaan over haar vastberadenheid, maar nog net niet bedreigend was. Callanach keek met genoegen toe. Inspecteur Turner was iemand om rekening mee te houden.

Zuster Ernestine deed met een gezicht als een donderwolk de binnendeur van het slot. Ava en Callanach liepen de trap op en politiemensen in uniform grendelden de benedenverdieping af. Boven aan de trap kwamen ze op een gang uit, en stuitten op een klaslokaal, waar ze zonder een woord te zeggen naar binnen liepen. De meisjes stonden automatisch op in een bijna militair eerbetoon aan de bezoekers.

'Mijn god,' zei Callanach. In de auto had hij al zo zijn vermoedens gehad, maar dit had hij niet verwacht.

'Ze zijn allemaal zwanger,' zei Ava, starend naar de meisjes. 'Stuk voor stuk. Dit is geen school, het is een kraamafdeling!'

'Wij zorgen voor het geestelijk en fysiek welzijn van de meisjes, en voorzien in hun onderwijs. Ze zijn hier veilig voor spiedende ogen en verdorven invloeden.'

'U bedoelt verdorven invloeden zoals een onafhankelijk advies over voorbehoedsmiddelen en abortus?' vroeg Ava. 'Mogen de meisjes de school eigenlijk wel uit? Wie verleent er prenatale zorg? Waar bevallen ze?'

'We hebben een volledig geoutilleerde medische afdeling en we zetten alleen de beste artsen en verpleegsters in.'

'Daarom is het schoolgeld zo hoog,' merkte Ava op. 'John Costello heeft een vermogen betaald om zijn dochter hier op school te doen. Ik wil uw boeken zien. Ik heb de medische gegevens nodig van alle meisjes die hier de afgelopen maand zijn bevallen.'

'Dat is onmogelijk,' zei zuster Ernestine. 'Die gegevens zijn vertrouwelijk. U zult me de betreffende namen moeten geven.'

'Felicity Costello heeft met twee meisjes die ze hier heeft leren kennen afgesproken dat ze hun baby's in een park zouden achterlaten om aan de kaak te stellen wat hier op deze school gebeurt. U moet me toegang geven tot die dossiers.'

'Felicity Costello is een goddeloze slet die met een jongen heeft geslapen en vervolgens weigerde haar zonden te bekennen.'

'Ik zweer het u, ik zal alles doen wat in mijn macht ligt om deze school te sluiten. De medische staf beschouw ik als getuigen. Ik wil hun namen en contactgegevens binnen vijf minuten in handen hebben.' Ava schuimbekte van woede. De meisjes in het lokaal keken verbijsterd toe, een paar waren in tranen, maar de meesten moesten grinniken om de hele vertoning.

'Rebecca,' riep een van hen.

'Hou je kop, anders krijg je met het rietje,' siste een ander.

Zuster Ernestine probeerde de deur van het klaslokaal dicht te duwen, maar Callanach stak zijn voet ertussen om hem open te houden.

'Rebecca. Heeft zij hier op school gezeten?' vroeg hij aan de klas.

Er viel een lange stilte, maar toen begonnen verschillende leerlingen te knikken.

'Kan een van jullie me haar achternaam geven?' vroeg hij, maar de meisjes wierpen elkaar nerveuze blikken toe en keken angstig naar zuster Ernestine. Callanach koos voor een andere insteek: 'En heeft zuster Ernestine een van jullie weleens met het rietje gegeven?'

'Geen antwoord geven,' commandeerde de non die op dat moment lesgaf.

'U belemmert een strafrechtelijk onderzoek,' blafte Callanach haar toe.

'Dit is een schandaal!' riep zuster Ernestine.

Ava ging tussen haar en de meisjes in staan, zodat voor de leerlingen duidelijk was wie het voor het zeggen had.

Een leerlinge stak haar hand op. Callanach dacht eerst dat ze toestemming vroeg om iets te mogen zeggen, tot hij de rode striemen op haar handpalm zag. Ze was hoogzwanger en zag er bleek en doodmoe uit. Een ander volgde haar voorbeeld, en uiteindelijk tilde een meisje haar kuitlange rok op om dezelfde striemen in haar knieholten te laten zien.

'Zuster Ernestine, ik arresteer u wegens mishandeling. U gaat nu met me mee naar uw kantoor. Ik wil toegang tot alle leerlingendossiers en ik zal u daar op uw rechten wijzen.' Ava nam de non bij de arm en leidde haar de gang door. Callanach keek naar de hoopvolle gezichten in de klas. Hoe graag hij ook meer van hen te weten wilde komen, ze waren allemaal jonger dan zestien. Hij had twee opties: hun ouders toestemming vragen om hen te ondervragen – dezelfde ouders die de kinderen hier op school hadden geplaatst – of een maatschappelijk werker vragen bij de ondervraging aanwezig te zijn. Alles wat ze nu zeiden was off the record en zou later zwaar onder vuur komen te liggen. Deze meisjes waren kwetsbaar en hun gezondheid stond voorop. Hij moest de juiste procedures volgen.

'Gaan jullie alsjeblieft zitten en blijf kalm. Straks komen er politiemensen om jullie namen te noteren. Een arts zal jullie verwondingen bekijken en jullie vragen beantwoorden. We zullen contact met jullie ouders moeten opnemen, maar wij zullen hun aanraden om jullie te laten onderzoeken door onafhankelijke medici die samenwerken met jeugdzorg. Jullie hoeven niet meer bang te zijn.'

Er kwamen vrouwelijke agenten binnen die het van hem overnamen. Callanach liep terug naar beneden, naar het kantoor van zuster Ernestine. Onderweg keek hij nog een keer naar de zwaarbeveiligde ramen en deuren.

'Die beveiliging is niet bedoeld om indringers buiten te houden, maar om de meiden binnen te houden. Wat dacht u dat ze zouden doen? Seks hebben? Het lijkt me wel wat laat om je daar nog zorgen over te maken,' zei Callanach.

Zuster Ernestine wierp hem een blik vol walging toe en greep het kruis vast dat aan een ketting om haar hals hing. 'Ze waren van plan een doodzonde te begaan. Denkt u dat alleen mannen met slechte gedachten mensen vermoorden? Over de hele wereld doen duizenden vrouwen het elke dag. Elk van deze meisjes heeft te kennen gegeven dat ze hetzelfde wilde doen. Wij hebben hun ziel gered en het leven van de baby's die ze dragen. Wij hebben voorkomen dat ze moordenaars werden.'

'U dwingt deze kinderen hun zwangerschap te voldragen terwijl ze eigenlijk een abortus willen, is dat het?' Ava stopte even met het doorzoeken van de laden in het bureau van de zuster.

'Ik bescherm het heilige ongeboren leven. Ze waren geen kinderen meer toen ze zich bezoedelden, dus waarom zouden hun ongeboren vruchten voor hun zonden moeten boeten?'

Twee agenten in uniform meldden zich bij de deur.

'Breng haar naar het bureau voor ondervraging,' zei Ava. 'En doe dat martelwerktuig in een zakje en neem het mee als bewijsmateriaal.' Ze gaf hun het Spaanse rietje dat Callanach bij hun eerste bezoek al had gezien. 'We moeten alle meisjes ondervragen voordat we weten voor hoeveel gevallen van mishandeling ze kan worden aangeklaagd.'

'U zult zich tegenover de Heer moeten verantwoorden voor het stopzetten van ons werk hier,' zei zuster Ernestine.

'Ik leg wel verantwoording af in de rechtbank, dat is een eerlijker systeem,' zei Ava, die zich al had omgedraaid om verder te zoeken.

'U zult hiervoor boeten. Als het niet in deze wereld is, dan bid ik tot God dat het in de volgende is,' grauwde de non. Ze haalde alles uit de kast om de schroom van de agenten om haar met geweld af te voeren volledig uit te buiten.

'Bedoelt u in de hel, zuster?' kaatste Ava terug zonder zich om te draaien of haar ogen van de documenten los te maken. 'Dat is een interessante discussie, moet ik toegeven, over het bestaan van een plaats waar mensen voor hun zonden boeten. Eigenlijk beantwoordt de situatie die u hier voor deze meisjes hebt gecreëerd precies aan die omschrijving, en geldt die voor vele andere aspecten van uw geloof. Voor kinderen die te horen krijgen dat hun moeder in het vagevuur blijft omdat ze zelfmoord heeft gepleegd. Voor de vrouwen van de mannen in Afrika, die hiv hebben opgelopen omdat u predikt dat het gebruik van condooms zondig is, ook al gaan die mannen naar de hoeren. Voor de vrouwen in derdewereldlanden die gebroken en afgeleefd zijn door het baren van vele kinderen omdat u zegt dat geboortebeperking verboden is. Er zijn veel plekken die je als de hel kunt omschrijven, zuster Ernestine. Ik ken er één bijzonder goed: de gevangenis van Edinburgh. En u verkeert in de bevoorrechte positie dat u niet hoeft te sterven om te ervaren hoe het daar is. Vergeet niet uw recht op een advocaat te laten gelden. U zult er een nodig hebben.'

Callanach wachtte tot ze alleen waren. 'De media zullen zich op deze zaak storten,' zei hij. 'We moeten het onder de pet houden tot we de andere meisjes hebben gevonden. Je kunt er niet van uitgaan dat hun ouders ze niet gewoon ergens anders naartoe sturen.'

'Het gaat een poos duren voor we al die dossiers hebben doorgenomen,' zei Ava. 'Het nieuws komt sneller naar buiten dan ik het onderzoek kan afronden. Dat wil zeggen, als de barmhartige zusters de ouders al niet hebben gewaarschuwd.'

'Wat kan ik doen om te helpen?' vroeg Callanach. 'Over twee uur moet ik met een getuige praten op het bureau, maar tot die tijd ben ik beschikbaar.'

'Zou je nog een keer met Felicity willen praten? Probeer de achternaam van Rebecca uit haar te krijgen. Misschien durft ze wat meer te vertellen als ze hoort wat we hier hebben gedaan. Ik laat je wel ophalen. Ik ben hier voorlopig nog wel even.'

'Je bent hier de hele dag nog. Ik zal zien wat ik kan doen,' zei Callanach.

Hij werd door een patrouillewagen teruggebracht naar het bureau, waar hij bij de receptie werd opgewacht door de maatschappelijk werker. 'Meneer Costello wil absoluut met zijn dochter praten voordat u haar weer verhoort,' zei ze. 'En hij heeft zijn advocaat weer meegenomen.'

'Dat is snel,' zei Callanach. 'Hoe is Felicity eraan toe?'

'Ze maakt het goed, maar ze wil niet met haar vader praten.'

'Heeft ze gezegd waarom niet? Je zou denken dat ze wel steun van haar familie zou willen hebben,' zei Callanach.

'Het hangt ervan af wat je steun noemt. Maar nee, ze wilde niet zeggen waarom niet. Als u haar zover kunt krijgen dat ze daar iets meer over loslaat, zou dat fijn zijn. Meneer Costello is naar mijn idee niet bepaald een liefhebbende vader, hoeveel schoolgeld hij ook heeft betaald,' zei de vrouw.

'Geef me tien minuten met haar. En hou de ouders en de advocaat uit de buurt.'

'Maar ik moet erbij zijn als u haar verhoort,' zei de maatschappelijk werker. 'Anders wordt er een klacht ingediend.'

'Ik ga haar niet verhoren,' zei Callanach. 'Ik wil een officieus gesprek met een getuige voeren om iets op te helderen. Ik bezorg u na afloop een kopie van mijn aantekeningen. In welke kamer zit ze?'

Ze gingen ieder een andere kant op. Callanach liep met een blikje cola en een reep chocolade in zijn handen naar de kamer waar Felicity zat en liet de maatschappelijk werker handenwringend achter. Het ging allemaal niet volgens het protocol, maar er stond nu te veel op het spel om het volgens de regels te doen. Als ze niet snel handelden, zou de school andere getuigen het stilzwijgen opleggen en zou uiteindelijk geen enkele voormalige leerlinge van St Gerard Majella's nog met hen willen praten, en dat zou een ernstige rechterlijke dwaling betekenen. Aangezien Felicity verdachte was kon hij haar ook zonder anderen erbij verhoren als de veiligheid van andere mensen op het spel stond. Het was wel op het randje, dacht Callanach, maar dit was een maas in de wet waarvan hij vond dat hij die moest benutten als hij schot in de zaak wilde brengen.

'Felicity,' zei Callanach, en hij zette de cola en de reep chocolade voor haar op tafel en ging zitten, 'dit wordt niet opgenomen en niemand luistert mee. De maatschappelijk werker houdt je ouders bezig en je hoeft niet met de advocaat te praten als je dat niet wilt. We zijn naar de school geweest. Inspecteur Turner is daar nu nog. Alle meisjes krijgen passende medische verzorging en zo nodig worden ze naar het ziekenhuis overgebracht.'

'Weet zuster Ernestine dat ik degene ben die het u verteld heeft?' vroeg ze.

Callanach zag de angst op haar gezicht en weerstond de impuls om onverbloemd zijn mening te geven over zuster Ernestine. 'Je hoeft niet meer bang te zijn voor haar. Ze is gearresteerd wegens mishandeling en ze gaat de gevangenis in. Felicity, we hebben je hulp nog nodig. De twee meisjes over wie we het gehad hebben, die ene heette Rebecca, hè? We hebben de administratie van de school in beslag genomen, dus we komen er sowieso wel achter, maar als jij me die andere naam kunt geven, vinden we haar sneller en dat scheelt een stuk.'

'Dan komen ze in de problemen,' zei ze, 'en het is niet hun schuld.'

'Vertel me wat je kunt. Als we op een op andere manier kunnen vermijden dat ze vervolgd worden, dan zullen we dat zeker doen.'

'De nonnen houden je daar tot de baby is geboren en daarna ga je weer naar huis. Je moet de baby aangeven en je ouders beslissen of je het kind houdt of dat je het ter adoptie moet afstaan. Sarah Butler was de eerste.' Felicity stopte even met praten om het blikje cola open te trekken. 'Van de nonnen moesten we onze zonden opbiechten. We moesten praten over wat we hadden gedaan om onze zonde te erkennen. Sarah weigerde ze iets te vertellen tot ze op het punt stond te bevallen, en toen leek het alsof ze brak.' Felicity beefde en beet zo hard op het velletje naast haar nagel dat haar vinger begon te bloeden.

'Ga verder,' zei Callanach. 'Erger kan het niet worden.'

'Sarah zei tegen zuster Ernestine dat ze niks verkeerds had gedaan, dat een man haar had misbruikt. Het was de pastoor. Toen ze aan haar ouders vertelde wat er gebeurd was, wilden die niet met haar naar de dokter om de morning-afterpil te halen. Zuster Ernestine zei dat ze loog, maar je kon aan haar zien dat ze de waarheid sprak. Iedereen wist het. De nonnen hebben haar geslagen, zelfs toen ze al zo'n dikke buik had dat ze nog amper kon lopen. Ze zorgden er altijd voor dat ze je zo sloegen dat de baby er geen last van had: op je handen, je armen en je benen. Zuster Ernestine sloeg haar ook nog toen ze al weeën kreeg, en zelfs toen hield ze niet op.'

Felicity begon te huilen, niet met van die lange uithalen zoals een tiener zou doen, maar stil, machteloos snikkend als een kind dat door pijn, verdriet en angst veel te snel volwassen had moeten worden.

'En Rebecca?' vroeg hij, voordat Felicity niet meer verder kon praten.

'Ze heet Becca Finlan. Ze kon de zwangerschap niet aan, al vanaf de eerste dag dat ik haar zag niet. Ze was pas dertien. Ik zag hoe ze in haar buik zat te knijpen en te stompen. Ze dacht dat er iets in haar lichaam was gekropen. 's Nachts werd ze aan haar bed vastgebonden zodat ze zichzelf niet kon bezeren. Het was vreselijk. De nonnen zeiden tegen haar dat God haar strafte voor haar slechtheid. Becca was ervan overtuigd dat ze zou sterven tijdens de bevalling. Ze heeft ons nooit verteld wie de vader was, maar soms, als ze het over haar oom had... weet je wel.'

Callanach wist het. 'Kon ze op geen enkele manier om hulp vragen, via de verpleegkundigen of door iemand te bellen?'

'De hele staf deed wat zuster Ernestine hun opdroeg. Ze dachten allemaal net als zij. Als je daar komt, moet je je mobieltje afgeven. Er was geen internet, geen vaste telefoon. Onze ouders mochten op bezoek komen, maar wij mochten nooit naar buiten. We werden van alles en iedereen weggehouden. Ik heb mijn tweelingzus maandenlang niet gezien en ik heb haar al die tijd ontzettend gemist.'

'En je vader?' vroeg Callanach rustig. 'Heb je hem ook gemist?'

Felicity's gezicht vertrok. Ze balde haar handen tot vuisten in haar schoot en trok haar schouders op, maar zei niets.

'Felicity, ik weet dat wat er binnen gezinnen plaatsvindt vaak heimelijk gebeurt en dat het moeilijk is om daarover te praten. Maar als je hulp nodig hebt, als er iets is wat ik moet weten...'

'Hij vindt me uitschot! Zo noemde hij me toen ik opbiechtte dat ik zwanger was. Hij heeft me in die... gevangenis laten opsluiten, zodat hij niet naar me hoefde te kijken. Ik zei tegen hem dat het mijn leven was en mijn lichaam, en dat ik daar zelf over besliste. Hij heeft me gewoon uitgelachen. Hij zei dat ik verdorven was en dat ik zou branden in de hel als ik geen berouw toonde,' grauwde Felicity.

'En je moeder? Hoe reageerde zij?' vroeg Callanach.

'Mijn moeder?' Felicity lachte, maar er stonden tranen in haar ogen en ze hield haar armen stevig tegen haar buik gedrukt. 'Ze deed wat ze altijd heeft gedaan. Ze zat daar in een hoekje te knikken terwijl mijn vader praatte, en ging nooit tegen hem in. Vroeger dacht ik altijd dat ze bang voor hem was. Nu denk ik dat ze gewoon sneu is. Weet u dat ze mij niet één keer recht in de ogen heeft gekeken? Ik liet ze de sporen van de afranselingen zien en mijn vader zei dat ze me veel harder hadden moeten slaan. Hij zei dat de wellust uit mijn lijf geslagen moest worden. Dus nee, ik wil ze niet meer zien. Het kan me niet schelen waar ik terechtkom. Maar ik ga niet naar huis.'

Callanach wist hoe het voelde om door een ouder veroordeeld te worden. Onvoorwaardelijke liefde was een droombeeld, dat vervaagde als je er te dichtbij kwam. Hij vroeg zich even af hoe het met zijn moeder ging en of ze er spijt van had dat ze met hem gebroken had. Felicity had alle recht om meer van haar ouders te verwachten.

'Ik vind het heel erg dat je dit hebt moeten doormaken. Ik beloof je dat ik zal doen wat ik kan om je te helpen, en ik weet zeker dat inspecteur Turner er ook zo over denkt.' Callanach stond op om de kamer te verlaten, toen Felicity zich in zijn armen wierp en zich als een kleuter aan hem vastklampte, en haar gezicht nat van de tranen tegen zijn overhemd drukte. Als hij haar nu van zich afduwde, zou ze denken dat zijn medeleven slechts een listige zet was geweest om haar informatie te ontfutselen. Tegen zijn gevoel in dwong hij zichzelf haar net zolang te laten snikken tot ze wat gekalmeerd was en zich enigszins getroost voelde.

Callanach zag de maatschappelijk werker bij de deur staan en gebaarde dat ze binnen kon komen.

'U zult een ondertoezichtstelling moeten aanvragen bij de rechtbank,' zei hij tegen haar, terwijl hij zich voorzichtig van Felicity losmaakte. 'Felicity, we zullen niet toestaan dat iemand je nog kwaad kan doen. Maar je zult wel in staat van beschuldiging worden gesteld en maatschappelijk werk zal een advocaat voor je regelen. Ondertussen hoef je niet terug naar huis. Oké?'

Hij overhandigde de maatschappelijk werker een velletje papier waarop hij aantekeningen had gemaakt over het gesprek, liep de kamer uit en belde Ava op haar mobiel. 'De meisjes naar wie je op zoek bent heten Rebecca Finlan en Sarah Butler. Felicity zegt dat Sarah zwanger is geraakt doordat ze verkracht is door een pastoor. Ouders en nonnen wisten ervan maar hebben niets gedaan. Het lijkt erop dat Rebecca tijdens de zwangerschap een zenuwinzinking heeft gekregen en ik vermoed dat ze zichzelf iets zou kunnen aandoen of suïcidaal is. Het zou kunnen dat haar oom er iets mee te maken heeft. Je moet haast maken.'

# 25

Het was een heldere namiddag, de hemel zag kil blauw. Callanach voelde de ziedende woede vanbinnen borrelen en gisten en besefte dat hij zijn hoofd leeg moest zien te maken. Hij reed snel naar huis, greep een stel tassen die hij sinds zijn verhuizing naar Edinburgh niet meer had aangeraakt, controleerde of hij de nodige papieren in zijn portefeuille had zitten en stapte weer in zijn auto. Het was een uur rijden naar Auchterarder, of korter met een beetje geluk. Via de Forth Road Bridge reed hij de stad uit zonder oog te hebben voor het landschap, en nam vandaar de M90 naar het noorden.

De gebeurtenissen van die dag lagen hem zwaar op de maag, als een te machtige maaltijd. En alsof de groteske waanbeelden van zuster Ernestine en de hartverscheurende onthullingen van Felicity nog niet genoeg waren geweest, lag er bij terugkomst op het bureau ook nog eens een handgeschreven brief op hem te wachten. Callanach had de brief drie, misschien vier keer gelezen, en onder het rijden bleven de woorden in zijn hoofd rondzingen. Het dikke, crèmekleurige papier, beschreven met een onberispelijk handschrift waaraan zeer veel tijd en zorg was besteed, hield hij tussen zijn handpalm en het stuur geklemd. Het papier was door het zweet vochtig geworden en liet inktvlekken achter op zijn hand.

Beste inspecteur Callanach,

Ik heb u maar heel even gesproken op de herdenkingsdienst voor mijn dochter, en wilde u nog eens bedanken voor de moeite die u hebt gedaan om de man te vinden die mijn geliefde Elaine van mij heeft weggenomen. Ze was mijn enig overgebleven kind. Haar jongere broer Charlie overleed een paar dagen na de geboorte en ik heb nooit meer de moed gehad om nog een kind te krijgen. Hem verliezen was – dacht ik in mijn naïviteit – het ergste wat me kon overkomen. Maar het leven haalt gemene streken met ons uit. Ik heb nu een duidelijker beeld van de grenzeloze pijn waarmee we op de proef worden gesteld.

Het is jammer dat u mijn dochter nooit zult ontmoeten. Ze was verlegen, eigenlijk verrassend verlegen voor een advocate, en had een afkeer van conflicten, oorlog of andere gruwelen. Dat zij zo'n gewelddadige dood is gestorven – en ik bid dat ze snel is gestorven, eigenlijk zonder te beseffen wat haar overkwam – voelt voor mij zo onrechtvaardig dat ik er nooit meer overheen zal kunnen komen. Haar vriend Michael, die zo mooi gesproken heeft in de kerk, vertelde me dat hij in scheiding lag. Hij wilde naar Schotland terugkeren om weer bij Elaine te kunnen zijn, die in zijn woorden zijn levenslange liefde was geweest, ondanks de tussenliggende jaren, continenten en tot mislukken gedoemde huwelijken.

Dus zo staan we er nu voor. Als ik met haar kon ruilen zou ik het zo doen, elke keer opnieuw. Ik weet niet of u kinderen hebt, maar het is een gruwelijk noodlot om zoveel van een ander te houden dat je constant wenst dat jij in haar plaats die afgrijselijke dood was gestorven. Ik weet dat u hebt geprobeerd hem op te sporen. Ik schrijf u alleen om te vragen of u het niet wilt opgeven. Bij het grote publiek zal de aandacht voor deze nachtmerrie verslappen, dat weet ik. Maar het monster dat dit op zijn geweten heeft, zal nog vrij rondlopen. Omwille van mijn kind, omwille van de andere moeders die met pijn in het hart naar hun verdwenen dochters zullen smachten als hij niet wordt tegengehouden, vraag ik u om niet op te geven.

In de overtuiging dat u de juiste persoon bent om hem zijn gerechte straf te doen ondergaan, verblijf ik, dankbaar en hoopvol gestemd, met de meeste hoogachting,

Annabelle Buxton

Hij knarsetandde. Het was makkelijker geweest als ze fel naar hem had uitgehaald, zich had beklaagd of zijn competentie in twijfel had getrokken. Hij wenste dat ze niet van die keurige, eenvoudige woorden had gebruikt om haar verdriet eruit te gooien. Hij had gefaald. De frustratie van de afgelopen dagen en het feit dat er geen enkel schot zat in de zaak, drukten zwaar op hem.

Callanach zette de radio aan, zocht net zolang tot hij een zender vond met oorverdovende muziek die iedere heldere gedachte onmogelijk maakte en staarde voor zich uit naar het groene landschap langs de snelweg. In het westen verrezen heuvels en het verkeer werd een stuk rustiger toen hij afsloeg en steeds kronkeliger weggetjes volgde. Er vloog een eenmotorige Cessna 206 hoog boven zijn hoofd waarvan de motor een soort bijengezoem voortbracht. Het was precies waar Callanach naar had uitgekeken. Het betekende dat de skydivingclub van Strathallan open was.

Bij de balie werd hij opgewacht door de hoofdinstructeur.

'April Grady,' zei ze, hem de hand schuddend. Hij gaf haar de benodigde papieren. Hij wist hoe het in zijn werk ging. Voordat hij ook maar in de buurt van een vliegtuig mocht komen, moest hij eerst zijn uitrusting en zijn papieren laten controleren, en hij wilde geen seconde verspillen.

'Je hebt hier nog nooit gesprongen, hè?' vroeg ze retorisch. Ze probeerde hem in te schatten.

'Nee,' antwoordde hij, 'maar mijn licentie is geldig en ik ben lid van de British Parachute Association.'

Hij schoof het rode boekje met zijn pasfoto, handtekening, gezondheidsverklaring en licentie naar haar toe.

'Sorry, maar heb je ook nog een ander identiteitsbewijs bij je? Je hebt nogal laat geboekt en ik wil graag weten wie er in onze vliegtuigen stapt. Ik hoop dat je dat niet vervelend vindt.' Dat vond hij wel. Het betekende nog meer vertraging en hij was al geïrriteerd, maar toch maakte hij zijn portefeuille open.

'Wat je maar nodig hebt,' antwoordde hij.

Zijn paspoort en rijbewijs had hij thuis laten liggen. Hij had alleen zijn politiepasje bij zich. April Grady controleerde het zonder iets te zeggen en wierp daarna een blik in zijn logboek. 'Je hebt tweehonderdveertig sprongen op je naam,' zei ze. 'Waar heb je die voornamelijk gemaakt?'

'Voor het merendeel in Frankrijk. Mijn dichtstbijzijnde dropzone was Lyon-Corbas.' Hij overhandigde haar de documenten met informatie over zijn uitrusting en het onderhoud ervan. Hij was al jaren een enthousiast parachutespringer, hoewel hij het veel minder vaak deed dan hij eigenlijk wilde. Hij keek op zijn horloge en wist dat het nog een halfuur duurde om zijn uitrusting te inspecteren, de procedure door te spreken en hem een plek in een vliegtuig toe te wijzen. Uiteindelijk kon hij zich gaan omkleden.

Zwijgend trok hij zijn jumpsuit aan en wachtte tot het rumoer in zijn hoofd tot rust kwam, zoals altijd gebeurde wanneer hij wachtte om aan boord te gaan. Parachutespringen was een remedie tegen alle zorgen. Zodra het vliegtuig was opgestegen telde niets meer, behalve heelhuids weer beneden komen.

In veel opzichten was het een vervreemdende ervaring – de enige sport waarin de dood onvermijdelijk leek zodra je uit het vliegtuig sprong, tot je de parachute opende en de controle over je val opeiste. Het ging tegen elk instinct in, botste volledig met de menselijke natuur en had nooit als een sport gezien mogen worden. En toch was hij hier, klaar om zichzelf voor de tweehonderdeenenveertigste keer uit een vliegtuig te gooien, te betalen voor het voorrecht, in de wetenschap dat hij binnen enkele minuten weer op de grond zou staan en dat er dan niets was veranderd. Behalve dat alles wat hij op dit moment voelde in die korte tijd werd uitgewist, werd overstemd door de adrenaline. Dat was alles wat hij wilde. Gedurende een paar minuten iets anders voelen dan frustratie en woede.

Twintig minuten voor de start liep Callanach naar het vliegveld. Nog meer controles, eindeloze controles van de springer en zijn uitrusting. Dat was allemaal van levensbelang en Callanach had zich er nooit aan gestoord, maar vandaag was het anders. Hij deed kortaf tegen de instructeur terwijl hij wist dat hij zich daarmee niet geliefd maakte. Samen met hem sprongen er twee andere mannen en een vrouw. De mannen, twintigers vol testosteron en mannelijke geldingsdrang, wisselden luidkeels ervaringen uit over vorige sprongen en troefden elkaar af met jongensachtige avonturen. De vrouw was slank en trok alle blikken naar zich toe in haar zwart-witte jumpsuit. Hij kon niet goed inschatten hoe oud ze was, maar ze zag er fit uit en kwam zelfverzekerd op hem af lopen en ging naast hem zitten.

Ze boog zich naar hem toe om zich boven het lawaai van de warmdraaiende motor verstaanbaar te maken, keek hem recht aan en zei glimlachend: 'Jou heb ik hier nog niet eerder gezien.' De Cessna draaide de startbaan op, begon vaart te maken en steeg daarna snel op.

'Ik ben hier voor het eerst,' riep Callanach terug. Door zijn stemming reageerde hij onbezonnen en liet zijn ogen openlijk over haar lichaam glijden.

'Je komt niet uit Schotland,' zei ze.

Hij grijnsde naar haar, wetende welke uitwerking dat op haar zou hebben, hoe ze erop zou reageren.

Ze lachte blozend. 'Dat was een stomme opmerking,' zei ze. 'Waar kom je vandaan?'

'Uit Frankrijk,' antwoordde hij. 'Wacht, ik zal je helm even beter vastmaken.' Hij controleerde of het riempje onder haar kin strak genoeg zat, waarbij hij zijn vingertoppen even over haar huid liet glijden en zij opnieuw begon te blozen. Hij leunde iets verder naar voren dan nodig zodat hun benen elkaar raakten. 'Zo, nu zit hij goed.' Hij schoof het vizier van zijn eigen helm omlaag en voelde nog eens of alles stevig vastzat.

De springleider trok aan zijn mouw. Ze hadden de juiste plek en hoogte bereikt. De twee jongere mannen schuifelden naar de deuropening en lieten zich tegelijk uit het vliegtuig vallen. Daarna was de vrouw aan de beurt, die hem een verlegen glimlachje toewierp en toen de helderblauwe lucht in sprong. De springleider, die bij de deur stond, controleerde nog eens of hij er helemaal klaar voor was en keek omlaag om te zien of de anderen al ver genoeg waren, en knikte hem toen toe. Callanach liet zich vallen.

Het duurde ongeveer tien seconden om de eindsnelheid te bereiken. Hij telde langzaam, controleerde de hoogtemeter om zijn pols, en zweefde rustig op zijn buik naar beneden, armen en benen gespreid en zijn blik op de horizon gericht. Hij probeerde het moment vast te houden, hunkerde naar de lichamelijke sensatie van het vallen, maar voelde helemaal niets. Er waren twintig seconden verstreken en de aarde kwam al dichterbij, maar nog niet dreigend. Hij probeerde zijn hoofd leeg te maken, maar in de velden onder hem zag hij alleen het gezicht van Elaine Buxton. Waar niets had moeten zijn behalve de wind in zijn oren, hoorde hij de gefluisterde woorden van haar moeder tot hij het uitschreeuwde om ze te overstemmen. Na dertig seconden, op negenhonderd meter hoogte, reikte hij met zijn rechterarm naar achteren en trok aan de handgreep. Even voelde hij de snelheid sterk afnemen en daarna zweefde hij door de lucht, wachtend op het gevoel waarvoor hij hierheen gekomen was. De zachte vlucht, de stilte van de eenzaamheid, de ultieme vrijheid terwijl hij langzaam zonder angst terugkeerde naar de aarde.

Maar in zijn hoofd schreeuwde Jayne Magee het uit. Callanach sloot zijn ogen. Ze kon hier onmogelijk zijn. Alle zaken waar hij ooit aan had gewerkt, alle stress die hij daarbij ervaren had, waren altijd naar de achtergrond verdwenen in die paar minuten dat hij in de lucht hing. Waarom lukte dat nu dan niet? Hij schudde zijn hoofd, probeerde zich op de steeds dichterbij komende aarde te concentreren, trok aan de stuurlijnen om tegen de wind in te manoeuvreren en trok zijn benen al op, klaar om te landen.

Hij had zich onoverwinnelijk moeten voelen. Zo voelde hij zich altijd als hij neerkwam. Elke keer weer leek het een kleine overwinning op de dood, in de zekerheid dat hij zijn angst en de natuurwetten had bedwongen. Maar vandaag moest hij het doen met een harde landing, nog even doorrennen omdat zijn timing niet klopte, en het gevoel dat niets in zijn leven ging zoals hij wilde. De vrees had hem in zijn greep, infiltreerde elk aspect van zijn leven als een sluipende ziekte. Hij deed er tien minuten over om zijn parachute op te vouwen voordat hij terugliep naar de hangar. Hij zou zeker een uur moeten wachten tot hij de volgende sprong kon maken.

In zijn hoofd heerste chaos. Niets was zoals het moest zijn – niet in zijn hoofd en zeker niet in zijn lichaam. Daardoor raakte hij van slag. Door het gebrek aan ontlading. Door de zich constant opbouwende druk die hij niet kon uitschakelen.

'Geweldige sprong,' zei een stem. Het was de vrouw uit het vliegtuig. Callanach hield zijn pas niet in, zodat zij moest rennen om hem in te halen. 'Ik ben gek op parachutespringen aan het eind van de dag. Het licht is hier dan zo mooi. We hebben ons in het vliegtuig nog niet aan elkaar voorgesteld. Ik heet Penny.'

Callanach bleef even stilstaan. Hij had bijna tegen haar gezegd dat ze hem met rust moest laten en wist dat dat de juiste beslissing zou zijn geweest. Hij wilde uitleggen dat hij niet in de stemming was om te praten, maar hij deed het niet. In plaats daarvan negeerde hij alle signalen van de rationele, redelijke kant van zijn brein en schudde haar de hand.

'Luc,' zei hij. 'Jij hebt hier duidelijk al vaker gesprongen. Ik moet nog een poos wachten tot de volgende sprong. Vertel me eens wat over dit vliegveld.' Haar glimlach zei hem genoeg. Callanach zette zijn helm af en haalde een hand door zijn haar. Al pratend wandelden ze terug, waarbij ze elkaar voortdurend aankeken en Callanach zich door het gesprek liet afleiden van de kakofonie in zijn hoofd.

Ze trokken hun overall uit. Onder het nauw aansluitende nylon pak droeg Penny een korte broek en een mouwloos T-shirt. Ze had een platte buik en mooie benen, waar Callanach een onverholen blik op wierp, wat ze niet erg leek te vinden.

'Zonde om binnen te zitten als het buiten zo mooi is,' zei hij. 'Zullen we een wandelingetje maken?'

Ze trokken allebei warmere kleren aan en Penny ging hem voor. Het vliegveld lag in een adembenemend mooie omgeving en door het uitzicht vergaten ze al snel hoe koud het was. Waar je ook keek, strekte het landschap zich in talloze tinten uit. De velden werden van elkaar gescheiden door heggen en op de hellingen in de verte liepen schapen. Ze liepen nog tien minuten door, klommen over twee hekken naar landerijen waar ze eigenlijk niet mochten komen, en lieten de hangar en spiedende ogen achter zich.

Terwijl ze op een groepje bomen af liepen dat midden in een verder leeg veld lag, pakte Callanach haar hand. Ze keek niet verbaasd. Hier had ze op gewacht, realiseerde hij zich, en daarmee drong hij elk schuldgevoel over zijn bedoelingen naar de achtergrond. Hij liep heel langzaam naar achteren tot hij tegen een boom leunde en trok Penny naar zich toe. Het was niet eens zo ongebruikelijk dat je na een sprong met een andere springer in een compromitterende situatie terechtkwam. Dat deden zoveel mensen – het gevolg van een opwindende mix van gevaar, angst, ultiem genieten en zinderende opwinding – hoewel je rustig kon stellen dat het toch ook iets vulgairs had om het in het veld naast de dropzone te doen.

'Ik weet niet zo zeker of we dit wel moeten doen,' mompelde ze. 'We kennen elkaar nog maar net.' Het waren vertrouwde woorden waar hij dankzij zijn jarenlange ervaring wel raad mee wist. Als een vrouw echt twijfelde, zou ze zeggen dat ze het niet wilde. Maar als ze wat meer overtuigd wilde worden, begon ze met de woorden 'ik weet het niet zeker', of iets in die trant. Hij besefte dat dat een seksistische gedachte was en hij haatte zichzelf erom, en toch kon hij niet stoppen. Hij wilde iets voelen, maakte niet uit wat, en het enige waaraan hij kon denken was dat hij in ieder geval moest proberen het gevoel te hebben dat hij leefde.

'Maar het voelt toch goed,' fluisterde hij, 'hier buiten, na wat we net hebben gedaan?'

Ze gaf geen antwoord en sloot haar ogen terwijl zijn lippen over haar hals naar de aanzet van haar keel dwaalden en hij zijn andere vrije hand onder haar kleren schoof en haar heupen en borst streelde, tot ze langzaam en diep begon te ademen en zich tegen hem aan vlijde. Het was te gemakkelijk, dacht hij schuldbewust, en tegelijkertijd zei hij tegen zichzelf dat hij hier niet zou zijn als zij het ook niet had gewild.

Hij vlocht zijn vingers door haar haar en trok haar gezicht naar zich toe. Haar pupillen waren verwijd en haar lippen gingen van elkaar. En toen hij haar kuste wist hij dat ze niet langer zou doen alsof ze twijfels had. Hij voelde het gewicht van haar lichaam tegen hem aan glijden, duwde zijn dij tussen haar benen en wreef met zijn duim over haar tepel, wachtend op een reactie die hem zei dat hij zijn hand naar beneden kon bewegen. Toen ze zich kreunend tegen hem aan perste wist hij dat ze ermee instemde. Hij gleed met zijn vingers over haar buik naar de knoop van haar broek. Ondertussen stak hij zijn tong in haar mond en trok haar nog dichter tegen zich aan. Penny protesteerde niet toen hij haar broek losmaakte, en liet hem tot op haar enkels glijden.

Callanach probeerde te voelen wat zij op dat moment voelde. Hij sloot zijn ogen en drukte zich tegen haar aan, perste zijn lichaam tegen het hare, tot ze een stapje achteruit deed om haar hand op zijn kruis te leggen. Op dat moment verstarde hij. Penny bewoog haar hoofd opzij, haar vraag bleek overduidelijk uit die minieme beweging. Hij probeerde zichzelf te forceren, bestreed uit alle macht zijn opkomende paniek en zelfverachting, liet zijn vingers in haar slip glijden en raakte haar zachte, vochtige schaamstreek aan, terwijl hij zichzelf voorhield dat hij ook zover kon komen. Dwong zichzelf, vervloekte zichzelf. Ze slaakte een kreetje en opende haar benen iets verder, liet hem daar gaan waar hij heen wilde, doen wat hij wilde doen. En nog steeds voelde hijzelf niets. Toen ze naar zijn rits tastte draaide hij zijn lichaam weg: hij wilde meer tijd om zijn gebrek aan respons te overwinnen, weigerde het op te geven.

'Is er iets?' vroeg Penny. 'Doe ik iets wat je niet prettig vindt?'

'Het is goed,' mompelde Callanach met opeengeklemde kaken, maar het moment was voorbij en hij wist het; hij trok zijn hand uit haar slipje en wendde zijn blik af terwijl zij haar broek weer omhoogtrok.

'Sorry,' zei ze en ze schudde haar hoofd. 'Wil je dat ik iets anders doe?'

Hij had haar gerust moeten stellen. Het was overduidelijk dat ze wel door de grond kon gaan omdat ze hem niet wist op te geilen. En ze maakte het alleen maar erger door zich daar voortdurend voor te verontschuldigen. Hij had haar op zijn minst kunnen zeggen dat het niet aan haar lag, maar het enige wat hij hoorde was de stem van een andere vrouw. Zijn lichaam reageerde simpelweg niet meer op de aanraking van een vrouw. Hij werd door niets gestimuleerd. Hij had hem niet meer omhoog gekregen sinds zijn wereld twaalf maanden geleden uiteenspatte.

'Ik ben gewoon niet zo in de stemming,' zei hij tegen Penny. 'En ik moet mijn parachute zorgvuldiger inpakken. Laten we maar gaan.' Hij begon terug te lopen terwijl hij er stevig de pas in hield en steeds een stap voor haar uit liep.

'We kunnen na je tweede sprong nog even iets gaan drinken,' zei ze. 'En dan misschien nog eens een poging wagen.'

'Ik moet werken,' snauwde Callanach. Penny begreep de hint. Bij de hangar liep ze stilletjes weg en liet Callanach achter, die opgelucht was dat hij weer alleen was.

Hij trok zijn overall weer aan, pakte zijn parachute opnieuw in, keek op zijn mobiel of hij nog e-mails en berichten had ontvangen, en was blij toen hij werd opgeroepen om de procedure weer door te nemen, wat betekende dat hij straks weer in het vliegtuig zat. Maar de herinnering aan zijn falende lichaam bleef als moerasgas steeds maar opborrelen. Hij slaagde er niet in die gedachte van zich af te zetten. Voordat hij aan boord van de Cessna ging, werd weer dezelfde veiligheidsprocedure uitgevoerd. De twee jonge mannen die de eerste keer met hem gesprongen hadden, waren er ook. Penny ging niet mee, hetzij om Callanach te ontlopen of omdat ze die dag sowieso niet meer zou springen. Hij wist het niet en het kon hem ook niets schelen.

'Callanach,' riep de springleider.

Callanach keek met een ruk op. 'Wat is er?' vroeg hij.

'Alles goed met je?'

'Ja, prima,' antwoordde hij.

'Ik heb je tot drie keer toe geroepen. Hou je kop erbij als je springt.'

Callanach staarde uit het raam terwijl het vliegtuig opsteeg en de wind door de deuropening naar binnen begon te gieren en alle geluiden overstemde, behalve het tumult in zijn hoofd. Hij kneep zijn ogen stevig dicht en schudde zijn hoofd om het oorverdovende lawaai uit te bannen, maar Elaine Buxton krijste het uit terwijl ze verbrandde in een stenen hutje in de ijskoude Cairngorms, en in een ton in een verlaten pakhuis schreeuwde Jayne Magee het uit toen de eerste druppels van een chemische vloeistof op haar huid terechtkwamen. Het was niet echt. Er was geen bewijs dat de vrouwen dit lot levend hadden moeten ondergaan, maar zijn verbeelding was vastbesloten om hem dit gruwelijkst mogelijke scenario voor te spiegelen.

Voor hij het wist had het vliegtuig al de juiste hoogte bereikt en maakten de twee jonge mannen zich klaar om te springen.

Callanach hoorde eerst een vrouw zijn naam schreeuwen, hijgend, vloekend, en daarna hoorde hij Penny's onregelmatige ademhaling, haar gekreun toen hij haar aanraakte en haar teleurgestelde zucht toen hij zich slap en nutteloos van haar terugtrok.

Hij schuifelde naar de deuropening, hield zich aan de rand vast en keek naar beneden, naar de aarde die zo onwerkelijk ver weg was. Van hieruit leken de velden zacht en donzig, het gras een zich eindeloos uitstrekkend bed dat zijn pijn opzoog. Callanach sprong.

Onmiddellijk heerste er een paradijselijke stilte, zowel buiten als in zijn hoofd. De stemmen verstomden. Het steeds donkerder wordende blauw van de lucht verzwolg hem. Hij telde onder het vallen. Eén, twee, drie... de seconden markeerden het verstrijken van de tijd, de beweging van zijn lichaam door de ruimte, ze waren een constante terwijl zijn valsnelheid toenam. Vier, vijf, zes... hier had hij controle over zijn lichaam, kon hij het laten doen wat hij wilde – omrollen, met zijn hoofd omlaag recht naar beneden vallen en weer omhoogkomen, naar links of naar rechts draaien. Zeven, acht, negen, tien... eindsnelheid... razendsnel vallend naar de aarde, waar hij geen controle meer over zijn lichaam had, waar hij opnieuw impotent zou worden.

Duizendvijftig meter kwam en ging en hij liet het besef dat hij zijn parachute had moeten openen langs zich heen glijden. Zijn hoofd voelde wazig, zwaar. Hij wilde weer heel zijn, het gevoel hebben dat hij leefde, hij wilde niet deze half man, half mislukkeling zijn die hij was geworden. Negenhonderd meter. Hij reikte met zijn rechterhand naar achteren om het koord vast te pakken, voelde het onder zijn vingers, liet het toch weer los omdat hij niet wilde dat er een eind kwam aan deze vrije val.

Hij bereikte de zeshonderd meter voor hij het wist: hij viel te snel, de aarde was te dichtbij en hij zag dat de details van de bodem steeds scherper in beeld kwamen, realiseerde zich dat hij een krankzinnig risico nam, voelde dat zijn gezicht nat was.

Hij wilde niet sterven, absoluut niet. Maar op dat moment, toen niets ertoe deed behalve het gevoel van vrijheid, toen hij niet die lege huls die hij was geworden onder ogen hoefde te zien en geen onmogelijk te beantwoorden vragen van rouwende familieleden hoefde te beantwoorden, was hij er ook niet helemaal zeker van of hij wel wilde leven. Hij vertrouwde zijn toekomst toe aan de wetenschap en het noodlot.

Vierhonderdvijftig meter. Hij werd misselijk van de overmaat aan adrenaline. Voelde zich duizelig worden. Driehonderd meter. Callanach sloot zijn ogen.

Twee seconden later, op tweehonderdvijfentwintig meter hoogte, greep de automatische opener in en ging de reserveparachute vanzelf open. Zijn hoofd schoot met een klap omhoog en zijn voeten bungelden omlaag terwijl de parachute openging en zich met lucht vulde. Er was geen tijd meer om te sturen, behalve tegen de wind in. Als hij dan toch moest overleven, wilde hij niet eindigen met twee verbrijzelde benen of een gebroken rug. En toen stond hij weer op de grond, de schok maakte hem wakker, alsof de sprong slechts een droom was geweest.

'Wat was er met je hoofdparachute aan de hand?' riep een stem. 'Ging hij niet open?' De instructeur kwam op hem af rennen. Callanach draaide zich om om zijn reserveparachute op te pakken, te versuft om te antwoorden, te onverschillig om zich er iets van aan te trekken. 'Raakte je bewusteloos? Ben je gewond?'

'Ik mankeer niks,' mompelde hij.

Ze legde haar ene hand op zijn arm en inspecteerde zijn pack.

'Je hebt niet aan het koord getrokken, hè?' vroeg ze.

Callanach schudde haar hand van zijn arm en liep weg.

'Ik heb het gezien,' zei ze. 'We moeten het erover hebben.'

'Daar heb ik nu even geen zin in,' riep Callanach.

'Je hebt je leven aan een elektronisch instrument toevertrouwd,' antwoordde ze terwijl ze achter hem aan kwam en voor hem ging staan. 'Deed je dat voor de kick of wilde je werkelijk zelfmoord plegen?'

Callanach liep met een boog om haar heen in de richting van de hangar.

'Dit gaat niet alleen om jou.' De instructeur liet zich niet afschepen. 'Je brengt het leven van andere mensen ook in gevaar als je je niet aan de procedure houdt. Je hebt genoeg ervaring om dat te kunnen weten. Heb je weleens gezien hoe een lichaam eruitziet als het te pletter is geslagen omdat er een parachute niet is opengegaan?'

'Ja, en nog wel meer ook,' antwoordde Callanach, 'en ik heb geen preek nodig. Er is niets met me aan de hand en niemand is gewond geraakt, de automatische opener heeft het overgenomen en de reserveparachute geopend.'

'Je mag zes maanden lang niet op deze dropzone komen en ik breng de BPA hiervan op de hoogte. Je kunt ze jouw kant van het verhaal vertellen als je wilt dat je verzekering geldig blijft. Met zo'n houding ben je niet geschikt om te springen.'

Callanach bleef staan. In de verte zag hij een groepje mensen staan toekijken terwijl hij terecht werd gewezen. De twee mannen met wie hij gesprongen had stonden hem openlijk aan te gapen, Penny stond met gebogen hoofd te luisteren en de rest leek zich af te vragen waar dit in godsnaam over ging.

'Blijkbaar ben ik nergens geschikt voor,' antwoordde Callanach, en hij draaide zich om. Het gesprek was afgelopen. Hij pakte zijn spullen en haalde in het kantoortje zijn papieren op waarop de instructrice met een rode pen een notitie had gemaakt van zijn gedrag zodat die bij geen enkele andere dropzone over het hoofd zou worden gezien. Callanach zou de komende tijd niet meer parachutespringen. Hij liep terug naar zijn auto en plofte op de bestuurdersstoel neer.

Een uur later was hij thuis, de kilometers waren als in een waas voorbijgegleden en het kortstondige avontuur op de dropzone van Strathallan stond voor altijd zijn geheugen gegrift. Weer iets wat hij het liefst vergeten wilde maar nooit zou vergeten, dacht hij, terwijl hij zich op de bank liet vallen, zijn handen voor zijn gezicht sloeg en de dag uit zijn hoofd probeerde te bannen. Het hele afgelopen jaar probeerde uit te bannen, als hij eerlijk was.

Sinds Astrid hem van verkrachting had beschuldigd leed hij aan een posttraumatische stressstoornis, maar dat was typisch zo'n etiket waar hij een gruwelijke hekel aan had. Hij had alle mogelijke artikelen gelezen, alle mogelijke websites doorzocht om een remedie te vinden. Hij kon de psychologische leuterverhalen al net zo goed afdraaien als de eerste de beste arts. Overal las hij de geruststellende woorden dat zijn onvermogen om op normale stimuli te reageren een rechtstreeks gevolg was van de shock, en dat zijn impotentie van tijdelijke aard was. Het was een begrijpelijke reactie: zijn hersenen hadden de controle over zijn lichaam overgenomen om hem te beschermen.

Callanach kromp even ineen bij de gedachte aan Penny en hoe verschrikkelijk hij zich tegenover haar had misdragen. Hij probeerde zich haar achternaam te herinneren en realiseerde zich dat hij daar niet eens naar gevraagd had. Hij dronk een groot glas ijskoud water en probeerde zijn hoofd leeg te maken. Na het een jaar lang te hebben ontkend, werd het tijd dat hij de situatie aanvaardde zoals die was.

# 26

De volgende ochtend om klokslag negen uur bracht Tripp een zenuwachtig ogende Liam Granger naar Callanachs kamer. Hij was begin twintig en had geen strafblad.

'Ik wil graag met je doornemen wat je gezien hebt op de avond dat Jayne Magee verdween. In je verklaring zei je dat je een man in zichzelf hoorde praten,' zei Callanach.

'Dat klopt. Hij mompelde, weet u wel, alsof hij tegen iemand anders aan het praten was. Daarom viel het me op. Toen ik hem hoorde praten verbaasde het me dat ik niemand naast hem zag lopen. Ik dacht eerst dat hij aan het bellen was of zo, maar hij had geen hand bij zijn oor,' zei Liam.

'Heb je zijn gezicht gezien?'

'Sorry, alleen wat ik net al gezegd heb. Ik kan u zelfs niet vertellen hoe lang hij was, omdat ik op de fiets zat en hij in het donker liep. Maar hij had wel een Schots accent, een ander accent zou me zijn opgevallen, en hij had een vrij lage stem.'

'Zou het kunnen dat hij handsfree belde?' vroeg Tripp.

'Dat zou kunnen, ja, maar ik vond vooral de manier waarop hij praatte vreemd. Hij liep in zichzelf te mompelen. Ik kan jullie niet echt helpen, denk ik,' zei Liam, terwijl hij zijn jack dichtritste en zijn handen in zijn zakken stopte.

'Kun je je een paar woorden herinneren?' vroeg Callanach.

Liam dacht even na. 'Ik heb twee dingen gehoord. Hij zei iets over "The Lane"... iets van "we gaan naar The Lane". En "twaalf". Dat heb ik duidelijk gehoord. Hij heeft het getal twaalf genoemd.'

Meer wist de fietser niet te vertellen, maar het was voldoende om Callanach aan het denken te zetten.

'Bestaat er zoiets als The Lane of Lanes in Edinburgh?' vroeg hij aan Tripp toen die Liam uitgeleide had gedaan en terugkwam met een nieuwe dosis cafeïne, waaraan Callanach dringend behoefte had.

'Een nachtclub, geloof ik, en misschien een winkel die zo heet. Hoezo?'

'Zoek dat even voor me uit. Hoewel ik me niet kan voorstellen dat onze verdachte vaste bezoeker van een nachtclub was.'

'Misschien ging hij daar op zoek naar slachtoffers?' opperde Tripp.

'Niet deze slachtoffers. Tenzij zowel Elaine als Jayne een geheim dubbelleven leidde dat totaal in strijd is met alles wat we van ze weten.'

'Ik zoek het sowieso uit. Ik zal wel kijken of die club een ledenadministratie bijhoudt. Zou het een adres kunnen zijn? The Lane nummer twaalf, of zo?' zei Tripp.

'Mogelijk, maar dat zou wel gek zijn, hè, om je eigen adres hardop te zeggen? Vanavond rij ik met Salter naar Braemar en morgenavond zijn we weer terug. Hou Harris uit mijn buurt en laat het me weten als er nieuws is.'

'Is goed,' zei Tripp, 'maar Lively zal wel vragen waar u bent.'

'Zeg maar dat ik druk bezig ben met de "schamele" aanwijzingen, zoals hij die steeds maar noemt.'

Callanach wilde net in de auto stappen die Salter uit het wagenpark had geleend, toen Ava hem tegenhield. 'Luc, heb je een momentje?' zei ze terwijl ze op hem af kwam lopen.

'Natuurlijk,' zei hij. 'Wat is er?'

Ava gebaarde dat hij uit moest stappen en reikte achter hem

langs om het portier zachtjes dicht te doen zodat ze enige privacy hadden. 'Ik heb net een telefoontje aangenomen voor hoofdinspecteur Begbie. Gelukkig kon hij niet aan de telefoon komen. Het was April Grady, een vrouw die op het vliegveld van Strathallan werkt. Ken je haar?'

Callanach wierp een snelle blik op Salter die bezig was haar veiligheidsriem om te doen, en liep een paar passen van de auto vandaan. Ava volgde hem.

'Dat komt nu niet goed uit,' zei Callanach. 'Ik sta op het punt om naar Braemar te rijden om de plaats delict opnieuw te bekijken. Ik wil de getuigenis van de mensen die het vuur hebben zien branden nog eens checken en ik wil er eigenlijk voor donker zijn. Dit gesprek zal moeten wachten tot ik terug ben.'

'Als je me laat wachten, zie ik me genoodzaakt Begbie in te lichten, en dat doe ik liever niet. Kunnen we het hier alsjeblieft even over hebben?' vroeg Ava zachtjes.

Callanach ademde zwaar uit en klemde zijn kaken op elkaar. Wat hij buiten werktijd deed ging niemand iets aan. April Grady had niet het recht om anderen over het voorval in te lichten.

'Is het waar?' vroeg Ava zakelijk. 'Heb je je hoofdparachute opzettelijk niet losgemaakt?'

'Ik raakte gedesoriënteerd,' antwoordde Callanach. 'Soms gebeurt dat als je aan het parachutespringen bent, en daarom heb ik die automatische opener altijd bij de hand. Mijn uitrusting wordt regelmatig gecontroleerd en functioneert uitstekend. Zo stom ben ik niet.'

'Je hoeft niet stom te zijn om zelfmoord te willen plegen.'

'Ik wist niet dat je ook psychiater was,' zei Callanach.

'Ga je nou echt de confrontatie met me aan? Ik geloof dat dat onder deze omstandigheden niet zo handig is. Wat verwacht je nou van me – dat ik net doe alsof dit een grap is?'

'Ik verwacht dat je me het voordeel van de twijfel gunt in plaats van je te laten beïnvloeden door wat iemand die mij helemaal niet kent, denkt te hebben gezien. En ik verwacht dat mijn privéleven en mijn werk twee verschillende dingen zijn die niets met elkaar te maken hebben,' zei hij.

Ava zweeg even, liet haar ogen over zijn gezicht en gekruiste armen glijden en stak toen haar eigen handen in haar zakken. 'Oké dan,' zei ze, 'maar je hebt wel een hoop te verstouwen gehad, je bent naar een ander land verhuisd en hebt daar meteen een belangrijke zaak op je bord gekregen. Je bent verantwoordelijk voor een team en je moet voortdurend scherp zien te blijven. Kun je me beloven dat je het allemaal in de hand hebt?' vroeg ze.

Callanach keek haar recht in de ogen. 'Ik heb het onder controle,' antwoordde hij.

Ava knikte, liep een eindje weg, maar bleef toen staan en kwam weer terug. 'Ik ben er voor het geval je met iemand wilt praten. Dat weet je wel hè?'

'Ik heb geen therapeut nodig,' herhaalde Callanach, en hij schrok er zelf van hoe venijnig hij klonk.

'Vrienden dan misschien?' vroeg Ava voordat ze zich weer omdraaide en wegliep.

Onderweg naar Braemar reden ze door een heuvellandschap dat er al net zo grimmig uitzag als Callanach zich voelde. Zodra de Cairngorms in het zicht kwamen, verdwenen de bomen verrassend snel uit het landschap. Hier en daar stond nog een vervallen boerderij, maar landbouw was in deze omgeving duidelijk een zinloze bezigheid. Borden waarschuwden voor gladde wegen en steile afgronden. Edinburgh lag weliswaar dichtbij, maar als je hier in de wintermaanden pech kreeg met je auto, had je het gevoel alsof je duizenden kilometers van de bewoonde wereld zat. Salter probeerde een paar keer een gesprekje te beginnen en vermeed elke toespeling op de scène met inspecteur Turner. Waarschijnlijk had ze er niets van verstaan, maar Callanach vermoedde dat hun lichaamstaal boekdelen had gesproken. Uiteindelijk gaf ze het op, zette de radio aan en liet hem met rust. Toen ze de heuvels in reden begon de temperatuur snel te dalen. Overdag waren de paden hier al verraderlijk, laat staan in het halfdonker, maar hij wilde met alle geweld iets vinden wat hem verder zou helpen, om niet helemaal door te draaien.

'Rij maar meteen door naar de plaats delict,' zei Callanach. 'Probeer er zo dicht mogelijk in de buurt te komen. Heb je een zaklamp?'

'In de kofferbak,' antwoordde Salter. 'Maar vanavond valt er niet veel meer te zien. Kunnen we niet beter morgenochtend gaan, zodra het licht wordt?'

'We hebben al twee lijken,' antwoordde Callanach. 'Daar komt nog een derde lijk bij als we hem niet snel te pakken krijgen, en tot nu toe hebben we alleen maar losse puzzelstukjes die niet aan elkaar passen. Uit alles wat professor Harris gezegd heeft, is dat alleen maar duidelijker geworden.'

'Maar sir, ik dacht dat u het niet eens was met zijn profiel.'

'Dat is ook zo, en juist daarom had ik er zoveel aan. Laat de auto hier maar staan.'

Ze stapten uit en gingen lopend verder. Salter droeg wandelschoenen, wat een verstandige keuze was. Callanach had voor de gelegenheid zijn enige paar chique zwarte schoenen aangetrokken, om de glimmende schoenen na te bootsen die mevrouw Yale de ontvoerder van Magee had zien dragen. Hij had er geen enkele grip mee en de ondergrond voelde aan als een glibberige nachtmerrie.

'Moet je kijken, Salter,' zei hij. 'Jouw wandelschoenen laten een diepe afdruk achter.' Ze scheen naar achteren met haar zaklamp waardoor elk detail van haar voetafdruk zichtbaar werd. Hij nam de zaklamp van haar over en probeerde zijn eigen voetafdrukken te zien. Hier en daar had hij onder het lopen een plant platgetrapt, maar van de gladde leren zolen was verder geen enkele afdruk zichtbaar. De moordenaar was gekomen en gegaan zonder ook maar een spoor achter te laten.

'Denkt u dat hij dat voorzien had, of was het gewoon puur geluk?' vroeg Salter.

'Ik denk dat hij een man is die zijn eigen geluk afdwingt,' antwoordde Callanach, en hij gaf haar de zaklamp terug. Bij de hut pakte Callanach een kaart van de omgeving en spreidde die uit op de grond. Hij opende een kompas-app op zijn mobiel en bestudeerde het omringende landschap.

'Goed, de achterkant van de hut is in de rotswand gebouwd. Het uitzichtpunt van de wandelaars ligt ten westen hiervan. Hij kan zijn auto alleen maar lager geparkeerd hebben en is vandaaruit te voet naar boven gegaan. Hij kan het lijk onmogelijk door het dal hebben gesleept dat tussen ons en de positie van de wandelaars in ligt,' zei hij.

'Hoe heeft hij het verplaatst, denkt u?' vroeg Salter.

'Misschien heeft hij een soort slee gebruikt om het lijk makkelijk over het ruwe terrein te trekken. Ik denk dat mensen die hem zagen ervan uitgingen dat hij sportspullen of een kampeeruitrusting met zich meetrok. Mij interesseert vooral het uitzicht dat de wandelaars hadden. Want kijk, ze stonden daar ergens, halverwege een lange wandelroute. Een route waarop ze al kilometers hadden afgelegd toen ze bij dat punt aankwamen. De moordenaar wist dat niemand hem het lijk hier zou zien dumpen omdat geen mens aan zo'n lange wandeling begint als het donker is. En al hadden ze dat wel gedaan, dan nog hadden ze hem niet kunnen zien.'

'Mee eens,' zei Salter, 'maar ik snap niet wat we daarmee opschieten.'

Callanach pakte de kaart en volgde met zijn vinger een lijn naar een plek die met een rood kruis was gemarkeerd, bepaalde met behulp van zijn mobiel zijn eigen positie en gebaarde dat Salter met hem mee moest komen. Een paar minuten later struikelde hij op een plek waar de zaklamp de rotsgrond niet overal zichtbaar maakte, en bleef daar stilstaan.

'Hier hebben de honden de begraven honkbalknuppel gevonden. Een paar meter verder lag de tand met het DNA van Elaine Buxton. Dit gedeelte van het terrein ligt iets hoger dan de hut, dus deze plek kan niet op de route van de hut naar zijn auto hebben gelegen.'

'Met andere woorden, hij is speciaal naar boven gelopen om de knuppel hier te begraven? Waarschijnlijk wilde hij zich van het wapen ontdoen voor het geval hij op de terugweg zou worden aangehouden. Misschien had hij niet eens door dat die tand er nog aan vastzat,' zei Salter terwijl ze met haar voet tegen de stenen schopte.

'Dat geloof je toch zelf niet, hè? Wat klopt er niet aan jouw theorie?'

'Nou ja, het voelt gewoon niet goed,' zei ze. 'Maar ik kan niet precies uitleggen waarom.'

'Volgens mij moeten we het bij de wandelaars zoeken,' zei Callanach. 'Het is allemaal te perfect, te goed. We hebben hem op de verkeerde plek gezocht, ons op de richting geconcentreerd waar hij ons naartoe wilde hebben, en dat was hier. Ik denk dat we dáár hadden moeten zoeken.' Hij wees in het donker naar de overkant van de vallei. 'Hier is hij voorzichtig geweest. Hij wist wanneer hij ongezien kon komen en gaan, en dat wist hij omdat hij het pad vanwaar onze twee wandelaars het vuur hebben gezien, zelf al een keer gelopen had. Dat moet hij hebben gedaan om er zeker van te zijn dat niemand hem te vroeg in de gaten zou krijgen.'

'Wat ligt er aan de andere kant van de vallei?' vroeg Salter.

'Daar hebben we meer aan,' zei Callanach. 'Dat is een wandelroute die in het noorden op een camping begint, en in het zuiden eindigt op het parkeerterrein van een grote outdoorwinkel. Het is een lang en zwaar pad en het heeft nauwelijks zijpaden. Om die reden heeft hij deze plek gekozen. Daarom slaat het ook nergens op dat hij hier naar boven is gerend en het moordwapen heeft achtergelaten. Stel je voor dat je je grondig hebt voorbereid, dat je heel voorzichtig bent geweest, een uitgelezen plek hebt gevonden om het lichaam te verbranden, van tevoren een pad hebt verkend dat kilometers verderop begint, en dat je rekening hebt gehouden met het daglicht en de gemiddelde wandelsnelheid. Je hebt een manier bedacht om het lichaam van de auto naar de hut te vervoeren. Je hebt het lichaam zelfs met een brandbare vloeistof overgoten zodat het sneller door het vuur verteerd zou worden, omdat je wist hoeveel tijd je had voor de eerste wandelaar zou verschijnen.'

'Dan was er dus geen sprake van dat hij in paniek raakte en het wapen heeft weggegooid,' zei Salter.

'Terwijl er nog een tand aan kleefde? Nee,' concludeerde Callanach. 'Hij wist dat die knuppel gevonden zou worden.'

'Hoe zit het dan met dat stukje stof dat aan het vuur ontsnapte en onder een steen is gevonden?' vroeg Salter.

'Ik geloof ondertussen niet meer in fouten of toevalligheden.'

'Dus hij is geen chaoot zoals Harris beweerde. Op welke andere punten zit Harris er dan nog meer naast?'

Callanach hurkte neer en streek met zijn handen over de aarde. 'Dat de man wroeging voelt. Daar vergist Harris zich ook in. Deze man wilde juist dat we de lijken zouden vinden. Hij wilde ons laten weten dat die vrouwen dood zijn. Ik weet niet zeker waarom. Misschien is het ijdelheid, misschien wil hij de families pijn doen of angst en paniek zaaien. Misschien beleeft hij genoegen aan het spel. Eén ding weet ik zeker: alles wat we tot nu toe gevonden hebben, wilde hij ons laten vinden. Dat geldt ook voor het steekwagentje dat we bij de zeewering hebben gevonden. Hij wist dat het door het tij zou aanspoelen. Hij heeft het als een soort geschenk voor ons achtergelaten.'

'Als trofee?' vroeg Salter.

'Als schijnbewijs,' zei Callanach. 'We kunnen hem alleen maar vinden als we alles wat hij voor ons achterlaat negeren en ons in plaats daarvan concentreren op zijn vooronderzoek. Kom, we hebben morgen een wandeling voor de boeg.'

Salter had een prima overnachtingsplek voor hen geregeld. Het ontbijt bestond uit een berg proteïnen, en voor het eerst kon Callanach het opbrengen om thee met melk te drinken. Die ochtend gingen ze eerst langs bij het politiebureau van Braemar. Toen ze de brug over het ijskoude, snelstromende riviertje de Clunie overstaken, bleef Callanach even staan om de oude stenen waterput te bekijken die vervaarlijk boven de rivier balanceerde. Hij vroeg zich af hoelang de put met het spitse leistenen dakje nog weerstand zou kunnen blijven bieden tegen de gure winterse winden van de Schotse Hooglanden. Hij streek met zijn hand over de eeuwenoude stenen en staarde in het zwarte water daaronder.

'U bent vandaag in een nadenkende stemming, sir. Is alles in orde?'

'Inspecteur Turner nam de telefoon gisteravond niet op,' zei hij langzaam. Hij had tot drie keer toe geprobeerd te bellen om het weer bij te leggen. 'Heb jij nog iemand van het bureau gesproken?'

'Nee, ik ben meteen gaan slapen. Zo gaat dat als ik ergens slaap zonder televisie op de kamer. Dat is wel goed voor me, geloof ik,' zei Salter.

Een auto reed hen toeterend voorbij en ze vingen een glimp op van het gezicht van Jonty Spurr.

'Laten we maar doorlopen, we zijn al laat,' zei Callanach.

De patholoog had zijn auto net geparkeerd toen ze aan kwamen lopen. Hij stapte uit met in zijn ene hand een map en in de andere een fles. 'Inspecteur Callanach, ik had niet gedacht u hier terug te zien. Zullen we maar beginnen?' vroeg hij gemoedelijk. Ze liepen achter hem aan naar binnen, waar een paar stoelen rond een tafel waren gezet. 'Wat brengt u hier?'

'De sjaal,' zei Callanach. 'Wat weten we van het bloed dat daarop is aangetroffen?'

'Heel zeker dat van Elaine Buxton. Aan het DNA hoeven we niet te twijfelen. Het bloed was al helemaal opgedroogd, maar dat was ook te verwachten, gezien de hitte van het vuur. Het stuk stof is aan het vuur ontsnapt omdat het zo snel onder een steen was komen te zitten, zoals u weet. Hier is een foto.' Hij haalde een foto op A4-formaat uit de map. Daarop was een afbeelding te zien van een stukje gebloemde stof met gerafelde randen, met in de ene hoek een bruinige vlek.

'Die bloedvlek heeft een heel regelmatige vorm.' Met zijn vinger volgde Callanach de omtrek van de vlek op de foto. 'Wat zegt ons dat?'

'Dat het niet om een bloedspetter gaat. Het is een enkele bloedvlek op de rand van de sjaal, wat betekent dat het bloed er ofwel van bovenaf op gedruppeld is of dat de sjaal in een plas bloed is gevallen. Het is niet het soort vlek dat je zou zien als de sjaal tijdens een schietpartij zou zijn gedragen, om maar iets te noemen.'

Callanach knikte. 'En dit hier, langs de rand van de stof. De vezels hebben dezelfde kleur als de rest van de stof,' merkte Callanach op.

'Die zijn helemaal niet verbrand,' zei Salter. 'U hebt gelijk.'

'Hoezo gelijk?' vroeg Jonty, terwijl hij de foto van dichtbij bekeek.

'Dat dit stuk stof, net als de honkbalknuppel en de tand, daar zijn neergelegd opdat wij ze zouden vinden. Als het stukje stof toevallig onder de steen terecht was gekomen en de rest van de sjaal verbrand was, zouden de randen zwartgeblakerd moeten zijn. Deze randen zijn gerafeld, waarschijnlijk afgescheurd. Dat betekent dat hij een stuk van Elaines sjaal met haar bloed erop heeft neergelegd zodat wij het zouden vinden.'

'Slimme jongen,' merkte Jonty Spurr op.

'Dat is hij zeker,' beaamde Callanach. 'Veel te slim voor ons blijkbaar.'

'Ik had het niet over hem,' zei Spurr. 'In mijn werk merk ik soms dat als ik te veel naar de details kijk, ik het grotere plaatje niet meer zie. Was er nog iets?'

'Alleen de tanden en kiezen,' zei Callanach.

'Die zijn absoluut van Elaine Buxton. We hebben ze vergeleken met de gegevens van haar tandarts. Tanden en kiezen beschadigen wel enigszins door vuur, maar ze verbranden niet, en aan de tand die we bij de honkbalknuppel hebben gevonden kleefden nog wat weefselresten. Het DNA daarin vertelde ons hetzelfde verhaal.'

'Zou u de forensisch tandheelkundige willen vragen daar nog eens naar te kijken? Noem het een wanhoopspoging, maar we willen graag alles wat u kunt vinden en waar we de eerste keer niet naar gezocht hebben: etensresten die ons vertellen wat hij haar te eten gaf, chemicaliën op de tand waardoor we misschien te weten komen in wat voor omgeving ze werd vastgehouden. Dingen die we eventueel over het hoofd hebben gezien, toen we er nog alleen maar op uit waren haar identiteit vast te stellen.'

'Ik ga ermee aan de slag,' zei Spurr. 'Kunt u dan voor mij iets doen als u terug bent in Edinburgh?' Hij pakte een glanzende fles single malt whisky op. 'Geef dit aan inspecteur Turner van mij.'

Op het etiket stond Lagavulin. De whisky had de kleur van donkere honing en op de fles stond dat hij zestien jaar oud was. Callanach kwam in de verleiding de fles ter plekke open te maken.

'Ik wist niet dat u Ava kende,' zei hij.

'Ik heb haar nooit persoonlijk ontmoet,' zei Spurr, 'maar ik heb haar gisteravond op televisie gezien. Ik weet wel dat ze een hoop lef heeft, en ik bewonder haar omdat ze voor haar mening uit durft te komen. Maar ik denk ook dat ze daarmee helaas de hoge omes bij de politie tegen de haren in heeft gestreken. Misschien kan de whisky het leed wat verzachten.'

'Wat bedoelt u?' vroeg Callanach.

'Hebt u het niet gezien?' vroeg Jonty met opgetrokken wenkbrauwen. 'Uw collega heeft het in haar eentje opgenomen tegen de katholieke kerk. En ik kan u zeggen dat ze geen blad voor de mond heeft genomen.'

Ze moesten een uur lang door de stromende regen rijden tot ze bij de camping arriveerden.

Het was een natuurcamping, er waren geen toiletblokken of douches. Er was ook geen beheerder. Ze zagen alleen borden waarop kampeerders werd gevraagd in dit natuurgebied geen vuur te maken en geen afval achter te laten. Callanach en Salter gingen op pad zonder zich over het weer te beklagen. Het was een beroerde dag om te wandelen en dat wisten ze allebei. Dus het had geen zin om erover te zaniken. Het kostte ze meer dan drie uur om het dal te bereiken waar aan de overkant de restanten van de hut nog net zichtbaar waren. De regen kwam nog steeds met bakken uit de hemel en de nevel die door het opstuivende water werd veroorzaakt ontnam hun een groot deel van het uitzicht. Callanach vergeleek hun positie met de getuigenverklaring van de wandelaars en verbaasde zich over de toewijding en vastberadenheid van de moordenaar. Hij was gedreven, obsessief, het leek alsof het hem niet zozeer om het moorden ging als wel om het zorgvuldig plannen ervan.

'Het gaat hem niet om de seks,' zei hij tegen de uitgestrekte vallei tussen hen en de hut.

'Sorry, wat zegt u, sir?' vroeg Salter, die afwisselend foto's nam en notities maakte.

'Seksdelinquenten gaan meestal impulsief te werk. Zelfs als het slachtoffer om een bepaalde reden is uitgekozen, bereikt de dader vaak een punt waarop hij de controle kwijtraakt.'

'Bedoelt u daarmee dat hij ze niet verkracht?' vroeg Salter.

'Dat zeg ik niet, maar het zou me verbazen als dat zijn eerste drijfveer was. Deze zorgvuldige planning past niet bij de doorsneeverkrachter. Te zakelijk, te proper. Kom, we gaan terug naar de auto. We moeten nog naar de overkant rijden en het eindpunt van het pad bekijken. Het wordt een latertje voordat we terug zijn in Edinburgh.'

De outdoorwinkel lag er verlaten bij. Het mobiele nummer op een stuk papier aan de binnenkant van de glazen deur zag er oud uit, maar toch ging de telefoon over toen Callanach op een hoger gelegen rots ging staan om een signaal te krijgen.

'Ja?' zei een stem. Callanach stelde zich voor en legde uit waar hij stond. Een paar minuten later ging de deur van het slot en stak een meisje haar hoofd naar buiten.

Salter legde uit dat ze onderzoek deden naar de brand in de hut.

Het meisje was te fijngevoelig om Elaine Buxtons naam te noemen, maar ze begreep precies om wie het ging.

'Dat is hier een eind vandaan,' merkte ze op. 'Ik zou niet zo goed weten hoe ik u kan helpen.'

'We zijn op zoek naar een bezoeker die u misschien is opgevallen, hetzij door zijn kleding of door de manier waarop hij zich gedroeg. Hij moet hier in de weken voor de brand zijn geweest. Waarschijnlijk had hij een verrekijker bij zich, en een camera.'

'Iedereen die hier komt heeft een verrekijker of een camera bij zich,' zei het meisje. 'Als het druk is krijgen we hier wekelijks honderden mensen. Soms worden hier hele busladingen afgeleverd en worden ze aan de andere kant van de pas weer opgepikt.'

'Deze man was waarschijnlijk alleen, van middelbare leeftijd, en hij droeg niet het soort kleren dat je van een wandelaar zou verwachten.' Aan de blik op haar gezicht zag Callanach dat ze hem iets te vertellen had. 'Wat heb je voor ons?'

'Van wandelaars die in hun eentje lopen,' zei ze, en ze opende een kastje en haalde er een logboek uit, 'noteren we de naam en het kenteken van hun auto. Het komt zelden voor dat mensen dit pad in hun eentje lopen en als hun iets overkomt, kan het heel lang duren voordat we gewaarschuwd worden. Dus als een auto hier langer dan achtenveertig uur blijft staan, kijken we in het logboek en geven we de naam door aan de politie. Het pad is hier en daar zo steil dat er weleens mensen op af komen die zelfmoord willen plegen.'

Salter sloeg het logboek open en bladerde de afgelopen maanden door. 'Dat zijn niet zoveel namen,' zei ze tegen Callanach. 'Die kunnen we snel natrekken.'

'Ik hoop dat u hem te pakken krijgt,' zei het meisje. 'Het voelt hier altijd zo veilig en vredig. Dat is nu wel veranderd.'

Salter glimlachte naar haar. Voor het eerst sinds de start van het onderzoek zag Callanach iets anders dan een zorgelijke blik op het gezicht van de hoofdagente. 'Dat gaat ook zeker gebeuren,' zei ze. 'Heel binnenkort.'

In de auto stelden ze het navigatiesysteem in op Edinburgh. Salter reed en Callanach gaf telefonisch de namen door die in de zes maanden voor Elaine Buxtons dood in het logboek waren genoteerd.

'Eindelijk komt er schot in de zaak. U had gelijk om zijn voorbereidingen onder de loep te nemen in plaats van de lijken. Dat zal u iets populairder maken bij brigadier Lively, sir.'

'Hij heeft vast een valse naam opgegeven,' zei Callanach. 'Zo makkelijk zal het niet worden. Dus laten we maar niet op de zaken vooruitlopen.'

Hij zette de radio aan en zocht net zolang tot hij een nieuwszender had gevonden. De zaak van de overleden baby's was natuurlijk volop in het nieuws, zeker nu de bijzonderheden over St Gerard Majella's naar buiten waren gekomen. Tot nu toe had hij nog geen moment de kans gehad om een krant in te kijken. Callanach wierp een blik op de fles single malt die hij voor Ava moest meenemen. Het voorspelde niet veel goeds dat ze niet gereageerd had op zijn telefoontjes. De media probeerden over deze zaak natuurlijk zo veel mogelijk nieuws naar buiten te brengen, zoveel als hun was toegestaan, in aanmerking genomen dat het hier om minderjarige meisjes ging. Toen de nieuwslezer de kerk noemde, zette hij de radio wat harder.

'Van de kant van de katholieke kerk was niemand beschikbaar voor commentaar,' berichtte de verslaggever, 'maar het Vaticaan heeft in een schriftelijke verklaring laten weten dat het de uitlatingen van inspecteur Ava Turner tijdens de persconferentie gisteravond ten scherpste veroordeelt.' Er klonk even een geruis terwijl er een bandopname werd ingeschakeld, en toen kwam Ava's stem zo glashelder door dat het leek alsof ze bij hen in de auto zat.

'Het is onbegrijpelijk dat vandaag de dag een religie haar doctrine oplegt aan kinderen en hun de toegang ontzegt tot passend medisch advies en adequate zorg door neutrale deskundigen. Wat deze meisjes is overkomen, die in opdracht van hun ouders werden opgesloten in een school om hen ervan te weerhouden zelf een keuze te maken over hun zwangerschap, staat gelijk aan marteling. De rooms-katholieke kerk moet hier op het hoogste niveau verantwoording over afleggen. We leven niet meer in de middeleeuwen. Wat er op St Gerard Majella's is gebeurd is net zo erg als de verbranding van vrouwen door de Inquisitie op beschuldiging van hekserij.'

De nieuwslezer sloot af met de woorden: 'De politie heeft bekendgemaakt dat een van de nonnen van mishandeling wordt beschuldigd en dat ze een man heeft aangehouden op verdenking van verkrachting. Drie leerlingen staan de politie als getuigen bij in haar onderzoek.'

Callanach zette de radio uit en zuchtte.

'Inspecteur Turner is geweldig,' zei Salter vol bewondering. 'Ik zou nooit het lef hebben gehad om zoiets op een persconferentie te zeggen.'

'Daar gaat ze wel een prijs voor betalen,' zei Callanach.

'Maar ze heeft gelijk,' wierp Salter tegen. 'Hoe kan ze nou in de problemen komen omdat ze de waarheid vertelt?'

'Gelijk hebben is niet altijd genoeg,' antwoordde Callanach. 'Je moet ook de schijn van neutraliteit ophouden. Rij maar meteen door naar het bureau, Salter. Ik moet weten hoe het er nu voor staat.'

Salter reed alsof de duivel haar op de hielen zat en onderweg kwamen ze nauwelijks verkeer tegen. Twee uur later bereikten ze de buitenwijken van Edinburgh en wisten ze al dat de helft van de namen in het logboek overeenstemde met de opgegeven kentekenplaten. Brigadier Lively had geappt dat hij persoonlijk op de controles toezag en zo nodig de hele nacht op het bureau zou blijven, tot de klus geklaard was.

Ava was achter gesloten deuren in gesprek met hoofdinspecteur Begbie toen Callanach aankwam. Callanach had geen zin om netjes te wachten tot hij binnen werd gevraagd en wilde absoluut zijn zegje doen, dus stormde hij meteen naar binnen.

'Chef,' riep Callanach, nog voordat de deur achter hem dicht zwaaide, 'u was er niet bij, u hebt niet gezien wat wij zagen. Alles wat inspecteur Turner op de persconferentie heeft gezegd, was terecht.'

'Welkom terug, Callanach,' zei de hoofdinspecteur op afgemeten toon, met de handen in de zij. 'Ik kan me niet herinneren dat ik je gevraagd heb bij deze bespreking aanwezig te zijn.'

'Het is elf uur 's avonds,' antwoordde Callanach, 'dus dit is geen officiële bespreking, en al helemaal niet omdat Ava geen vakbondsafgevaardigde bij zich heeft.'

'Je hoeft mij niet de les te lezen over procedurele kwesties, inspecteur. Ik loop al wat langer mee dan jij,' snauwde Begbie.

'Het is al goed, Luc, ik kan wel voor mezelf opkomen,' zei Ava.

'En ik probeer je ook uit de wind te houden, voor het geval je dat vergeten was. De helft van de Schotse katholieken wil je bloed zien. Ze zeggen dat je te ver bent gegaan,' tierde de hoofdinspecteur.

'Ontsla me dan maar,' zei Ava. 'Ik wil zelfs toegeven dat ik mijn persoonlijke mening heb gegeven. En dat ik daarbij alles aan mijn laars heb gelapt wat ik in mijn opleiding heb geleerd en geen rekening heb gehouden met mijn positie. Kan ik nu gaan?' Ze zag er uitgeput en gestrest uit.

Callanach liet haar de fles zien.

'Wat is dat?' vroeg ze.

'Een cadeautje van Jonty Spurr, de patholoog die de zaak van Elaine Buxton doet. Tegenover elk individu die je tegen de schenen hebt geschopt staan er tien die blij zijn dat je geen blad voor de mond hebt genomen.' Callanach dwong zichzelf iets rustiger te spreken. 'Sir, u mag niet buigen voor de druk van het grote publiek. Deze zaak is correct aangepakt en daarmee hebben we wie weet hoeveel andere meisjes behoed voor dezelfde martelgang. Inspecteur Turner verdient een promotie, geen berisping.'

'Ik moet iets doen,' zuchtte Begbie, 'anders kan ik je niet beschermen, Ava. Dan wordt er over mijn hoofd een beslissing genomen.

De ingezonden brief in de *Herald* van vanochtend was niets minder dan een religieus gemotiveerde oproep tot geweld. De schrijver heeft zich beklaagd over het gebrek aan normen en waarden bij de politie en over haar partijdigheid. Het spijt me, maar ik moet je veertien dagen schorsen zodat ik de tijd heb een officieel onderzoek in te stellen en met een rapport naar buiten te komen.'

'En wat schieten we daarmee op?' riep Callanach, die besefte dat hij te ver ging, maar te verontwaardigd was om zich in te houden.

De hoofdinspecteur kwam overeind. 'Het geeft iedereen een adempauze, zodat de gemoederen even tot bedaren kunnen komen. En het betekent dat ik de juiste procedure heb gevolgd, zodat wanneer ik hopelijk tot de conclusie kom dat inspecteur Turner de zaak correct heeft afgehandeld zonder de katholieke kerk in een kwaad daglicht te stellen, de focus komt te liggen op wat er op die school is gebeurd en niet op ons,' zei hij, en hij zette de laatste drie woorden kracht bij door met zijn wijsvinger op het bureau te tikken.

'Hoe zit het met de gevolgen voor Ava's carrière?' vroeg Callanach met stemverheffing.

'Laat nou maar, Luc,' zei Ava. 'De chef heeft geen andere keus.'

'De katholieke kerk maakt alleen maar een hoop stampij om de aandacht van zichzelf af te leiden,' ging Callanach door.

'Dat had ik dus moeten zien aankomen,' zei Ava, 'en hun niet mijn hoofd op een presenteerblaadje moeten aanbieden. Mijn moeder zei altijd dat ik mijn eigen ergste vijand was. Toch niet te geloven dat ze uiteindelijk gelijk heeft gekregen.'

'En dan nog iets,' onderbrak Begbie hen. 'Er is vandaag een pakketje aangekomen dat geadresseerd was aan "de inspecteur". Er zat een fles Louis Roederer Cristal-champagne in, waarvan ik de naam vast niet goed heb uitgesproken en die ik me nooit zou kunnen veroorloven. Blijkbaar is hij persoonlijk afgeleverd door iemand met een capuchonjack en een zonnebril die zich Joe Smith noemde. Op het kaartje stond: "Wat is het leven zonder genoegens?", maar de afzender is vergeten zijn naam erbij te zetten. Deze grap heeft me een uur van mijn tijd gekost omdat ik moest laten checken of het geen veiligheidsrisico opleverde. Ik weet niet wie van jullie tweeën zijn of haar liefdesleven via dit bureau laat lopen, maar ik zou het zeer op prijs stellen als jullie je geheime bewonderaar vertellen daarmee te stoppen.'

'Net als met de rozen,' mompelde Callanach. 'Ik heb je nog zo gezegd dat je het moest melden.'

'Nou is het wel genoeg,' fluisterde Ava. 'Goed, chef. Ik begrijp het. Tot over een paar weken.'

Ze trok Callanach met zich mee, deed de deur van Begbies kamer zachtjes achter zich dicht en samen liepen ze naar Callanachs kamer.

'Je had het hem moeten zeggen,' zei Callanach zodra ze buiten gehoorsafstand waren.

'Denk je niet dat mijn leven al ingewikkeld genoeg is?' antwoordde ze.

'Eén anoniem geschenk zou je nog als een grap kunnen afdoen, maar bij twee begint het al op pesterij te lijken. En stel nou dat ze afkomstig zijn van dezelfde persoon die je een doodsbedreiging stuurde?'

'Dat is nou niet echt dezelfde modus operandi, hè? Of was je net ziek tijdens die les op de politieschool? Luister, ik ben doodop en de dag is nog niet voorbij, dus zou je je preek voor een andere keer kunnen bewaren?'

'Zal ik je naar huis brengen?' vroeg hij.

'Eigenlijk heb ik je hulp nodig. Terwijl ik hier niet weg kon vanwege dat akkefietje, heeft Natasha gebeld, en ze klonk behoorlijk overstuur. Ze denkt dat er iemand in haar huis is geweest. Ik heb beloofd dat ik even langs zou komen om te kijken. Omdat ik vanaf nu geschorst ben, kan ik daar alleen heen gaan als vriendin, maar als er maatregelen moeten worden genomen, kan ik niets voor haar doen. Wil je met me mee?'

'Alleen als je die single malt meeneemt,' antwoordde hij.

# 27

Natasha wachtte hen bezorgd op bij de deur. Niet bezorgd om zichzelf, dacht Callanach. Ze was intelligent en wereldwijs genoeg om te weten dat haar beste vriendin zich veel woede op de hals had gehaald.

'Kom binnen,' zei ze. 'Luc, leuk om je weer te zien.' Hun blikken kruisten elkaar. Gaat het wel goed met Ava, vroeg ze hem woordeloos.

Callanach schudde bijna onmerkbaar zijn hoofd.

'Jullie hadden hier echt niet meteen heen hoeven komen, hoor. Zo dramatisch is het allemaal niet. Wat kan ik voor jullie inschenken?'

'We zijn niet met lege handen gekomen,' zei Ava en ze hield de fles Lagavulin omhoog. 'Sorry dat ik niet eerder kon komen. Wat is er gebeurd?'

Natasha deelde zware kristallen glazen uit. 'Niks wat niet met een single malt kan worden opgelost,' grapte ze. 'Jullie zullen wel denken dat ik paranoïde ben. Er zijn geen sporen van braak en er is ook niets gestolen, maar de parfumflessen in mijn badkamer zijn verplaatst. Een paar laden zaten niet helemaal dicht en ik weet zeker dat ik ze dicht had gedaan. Ik had een stapel papieren op mijn bureau liggen en die zijn door elkaar gegooid. En er zat een kuil in een van mijn kussens. Jullie moeten niet denken dat ik een neuroot ben of zo, maar ik maak mijn bed altijd op een bepaalde manier op.'

'Stond je alarm niet aan?' vroeg Callanach.

'Ik heb geen alarm meer,' zei Natasha. 'Het ging steeds maar af en een paar keer moest ik midden op de dag mijn college afbreken om het thuis weer te resetten. Uiteindelijk heb ik het maar weggedaan. Nogmaals, er zijn geen sporen van braak. Er is hier een spook binnen geweest, of ik begin door te draaien.'

Voor zover Callanach en Ava konden zien was alles in orde, maar Natasha's huis was zo netjes en ordelijk dat goed te begrijpen viel dat ze het onmiddellijk zag als iets niet op zijn plek lag.

'Mag ik er wat ijs bij? Dit is iets sterker dan ik dacht,' zei Callanach, terwijl hij de whisky in zijn glas liet walsen.

'Ik dacht dat jij half-Schots was,' zei Natasha plagerig. 'Je Franse helft moet nodig wat worden gehard!' Ze maakte het vriesvakje boven in de koelkast open en stak haar hand erin om de ijsklontjes eruit te halen. Maar toen ze haar hand terugtrok, bleek ze een half bevroren rode massa vast te hebben.

'Wat is dit, verdomme?' schreeuwde ze en ze smeet het op de grond. Het kwam met een doffe klap op de vloer terecht, en rode ijsspetters vlogen in het rond.

Ava knielde op de grond en prikte erin met een vork. 'Het is een hart, maar gelukkig veel te groot om een menselijk hart te kunnen zijn. Misschien is het van een koe of een paard,' zei ze. 'Degene die hier binnen is geweest wilde een boodschap voor je achterlaten. Daarom is er niets gestolen.'

'Een voormalige partner die wrok koestert?' vroeg Callanach. 'Heb je op een nare manier met iemand gebroken, die nog steeds een sleutel heeft?'

'Ik ben single,' zei Natasha. 'En bijna al mijn relaties zijn vervelend geëindigd, anders had er geen eind aan hoeven komen. Wat die sleutels betreft, er zijn waarschijnlijk nog een paar vrouwen die een sleutel hebben.' Ze probeerde haar tranen terug te dringen en het trillen van haar handen tegen te gaan terwijl ze de bloederige massa begon op te ruimen. Ava nam het van haar over en duwde Natasha in een stoel. 'Ik kan niet geloven dat iemand zover gaat dat hij mijn huis binnendringt. Het is echt walgelijk. En waarom zou iemand zoiets in mijn vriesvak achterlaten?'

'Schrijf de namen op van iedereen die een sleutel van je huis heeft en dan vraag ik aan brigadier Tripp of hij ze natrekt. Vanavond moet je maar ergens anders logeren,' zei Callanach.

'Nee, dat doe ik niet,' zei Natasha. 'Ava heeft een doodsbedreiging gekregen en zij is ook niet gevlucht.'

'Zou er een verband kunnen zijn? Jullie zijn al heel lang met elkaar bevriend. Ken je iemand die jaloers is op jullie relatie?' vroeg Callanach.

Ava staarde nadenkend naar het hart terwijl ze het in een diepvrieszak schepte om het in het laboratorium te laten onderzoeken. 'Ik ken niemand die in dat plaatje zou passen. We hebben geen gemeenschappelijke vrienden en we zien elkaar vrijwel nooit in het openbaar, tenzij we samen iets gaan drinken. En Natasha laat me zelden kennismaken met haar vriendinnen.'

'Toch is dit een bizarre samenloop van omstandigheden,' meende Callanach. 'Ik moet hier officieel melding van maken om de technische recherche in te kunnen schakelen en je moet morgenochtend een verklaring komen afleggen op het bureau, Natasha.'

'Je hebt het niet over "we",' merkte Natasha op. 'Blijf jij hierbuiten, Ava?'

'Ik ben tijdelijk geschorst,' zei Ava. 'Het had nog erger kunnen zijn. Met twee weken betaald verlof kom ik er nog genadig van af, in aanmerking genomen dat mijn professionele oordeel in twijfel wordt getrokken.'

'Och lieverd, wat erg voor je.' Natasha sloeg haar armen om Ava heen. 'En nou heb ik je hier ook nog bij betrokken. Dat is wel het laatste waar je behoefte aan hebt.'

'Ik word liever geschorst dan dat iemand zoiets in mijn huis achterlaat. Weet je zeker dat je het redt vanavond?' vroeg Ava.

'Ik heb op elke deur een veiligheidsketting en ik doe alle ramen goed dicht. Maak je maar geen zorgen. Ik ben alleen erg geschrokken, dat is alles.'

'Ik ga het nu melden,' zei Callanach. 'Ik zorg ervoor dat er regelmatig een surveillanceauto langsrijdt om te checken of alles in orde is. Bel me als je je ongerust maakt. En jij kunt hier maar beter weg zijn voordat de eerste agent binnenstapt,' zei hij tegen Ava. 'Waarschijnlijk is het niet zo slim als ze jou een uur nadat je geschorst bent al op een plaats delict aantreffen.'

Callanach dacht dat hij moe was, maar tegen de tijd dat ze bij Ava's huis arriveerden voelde hij dat er van slapen niets terecht zou komen, en hij zag dat dat ook voor Ava gold.

'Heb je zin in een kop thee?' vroeg ze. 'Of oploskoffie? Je hoeft van mij geen versgemalen koffie te verwachten.'

'Daar ging ik ook niet van uit,' antwoordde hij. 'Dat zou betekenen dat ik mijn beeld van jou als bohemienne met een laissez-faire-levenshouding stevig moet bijstellen.'

Qua inrichting hield Ava's huis het midden tussen chaotisch en intensief bewoond. De meeste meubels zagen er antiek uit, maar ze werden duidelijk gebruikt en stonden er niet alleen voor de sier. De woonkamer straalde warmte en behaaglijkheid uit. Callanach neusde in haar collectie dvd's en cd's, terwijl Ava in de keuken twee mokken stond af te wassen.

'Ik zie geen eettafel,' riep hij. 'Waar eet jij?'

'Aan mijn bureau. Of staand als ik haast heb. Meestal op de grond voor de tv als ik laat ben. Alsjeblieft. Sorry, het is decafé geworden. Kun je daarmee leven?'

'Volgende keer neem ik mijn eigen koffie mee.'

'Als je zo doet, komt er geen volgende keer.' Ze plofte in een leunstoel neer en sloot haar ogen. 'Wat een dag, zeg. Bedankt dat je het voor me opnam bij Begbie. Maar hij heeft gelijk. Een schorsing is de enige manier om dit uit de wereld te helpen.'

'Maar het doet je carrière geen goed.'

'Dit soort dingen gebeurt nu eenmaal en carrières kunnen weer worden opgepakt. Kijk maar naar jezelf. Je hebt me nooit verteld waarom je bent weggegaan bij Interpol, dus steek maar van wal. Het zal me goeddoen om eens de misère van een ander aan te horen. Dan kan ik mijn eigen kommer en kwel tenminste wat relativeren. Tenzij je het vervelend vindt, natuurlijk.'

Callanach dacht na. Hij zat er niet op te wachten om zijn verhaal te doen. Maar aan de andere kant wist hij zeker dat de roddelpraatjes al de ronde deden. Strategisch gezien was het wel handig als iemand zijn kant van het verhaal kende, en misschien was het ook goed om na al die tijd zijn hart eens te kunnen luchten, al was het maar om een volgend incident zoals op de vliegbasis van Strathallan te voorkomen. Hij had Ava nog niet alles verteld over wat er was gebeurd bij het parachutespringen en ze had er ook niet op doorgevraagd. Het zou nog wel even duren voordat hij zelf zover was.

'Het gebruikelijke verhaal,' zei hij. 'Er was een vrouw in het spel.'

Astrid Borde was een aantrekkelijke verschijning. Ze had lang kastanjebruin haar met door de zon gebleekte punten, lange, volle wimpers, hoge jukbeenderen en het soort figuur waar mannen zich aan vergapen. Ze was hem al opgevallen, maar hij had nog nooit met haar gesproken.

'Toen heeft mijn beste vriend bij Interpol een date geregeld,' vertelde hij. 'Jean-Paul is gek op eten en Astrid had hem beloofd zijn vriezer vol te gooien met genoeg eten voor een hele maand als hij me over de streep wist te trekken. Jammer genoeg wist ik dat niet toen ik zei dat ik wel een keer met haar uit wilde. Anders waren zelfs in dit vroege stadium de alarmbellen al bij me gaan rinkelen. Maar goed, ik was single, had het niet al te druk, en er was eigenlijk geen reden om het niet te doen.'

'Hadden jullie bij Interpol geen beleid wat betreft de omgang tussen collega's?' vroeg Ava terwijl ze een slok thee nam en een omslagdoek over haar benen legde.

'Ze had een civiele functie op de afdeling Financiën. Dan geldt die regel niet, dus dat had geen problemen hoeven geven. Jean-Paul gaf me haar nummer en dat heb ik in mijn zak gestoken met het idee haar over een week of twee te bellen. Maar de volgende dag vroeg hij al waarom ik nog niet gebeld had, en zei hij dat ze op mijn telefoontje had zitten wachten en van streek was omdat ik niets had laten horen.'

'Verder wist je niets over haar? Ook niet van horen zeggen?'

'Helemaal niets,' zei hij, 'maar mijn vriend kreeg dat allemaal over zich heen en het enige wat ik hoefde te doen was even bellen. Ik was wel lichtelijk geïrriteerd, maar ook weer niet zo erg dat ik de boel wilde afblazen. Maar goed, ik maakte dus een afspraak voor diezelfde avond en reserveerde een tafeltje in een restaurant. Eigenlijk had ik daar met haar willen afspreken om het een beetje informeel te houden, maar zij stond erop dat ik haar kwam ophalen om het juist een officieel tintje te geven.'

Hij kon zich het telefoongesprek nog woordelijk herinneren, of misschien had hij het in gedachten te vaak gereconstrueerd, en gewenst dat hij de ellende had kunnen zien aankomen. Astrid had een prachtige stem, laag en hees. Als hij eerlijk was, was dat de reden geweest waarom hij niet meteen was afgehaakt. Hij wist toen al dat ze prinsessengedrag zou vertonen – hij was al met zoveel modellen uit geweest dat hij dat type vrouwen onmiddellijk herkende. Het zou geen kwestie worden van een langzame aanloop nemen, eerst iets met elkaar drinken om te zien of ze elkaar lagen.

'Ze was duidelijk in me geïnteresseerd en een beetje zenuwachtig en lacherig, maar daar lette ik niet op,' zei Callanach. 'Ironisch genoeg had de idioot die ik vroeger was, het nooit zover laten komen. Normaal gesproken zou Astrid Borde nooit verder zijn gekomen dan dat eerste telefoontje, toen ze eiste dat ik me voor de gelegenheid netjes zou kleden.'

Ava proestte van het lachen. 'Dat meen je niet!'

'Ja echt, dat eiste ze van me,' zei hij, en hij lachte wat zuur om Ava's verbazing.

Hij had Astrid om zeven uur opgehaald, wat hij een tikkeltje vroeg vond, maar ze wilde eerst iets gaan drinken. In zijn gedachten zou ze altijd die laag uitgesneden zwarte, glanzende jurk dragen die zo nauw om haar lichaam sloot dat het bijna obsceen was. De jurk viel tot halverwege haar dij en had een zijsplit die zoveel been liet zien dat Callanach zijn ogen er niet van af kon houden terwijl hij naast haar liep. De jurk diende om zijn aandacht te trekken en hij moest toegeven dat het werkte.

'Eerst dronken we een glas champagne in een bar en ze zei niet zoveel, zodat ik maar over het werk begon te praten, over de stomme dingen die Jean-Paul en ik hadden meegemaakt, en daarna begon ik over voetbal. Ik ben niet eens geïnteresseerd in sport, maar ze reageerde nergens op, dus probeerde ik de stiltes maar op te vullen. Op dat moment wist ik al dat het de eerste en de laatste keer zou zijn.'

'Wat deed ze?' vroeg Ava.

'Ze zei: "We gaan het niet over sport hebben. Dat interesseert me niet." Heb jij dat ook? Dat er van die momenten in je leven zijn waarvan je achteraf denkt: als ik het toen anders had gedaan, dan was het niet zo gelopen. Nog maanden daarna schoot ik midden in de nacht wakker uit een droom waarin ik ter plekke was opgestapt, zogenaamd ziek was geworden, en haar in een taxi naar huis had laten gaan.'

'Maar het liep anders,' zei Ava.

'Dat klopt. Ik probeerde aardig te zijn en haar het voordeel van de twijfel te gunnen, en ik dacht zelfs dat ik haar verkeerd had verstaan. Ik was van plan de avond gewoon uit te zitten, haar thuis af te zetten en daarna nooit meer terug te zien. Het leek me makkelijker om haar gedrag te tolereren dan er iets van te zeggen.'

Astrid en hij waren van de bar naar het restaurant van haar keuze gereden. Het was te stijf en formeel naar zijn smaak, met een ober die uit de hoogte deed en een inrichting waaraan je kon aflezen dat de rekening torenhoog zou worden. Maar Astrid vond het geweldig.

'Wat gebeurde er daarna?' vroeg Ava.

'Astrid was net een kind, het ene moment nukkig en onhebbelijk en het volgende moment schudde ze haar haar naar achteren en eiste alle aandacht op. Ik wist gewoon niet hoe ik me moest gedragen. De obers keken naar me alsof ik haar gedrag hoorde te corrigeren. Op een gegeven moment zat ik me zo te generen dat ik aangaf dat we wat zachter moesten praten, maar dat maakte het alleen maar erger. Toen ben ik achterover in mijn stoel gaan zitten en heb ik alles maar op zijn beloop gelaten. Ze bestelde vis en zei daarna dat ze dat helemaal niet lekker vond, ze wilde met alle geweld de wijn eerst proeven en keurde hem goed, maar ze toen haar glas al half opgedronken had zei ze tegen de ober dat ze nog nooit zoiets smerigs geserveerd had gekregen, en tegen de tijd dat het dessert eraan kwam zat ze met haar voet in mijn kruis te wroeten.'

Callanach herinnerde zich haar constante gezeur onder het eten terwijl hij alleen maar naar stilte verlangde. Het leek wel alsof ze kon eten en praten tegelijk. Tijdens de maaltijd had hij regelmatig op zijn horloge gekeken, stiekem onder tafel zodat ze het niet zag, maar uiteindelijk had ze het toch doorgekregen.

'Heb je soms haast?' had Astrid gevraagd.

'Sorry. Ik wil niet onbeleefd zijn, maar ik moet nog wat dossiers doornemen en ik hoopte dat eigenlijk vanavond nog te kunnen doen. Doe vooral rustig aan met je clafoutis,' had hij geantwoord.

'Daar had ik toch al geen trek meer in.' Ze had haar lepel luid kletterend in het porseleinen bordje tussen de smurrie van zwarte kersen laten vallen, zodat de andere gasten zich naar haar omdraaiden. Callanach hoefde niet eens om de rekening te vragen. De gerant was hem meteen met een opgelucht gezicht komen brengen. Callanach betaalde contant en liet een vette fooi achter, en wilde alleen nog maar zo snel mogelijk weg.

Eenmaal buiten wilde ze nog meer champagne en klaagde ze dat ze zich door hem opgejaagd voelde. En op dat moment had hij de fout gemaakt waardoor alles veranderde.

'Ik wist niet hoe ik haar anders de mond moest snoeren en snel naar huis kon brengen, dus gaf ik haar een kus. Het duurde maar een paar seconden, net lang genoeg om haar het spreken te beletten en haar zover te krijgen dat ze deed wat ik wilde: namelijk zonder protest in mijn auto stappen zodat ik haar naar huis kon brengen en ervandoor kon gaan.'

'Je hoeft je niet te verdedigen,' zei Ava. 'Als ik over je had willen oordelen, had ik dat allang gedaan.'

'Ik verdedig me net zo goed tegen mijn eigen oordeel als tegen dat van jou. Ergens denk ik nog steeds dat het mijn eigen stomme schuld was, snap je? Dat ik haar heb verleid.'

'Als ik een pond kreeg voor elk slachtoffer dat ik zoiets heb horen zeggen...' zei Ava. 'Wat gebeurde er toen je haar thuis had gebracht?'

'Het begon al eerder in de auto. Haar kussen was het stomste wat ik had kunnen doen en dat wist ik al zodra ik haar aanraakte. Astrid gedroeg zich alsof ze stomdronken was en maakte onder het rijden haar veiligheidsgordel los en probeerde op mijn schoot te klimmen. Toen we bij haar appartement aankwamen, zei ze dat ze niet kon lopen en dat ik haar naar boven moest dragen.'

In de auto was Astrids jurk zo ver omhooggekropen dat hij haar slipje kon zien. Aan het begin van de avond had ze hem nog enigszins weten te intrigeren, maar aan het eind walgde hij van haar. Ze deed net alsof ze dronken was en achteraf gezien vroeg hij zich af of ze de werkelijke reden achter zijn plotselinge toenadering had doorzien. Hij had Astrid half gedragen en half mee moeten sleuren naar haar voordeur en daar weer dezelfde excuses afgedraaid over dat hij nog werk te doen had. Maar op de drempel was ze letterlijk in elkaar gezakt en begon ze te huilen. Omdat hij koste wat kost wilde voorkomen dat de buren naar buiten kwamen lopen om zich aan het tafereel te verlustigen, had hij haar sleutels gepakt, de deur opengemaakt en haar naar binnen gedragen.

'Ik moet nu gaan,' had hij gezegd, terwijl ze haar naaldhakken door de kamer smeet.

'Je hoeft helemaal niet weg, je liegt,' had ze geantwoord. Ze klonk opeens weer nuchter, en praatte nu veel zachter en net zo sexy als eerder op de avond. 'Je kunt niet zeggen dat je me niet wilt. Ik heb heus wel gezien hoe je vanavond naar me keek.' En toen reikte ze achter haar rug en ritste haar jurk open.

'Dat gaat niet gebeuren,' had hij gezegd. En zonder acht te slaan op de kleren die op hem af vlogen, was hij naar de deur gelopen.

'Astrid drukte zich tegen me aan en begon vulgaire bewegingen te maken, en ik moest haar van me af duwen,' zei Callanach tegen Ava. 'Ik probeerde zo vriendelijk mogelijk te blijven, maar ze wilde me niet laten gaan.'

Ondertussen was ze al spiernaakt. Callanach herinnerde zich de walging die hij voelde toen ze haar blote lijf tegen zijn rug duwde, terwijl ze zichzelf streelde en hem probeerde uit te kleden. Uiteindelijk had hij enig geweld moeten gebruiken om zich los te rukken. Hij hoorde de doffe klap toen ze hard op de grond terechtkwam, en keek nog even om om te zien of ze zich niet bezeerd had. En toen wilde hij de deur uit lopen.

'Maar vlak voordat ik de voordeur opendeed, viel ze me aan en zette ze haar nagels in mijn nek,' vertelde Callanach. 'Een van de buren kwam naar buiten om te zien wat er aan de hand was. Die heeft gezien dat ik het bloed uit mijn nek veegde en heeft me horen vloeken.'

Astrid was ondertussen helemaal hysterisch geworden en stond hem luid snikkend uit te schelden. Een minuut later zat hij in zijn auto en reed naar huis, Jean-Paul vervloekend omdat hij door hem in deze situatie was beland. Het enige wat hij wilde was een douche nemen om haar geur van zich af te spoelen.

Ava boog zich voorover met haar hoofd in haar handen gesteund, en keek naar zijn nek alsof de wond als bij toverslag weer zichtbaar zou worden.

'En wat is er daarna gebeurd?' vroeg ze.

'Niets. De volgende dag ben ik naar mijn werk gegaan; een paar collega's vroegen naar de schrammen in mijn nek en ik zei dat dat bij het fitnessen was gebeurd. Tegen Jean-Paul zei ik alleen dat ze onuitstaanbaar was. De avond was een regelrechte nachtmerrie geweest, maar ik was niet van plan om haar baan op de tocht te zetten. Wat mij betrof was het klaar en ik ben niet iemand die roddelt, dus daar liet ik het bij. Twee dagen later was ik op weg naar Jamaica in verband met een zaak, en de rest weet je.'

'Hoe luidde de beschuldiging?' vroeg Ava.

'Ik denk dat je het al kunt raden,' antwoordde hij.

Ava knikte.

# 28

Ava had zich verontschuldigd omdat ze zo in zijn verleden had zitten wroeten en had hem nadrukkelijk gerustgesteld nadat hij zijn verhaal had gedaan. Lyon en het leven dat hij daar had achtergelaten waren een onderwerp waar hij liever niet over nadacht, maar door het gesprek met Ava kwam alles weer boven, en terwijl hij rusteloos lag te woelen in zijn bed, gaf hij zich over aan zijn herinneringen. Hij dacht aan de delicatessenwinkels in de achterafstraatjes, waar ze de heerlijkste vleeswaren en kazen verkochten. Hij voelde weer de hitte van de lange, warme zomerdagen en zag het zonlicht weerkaatsen op de indrukwekkende glazen voorgevel van het gebouw waar Interpol zetelde. Na zijn vertrek uit Frankrijk had Callanach een halfjaar in Fife doorgebracht voor een snelcursus in het Schotse strafrecht en de standaardprocedures bij de politie, voordat hij in Edinburgh kwam werken. Hij had gehoopt daardoor beter te begrijpen waar hij vandaan kwam, maar in werkelijkheid voelde hij zich nog steeds een buitenstaander. Zijn vader had hartstochtelijk veel van Schotland gehouden en Callanach begreep ook waarom, maar zijn gedwongen migratie lag hem nog te rauw op de maag om dit nieuwe land als zijn vaderland te zien, ook al was hij hier geboren. Edinburgh was een schitterende stad, maar hij verlangde naar avonden zonder constante regen, avonden waarop het warm genoeg was om buiten te eten.

Het was nog geen zes uur, en Callanach was net in slaap gevallen toen brigadier Lively belde.

'Er staat een naam op de lijst. Van een zekere J. Locke, maar het kenteken dat bij de auto hoort stond voor het laatst op naam van een mevrouw Francesca Fairbanks in Livingston. Blijkbaar is haar auto na een ongeluk total loss verklaard en haar man heeft hem toen naar een sloperij in Falkirk gebracht.'

'Kan hij ons meer details geven? vroeg Callanach.

'Misschien had hij dat kunnen doen als hij zes maanden geleden niet overleden was,' antwoordde Lively. Callanach hoorde de frustratie in zijn stem.

'Stel een team samen en laat ze bij iedere autosloperij in de omgeving van Falkirk langsgaan. Ik ben over een uur op het bureau.'

'En professor Harris wil een gesprek met u. Hij wil graag op de hoogte worden gesteld van wat u in Braemar hebt ontdekt. Zal ik hem zeggen dat u onderweg bent?' vroeg Lively.

'Rij maar meteen door naar Falkirk, brigadier. Ik bel Harris zelf wel.' Het laatste waar Callanach op zat te wachten was nog meer tijd verliezen met verantwoording afleggen aan iemand die vastbesloten was geen millimeter af te wijken van zijn eigen aannames. Hij ging een drukke dag tegemoet, dus hij zou de profiler makkelijk kunnen ontlopen.

Maar natuurlijk zat Harris hem al op te wachten toen hij op het bureau aankwam. Hoe kon het ook anders, dacht Callanach. Waarom had hij ook maar een moment gedacht dat Lively zijn orders zou opvolgen? Harris had zelfs al geregeld dat de hoofdinspecteur ook bij het gesprek aanwezig was.

'Het team heeft met behulp van het profiel dat ik voor hen heb opgesteld drie verdachten in de omgeving geïdentificeerd. Die worden vandaag voor verhoor naar het bureau gebracht. Ik zou daar graag bij aanwezig zijn als u daar geen bezwaar tegen hebt, inspecteur. Ik kan goed beoordelen of ze de waarheid spreken of niet.' Onder het praten streek Harris over zijn baard – een gewoonte waar Callanach een bloedhekel aan had.

'Op grond waarvan gelooft u dat die mannen iets met de moorden te maken hebben?' vroeg Callanach.

'Ze zijn allemaal al eerder veroordeeld voor gewelddadige, seksueel getinte misdrijven. Ik heb hun dossiers bestudeerd. Naar mijn mening vertoonden ze allemaal symptomen van mogelijk escalerend seksueel geweld, gecombineerd met psychopathische trekjes. Ze wonen alle drie zo dicht in de buurt dat elk van hen de moorden gepleegd zou kunnen hebben.'

'Maar stel dat u ernaast zit wat betreft het seksuele motief voor de moorden?' vroeg Callanach. 'U hebt niets om een van die mannen met deze moorden in verband te brengen, behalve een geschiedenis waarvan u veronderstelt dat die bij de psyche van de moordenaar past.'

'Ze vallen in de juiste leeftijdscategorie, hebben een Schots accent, rijden allemaal auto en kennen de stad op hun duimpje. De statistieken tonen aan dat de meeste ontvoerde vrouwen seksueel misbruikt worden, inspecteur, dus ik begrijp niet goed waarom u zo sceptisch bent.' Harris bleef onverstoorbaar. Callanach wist dat als hij met een goed argument aan wilde komen, hij meer nodig had dan een onderbuikgevoel, en besloot de weg van de minste weerstand en het minste tijdverlies te kiezen.

*'D'accord,'* mompelde hij, uit pure frustratie terugvallend op zijn moedertaal. 'Prima. Arresteer ze maar. Hou ze hier vast tot brigadier Lively terug is uit Falkirk, en dan kunt u bij het verhoor aanwezig zijn. Controleer hun alibi als ze dat hebben en neem contact op met hun reclasseringsambtenaar. Probeer in te schatten in hoeverre elk van hen op dit moment een gevaar oplevert. Maar niemand mag zonder mijn toestemming met de pers praten of anderszins de openbaarheid zoeken. Als we de verkeerde man arresteren, zou dat de moordenaar ertoe kunnen brengen te bewijzen dat hij nog vrij rondloopt.'

'U gaat ervan uit dat ik de verkeerde persoon in staat van beschuldiging stel, inspecteur,' merkte Harris op, en voor het eerst klonk hij wat kortaf.

'Misschien,' zei hij. 'Chef, er is nog iets anders wat ik met u wil bespreken en ik heb maar weinig tijd.'

De professor nam afscheid van hoofdinspecteur Begbie, maar nam niet de moeite om Callanach gedag te zeggen. Niet dat dat Callanach ook maar iets kon schelen.

'Over de media gesproken,' zei Begbie, 'ik heb je vanochtend nodig. Jij hebt een rol gespeeld in die babyzaak. Ik moet een verklaring afgeven waarin ik uitleg dat Ava is geschorst om de klacht over haar uitspraken nader te onderzoeken. Ik zou willen dat jij afsluit met een korte samenvatting van de zaak zoals die er nu voor staat.'

'En hoe staat die er nu voor?' vroeg Callanach.

'De pastoor van Sarah Butler is verkrachting ten laste gelegd, maar hij weigert te praten. Een niet nader genoemde partij financiert zijn rechtsbijstand en trekt alles uit de kast. De advocaten hebben hun klauwen al in de zaak gezet. Maar DNA-onderzoek zal uitwijzen of het meisje de waarheid heeft gesproken en ze is volgens de wet seksueel nog minderjarig. Het gaat een paar dagen duren om alles te regelen. Rebecca Finlan is zo in de war dat ze geen coherente verklaring kan afleggen. Dat gaat langer duren. Zuster Ernestine wordt beschuldigd van twaalf gevallen van mishandeling, maar er komen er zeker nog meer bij.'

'En hoe zit het met de aanklachten tegen de meisjes zelf?' vroeg Callanach.

'We hadden geen andere keus dan de twee van wie de baby's gestorven zijn, doodslag ten laste te leggen. We verwachten dat ze allebei schuldig zullen pleiten en dat hun vanwege de verzachtende omstandigheden geen vrijheidsstraf zal worden opgelegd. Hopelijk krijgen ze de nodige steun om hun leven weer op de rails te krijgen.'

'Arme kinderen,' zei Callanach.

'Dat ben ik met je eens. Er zijn alleen maar verliezers in deze zaak.

Hoe gaat het met Ava?' vroeg Begbie.

'Gisteren is er ingebroken bij haar beste vriendin. Ik heb er een team op gezet om het te onderzoeken en ik coördineer het onderzoek.'

'Je mag je niet laten afleiden van het onderzoek naar Buxton en Magee,' waarschuwde zijn baas, 'en hou Ava erbuiten. Ze mag niets doen tot wij die pr-ramp hebben opgeruimd.'

'Ik zal het doorgeven.'

'Je moet samenwerken met professor Harris, Callanach. De kerk betaalt zijn werkzaamheden, en die wil resultaten zien. Ik kan geen conflicten in je team gebruiken en wil niet het risico lopen dat ik weer een inspecteur moet schorsen, dus blijf vooral correct. Over een halfuur verzamelen in de persruimte.'

Callanachs telefoon ging. Het was een nummer dat hij niet kende. Hij wilde het gesprek al wegdrukken, maar bedacht zich.

'Luc, sorry dat ik je stoor, maar er is iets nieuws. Ik sta hier buiten voor het politiebureau geparkeerd.' Natasha's stem klonk trillerig. Hij vroeg zich af hoelang ze met zichzelf geworsteld had voordat ze besloot hem te bellen. Ze was niet het type vrouw dat gauw dramatisch deed.

'Ik kom eraan,' zei hij. Hij trok zijn jas aan om zich tegen de koude wind te beschermen en liep naar buiten.

Natasha knipperde even met haar koplampen en duwde het portier al open toen hij eraan kwam. Ze had donkere kringen onder haar ogen. Hij ging zitten en ze gaf hem een envelop die hij op zijn schoot legde.

'Heb je eigenlijk wel geslapen?' vroeg hij.

'Zie ik er zo beroerd uit? Je wordt bedankt. Deze vond ik vanochtend toen ik naar beneden kwam. Ze waren onder de achterdeur door geschoven en lagen overal verspreid over de vloer.'

Callanach opende de envelop en haalde er een paar smalle stroken felgekleurd papier uit. Sommige waren gevouwen, andere waren verkreukeld. Hij was zich er pijnlijk van bewust dat hij daarmee waarschijnlijk belangrijke sporen verknoeide en liet ze in zijn schoot vallen voor hij nog meer vingerafdrukken uitwiste.

'Weet je waar dit vandaan komt?' vroeg hij.

'Het is een foto van mij op een benefietavond, die in de *Scotland on Sunday* is verschenen. Er zijn vijf letters uit de foto gesneden, alsof iemand ze eruit gestanst heeft.'

Callanach schoof de papiertjes heen en weer met een vingernagel. Hij kon een I, een K en een O onderscheiden. 'En wat is dit?' vroeg hij en hij wees op de verkreukelde letters.

'Een M en nog een K,' zei ze.

'Zegt dat jou iets? Een persoonlijke boodschap voor jou?'

'Eerst was ik niet zeker of dit een M of een W was en of die I een 1 was of een L. Maar toen snapte ik het opeens.' Natasha pakte de letters op en Callanach begon meteen te protesteren. 'Dat maakt toch niks meer uit,' zei ze. 'Ik heb ze het afgelopen uur voortdurend in mijn vingers gehad.' Ze legde ze boven op de envelop in de juiste volgorde zodat ze twee woorden vormden.

IK KOM

las Callanach. 'Ik wil dat je opnieuw een verklaring aflegt. En nou niet tegenstribbelen.'

Callanach haastte zich naar de persconferentie en nam plaats vlak voordat de hoofdinspecteur van wal stak. Onmiddellijk begonnen er camera's te flitsen en de persvoorlichter verzocht de fotografen om te stoppen met foto's maken zolang er nog werd gefilmd. De toon van de hoofdinspecteur was bedrukt maar zakelijk. Lampen schenen in hun ogen terwijl de cameramensen hun statieven plaatsten en elkaar verdrongen om het beste standpunt te vinden. Daarna richtte de aandacht zich op Callanach, die nerveus een hand door zijn haar haalde. Hij ving een glimp op van zijn eigen gezicht op een monitor en realiseerde zich dat hij er doodmoe uitzag.

Natasha had zich vast afgevraagd waar hij het lef vandaan haalde om te zeggen dat zíj er afgepeigerd uitzag. Hij dwong zichzelf met opgeheven hoofd in de zwarte lens te kijken die zijn gezicht door het hele land zou verspreiden en stelde zich voor dat Ava nu thuis zat te kijken naar wat haar glorieuze moment had moeten zijn.

Hij hield het zo kort mogelijk, gaf de meest recente informatie met klinische precisie weer en hield zich strikt aan de feiten. Daarna gaf hij het woord weer aan de persvoorlichter, die zei dat de hoofdinspecteur slechts vijf minuten had om vragen te beantwoorden. Toen brak de hel los.

'Bent u van plan een externe onderzoeker in te schakelen om de klacht tegen inspecteur Turner te onderzoeken?'

'Heeft het Vaticaan al contact opgenomen met de politie om te praten over het criminele gedrag van de schoolleiding?'

'Wat gaat er gebeuren met het derde meisje met de baby die het heeft overleefd?'

'Doet de politie ook nog onderzoek naar andere mogelijke beschuldigingen tegen St Gerard Majella's?'

De hoofdinspecteur probeerde alle vragen zo goed mogelijk te beantwoorden en stond toen op, ten teken dat de vijf minuten voorbij waren.

'Heeft inspecteur Callanach nog altijd geen vorderingen gemaakt in het onderzoek naar de verdwijning van Elaine Buxton en Jayne Magee? En zo niet, waarom is hij dan niet vervangen?'

Het werd opeens stil. Het was een valstrik. De journalist die de vraag had geroepen liep naar voren, en hield zijn microfoon voor Begbies gezicht. Als de chef niets zei, liet hij zijn inspecteur in de kou staan. Als hij nu met een excuus kwam, zou dat zwak overkomen, alsof hij zich moest verdedigen. Callanach stapte naar voren om te voorkomen dat Begbie iets zou moeten zeggen.

'We maken vorderingen, maar u zult begrijpen dat we de pers niet op de hoogte kunnen houden van elk flintertje nieuw bewijs. We vragen u om kalm te blijven. We stellen alles in het werk om de moordenaar van Jayne Magee en Elaine Buxton te vinden. Het onderzoeksteam krijgt hulp van een profiler. Het is uw goed recht om vragen te stellen over deze zaak, maar uit respect voor de slachtoffers over wie we vandaag gesproken hebben, verzoek ik u verdere vragen via de persvoorlichter te laten lopen. Dank u.'

Nu grepen de fotografen hun kans en vulde de ruimte zich met salvo's zenuwtergend flitslicht. Iedere journalist had weer een andere vraag. Het was veel te lawaaierig, hij werd alle kanten op geduwd en het felle licht deed pijn aan zijn ogen. Callanach probeerde tevergeefs rustig door te ademen. Hij was bekaf en moest dringend iets eten. Maar hij wilde hier vooral weg. Hij drong zich door de menigte journalisten heen en probeerde de opkomende paniek te onderdrukken.

Hij was nog niet eens terug op zijn kamer toen Ava hem al op zijn mobiel belde.

'Gaat het wel goed met je?' vroeg ze. 'Je deed het fantastisch, maar je zag er afgepeigerd uit.'

'Het gaat prima met me,' antwoordde Callanach. 'Beter dan met Natasha in ieder geval.' Zodra hij dat had gezegd, had hij er spijt van. Hoe minder Ava wist, des te beter.

'Vertel,' zei ze.

'Dat kan ik niet doen. De chef zei dat jij erbuiten moest blijven en voor de verandering ben ik het met hem eens. Maar ik zou me geruster voelen als ze niet in haar eigen huis bleef zitten.'

'Ik heb haar gisteravond proberen over te halen bij mij te komen logeren, maar daar wilde ze niets van weten,' zei Ava.

'Nee, ze kan niet bij jou logeren omdat je geschorst bent. En als dit dezelfde persoon is die jou ook bedreigd heeft, dan is samen in één huis zitten zo'n beetje een nachtmerriescenario. Heeft ze familie waar ze heen kan?'

'Nee, die hebben het contact met haar verbroken toen ze uit de kast kwam. Ze is nog koppiger dan ik, Luc, je komt geen stap verder met haar. Ik bel haar wel om te kijken wat ik kan bereiken.'

'Ik kan je niet verbieden om haar te bellen, maar verder mag je niets doen.' Callanach stond eindelijk voor een koffieautomaat en gooide er geld in. Het maakte niet uit hoe smerig de koffie was. Hij kon alleen op de been blijven met een dosis cafeïne.

'Luc, ben je er nog?'

'Ja,' zei hij, 'ik pak even een kop koffie uit de automaat.'

'Denk je dat jouw moordenaar contact met Natasha heeft opgenomen? Want ze past wel in het profiel van het type slachtoffer dat hij uitkiest. Vrouw. Single. In de dertig. Alleenwonend. Succesvol in haar carrière. Ik moet er niet aan denken dat...' Ava maakte haar zin niet af. Dat hoefde ook niet.

'Natasha is nu op het bureau om een verklaring af te leggen,' zei Callanach. 'En dit is wel anders. De inbraak, het hart in de vriezer, de uitgeknipte letters die vandaag onder de deur door zijn geschoven. In die andere zaken was er voor zover we weten geen sprake van dat hij vooraf waarschuwingen stuurde. Ik moet ervandoor Ava, maar ik beloof je dat ik haar zal beschermen.'

# 29

Professor Forge had zich ziek gemeld, was hem bij de administratie van de faculteit meegedeeld. King had even zijn wenkbrauwen opgetrokken om net genoeg verbazing te tonen, en gevraagd wat haar scheelde. Zoals te verwachten viel, kreeg hij te horen dat ze het niet wisten en dat het een ongepaste vraag was. Hij zei dat hij hoopte dat ze morgen weer beter was en liet de dames alleen zodat ze konden doorgaan met hun nagels vijlen en hun kletspraat over kleren en beroemdheden. Hij trok zich terug in zijn kamer. Natasha had zo voorspelbaar gereageerd. Bij zo'n intellectuele en getalenteerde vrouw kwam dat bijna als een teleurstelling. Het feit dat ze zich door dit soort kleinigheden angst liet aanjagen, bewees wel hoe kwetsbaar ze was.

Voor die uitgeknipte letters die hij onder de deur door had geschoven had hij zich wel geschaamd, omdat hij zich tot zulke amateuristische soaptactieken had verlaagd, maar het was makkelijk en het had hem weinig werk gekost. Het hart was een veel dramatischer zet, áls ze het tenminste al gevonden had. Hij had een rusteloze nacht achter de rug waarin hij tot de conclusie was gekomen dat zijn bezoek aan Natasha's huis hem een totaal ander beeld van haar had gegeven. Naar zijn idee had haar vriesvak, afgezien van een ijsbakje, wat erwten en een vergeten forel, leeg moeten zijn. Er had een kledingzak van de stomerij in een deuropening moeten hangen, aan huis afgeleverd. Elk moment kon er een bestelling van een dure supermarkt worden bezorgd: veel gezonde kant-en-klare salades, mosselen, gerookte zalm, een paar flessen champagne en bijzondere wijnen. In plaats daarvan trof hij een slowcooker aan waarin een soort lamsstoofpot stond te pruttelen. De koelkast was vol en bevatte voornamelijk zelfgemaakte maaltijden die ze later zou opwarmen. Professor Forge, die altijd elegant geklede vrouw met haar krappe deadlines en passie voor hard werken, bleek een doorsneehuisvrouwtje te zijn. En zijn teleurstelling beperkte zich niet tot de keuken.

King dacht terug aan haar bed. Het was netjes opgemaakt, en hier en daar had ze zorgvuldig wat kussens neergelegd: het zag er gezellig en schoon uit, maar vooral heel huiselijk. Hij had zich een hypermoderne, minimalistische inrichting voorgesteld, met zwarte en witte meubels misschien. In plaats daarvan rook haar gebloemde kussen naar het parfum dat ze de laatste tijd ophad. King had zichzelf het genoegen toegestaan heel even zijn gezicht in het kussen te drukken, en languit op haar bedsprei te gaan liggen, alsof hij Natasha zo in zich op kon zuigen. Hij had zichzelf bekeken in haar spiegel en zich voorgesteld dat ze voor hem stond en dat zijn adem haar nek streelde terwijl zij haar oorbellen in deed. Hij had zich laten meeslepen en was daardoor langer gebleven dan hij van plan was geweest, zich afvragend hoe het zou voelen om zijn handen om haar keel te leggen en die langzaam dicht te knijpen terwijl ze hem smeekte om te stoppen. Dan zou ze spijt hebben, dan zou ze zich verontschuldigen omdat ze hem niet genoeg aandacht had gegeven en zou ze aan den lijve kunnen ondervinden hoeveel macht hij had. Haar adem zou stokken, ze zou naar lucht happen en nog even met haar ogen knipperen voordat ze ze langzaam sloot. Alsof ze zijn geliefde was. Alsof ze het gevoel verwelkomde.

King had zichzelf daar weg moeten slepen. Als hij zichzelf niet in de hand hield, besefte hij, zou hij fouten maken, zou hij zichtbare sporen achterlaten. Hij had zichzelf gedwongen na te denken over de consequenties daarvan. Hij kon het zich niet permitteren zozeer van haar bezeten te zijn dat hij zijn uiteindelijke doel uit het oog verloor. Hij was haar huis binnengedrongen om haar een onzeker gevoel te geven. Ze moest bang voor hem zijn zonder te weten wie hij was. Misschien was de nieuwe, licht teleurstellende Natasha die hij hier gevonden had, deze kleine vrouw die zo gehecht was aan haar huiselijke gezelligheid, makkelijker bang te maken. Weliswaar gaf hij de voorkeur aan de oude Natasha, de onbereikbare professional die altijd zo ijzig deed dat hij haar in zijn fantasie voelde smelten onder zijn aanraking, maar nu wist hij veel meer over haar, en kennis betekende ontegenzeggelijk macht.

Voorbereidingen treffen voor een nieuwe vrouw wond hem op. De ruimte was eigenlijk niet geschikt voor drie, maar hij was ook nooit van plan geweest daar zoveel vrouwen vast te houden. Het moment naderde waarop hij zich ofwel van Elaine of van Jayne zou moeten ontdoen – een droevige gedachte na al die tijd en energie die hij in hen had gestoken, maar ook een opwindende. Dat had hij eerst niet willen toegeven. Eerst had hij alleen maar ergernis en frustratie gevoeld omdat ze niet het doel hadden gediend dat hij voor ogen had. Maar daarna voelde hij een vonk die hij had proberen te onderdrukken. Gisteravond in bed stelde hij zich voor dat hij een van hen zou kiezen, en op dat moment voelde hij zich een god. Nee, niet een god, maar God. Hij dacht terug aan de uren die hij nodig had gehad om Jaynes tanden en kiezen uit haar onderkaak te verwijderen, aan de technieken die hij zich eigen had gemaakt met behulp van boeken en internet, wachtend tot ze net zo begon te schreeuwen als Elaine had gedaan. Hij had haar armen en benen stevig vastgebonden, een stuk plastic op het bed gelegd zodat het beddengoed niet smerig zou worden, en gewacht tot de angst zou toeslaan, omdat hij wist dat het hem net zoveel energie zou kosten om haar te kalmeren als om haar tandvlees los te snijden en elke tand en kies apart uit haar kaak te beitelen en te wrikken. Maar ze had niet geschreeuwd. Ze had de verdovende injecties met een vertrokken gezicht ondergaan, maar ze had niet gehuild. Ze was niet hysterisch geworden. Het was of ze vanbinnen al dood was.

Bij Elaine kon hij haar angst voelen, haar pijn zien, elke emotie ervaren die hij bij haar losmaakte. Jayne gaf hem niets. In het begin had hij alleen maar bewondering gehad voor haar zelfbeheersing, maar daarna begon die eerder op devotie te lijken, en hij was er niet zeker van of hem dat beviel. Elaine had hem met onvermoede eigenschappen begiftigd: autoriteit, status, controle. Maar zij was een zielenpoot die alleen maar lag te grienen, en fysiek stootte ze hem af. Het was een moeilijke beslissing. Met als ongelukkig neveneffect dat hij een stijve kreeg als hij erover nadacht. Het ging niet alleen om wie hij zou kiezen, maar ook om de talloze manieren waarop hij de afvalster zou kunnen uitschakelen. De laatste moord was stuntelig uitgevoerd en dat kwam omdat die niet goed gepland was. Het was aldoor de bedoeling geweest dat Grace zou sterven, maar niet op die manier. Te veel temperament, te weinig finesse. Misschien moest hij zijn volgende aanwinst maar laten kiezen. Er ging een rilling door hem heen bij die gedachte. Ze zou het gruwelijk vinden, maar anderzijds zou het haar ook temmen.

Er stond nog heel wat op Kings activiteitenlijstje. Hij moest een andere auto regelen en hij moest nog een geschikte plaatsvervangster voor zijn nieuwe gast zien te vinden. Hij kon het niet riskeren nog eens naar de hoerenbuurt van Glasgow te gaan. Bij de herinnering aan de pooier die door het raampje van zijn auto naar binnen leunde brak het koude zweet hem uit. Hij zou wat verder moeten zoeken, in Dundee misschien.

Op zijn pc verscheen een melding dat er een e-mail was binnengekomen. Professor Forge deed wel net alsof ze ziek was, maar dat weerhield haar er niet van om thuis te werken. De brochure voor het volgende academische jaar moest worden gedrukt en ze wilde dat hij zich daarover boog. Het was een saaie klus. Hij had nooit begrepen waarom ze dat niet aan de marketingafdeling overliet, maar Natasha stond erop dat elk lid van de faculteit er een bijdrage aan leverde. Bovendien wilde ze dat hij voor over twee dagen een stafvergadering organiseerde. Zelf zou ze daar niet bij aanwezig zijn, dacht King. Natasha zou niet beschikbaar zijn. Tegen die tijd zouden de details over het komen en gaan van haar stafleden wel het laatste zijn wat haar bezighield. Maar voorlopig moest hij de schijn ophouden en doen wat hem was opgedragen. Hij moest nog één ding doen om er zeker van te zijn dat ze was waar hij haar hebben wilde, op de juiste plek op het juiste tijdstip. Hij trok doorzichtige plastic handschoenen aan en haalde een envelop uit een plastic tasje dat hij in zijn aktetas had gestopt.

Hij wachtte tot de meeste studenten het gebouw rond lunchtijd hadden verlaten en de stafmedewerkers achter hun bureau een broodje aten, en liep met een stapeltje dossiers in zijn handen de gang door naar Natasha's kamer. Langzaam en bedaard. Er was niemand te zien. Met een snelle, soepele beweging plakte hij de envelop, die hij van tevoren van een stukje plakband had voorzien, op haar deur en liep meteen weer door terwijl hij zijn handschoenen uittrok. Nu moest hij alleen nog de rest van de dag door zien te komen en dan kon hij terug naar huis, naar zijn meisjes. Er was nog een heleboel te doen. De gastenkamer moest worden schoongemaakt. King wilde niet dat zijn nieuwe trofee in een stinkhol terechtkwam. Dat zou een totaal verkeerde indruk maken.

# 30

'Ik laat twee eigenaars van een autosloperij oppakken,' brulde Lively door de telefoon in een poging zich boven de herrie verstaanbaar te maken. 'We houden ze lang genoeg vast zodat ze gaan denken dat we ze iets ten laste kunnen leggen, en ondertussen kunnen onze mensen de sloperij ondersteboven keren en kijken wat ze kunnen vinden. Hoe laat kunt u hier zijn?'

'Ik kan niet komen. Een ander incident heeft mijn dag in de war gestuurd en ik wil dat u en Harris de plaatselijke zedendelinquenten verhoren die aan het daderprofiel voldoen. Ik vraag Tripp wel om die autoslopers te verhoren, dat kan hij prima,' zei Callanach terwijl de politieauto waar hij in zat, langs het trottoir stopte.

'Ik snap niet wat belangrijker kan zijn dan dit. U wordt geacht dit onderzoek te leiden, maar u bent er nauwelijks,' beet Lively hem toe.

'Hou uw commentaar maar voor u, brigadier. Ik hoef aan u geen verantwoording af te leggen. Doe gewoon uw werk en volg mijn orders op, anders laat ik u vervangen.'

'Als dit achter de rug is,' zei Lively, 'kunt u erop rekenen dat er een klacht wordt ingediend, en die zal zo ernstig zijn dat zelfs uw hoge vriendjes bij Interpol u niet meer kunnen redden.'

De verbinding werd verbroken voor Callanach antwoord kon geven. De verkeersagente die opdracht had gekregen hem naar de universiteit te rijden zat aan de radio te prutsen en deed haar uiterste best om te doen alsof ze niets had gehoord, maar haar gezichtsuitdrukking sprak boekdelen. Ze zat te wachten tot Callanach zou ontploffen, maar in plaats daarvan leunde hij achterover en haalde een paar keer diep adem. Hij moest hierdoorheen, terugrijden naar het bureau, checken waarmee iedereen bezig was en daarna thuis zien te komen zonder iemand een dreun te verkopen. Dat was alles. Op dit moment had hij daar zijn handen vol aan.

Een administratief medewerker van de vakgroep filosofie had Natasha gebeld om te zeggen dat er een envelop op haar deur zat geplakt. Het meisje had de envelop van de deur gehaald en de inhoud op haar bureau leeggeschud; daarna had ze haar collega's erbij geroepen die haar geholpen hadden de geheimzinnige letters net zolang heen en weer te schuiven tot ze een woord hadden gevormd. De envelop en de inhoud waren bedekt met vezels, vingerafdrukken en het DNA van verschillende mensen. Dat kon je ze niet kwalijk nemen, dacht Callanach. Het was de natuurlijke reactie en ze hadden geen reden gehad om voorzichtig te werk te gaan. Natasha had besloten de gebeurtenissen geheim te houden voor haar medewerkers zodat ze zich geen zorgen zouden maken en er geen onnodige ophef zou ontstaan. Helaas betekende dat ook dat ze er niet op bedacht waren geweest dat Natasha's stalker misschien naar de universiteit zou komen. Callanach zuchtte. Op dit moment leek alles verkeerd te lopen.

De vrouw van de administratie die een verklaring had afgelegd, had nog steeds geen idee hoe belangrijk de letters op haar bureau waren. Een agent fotografeerde de letters en liep daarna weg om een foto te maken van de deur waarop de envelop was geplakt. Callanach viste de envelop uit een prullenbak, borg die samen met de letters zorgvuldig op in een bewijszak en voorzag die van een etiket.

Salter was onderweg om twee van Natasha's ex-vriendinnen op te sporen die misschien nog een sleutel van haar huis hadden. Natasha zelf zat thuis, onder bewaking van een agent, en stelde een lijst op van iedereen die mogelijk wrok tegen haar koesterde. Een team van de technische recherche doorzocht haar hele huis op vingerafdrukken, maar eigenlijk was dat een hopeloze onderneming.

Callanach liep op de agent af die de werkzaamheden op de plaats delict coördineerde. 'Probeer iedere medewerker apart te spreken en vraag of hun iets verdachts is opgevallen, of ze een onbekende in het gebouw hebben zien rondlopen, en maak een tijdlijn. Ik wil weten wanneer die envelop op professor Forge' deur is geplakt.'

Toen hij terugkwam op het bureau was het daar een drukte van belang en liep iedereen door elkaar heen.

'Wat is er aan de hand, Salter?' riep hij over de hoofden van de mensen heen.

'Een van de drie verdachten in de zaak-Buxton/Magee is vrijgelaten. Hij zat op het tijdstip van de ontvoeringen bij zijn reclasseringswerker en zijn alibi bleek onmiddellijk te kloppen. Van de andere twee wil de een niet praten en heeft om een advocaat gevraagd, en de ander heeft blijkbaar een soort bekentenis afgelegd. Professor Harris is daarbij als observator aanwezig en brigadier Lively leidt het verhoor.'

'Haal Harris daar onmiddellijk weg,' zei Callanach.

'Maar de hoofdinspecteur heeft gezegd...'

'Ik wil niet weten wat de hoofdinspecteur heeft gezegd. Haal hem daar weg. En breng me het dossier van de verdachte die op dit moment wordt verhoord.'

Callanach liep naar de verhoorruimte, terwijl hij het dossier van Rory Hand snel doorbladerde. Met zijn tweeënvijftig jaar, eerder veroordeeld voor verkrachting en het onder bedreiging afdwingen van seksuele handelingen bij een geestelijk gehandicapte vrouw, was hij nou niet iemand met wie je in een reddingsboot zou willen zitten. Hand had acht jaar gezeten voor de verkrachting, was daarna vijf jaar uit de problemen gebleven of in ieder geval niet gepakt, en had vervolgens nog eens vier jaar gezeten.

In beide gevallen werkte hij in de zorg, de eerste keer thuis bij een particulier, en de tweede keer onder een valse naam in een verzorgingstehuis. Callanach wierp een blik door het raam van de verhoorkamer. Brigadier Lively en Harris waren bezig hun aantekeningen bij elkaar te vegen. Er was nog één andere persoon in de kamer. Rory Hands gezicht was rood aangelopen, en op zijn gezicht lag een vettig zweetlaagje. Hij ademde veel te snel, maar dat kwam misschien ook doordat hij groot en zwaar was.

Harris kwam als eerste naar buiten. 'Nou, inspecteur, we hebben nog een hoop werk voor de boeg, maar dit is toch wel een belangrijke doorbraak. En het seksuele motief kwam precies overeen met wat ik al verwachtte.'

'Hoeveel hebt u aan hem weggegeven?' vroeg Callanach.

'Ik begrijp niet wat u bedoelt,' zei Harris. 'Brigadier Lively heeft hem op zeer professionele wijze verhoord. Uit ervaring weet ik dat dit soort daders vaak juist gepakt wil worden. Het verhoor is voor hen het moment waarop ze kunnen gloriëren. Daar fantaseren ze over. Hun bekentenis en de afschuw die ze teweegbrengen door de details van hun misdaad prijs te geven, is voor hen het ultieme hoogtepunt.'

'Hij had geen advocaat bij zich,' zei Callanach.

'Hand is op zijn rechten gewezen en hem werd rechtsbijstand aangeraden,' zei Lively. 'Ik weet wat ik doe.'

'Ik wil de opnamen zien.' Callanach liep naar de technische ruimte, waar een technicus de video-opname van het verhoor terugspoelde en naar een monitor wees.

Na de gebruikelijke inleiding en nadat hij op zijn rechten was gewezen, zag Callanach dat Hand wat ongemakkelijk op zijn stoel heen en weer schoof en met zijn nagels over het bureaublad kraste, en dat hij zijn wenkbrauwen fronste toen hem herhaaldelijk gevraagd werd of hij een advocaat wilde. Op dit punt kon hij in ieder geval niet beweren dat Lively zijn werk niet goed had gedaan. Vervolgens haalde professor Harris met een theatraal gebaar een stapel foto's op A4-formaat tevoorschijn en liet die een voor een voor Hand op tafel vallen.

'Elaine Buxton,' zei Lively. 'Dit is er van haar overgebleven.' De foto's toonden de verkoolde botten tussen de asresten in de hut. Op een andere foto waren de honkbalknuppel en de tand te zien. Callanach bestudeerde Hand aandachtig. Hij zat er nu veel ontspannener bij en Callanach was er bijna zeker van dat Hands pupillen zich verwijd hadden. 'En dit is Jayne Magee,' vervolgde Lively. Er werden nog meer foto's op tafel gelegd. 'Heb jij een van deze vrouwen ooit ontmoet?'

Hand zat heen en weer te schommelen in zijn stoel. Zijn eerst zo verkrampte schouders waren nu ontspannen, en van zijn nervositeit was niets meer te merken. In plaats daarvan zat daar een man die zich uit alle macht moest beheersen om zijn hand niet uit te steken en de foto's aan te raken.

'Moet je zien hoe opgewonden hij raakt van de aanblik van zijn slachtoffers. Ik denk dat hij het te riskant vond om er zelf foto's van te maken, dus als hij dan eindelijk de beelden onder ogen krijgt die hij zo verschrikkelijk graag in gedachten wilde reconstrueren, is hij niet in staat zijn lichamelijke reactie te beteugelen.' Harris klonk triomfantelijk, zelfgenoegzaam bijna.

Callanach wendde zich tot de technicus. 'Kunt u een minuut terugspoelen?'

De video spoelde terug tot het moment waarop Hand de foto's voor het eerst onder ogen kreeg. Callanach staarde naar Hands gezicht terwijl de foto's op tafel vielen. De verdachte fronste heel even zijn wenkbrauwen terwijl hij tot zich door liet dringen wat hij zag, en toen zei Lively de naam van het slachtoffer. Plotseling gingen zijn ogen iets wijder open, maar slechts een fractie van een seconde. Zijn lippen vormden een kleine 'o' en Callanach zag dat hij zijn adem even inhield.

'Hij was verrast,' zei Callanach. 'Oprecht verrast.'

'Tja, hij had niet gedacht dat we hem zouden pakken. Ik ben nog nooit een verdachte tegengekomen die zei: "Ik zat al op jullie te wachten. Ik dacht al dat jullie me vandaag kwamen arresteren."

Het gaat erom dat je ze weet te verrassen, of doen ze dat bij u in Frankrijk anders, sir?' In het 'sir' waarmee Lively zijn vraag afsloot, klonk puur venijn door. De brigadier reageerde zo defensief dat Callanach vermoedde dat Lively er net als hijzelf niet gerust op was dat het verhoor zo snel een resultaat had opgeleverd.

'Het nieuws over deze moorden heeft in alle kranten gestaan. De media hebben alle details onthuld waar ze maar de hand op konden leggen. Deze verdachte is op de hoogte van de tijdstippen, data en plaatsen. Als hij kickt op dit soort dingen, en zo te zien is dat het geval, dan heeft hij iedere boulevardkrant gelezen en elk bericht op de televisie gevolgd,' zei Callanach tegen Lively.

Harris deed een stap naar voren om ook zijn zegje te doen. 'Ik begrijp dat het moeilijk te aanvaarden is, maar soms kun je dit soort resultaten boeken met het opstellen van een daderprofiel. U bent niet de eerste politieman die we daarmee op de tenen trappen, maar ik kan u verzekeren dat het hele team lof toegezwaaid zal krijgen voor deze arrestatie.'

'Dit heeft verdomme niks te maken met de eer opstrijken of wat dan ook. Waar het om gaat is dat u aannames doet en die vervolgens werkelijkheid laat worden. De man die daar binnen zit had geen flauw idee van wat hij te zien zou krijgen!' tierde Callanach.

'U bent niet gekwalificeerd om daarover te oordelen,' reageerde Harris.

'Misschien niet, maar dit is nog steeds mijn onderzoek. Lively, ga naar binnen en vraag hem waar hij die vrouwen heeft vastgehouden en waar hij ze heeft vermoord. Ik wil locaties. Stuur er een team heen en bezorg me concrete aanwijzingen, iets wat voldoende bewijskracht heeft. Dan praten we verder.'

'Ik sta op het punt hem in staat van beschuldiging te stellen. Hij heeft een volledige bekentenis afgelegd,' zei Lively, maar hij klonk al minder snoeverig dan daarvoor.

'Als je hem nu aanklaagt wordt het onderzoek naar andere verdachten volledig stilgelegd. Is dat wat je wilt?' vroeg Callanach.

Voor één keer had Lively niets terug te zeggen.

'Brigadier, de moordenaar van dominee Jayne Magee zit in die kamer. U en ik hebben deze zaak succesvol afgesloten. U laat zich nu toch niet meer onzeker maken?' zei Harris zachtjes maar dwingend.

Lively's hand kroop naar zijn hals en bleef net onder zijn kraag liggen. Callanach vermoedde dat de brigadier onder zijn overhemd iets droeg wat om veiligheidsredenen eigenlijk niet was toegestaan. Iets van zilver, dacht hij, klein en sober. Een crucifix waar Lively zo aan gehecht was dat hij het niet over zijn hart kon verkrijgen die niet te dragen, op het gevaar af dat iemand hem er in een gevecht mee zou wurgen. Op dat moment besefte Callanach dat hij een vergeefse strijd voerde.

'Ik ga de hoofdinspecteur toestemming vragen om Rory Hand officieel aan te klagen. Ik heb alles volgens het boekje gedaan. Het team kan beginnen met het verzamelen van bewijsmateriaal.' Lively's stem klonk ongewoon zacht.

'Rory Hand heeft zojuist twee moorden bekend zonder dat er enig bewijs tegen hem is ingebracht. Dat betekent dat hij niet verder kan gaan met moorden. Seriemoordenaars hunkeren juist naar hun volgende moord, zo is het toch, professor Harris? Daarom doen ze zo hun best om niet gepakt te worden. Dit slaat helemaal nergens op,' zei Callanach.

'U bent geen psychiater of psycholoog, inspecteur. Het gecompliceerde brein van dit soort mannen volgt nooit een logische gedachtegang qua gedrag of motivatie.' Harris had zijn arm om Lively's schouders geslagen alsof hij de brigadier tegen verdere pogingen tot overreding wilde beschermen. Lively keek er bijzonder onbehaaglijk bij.

'En het komt maar zelden voor dat een verkrachter in een verzorgingstehuis, die zijn slachtoffers speciaal uitkiest op hun verminderde geestelijke vermogens, met hetzelfde gemak overgaat tot het ontvoeren, martelen en vermoorden van succesvolle carrièrevrouwen,' antwoordde Callanach.

'U kunt niet weten wat hij in de tussenliggende jaren heeft uitgevreten. Het is heel goed mogelijk dat hij in de loop der jaren langzaam die kant op is gegaan,' schoot Lively Harris te hulp, maar overtuigend klonk het niet.

Callanach keerde hun de rug toe. De identificatie en arrestatie van Rory Hand was netjes, snel en simpel verlopen, en ging lijnrecht in tegen alles wat hij op grond van zijn jarenlange ervaring had leren verwachten. De hoofdinspecteur stond onder druk om een verklaring aan de pers af te leggen en als hij dat niet deed, zou het nieuws tegen het eind van de dag sowieso naar buiten komen. Rory Hand was beslist uitschot. Het was overduidelijk dat hij geilde op de macabere foto's die hij te zien had gekregen. Callanach had geen greintje medelijden met de man. Het was nauwelijks te geloven dat iemand schuld zou bekennen aan misdaden waarvoor hij levenslang zou krijgen, alleen maar omdat hij daarmee beroemd zou worden. Daar kwam nog eens bij dat Hand ook toegang zou krijgen tot al het bewijsmateriaal – de foto's, de video's, de autopsierapporten, het sporenonderzoek, alle details over het leven van de vermoorde vrouwen. Hij was geestesziek en de wereld zou er beslist op vooruitgaan als hij werd opgesloten. Maar wat Callanach zorgen baarde was de gedachte dat nu de jacht was stopgezet, de werkelijke moordenaar meer gelegenheid kreeg om opnieuw te moorden. Als de arrestatie van Hand inderdaad een vergissing zou blijken te zijn, zou hun dat duur komen te staan. Callanach had een bericht voor de hoofdinspecteur achtergelaten waarin hij hem dat in niet mis te verstane bewoordingen duidelijk maakte.

Tripp stond hem op te wachten in de coördinatieruimte.

'Hoe zit het met de eigenaars van die sloperijen?' brulde Callanach.

'Dat levert niet veel op. Maakt dat nog wat uit? Ik hoorde dat iemand een bekentenis heeft afgelegd.'

'En ik heb de loterij net gewonnen. Met zo'n onlinekansspel waarvoor ik niet eens een lot had gekocht. Een aardige man uit

Nigeria heeft me gemaild om te zeggen dat ik toch drie miljoen pond heb gewonnen.' Callanach had zijn handen in de zij gezet.

Tripp gaf hem een bekertje koffie aan en sloeg een dossier open. 'De eerste maakte zich helemaal niet druk. Hij reageerde zo relaxed dat hij eigenlijk amper antwoord gaf, maar hij kwam wel oprecht over. Niks te verbergen, maar ook geen vriend van de politie, als u begrijpt wat ik bedoel. De tweede heeft in drie verschillende gevangenissen gezeten, allemaal voor kleine delicten: heling, een winkelinbraak twintig jaar geleden, en uitkeringsfraude. Hij was wat interessanter, een tikkeltje nerveus, dacht steeds goed na voordat hij antwoord gaf. Ik heb niets uit hem gekregen, maar ik denk dat hij iets voor ons verzwijgt.'

'Zoek iets om hem onder druk te zetten, een of andere overtreding die hij begaan heeft tegen de veiligheidsvoorschriften of wat dan ook. Zoek een excuus om die tent dicht te gooien terwijl we de boel daar uitkammen. Al die delicten hadden met geld te maken, dus zo krijgen we hem wel aan de praat. Doe het snel en hou het onder de pet. Later op de dag volgt er een bekendmaking aan de pers waardoor we al onze energie op andere dingen moeten richten.'

Een halfuur later stond Callanach voor Natasha's huis. Hij meed ieder contact met de hoofdinspecteur en liet alle berichten naar de voicemail gaan. Hij had kunnen weten dat Ava's auto daar voor de deur zou staan. Ze deed nu eenmaal nooit wat haar gezegd werd. Hij belde aan en wachtte. Natasha deed open en zag er nu wat opgewekter uit dan op het politiebureau.

'Kom binnen,' zei ze. 'Ik ben net koffie aan het zetten. Wil je ook een kop?'

'Wat denk je, ik ben een Fransman,' antwoordde hij.

'Om precies te zijn ben je half-Schots, dus eigenlijk zou ik er een scheut whisky in moeten doen, maar ik neem aan dat je onder diensttijd niet drinkt.'

'Klopt,' zei hij, 'en jij mag hier helemaal niet zijn,' zei hij tegen

Ava, die aan de keukentafel een koekje zat te eten.

'Ik ben geschorst,' zei Ava met haar mond vol kruimels. 'Dat is toch een prachtige gelegenheid om op bezoek te gaan bij mijn oudste en beste vriendin?'

'Ik moet een lijst met je doornemen, Natasha, om wat meer duidelijkheid te krijgen. De technische recherche is druk bezig met de nieuwe letters en de envelop, maar dat gaat even duren. Zijn er studenten die we als verdachte moeten aanmerken, iemand die je hebt laten zakken of een jongen die smoorverliefd was op zijn docente?'

'Oké, maar volgens mij is dat een belachelijke gedachte. Ik hoop dat je niet gaat zeggen dat ik namen heb genoemd.'

'Daar hoef je je geen zorgen over te maken, we zullen zeggen dat we met iedereen willen praten,' zei Callanach.

'Giles Parry, tweedejaarsstudent, heeft me een tijdlang cadeautjes gegeven. Ik heb hem een officiële brief moeten schrijven waarin ik vroeg of hij daarmee wilde stoppen. Sindsdien heeft hij geen woord meer tegen me gezegd. Marcus Turnbull heb ik erop betrapt dat hij tijdens het college foto's van me nam. Hij kwam achter me aan toen ik naar het toilet ging, en toen heb ik hem gewaarschuwd dat zijn gedrag ontoelaatbaar was. Hij beweerde dat hij me alleen maar wilde spreken over een paper die hij geschreven had, maar ik vond het toch eng. En dan is er nog een eerstejaarsstudente die voortdurend innig verstrengeld rondloopt met de een of andere jongen en zichzelf heel geweldig vindt, maar mij staart ze alleen maar strak aan; ze staat me in de gang op te wachten en kijkt dan zo nadrukkelijk naar mijn benen dat ik het wel moet opmerken. Er is iets vreemds aan haar. Ze heet Jaclyn Best. Ik zou dolblij zijn als je me een reden geeft om van haar af te komen.'

'Goed,' zei Callanach. 'En nu nog het personeel en de docenten. We gaan ze allemaal doorlichten, maar ieder brokje informatie kan daarbij helpen. Zeg stop als je iets invalt. Anthony Allardice, Simon Cordwell, Clare Edgerton,' Natasha stak haar hand op.

'Clare heeft verleden jaar een mondelinge waarschuwing gekregen omdat ze zich ziek had gemeld en vervolgens op een muziekfestival werd gespot. Niet heel belangrijk, maar ze reageerde wel pissig.'

'Naomi Fuller,' vervolgde Callanach. 'Edgar Groves.'

'Hij wilde mijn baan hebben,' zei Natasha, 'en toen ik die kreeg heeft hij een paar smerige roddels over me verspreid. Verleden jaar werd hij er ook van verdacht een verhouding met een studente te hebben en toen ik hem daar vragen over stelde, reageerde hij nogal geagiteerd. Die man haat me,' zei ze simpelweg.

'Delia Inman, Reginald King,' vervolgde Callanach.

'Hopeloos,' zei Natasha. 'Verbeeldt zich dat hij Gods geschenk aan de academische wereld is, maar heeft het nooit verder geschopt dan een administratieve functie. Hij is arrogant en irritant, maar dat is alles.'

'Vera Lesley, Dean Oppenheim.' Callanach werkte de hele lijst af.

'De politie neemt dit wel heel serieus,' merkte Ava op toen hij klaar was. 'Begrijp me niet verkeerd, ik vind dat alleen maar goed, maar wat stond er precies in die laatste brief dat maakte dat je je losrukt van je moordonderzoek?'

'Ik word nergens van losgerukt. Op dit moment hebben we een verdachte op het bureau zitten die wordt aangeklaagd voor de moorden op Buxton en Magee.'

'Waarom heb je me niet gezegd dat je hem te pakken had?' zei Ava, terwijl ze opsprong.

'Omdat ik er niet zo zeker van ben dat hij de dader is,' antwoordde Callanach. 'En wat die brief betreft, ik ben hiernaartoe gekomen omdat de boodschap specifieker was. "MORGEN", stond erin.'

# 31

De volgende dag spoorde Callanach de drie allesbehalve voorbeeldige studenten op. Hij had de televisie en de radio niet aangezet, geweigerd zich te laten meeslepen in de mediagekte die volgde op de bekendmaking dat Rory Hand in staat van beschuldiging was gesteld, en had maar kort met Begbie gesproken. Rory Hand had eindelijk om een advocaat gevraagd en de hoofdinspecteur wilde zo veel mogelijk mensen inzetten om de laatste maanden van Hands leven in kaart te brengen. Callanach had hem nog eens duidelijk gemaakt dat hij niet overtuigd was van Hands schuld en had het daarbij gelaten. Er was geen discussie gevolgd, geen orders die hem ervan zouden weerhouden zijn eigen aanwijzingen te volgen; hij had alleen te horen gekregen dat de arrestatie van Hand onvermijdelijk was. Dat betekende dat als de politie naar een andere dader bleef zoeken, Hands advocaten een stok in handen kregen om de politie mee te slaan als Hand zijn bekentenis alsnog introk. Callanach had er de pest aan als advocaten zich ermee gingen bemoeien. Vanaf dat moment ging aan iedere beslissing een tactische overweging vooraf, kon ieder bewijs zowel vóór als tegen je worden gebruikt en leverden de onschuldigste handelingen en woorden voer voor een kruisverhoor. Hij was nu feitelijk op zichzelf aangewezen.

Natasha's lastige studenten Marcus Turnbull en Giles Parry waren onsympathiek maar verder alleen maar zielig. Aan Jaclyn Best had hij zijn handen vol: ze was weliswaar een enorme narcist en kon liegen dat het gedrukt stond, maar Callanach voelde aan zijn water dat ze er verder niets mee te maken had. De letters in de envelop waren van iemand die zorgvuldig en toegewijd te werk ging. De studenten waren veel impulsiever en gericht op een snelle bevrediging van hun behoeften.

Ondertussen was het al elf uur geworden. Als het dreigement aan het adres van Natasha serieus genomen moest worden, dan was er al heel wat tijd verstreken. Zijn telefoon ging en op het schermpje zag hij dat het Tripp was.

'Hoe staat het ervoor?' vroeg Callanach.

'We hebben de autosloperij laten sluiten op grond van de Arbowet. De eigenaar probeert tijd te winnen en zegt dat hij zijn papieren door moet nemen, maar hij kan het niet veel langer rekken. Elk uur verliest hij meer geld.'

'En hoe staat het met...'

'Daar bel ik niet voor, sir,' onderbrak Tripp hem. 'Hoofdinspecteur Begbie wil dat u onmiddellijk naar het bureau komt. De advocaten van Rory Hand hebben een aantal voorwaarden gesteld. Bovendien krijgt professor Forge al politiebescherming, en we kunnen op dit moment geen mensen meer missen, zegt hij.'

'Ik heb gisteravond al duidelijk gemaakt dat ik niets met Rory Hand te maken wil hebben. Ik was niet degene die hem heeft gearresteerd.'

'De chef zei al dat u zo zou reageren.' Tripp zweeg even.

'En?'

'De chef zei dat dat hem geen ene... nou ja, dat hoef ik niet te herhalen. Hij zei alleen maar dat u vandaag dienst hebt en dat u dus terug moet komen naar het bureau.'

Callanach stapte in zijn auto. In het achteruitkijkspiegeltje zag hij zijn bloeddoorlopen ogen en hij vroeg zich af waarom hij daar zo van schrok. Hij had niet meer geslapen sinds... hij wist het niet meer. Hij wist niet eens meer wat voor dag het was. Hij had geen andere keuze dan terug te gaan naar het bureau. Zo ging dat nu eenmaal als je beroepshalve met een hiërarchie te maken had. Je kon klagen of dingen in twijfel trekken, maar uiteindelijk deed je gewoon wat je gezegd werd, anders stortte het systeem in. Als je dat niet kon verkroppen, had je het verkeerde beroep gekozen – en dat was bij Callanach niet het geval. Hij was precies waar hij wilde zijn en deed zijn werk met liefde. Alleen moest hij zichzelf daar soms aan herinneren.

Op het bureau zat Hands advocaat op hem te wachten.

'Mijn cliënt heeft de moorden bekend,' zei de advocaat op een toon alsof het de slaapverwekkendste zaak was die hij ooit had gedaan. Callanach had hem het liefst willen arresteren omdat hij zo weinig respect opbracht voor de twee vermoorde vrouwen. 'Hij is alleen bereid een volledige verklaring af te leggen met alle details over de moorden als er aan zijn voorwaarden wordt voldaan.' Blijkbaar verwachtte de advocaat dat Callanach hem zou onderbreken en onmiddellijk zou vragen om wat voor voorwaarden het ging. Maar in plaats daarvan sloeg die zijn armen over elkaar en wachtte af. Toen hij bleef zwijgen, klakte de advocaat even afkeurend met zijn tong en sprak toen verder. 'Hij wil een bezoek brengen aan de plek waar de twee vrouwen ontvoerd zijn en aan het pakhuis waarin het lijk van Magee is gevonden. Hij wil daar vandaag naartoe gebracht worden om zijn geheugen wat op te frissen, anders is hij niet in staat om een volledige bekentenis af te leggen.'

'Goh, hoe zou dat nou komen,' zei Callanach.

De advocaat trok zijn wenkbrauwen op. 'Wat wilt u daarmee insinueren, inspecteur?'

Callanach wilde daar dolgraag antwoord op geven, maar bedacht net op tijd dat dat niet verstandig was.

'Alleen dat het bij moordenaars nogal vaak schijnt voor te komen dat ze alleen geheugenproblemen hebben als het in hun kraam te pas komt. Ik ben ervan overtuigd dat het geheugen van uw cliënt erop vooruit zal gaan als hij heeft gekregen wat hij wil.'

'Hoofdinspecteur Begbie zei dat u daarbij aanwezig zult zijn. Ik begeleid mijn cliënt en uw mensen moeten voldoende afstand houden zodat we niet afgeluisterd kunnen worden.'

Het werd een verspilde dag. Maar niet voor Rory Hand. Hij kreeg een gratis tour langs plaatsen delict die, wist Callanach, zijn zieke geest nog jarenlang zou voeden. Hand kreeg alles aangereikt wat hij nodig had om zijn bekentenis meer kleur en textuur te geven. Verder was er niets wat hem met deze misdaden in verband bracht. De technische recherche had bij hem thuis helemaal niets gevonden. Het was al na zessen toen de recentste toevoeging aan de lijst van Schotlands beruchte moordenaars er eindelijk genoeg van had en zich aan het laatste restje leven had gelaafd dat in de woningen van de beide vermoorde vrouwen was achtergebleven. Tegen de tijd dat ze klaar waren hoopte Callanach bijna dat Hand voor de moorden veroordeeld zou worden. In ruil voor de spanning en sensatie die hij die middag had ervaren, verdiende hij minstens vijfentwintig jaar gevangenisstraf.

Brigadier Lively had zich niet laten zien tijdens het bezoek aan de plaatsen delict. Callanach vroeg zich af waar hij was, maar besloot het niet te vragen. Het was beter als hij en de brigadier afstand hielden. Tegen de tijd dat Hand weer in zijn cel zat, liep het tegen zevenen en was het al donker geworden. Callanach stond te popelen om terug te rijden naar Natasha's huis. Hoewel hij daar politiemensen had gestationeerd die hem ieder uur op de hoogte hielden, had hij constant het gevoel dat de letters in die enveloppen geen loos dreigement waren. Daarvoor was de boodschap te onomwonden. Natasha was herhaaldelijk gewaarschuwd, maar ze wilde absoluut in haar eigen huis blijven. Misschien was het ook beter om haar daar te houden en af te wachten wat er zou gebeuren. In het beste geval zouden ze de stalker grijpen op het moment dat hij binnen probeerde te komen. Dan was ze daarna in ieder geval veilig.

Hij pakte zijn weekendtas uit de kofferbak van zijn auto. Nog voordat hij dat zelf had voorgesteld, had Natasha hem gevraagd of hij bij haar wilde overnachten. Niet dat ze daarin iets te kiezen had gehad. Ze kregen versterking van een agent die zich aan de achterzijde van de woning had opgesteld, en de brandweer was ook op de hoogte gebracht. Aan de voorkant van het huis zag alles er normaal uit.

Toen hij binnenkwam rook Callanach geroosterde knoflook en vlees en vergat hij heel even waarom hij daar was.

'Hallo schat, heb je een fijne dag op kantoor gehad?' grapte Natasha terwijl ze zijn jas aannam en hem een glas merlot in handen duwde. Ze zag er veel kalmer uit dan hij had verwacht, en droeg een fris gestreken wit overhemd op een zwarte jeans, met daaroverheen een schort.

'Ik mag niets drinken, Natasha. Ik heb dienst,' zei hij op spijtige toon.

'Je mag toch wel één glas drinken en daar de hele avond mee doen. Over een halfuur is het eten klaar. Zet je tas maar vast in de logeerkamer.'

Hij liep naar boven en zette zijn tas neer. Op weg naar beneden controleerde hij of de ramen gesloten waren, trok de gordijnen dicht, keek in alle kasten en onder elk bed. Daarna belde hij Ava.

'Waar zit je?' vroeg hij.

'Thuis, zoals het een braaf meisje betaamt,' zei ze. 'Alles goed met Natasha?'

'Ze is met het eten bezig. Verder valt er niets te melden. Ik wilde alleen maar checken of je zo verstandig bent om thuis te blijven, want als je hierbij betrokken raakt, zal de chef meer moeten doen dan je twee weken schorsen.'

'Dat weet ik en ik vertrouw er ook op dat je het allemaal in de hand hebt,' antwoordde ze opgewekt.

'Maak je geen zorgen,' antwoordde Callanach, en hij vroeg zich af waarom ze niet zat te pushen om meer details over de beveiliging te horen en niet eiste dat ze elk uur op de hoogte werd gehouden. Ergens had hij verwacht dat het Ava zwaarder zou vallen om hierbuiten te blijven.

'Dat ben ik ook niet van plan. Ik zit naar *The Magnificent Seven* te kijken, met een bord *chow mein* op schoot en een koud biertje. Hoe verleidelijk het ook klinkt om daarheen te racen en samen met jou de hele avond naar de klok te zitten kijken, zit ik hier toch liever in mijn eentje met Yul Brynner, Charles Bronson en Steve McQueen, die naar mijn bescheiden mening de knapste acteur aller tijden is. Nog een fijne avond,' zei ze.

'Misschien moet de chef die schorsing maar sowieso verlengen,' wist Callanach alleen nog maar te zeggen toen ze de verbinding verbrak. De waarheid was dat hij het liefst wilde dat ze op dit moment bij hen was. Hij zette die gedachte meteen van zich af. Ava Turner was een collega en ze was in het beste geval niet van hem onder de indruk.

In de zitkamer pakte hij de afstandsbediening van de televisie en zapte langs alle kanalen tot hij Yul Brynner het puntje van een sigaar zag afbijten, terwijl McQueen naast hem zat op de bok van een lijkwagen met zijn geweer in de aanslag.

'Zo knap is hij helemaal niet,' zei Callanach.

'Tegen wie heb je het?' vroeg Natasha terwijl ze de kamer binnenkwam.

'O, ik heb een meningsverschil met Ava. Is het eten klaar?' vroeg hij.

'Yes sir,' zei ze, en ze maakte spottend een reverence voor hem. 'Ik hoop dat je een beetje honger hebt.'

Het eten was lekker. Het deed hem aan Frankrijk denken. Als ze niet hadden zitten wachten tot een gevaarlijke misdadiger de deur open zou breken, was het bijna een volmaakte avond geweest.

'Vertel eens wat,' zei Natasha terwijl ze de borden afspoelde voordat ze ze in de vaatwasser zette.

'Waarover?' vroeg hij.

'Ava heeft me verteld van die vrouw die je van verkrachting heeft beschuldigd.' Callanach haalde diep adem en probeerde voor zichzelf na te gaan wat het hem deed dat zijn privéleven voor andere mensen een gespreksthema was geworden. Tot zijn eigen verbazing wekte dat geen irritatie bij hem, maar gaf het hem juist het gevoel ergens bij te horen en aanvaard te worden. Welke redenen Ava ook mocht hebben gehad om dit aan Natasha te vertellen, ze had er zeker niets kwaads mee bedoeld. 'Ik weet dat je het niet gedaan hebt,' vervolgde Natasha. 'Ik kan me er alleen niets bij voorstellen. De politie moet toch bewijs hebben als ze een man van verkrachting beschuldigen?' Ze zette de waterkoker aan en haalde een cafetière tevoorschijn. Callanach wachtte tot ze zou vragen of hij het lastig vond om erover te praten, maar dat deed ze niet. Zo was zij nu eenmaal, rechtdoorzee. Van iemand anders zou hij het opdringerig hebben gevonden, maar bij haar kwam het voort uit oprechte interesse. Callanach begreep waarom Ava haar zo graag mocht. Natasha Forge leefde uitsluitend volgens haar eigen regels. Daardoor had ze ongetwijfeld de aandacht van haar stalker getrokken. 'Melk en suiker?' vroeg ze.

'Niks, dank je. Heeft Ava verteld hoe die avond met Astrid verliep?' vroeg hij.

'Ja,' zei ze. 'Maar niet wat er na je arrestatie is gebeurd.' Ze gaf hem een mok aan en ging tegenover hem aan de keukentafel zitten.

'Er was bewijs, dat wil zeggen in ieder geval genoeg bewijs om me aan te klagen. Blijkbaar is ze de volgende dag naar de dokter gegaan, hoewel ze pas een paar dagen later naar de politie stapte. Ik denk dat ze nog even wachtte om te zien of ik haar zou bellen. Toen ik dat niet deed, had ze in ieder geval al de nodige voorbereidingen getroffen om mij van verkrachting te kunnen beschuldigen. Ik had haar opzijgeduwd om bij de deur van haar appartement te kunnen komen. Daardoor kwam ze hard op de grond terecht en in het verslag van de arts stond dat ze blauwe plekken op haar billen had. Maar Astrid beweerde dat die blauwe plekken waren ontstaan toen ik haar op de grond gooide en boven op haar ging liggen.'

Callanach fronste zijn wenkbrauwen. Hij vond het lastig om aan die episode terug te denken. De herinnering aan het misselijkmakende gevoel dat hem overviel toen hem het bewijs werd voorgelegd, was nog erger dan het moment waarop hij werd gearresteerd. In het begin was hij er nog zeker van dat hij het gewoon kon uitleggen en dan vrijuit zou gaan. De werkelijkheid bleek er heel anders uit te zien. De plaatselijke openbaar aanklager onderzocht de zaak zonder enige inmenging van Interpol zodat niemand kon beweren dat hij in deze zaak niet volledig onafhankelijk en onbevooroordeeld handelde. Bij zijn terugkeer uit Jamaica hadden ze een medisch rapport, een forensische analyse, foto's en verklaringen voor hem klaarliggen, die ze stuk voor stuk met hem doornamen. Hij had een waas voor zijn ogen gekregen, had het liefst ter plekke willen overgeven en kon nauwelijks uit zijn woorden komen. Hij wist dat hij schuldig overkwam en toch slaagde hij er niet in zijn mond open te doen om zich te verdedigen. Het moment waarop hij zich realiseerde dat hij niet zomaar beschuldigd werd van een misdaad, maar er met doortraptheid en vastberadenheid in was geluisd en volledig was overgeleverd aan de genade van de rechtbank, was het ergste wat hij in zijn leven had meegemaakt.

Toen zijn vader stierf was Callanach er kapot van, maar wist hij zich omringd door liefdevolle familieleden. Toen hij gearresteerd werd wegens rijden onder invloed dacht hij dat zijn leven geruïneerd was, maar wist hij diep in zijn hart dat hij het in zich had om het roer om te gooien. Maar een aanklacht wegens verkrachting? Daartegen kon niemand hem in bescherming nemen. Niemand kon hem redden. Hij was machteloos, en het enige wat hij kon doen was het keihard ontkennen. Maar beweren dat hij slachtoffer was geworden van een vrouw die volledig door hem geobsedeerd was, klonk zo onzinnig dat hij die kaart niet eens durfde te spelen. Tijdens dat eerste verhoor had hij op geen enkele vraag geantwoord. Later realiseerde hij zich pas dat hij op dat moment in shock was en probeerde te verwerken dat dit zijn leven op losse schroeven zette. Toen hij opnieuw werd verhoord, wekte hij alleen maar de indruk dat hij tijd had gehad om een verhaal in elkaar te draaien waarin hij een verklaring voor al die bewijzen gaf. Hij had daar als verlamd gezeten en daarmee zijn lot bezegeld.

‘Maar die blauwe plekken op haar billen waren toch geen afdoend bewijs? Die had ze ook op een andere manier kunnen oplopen,’ onderbrak Natasha zijn gedachten.

‘Dat was nog niet alles. Ze had een nagel gebroken toen ze me in mijn nek krabde, en ze had de dokter gevraagd die te fotograferen en te bewaren. Mijn bloed zat onder haar nagel. Astrid beweerde dat ze me uit zelfverdediging had gekrabd. Haar buurman had mij het bloed zien afvegen en me horen vloeken toen ik de deur uit liep, en hij had in de gauwigheid gezien dat ze naakt was en had haar horen huilen.’

‘O, shit,’ fluisterde Natasha.

‘Ja, shit,’ herhaalde Callanach. ‘En ik had gelogen tegen mijn vriend Jean-Paul, en gezegd dat ik die schrammen had opgelopen bij het fitnessen. Ik probeerde de gentleman te blijven en er verder over te zwijgen. Maar dat bleek dus een slecht idee te zijn.’

‘En hoe zat het met het intiemere bewijs?’ vroeg Natasha voorzichtig. ‘Wat je nu hebt opgenoemd volstaat voor mishandeling, maar...’

‘Daar kan ik alleen maar naar raden,’ zei hij. ‘De arts zei dat Astrid in en rond haar vagina schrammen en schaafwonden had, en ik had geen reden om te denken dat hij het rapport vervalst had. Ze beweerde dat ik een condoom had gebruikt en dat had meegenomen. Daarom werd er geen sperma bij haar aangetroffen. En die verwondingen waren ernstig genoeg om me aan te klagen. De enige logische conclusie luidde dat ze verkracht was.’

‘Dat heeft ze zelf gedaan,’ riep Natasha en ze ademde zwaar uit. ‘Verdomme! Je kon haar zeker wel iets aandoen.’

‘Ik denk dat Astrid haar eigen nagels of een instrument heeft gebruikt om zich die verwondingen toe te brengen nadat ik weg was. En inderdaad, er zijn momenten geweest waarop ik haar of mezelf wel iets kon aandoen.’

De foto's van de uitwendige verwondingen stonden hem nog helder voor de geest. De huid tussen Astrids dijen was een wirwar van vuurrode krassen, alsof iemand zijn klauwen erin had gezet. Als ze dat zichzelf had aangedaan, moest ze op dat moment krankzinnig zijn geweest. Het beeld had zich als een ziekte in zijn hoofd vastgezet. Dat detail had de politie voor het laatst bewaard, en toen ze hem de foto's lieten zien, wist hij dat het met hem gedaan was. Beweren dat een vrouw met een verantwoordelijke functie bij Interpol zo labiel was dat ze zichzelf uit pure wraakzucht ernstig zou verwonden, zou hem geen stap verder brengen.

'Ze had haar ondergoed en haar jurk aan stukken gescheurd, een vriendin gebeld en snikkend een onsamenhangend verhaal opgehangen. Ook nu ik het vertel, lijkt het nog alsof ik schuldig ben. Die details klonken heel geloofwaardig. Ik heb me zelfs een paar keer afgevraagd of ik het echt gedaan had en het simpelweg verdrongen had.'

Het bleef stil. Natasha had tranen in haar ogen en daar was hij haar dankbaar voor. Dat gaf hem het gevoel dat hij geen monster was.

'Niemand die jou kende zou haar geloofd hebben,' zei ze.

'Dat is juist het probleem met verkrachters,' zei Callanach. 'Ze kunnen charmant zijn, sociaal, goed geïntegreerd, saai, rustig of verlegen. Er bestaat geen specifiek type. Astrid vertelde dat ik haar in bed probeerde te krijgen maar dat zij dat niet wilde omdat het pas onze eerste date was. Ze beweerde dat ik razend was geworden en, ik citeer: "Hij zei tegen me dat hij nog nooit door een vrouw was afgewezen, dat hij altijd kreeg wat hij wilde, dat ik blij moest zijn dat hij me wilde." Ik vermoed dat sommige mensen in mijn directe omgeving dat maar al te graag wilden geloven. Jean-Paul en mijn andere vrienden lieten me in de steek, en ik kan het ze niet kwalijk nemen. Ze wensten niet met een verkrachter geassocieerd te worden. De enige die me steunde was mijn baas bij Interpol. Zelfs mijn moeder...' Callanach kon nog steeds niet praten over die laatste, vernietigende klap. Hij koos voor de meest onpersoonlijke, onderkoelde samenvatting die hij kon bedenken: 'Het was al met al een eenzame tijd. Toen Astrid uiteindelijk alsnog van gedachten veranderde en besloot niet tegen me te getuigen, was het kwaad al geschied. Ze bleef me nog een tijd stalken, en toen heb ik bij de rechter om een contactverbod gevraagd. Maar ze kwam niet eens opdagen bij de rechtszaak. Ik denk dat het voor haar allemaal één groot spel was. Mijn leidinggevenden bij Interpol hebben geen moment een voortijdig oordeel geveld over de uitkomst van de rechtszaak en ik denk dat ze oprecht blij waren toen ik werd vrijgesproken, maar als je zo'n serieuze aanklacht aan je broek hebt gehad, dan wordt het moeilijk om je carrière weer uit het slop te trekken. En daarom hebben ze me geholpen om bij de Schotse politie aan de slag te kunnen gaan. Daarmee voorkwamen ze dat ik moest proberen te re-integreren in mijn vroegere afdeling bij Interpol. Uit Frankrijk weggaan was de enige keuze die me nog overbleef. Maar eigenlijk kun je van zoiets nooit weglopen. Het is alsof je bezoedeld bent geraakt. En dat iedereen het aan je ziet.'

'Ava zei dat ze meteen zeker wist dat jij nooit zo'n gruweldaad zou kunnen begaan toen je haar het verhaal vertelde.'

'Ava is vriendelijker dan de meeste mensen,' zei Callanach.

'Ze heeft een scherp waarnemingsvermogen,' zei Natasha. 'En die eigenschap is in zoverre op mij overgeslagen dat ik zie dat je om haar geeft.'

'Ik heb enorm veel respect voor haar. Ze is niet bang, trouw aan haar principes en ze is er niet op uit om koste wat kost promotie te maken. Zoals zij zijn er niet veel.'

'Volgens mij gaat het verder, maar van mij mag je het bij de werksfeer houden, als je dat liever doet. Maar ontzeg jezelf niet de kans op een relatie, ondanks wat je is overkomen.'

'Natasha, mijn relatie met Ava is louter professioneel. En je weet dat ze razend zou worden als ze je zo hoorde praten.'

'Zeg het maar als ik het bij het verkeerde eind heb,' zei ze.

'Hoeveel mannen zouden niet een moord doen om een avondje met Ava uit te mogen. Ze verdient een betere man dan ik,' antwoordde Callanach.

'Ze verdient in ieder geval niet iemand die een berg zelfmedelijden met zich meezeult. Je hebt een zware tijd achter de rug, maar vroeg of laat zul je je daar toch overheen moeten zetten.' Natasha keek hem strak aan, totaal niet onder de indruk van zijn woedende blik.

'Je hebt geen flauw idee waar je het over hebt. Er hangt me dan wel geen rechtszaak meer boven het hoofd, maar dat neemt niet weg dat ik nog steeds geen...' Hij zweeg.

'Dat je nog steeds niet wat?' vroeg Natasha op zachte toon.

Callanach ademde zwaar uit en stond op het punt zijn zelfbeheersing te verliezen.

'Luc? Er is heel weinig in het leven dat niet meer goed komt.'

'Bij mij komt het niet goed!' riep hij uit. 'Hoeveel tijd er ook overheen gaat, hoe ik ook probeer me op andere dingen te concentreren, bij mij komt het verdomme niet meer goed.'

Opeens werd er drie keer hard op de keukendeur gebonsd. Natasha slaakte een kreet van schrik en schoot omhoog. De cafetière glipte uit haar handen en viel in stukken op de tegelvloer. Callanach sprong ook overeind en een seconde daarna kwam de geüniformeerde agent de keuken binnen.

'Het is in orde, sir, dat is mijn vervanger. Mijn dienst zit erop. We hadden afgesproken dat hij zich bij de achterdeur zou melden.' Hij nam via de portofoon contact op met de man buiten. Die noemde zijn rang en naam, en bevestigde dat hij degene was die op de deur had geklopt. Callanach liet hem binnen terwijl Natasha de scherven bij elkaar veegde.

'Probeer wat te slapen,' zei Callanach tegen Natasha nadat de vervanger zijn positie had ingenomen.

'We waren aan het praten,' antwoordde Natasha.

'We waren uitgepraat en ik begon te schreeuwen, en zo wil ik deze avond niet eindigen. Ik moet zorgen dat ik een helder hoofd heb vannacht. Ik blijf nog een tijdje beneden zitten,' besloot Callanach.

'Luc, het was niet m'n bedoeling om je uit je evenwicht te brengen.' Natasha stak in een verzoenend gebaar haar armen naar hem uit om hem te omhelzen.

Callanach deed een stap naar achteren. 'Dat heb je ook niet,' zei hij, en hij begon de instellingen op zijn telefoon te controleren. 'Het was mijn eigen schuld. Zand erover, oké? Slaap lekker.'

Een beetje bedremmeld wensten ze elkaar welterusten en Callanach ging op de bank liggen. Hij overpeinsde nog eens wat Natasha over Ava had gezegd, probeerde het van zich af te zetten, maar mijmerde er toen toch nog iets langer over na. Zelfs al zou hij een relatie kunnen aangaan, dan zou dat niet met Ava zijn. Met een schouderophalen duwde hij de gedachte weg en maakte nog een onnodige ronde om de ramen en deuren te controleren. Het was stil in huis. Uiteindelijk bleek de sofa te comfortabel om weerstand aan te kunnen bieden en viel hij in slaap.

## 32

King zat onderuitgezakt in de fourwheeldrive die hij voor de gelegenheid had gehuurd. De rat had hem het dubbele tarief gerekend omdat hij zo laat met zijn verzoek kwam, maar de auto was het geld meer dan waard. Achterruiten met getint glas, de achterbank kon volledig worden ingeklapt en de kentekenplaat hoorde bij een vrijwel identieke auto van hetzelfde merk die al lang geleden total loss was verklaard.

Ter voorbereiding op deze nieuwste aanwinst had zich een ritueel ontvouwd waarvan hij zich bij de ontvoering van Elaine en Jayne niet bewust was geweest. Overdag had hij een maaltijd bereid met zorgvuldig geselecteerde ingrediënten: pasta met zalm uit de oven en paprika en paksoi. Hij had voor pasta gekozen omdat die hem de benodigde langzaam vrijkomende energie zou leveren om de avond en nacht door te komen. Bij het gestage tikken van de keukenklok had hij de vis gekruid en de tafel gedekt. De klok stelde hem gerust: de tijd was absoluut, en het zweverige gevoel dat hij had bij het voorbijglijden van de minuten was zinsbegoocheling. De alledaagse handeling van het koken consolideerde de wereld om hem heen.

Kings eigen auto, waarmee hij naar zijn werk reed en boodschappen deed, stond voor zijn huis op straat. De andere auto, waarin hij maar vier ritjes zou maken en die hij daarna nooit meer zou aanraken, stond in de huurgarage. Hij had de bus genomen naar de sloperij van de rat. In het openbaar vervoer kon hij anoniem blijven. Hij gruwde weliswaar van de onvermijdelijke nabijheid van mensen die staarden, hoestten, niesden en blikkerige muziek afspeelden op hun koptelefoons – het krasserige geluid ging hem door merg en been – maar dat was een noodzakelijk ongemak. Hij stapte altijd twee haltes eerder uit en ging zo voorzichtig te werk dat hij telkens een vlakbij gelegen bakker binnenging en daar verse croissants kocht om het ritje eventueel te kunnen rechtvaardigen. Een zorgvuldige planning, tot in de kleinste details. Daar draaide het allemaal om.

Nadat hij gegeten had en groene thee uit een porseleinen kopje had gedronken, ging hij douchen. Hij zette de douche heter dan hij eigenlijk aangenaam vond, zeepte zich helemaal in en schrobde zijn huid grondig schoon om zo min mogelijk sporen op de plaats delict achter te laten. Voordat hij van huis ging, borstelde hij het weinige haar op zijn hoofd tien minuten lang obsessief om er zeker van te zijn dat hij geen haren zou verliezen. Zijn kaalheid had hij van zijn vader geërfd, en dat was eigenlijk een heel slechte grap. Zijn ouders hadden herhaaldelijk hun teleurstelling laten blijken omdat hij zo weinig eigenschappen van zijn vader had geërfd. Maar dit hadden ze dan in ieder geval gemeen. King droeg altijd een hoed als hij erop uittrok om een vrouw te halen, maar toch borstelde hij voor alle zekerheid zijn haar. Dit keer had hij amper kunnen wachten tot hij de harde, verzengend hete waterstralen op zijn huid voelde. Hij wist dat het hete water de doorbloeding van zijn huid zou stimuleren, hem energie gaf, hem doordrenkte met een mix van ontspanning en alertheid. Hij stelde zich Natasha's gezicht voor. Ze huilde. Toen hij omhoogkeek in de waterstraal van de douche, zag hij haar tranen op zijn gezicht en lichaam druppelen. Hij streek met zijn ene hand over zijn volle buik en voelde haar zachte huid. Hij verlangde ernaar haar te horen snikken. En ze zou snikken voordat de nacht voorbij was. Ze zou snikken en krijsen en vloeken en smeken.

Hij trok zorgvuldig geïnspecteerde kleren aan die hij met een kledingroller had bewerkt om losse vezels te verwijderen. Tot slot poetste hij zijn schoenen. Bij wijze van finishing touch. Het gaf aan dat hij klaar was, dat alles perfect was. Als zijn schoenen glommen, wilde dat zeggen dat de voorbereidingen perfect waren verlopen. Hij had eten achtergelaten voor de andere vrouwen en een provisorisch bed neergezet. Dat volstond tot hij het aantal gasten tot twee kon terugbrengen. Dat zou misschien nog een week duren, maar het stond voor hem wel vast dat het onvermijdelijk was. Elaine had niets geleerd, niets bijgedragen, wilde niet meer praten, en Jayne... die zat alleen maar te bidden als hij in de kelder was. Gisternacht had hij haar mond met zeep gewassen. Ze had gekokhalsd en geproest en was toen verdergegaan met bidden. Hij had haar in het gezicht geslagen waardoor het ondergebit dat hij de week daarvoor had aangebracht, uit haar mond vloog. Hij had gewacht om te zien hoe ze zou reageren. En toen ze weer begon te bidden moest hij weglopen. Het liefst had hij haar willen wurgen, met zijn blote handen de vroomheid uit haar willen knijpen, maar daar was hij nog niet klaar voor. Als hij ervoor koos haar op te offeren, moest die handeling op een passende, ceremoniële wijze worden volbracht.

Vanavond was niet zonder risico. Hij moest erop vertrouwen dat zijn voorbereidingen zo goed waren dat alles volgens plan zou verlopen. Hij wist waar Natasha was en dat er maatregelen waren genomen om haar te beschermen. Als het nodig was had hij ook al een ontsnappingsroute uitgestippeld. In haar straat hingen geen bewakingscamera's en na middernacht heerste er een diepe rust.

'Jullie mogen je alvast op een nieuwe medebewoonster verheugen,' had hij tegen Elaine en Jayne gezegd. Dat had de biddende dominee even doen zwijgen. 'Zorg dat ze zich welkom voelt en maak haar niet bang met enge verhalen. Jullie zullen onder de indruk van haar zijn. Help haar om een beetje te wennen zodat we ons samen kunnen voorbereiden op de volgende groeifase.' Er hing spanning in de lucht. Hij voelde het. Hier had hij al die tijd naar toegewerkt.

Het was alsof hij een deel van zichzelf achter slot en grendel had gehouden om zijn techniek op de eerste twee te verfijnen. Vreemd hoe het menselijk brein zelf zijn moment uitkoos om zijn ware bedoeling kenbaar te maken, dacht hij. Zijn telefoon trilde in zijn broekzak. Het was tijd.

Dr. King reed naar de straat waar Natasha Forge woonde, parkeerde de auto helemaal op de hoek en keek op zijn horloge. Het was een uur 's nachts, donker maar droog, en de beide straatlantaarns verspreidden een oranje gloed zonder in de duisternis door te kunnen dringen. Haar auto stond op de plek waar hij hem verwachtte. Hij wilde zichzelf al feliciteren met zoveel geluk, maar hield zich in. Het was geen kwestie van geluk of toeval. Hij had alles goed gepland en tot in de puntjes voorbereid. Dit geluk mocht hij volledig op zijn eigen conto schrijven. Het was het bewijs van zijn kunnen.

In het donker keek hij toe. Ondanks het nachtelijke drama, ondanks de dreigementen gedroeg ze zich nog net zo soeverein als altijd. Zijn hart bonkte in zijn borstkas. De extase rees in hem omhoog als een walvis die naar de oppervlakte kwam, gaf hem een bedwelmend gevoel, schokte hem. Zijn eerste reactie was om het gevoel te onderdrukken, maar waarom eigenlijk? Maakte dit niet deel uit van de ervaring? Was dit op zichzelf niet al een beloning? Hij nestelde zich in zijn stoel en wachtte geduldig tot zijn innerlijke evenwicht zich had hersteld. En daarna maakte hij zich klaar om zijn beloning in ontvangst te nemen.

Hij haalde de fles chloroform uit zijn tas en gebruikte de druppelaar om de juiste hoeveelheid op een schone, witte zakdoek te druppelen. Hij wierp links en rechts een blik in de straat. King wist precies hoeveel meter het was van zijn auto naar de voorkant van Natasha's huis en hij had die afstand al zo vaak gelopen dat hij wist hoeveel stappen het waren. Hij klapte de rugleuningen van de achterbank naar achteren, omdat hij straks de handen vol had, controleerde nog even of de deken, de prop en de tie-wraps klaarlagen en stapte toen geruisloos uit zijn auto.

Een paar stappen verder klopte hij op het raam van een auto waar iemand achter het stuur zat. 'Inspecteur Turner,' zei King buiten adem, 'wat ben ik blij dat u hier bent.'

Ava Turner had haar auto onder een boom geparkeerd, in het donkerste gedeelte van de straat, op een plek die niet zichtbaar was vanuit Natasha's huis en ook een voorbijrijdende politieauto niet zou opvallen. King zette zijn vriendelijkste glimlach op. Er ging geen dreiging van hem uit. Hij zag eruit als een man die langzaam maar zeker op zijn pensioen afstevende, die behalve gebreide vesten en licht verteerbare maaltijden niets had om naar uit te kijken. Ze schrok. Als hij niet specifiek op haar reactie had gelet, had hij misschien niet eens gezien hoe goed ze dat wist te verbergen. Hij deed een stap naar achteren om haar de kans te geven onbevangen het raampje open te draaien. Inspecteur Turner, die er zo stellig van overtuigd was dat ze op zichzelf kon passen en zich daarom zo makkelijk liet bedotten door de man in zijn gladgestreken overhemd en ouderwetse stropdas, draaide het raampje een klein stukje omlaag.

'Ik was op weg naar Natasha,' zei King. 'Ze heeft me op mijn mobiel gebeld. Ik herkende u van de lezing die u heeft gegeven...' Ava maakte al aanstalten om uit te stappen. Op haar gezicht, dat deels verborgen bleef in de schaduw, stonden gemengde gevoelens te lezen, maar hij zag de zweem van wantrouwen snel plaatsmaken voor bezorgdheid om haar vriendin, en daardoor verloor ze haar voorzichtigheid. Op het moment dat ze het portier ontgrendelde, rukte hij het helemaal open terwijl zijn rechterarm naar voren schoot en hij de zakdoek tegen haar mond en neus drukte. Hij perste zijn linkerarm tegen haar keel zodat ze instinctief naar lucht begon te happen. Ze reageerde precies zoals hij had verwacht en kreeg een wolk chloroform binnen terwijl ze woest om zich heen sloeg. Ze bood langer verzet dan de anderen omdat ze beter wist hoe ze zich tegen de aanval moest verweren. Haar handen klauwden naar zijn gezicht in plaats van naar haar eigen keel, en ze draaide haar hoofd van links naar rechts om zich van de chloroformzakdoek te bevrijden, maar ze voerde een hopeloze strijd. Ze schopte vooral met haar benen. Hij hoorde haar voeten tegen de onderkant van de stoel bonken alsof ze daar gevangenzaten. Het duurde langer dan hem lief was, maar toen kwam het toch, dat moment waarop ze zich gewonnen gaf en verslapte in zijn armen, maar nog niet volledig buiten kennis zoals de anderen. King wilde dat ze nog in staat was om te lopen maar niet meer samenhangend kon praten. Ze was zo gedwee als een tiener die zich voor de eerste keer lam had gezopen. Hij sleurde Ava's lichaam uit de auto, legde een van haar armen om zijn schouders en loodste haar naar zijn eigen auto die vlakbij stond. Zijn smoes tegen eventuele voorbijgangers had hij al paraat.

'Te veel gedronken, dat zijn zo de verleidingen van Edinburgh op een vrijdagavond,' zou hij dan zeggen en daarbij een gezicht trekken waaruit een zwaar op de proef gestelde grootmoedigheid sprak. Uiteindelijk bleek het niet eens nodig.

Zijn auto zou zoals alle andere keren niet te traceren zijn. Hij had voor de gelegenheid zelfs zijn haar zilverachtig grijs geverfd en droeg een bril uit een kringloopwinkel. De handschoenen waren noodzakelijk, maar per slot van rekening was dit Schotland. Wanneer waaide het hier niet? King propte Ava's lichaam achter in de auto, glimlachend en hoofdschuddend als een geërgerde maar liefhebbende oom die zich over zijn onbezonnen nichtje ontfermde, legde een deken over haar heen en ging voorin zitten. Vandaar bond hij haar polsen en enkels vast met de tie-wraps, stopte de prop in haar mond en gooide de deken over haar gezicht. Ava Turner was van hem.

Natasha raakte iemand kwijt van wie ze hield en dat gaf hem een lekker gevoel. Zo lekker dat hij er duizelig van werd. Het gaf hem een ongelooflijk bevredigend gevoel te weten hoeveel pijn dit haar ging doen. En op dit moment wist ze nog van niets.

Hij keerde de auto heel rustig in drie keer steken en nam dezelfde weg terug. Het was onzinnig om langs Natasha's huis te rijden.

Inspecteur Callanach of een van zijn agenten was mogelijk nog wakker en hield de straat in de gaten. King had erop gerekend dat Ava ondanks het disciplinaire onderzoek waarover de pers in zulke venijnige en vergenoegde bewoordingen had bericht, niet weg zou kunnen blijven. Hoe had ze ook weg kunnen blijven van het huis van haar hartsvriendin als de dreiging zo concreet en zo geloofwaardig was? Hij had haar schorsing zelfs nog weten te bespoedigen door de *Herald* een brief te schrijven waarin hij zich beklaagde over haar uitgesproken kritiek op de katholieke kerk, onder een valse naam natuurlijk. Maar dit was allemaal niet gelukt als hij niet bij Natasha binnen had weten te dringen om daar die belachelijke sporen achter te laten. Natasha was heel slordig met haar sleutels en liet ze op haar werk vaak in het postvakje liggen. Het was kinderlijk eenvoudig geweest om een kopie van haar huissleutel te laten maken. Op twee minuten lopen van de faculteit was een sleutelservice.

King reed voorzichtig en zorgde ervoor geen verkeersovertredingen te begaan waarvoor hij aangehouden kon worden. Zijn hoed had hij diep over zijn ogen getrokken om zijn gezicht voor de priemende bewakingscamera's te verbergen. Achterin hoorde hij gesnurk, alsof ze een gezellig autoritje op de zondagmiddag maakten. Daarom stond hij zichzelf toe over een alternatief scenario te fantaseren. Als Natasha haar niet had weggetrokken op het moment dat hij zich aan haar wilde voorstellen, was het misschien heel anders gelopen. Dan had Ava hem met een lieve glimlach de hand geschud. Als ze glimlachte verscheen er een kuiltje aan één kant van haar mond. Hij had het gezien toen ze aan het begin van haar lezing het publiek op z'n gemak stelde. Misschien had ze hem wel stralend aangekeken toen hij haar aansprak.

'Dr. King,' zou hij gezegd hebben. 'Zeg maar Reginald. Ik ben medewerker van de vakgroep filosofie. Ik zal even een drankje voor je halen en je redden van het langharig tuig.' En dan had hij even naar de menigte studenten geknikt en had Ava met een glimlach van verstandhouding gereageerd.

'Graag,' zou ze dan hebben geantwoord. 'Ik heb een lange dag achter de rug.' Hij zou haar van de menigte in de richting van de bar hebben geleid, en heel terloops zijn hand tegen haar onderrug hebben gelegd. Ze zou het wel hebben gemerkt, maar niet geprotesteerd hebben. Ze zouden kort oogcontact maken: van haar kant schuchter, van zijn kant zelfverzekerd.

'Zo, dus u bent een oude vriendin van Natasha?' zou hij flemend hebben gevraagd, terwijl hij haar een glas gekoelde champagne aanreikte en hun hoofden zich naar elkaar toe bogen zodat ze ongestoord konden praten.

'Meer een kennis om eerlijk te zijn. U weet hoe het gaat, na verloop van tijd groei je uit elkaar,' zei Ava in zijn hoofd, waarbij ze een wenkbrauw optrok, zodat ze niet mis te verstaan was.

'Ik begrijp het,' zou hij dan veelbetekenend geantwoord hebben. 'Ja, ze kan soms een beetje...' Hij zou het eind van zijn zin subtiel in de lucht laten hangen.

'Absoluut,' zou ze beamen en ze zouden even lachen om hun privégrapje.

Op dat moment begon het gebonk.

Hij draaide zich met een ruk om. Ze stonden net voor een stoplicht naast een nachtclub waar een menigte mensen naar buiten stroomde, terwijl een paar uitsmijters de boel in de gaten hielden. Ava was aan het krijsen ondanks de knevel, trapte met beide voeten tegen het achterportier, en rolde woest heen en weer onder de deken.

'Kop dicht, bitch,' vloekte King met opeengeklemde kaken. Hij gaf gas zodat het lawaai van de motor haar gekrijs overstemde tot het licht op groen sprong en hij gered was. Het duurde allemaal te lang. Woedend begon hij lukraak aan de radio te friemelen, een nachtmerrie van knoppen en toetsen op een onbekend dashboard. Uiteindelijk vulde de auto zich met muziek, eigenlijk geen slechte combinatie met het ritme van haar voeten die tegen het portier bonkten. In het voorbijgaan keken de jongeren even naar binnen om te zien wat er aan de hand was, maar wendden meteen vol minachting hun blik weer af. Hij was te oud, passé, hoorde daar niet te zijn. Keiharde muziek en een opgevoerde motor hoorden bij de jongeren die er in hun arrogantie en ongeloof van uitgingen dat de tijd nooit vat op hen zou kunnen krijgen. Uiteindelijk verloste het groene licht hem van hun hoon en spot.

'Dat was op het nippertje, waarom kon ze niet stil blijven liggen?' siste hij. 'Ik heb me misrekend met de dosis chloroform, misschien heeft ze het niet zo diep ingeademd als ik dacht. Misschien heeft die bitch maar gedaan alsof. Deed je alsof?' riep hij. 'Ben je zo uitgekookt?'

Een schreeuw vanaf de achterbank vertelde hem dat ze bij bewustzijn was en hem verstaan had.

'Je moet een braaf meisje zijn, Ava,' fleemde hij. Hij moest gewoon diep door blijven ademen, het grote plan voor ogen houden om zichzelf weer onder controle te krijgen. 'Als je gehoorzaam bent, word je beloond. Je doet dit voor Natasha, om haar een lesje in nederigheid te leren. Ze moet iets verliezen om weer mens te kunnen worden. Ik breng je naar een veilige plek. Je zult daar niet alleen zijn. Ik heb vriendinnen voor je. Dr. King heeft overal aan gedacht.'

# 33

Natasha maakte Callanach wakker om te zeggen dat de agenten weer werden afgelost.

‘Zeven uur en alles is in orde,’ zei ze stralend. ‘Je hebt als een blok geslapen.’

‘Met jou ook alles goed?’ vroeg Callanach, maar ze zag er uitgerust en fris uit.

‘Ik heb mijn armen en benen nog en geen enkel raam is ingeslagen, dus ik zou dit een succesvolle operatie willen noemen, inspecteur. Ga jij maar even douchen, dan maak ik ondertussen wentelteefjes voor je. Specialiteit van het huis.’ Hij wilde zeggen dat ze geen moeite moest doen, maar zijn maag dacht daar anders over. Twintig minuten later had hij schone kleren aangetrokken en zat hij op dezelfde stoel als de avond daarvoor.

‘Ik heb Ava geappt om te zeggen dat alles goed is met me. Nog geen antwoord gekregen. Ze zit waarschijnlijk te mokken omdat ze er gisteravond van jou niet bij mocht zijn.’

‘Voor haar eigen bestwil,’ zei Callanach met zijn mond vol. ‘Hoe sneller de chef deze klacht heeft afgehandeld, des te beter dat voor haar is. Wat zijn je plannen voor vandaag? We zijn nog bezig de personeelslijst af te werken, dus je kunt vandaag maar beter niet naar je werk.’

‘Hoe graag ik ook thuis zit, ik heb werk te doen. Ik heb geen zin meer om bang te zijn. Ik zal voorzichtig zijn en geen onnodige risico's nemen, maar ik ga vandaag wel naar kantoor. Het werk stapelt zich op. Je mag me elke tien minuten bellen als dat helpt om je beter te voelen.'

'Dat zal ik zeker doen,' zei Callanach. 'Als jou iets overkomt, zal Ava me dat nooit vergeven. Ik wil haar vriendschap niet verspelen. Ze is de enige vriendin die ik heb gemaakt sinds ik uit het vliegtuig ben gestapt.'

'O, ik denk dat Ava je bijna alles zou vergeven,' zei Natasha. 'Oké, misschien dit niet, maar alle andere dingen wel. Kunnen we even praten over hoe ons gesprek gisteravond is geëindigd?'

'Ik moet ervandoor,' zei Callanach terwijl hij zijn jas aantrok. 'Doe wat de agent je zegt en niet met vreemden praten.' Callanach zette zijn bord en mok in de vaatwasser en pakte zijn mobieltje. 'Ik ben blij dat er vannacht niets is gebeurd.'

'Luc!' riep Natasha hem achterna terwijl hij zich door de achterdeur naar buiten haastte. Hij keek om. 'Ava is niet de enige vriendin die je hebt gemaakt sinds je hier bent komen wonen. Je hebt er minstens twee.'

Buiten was de hemel blauw. Het regende niet en zelfs de wind had even vrijaf genomen. Het was allesbehalve zonnig, maar Callanach besloot dat hij dik tevreden was zolang het niet vroor. Hij had zijn auto tegenover die van Natasha geparkeerd en zette de radio aan voordat hij zijn gordel vastklikte. Terwijl hij wegreed, wierp hij nog een laatste blik op het huis en keek links en rechts de weg af. En toen zag hij de zilverkleurige Mercedes aan het eind van de straat onder een boom geparkeerd staan.

'Je kon het ook niet laten, hè?' riep hij door zijn open raampje, vaart minderend in de verwachting Ava naar hem te zien zwaaien. Hij had geen andere keus dan haar zeggen dat ze onmiddellijk naar huis moest. Begbie zou het niet dulden dat ze zich overdag in de buurt van Natasha's huis ophield. Toen Callanach ter hoogte van haar auto was, zag hij dat er niemand in zat. Hij parkeerde zijn auto weer en stapte uit.

De Mercedes zat niet op slot en het portier aan de bestuurderskant was niet helemaal dicht. In de veronderstelling dat ze lopend onderweg was naar Natasha en hij haar was misgelopen toen hij in zijn eigen auto stapte, belde hij haar mobiel. Het bleef even stil en toen hoorde hij gerinkel. Hij realiseerde zich dat het geluid van de passagiersstoel van Ava's auto kwam en begon toen ongerust te worden. Hij wilde het mobieltje oppakken, maar zijn instinct weerhield hem daarvan, en in plaats daarvan deed hij een stap naar achteren en belde Natasha.

'Natasha, een beetje gekke vraag misschien, maar is Ava bij jou?' vroeg hij zo luchtig als hij maar kon.

'Nee, dat weet je toch. Je bent net weg,' zei Natasha. Het bleef even stil. 'Hoezo?'

Callanach kon niet antwoorden. In zijn hoofd begonnen lijnen samen een vorm aan te nemen en wat hij daar zag beviel hem niet.

'Luc? Zeg 'ns wat.' Ze smeet de telefoon neer, zo te horen op de keukentafel. Een paar seconden later kwam Natasha naar buiten stormen, naar links en rechts kijkend of ze hem zag. Toen ze hem in het oog kreeg stopte ze even, zag toen Ava's auto staan en trok een sprint. Het was maar een klein stukje en rennen had geen enkele zin, maar ze holde op hem af alsof ze een kind wilde redden dat in een afgrond dreigde te vallen.

'Waar is ze?' schreeuwde ze. 'Wat is er gebeurd? Zeg me wat er is gebeurd!'

'Ik weet het niet,' zei Callanach, die haar tegenhield voordat ze de auto kon openrukken. 'Je mag niets aanraken, Natasha, niet doen alsjeblieft.' Achter haar kwam de agent buiten adem aanrennen, met een verbaasde blik in zijn ogen.

'Bel het bureau,' droeg Callanach hem op. 'Vraag ze waar inspecteur Turner zit. Zeg dat haar auto en mobiel hier zijn. Ik wil dat er onmiddellijk iemand naar haar huis wordt gestuurd. Neem contact op met haar familie en vraag of zij de afgelopen twaalf uur iets van haar gehoord hebben.'

Natasha liet zich op haar knieën vallen. 'Ze is weg,' jammerde ze. 'Terwijl wij binnen zaten te eten en te drinken, is zij ontvoerd.'

'Dat staat nog niet vast,' zei hij. 'Ava kan overal zijn. Voor hetzelfde geld zit ze op dit moment in een boom in je achtertuin.'

'Nee,' snikte Natasha. 'Nee, daar zit ze niet. Haar sleutels zitten nog in het contact, Luc, en haar handtas ligt op de achterbank.'

Callanach keek door het raampje. Natasha had gelijk.

Hij wilde geloven dat er een betere, rationelere verklaring kon worden gegeven. Hij wilde uitleggen waar ze misschien heen was gegaan. Uiteindelijk besefte hij dat de eenvoudigste verklaring ook de waarschijnlijkste was: de vrouw die hij een paar minuten geleden nog zijn enige vriendin in Schotland had genoemd, was ontvoerd.

Van alle kanten klonk het gehuil van sirenes. De technische recherche arriveerde tegelijkertijd met de hoofdinspecteur. Nog voordat de weg kon worden afgezet dook er vanuit het niets een busje van de pers op, en agenten vormden snel een cordon om de auto om te verhinderen dat er werd gefilmd. Er viel trouwens weinig opwindends te zien. Het afgrijselijke was juist datgene wat ontbrak.

Callanach wilde Natasha weer naar binnen sturen, maar ze weigerde koppig, over haar toeren van verdriet en paniek. Instinctief en zonder ook maar even te aarzelen sloeg hij zijn armen om haar heen en hield haar stevig vast terwijl ze haar tranen probeerde terug te dringen.

'Wat deed inspecteur Turner hier gisteravond?' wilde de hoofdinspecteur weten.

'Dat weet ik niet,' antwoordde Callanach langzaam. 'Voor zover ik wist zat ze thuis. Vanwege haar schorsing heeft ze natuurlijk niet rondgebazuind waar ze allemaal mee bezig was.'

Callanach besefte dat dat een slag onder de gordel was, maar hij kon zich niet inhouden. De impliciete kritiek die erin vervat lag ontging de hoofdinspecteur niet.

'U kunt dit niet op haar schorsing gooien, inspecteur Callanach. Turner is te verstandig om zichzelf in gevaar te brengen.'

'Het is mijn schuld,' zei Natasha. 'Ze was hier om mij te beschermen.'

'Het is niet jouw schuld,' antwoordde Callanach. 'Niemand had dit kunnen voorkomen. Degene die dit op zijn geweten heeft, heeft ons voor de gek gehouden.'

'Waar is je team?' blafte Begbie.

'Op de universiteit. Ze zijn bezig de overige personeelsleden na te trekken.'

'Haal ze daar weg en zeg dat ze naar de coördinatiekamer moeten komen. Als dit een valstrik was met inspecteur Turner als beoogd slachtoffer, dan was dat gedoe op de universiteit maar een afleidingsmanoeuvre. Haal iedereen die ook maar enigszins gemist kan worden bij andere lopende onderzoeken weg. Ga na wie eventueel op vergelding zint naar aanleiding van die babyzaak en bekijk die doodsbedreigingen nog eens. En hou de pers uit de buurt. Als ik Ava's gezicht in de kranten zie verschijnen, gaan er koppen rollen.' Callanach zag dat de hoofdinspecteur buiten zichzelf was van woede. Ava werkte al jaren voor hem en hij was degene geweest die haar promotie in gang had gezet. Ava was iemand van wie je wel moest houden, of je nou wilde of niet.

'Kom, Natasha, je moet naar binnen,' zei hij, en hij liep met haar terug naar haar huis. Op dat moment hoorde hij achter zich iemand roepen.

Naast de Mercedes stond iemand van de technische recherche te zwaaien en te roepen dat ze een bewijszak moesten brengen. Callanach liet Natasha staan en liep terug.

'Wat heb je gevonden?' wilde hij weten.

'Er zat een gymp onder de zitting geklemd. Eentje maar. Die kan er ook al een hele tijd gezeten hebben, misschien uit een sporttas gevallen.'

'Als ze van de fitness kwam, dan zou ze de veters los hebben gemaakt om de schoen uit te trekken, en als hij uit een tas is gevallen, kan hij niet klem zijn geraakt onder de zitting. Als ze gisteravond hier heeft staan posten, dan heeft ze waarschijnlijk dit soort schoenen gedragen. Het lijkt me waarschijnlijker dat die schoen van haar voet is gegleden tijdens...' Hij keek naar Natasha die een eindje verder op de weg stond, en kon zich er niet toe brengen de zin af te maken. Ava wist precies wat ze deed, zelfs tijdens de stress en paniek van de ontvoering. Ze had de schoen met opzet uitgeschopt zodat het, zodra de auto gevonden werd, meteen duidelijk zou zijn dat ze was ontvoerd. Het was echt iets voor haar om zelfs op zo'n chaotisch moment rationeel te blijven. 'Niet tegen professor Forge zeggen,' zei hij tegen de agenten die om hem heen stonden. 'Ze heeft deze ochtend al genoeg hoop verloren.'

Hij liep met Natasha terug naar haar huis, en probeerde haar onderweg af te leiden met nietszeggende woorden over procedures en prioriteiten.

'Ze zal zich verzetten. Ik ben nog nooit iemand tegengekomen die haar de baas wist te worden,' zei Natasha.

'We weten nog niet wat er gebeurd is,' antwoordde Callanach. 'Misschien heeft Ava een klap op haar hoofd gekregen en is ze gaan rondzwerven, of misschien volgde ze een spoor en had ze geen tijd om haar tas mee te nemen. Alles is mogelijk. Het heeft geen zin om in paniek te raken.'

'Je hoeft niet tegen me te praten alsof je het tegen een kind hebt,' antwoordde ze rustig. 'Ik snap het. We gaan uit van de feiten, niet van hypothesen.'

'Precies,' zei hij. 'Ava zou hetzelfde zeggen.'

'Ava kan mij op dit moment niets vertellen.'

Callanach gaf geen antwoord. Natasha had gelijk.

'Ze is alles wat ik heb, Luc. Mijn ouders maakten zich meer zorgen om het behoud van hun maatschappelijke status dan om het welzijn van hun dochter. Daarom hebben ze me laten vallen toen ik uit de kast kwam. Ik paste niet in hun plaatje van een gezond, sociaal keurig aangepast kind. Op de dag dat ik het hun vertelde, vroeg mijn moeder of ik al had gekeken waar ik voor mijn "afwijking" behandeld kon worden. Mijn vader heeft sindsdien geen woord meer tegen me gezegd. Ava heeft voor me gezorgd, ze heeft me mijn zelfvertrouwen teruggegeven en me met zoveel liefde omringd dat het bijna opwoog tegen het verlies van dat door en door rotte zootje. Ik ben bijna een jaar lang depressief geweest. Ik hing afwisselend rond in bars om de eerste de beste vrouw op te pikken of belde met bizarre kerkgenootschappen in Amerika die beweerden dat ze me konden genezen. En geen enkele keer heeft Ava tegen me gezegd dat ik eens moest stoppen met in zelfmedelijden te wentelen. Ze kwam nooit met goedbedoelde adviezen aanzetten. Ze liet me gewoon met rust. Het leven dat ik nu heb opgebouwd heb ik aan haar te danken, en als ik nu zonder haar verder moet...' Ze boog haar hoofd en probeerde niet te huilen, terwijl ze haar schouders rechtte en haar tanden op elkaar klemde. 'Dat weiger ik, Luc. Ik weiger zonder haar verder te gaan. Dus zorg verdomme maar dat je haar terugbrengt. Als je ook maar iets voorstelt als politieman en de man bent die zij lijkt te geloven dat je bent, dan kun je dat nu bewijzen.'

Callanach deed geen beloften en kon geen troost bieden. Dus liet hij haar thuis achter om zelf te gaan doen wat zij van hem wilde. Zijn werk.

De mensen stonden in de coördinatiekamer als haringen in een ton: het was er zo vol dat niemand kon zitten omdat stoelen te veel ruimte in beslag namen. De hoofdinspecteur nam de leiding en daar was Callanach alleen maar blij om. Hij was zo vervuld van zelfhaat dat hij zich niet in staat voelde objectief leiding te geven aan het team.

'Jullie weten ondertussen allemaal wat er gebeurd is,' begon Begbie. 'De woning van inspecteur Turner zat op slot en er was niets van zijn plaats. Hetzelfde geldt voor haar garage. In haar handtas, die in haar auto is aangetroffen, zijn haar sleutels gevonden. De conclusie luidt dat ze tussen negen uur gisteravond en zes uur vanmorgen is ontvoerd. Er is huis-aan-huisonderzoek verricht in de straat van mevrouw Forge, maar dat heeft niets opgeleverd. Het is een rustige buurt waar geen pubs zijn, en de mensen komen daar vrij vroeg in de avond thuis. Weinig voetgangers op straat. De meeste mensen die er wonen gaan met de auto naar hun werk.'

Salter riep over de zee van hoofden heen: 'Is het dezelfde man die Buxton en Magee heeft ontvoerd?'

Voordat de hoofdinspecteur antwoord kon geven, was professor Harris al opgestaan. Callanach had hem niet eens opgemerkt, al kon hij sowieso niet verder kijken dan de rij mensen vlak voor hem. 'De man die mevrouw Buxton en dominee Magee heeft ontvoerd zit in hechtenis en deze ontvoering verandert niets aan mijn overtuiging dat we de juiste man hebben opgepakt. Er zijn weliswaar overeenkomsten, maar ook veel verschillen. De inbraak bij mevrouw Forge thuis, die twee niet mis te verstane boodschappen, het feit dat de aanvaller inspecteur Turner niet thuis heeft opgewacht maar haar naar een openbare plek heeft gelokt. Het is een doordacht uitgevoerde operatie, absoluut, maar de modus operandi is heel anders. Ik denk dat wij hier met een copycat te maken hebben.'

Callanach verhief zijn stem om boven het geroezemoes van de menigte uit te komen. 'Als het een copycat is, dan heeft hij met inspecteur Turner een bijzonder lastig doelwit uitgekozen,' zei hij. 'Waarom zou je het risico nemen om een politieagente te ontvoeren?'

'Prestige,' antwoordde Harris onmiddellijk, alsof hij op die vraag had zitten wachten. 'Hij legt er eer in om het beter te doen dan de man die hij probeert na te apen. Hij streeft naar dezelfde erkenning, hoopt waarschijnlijk dat Rory Hand hem persoonlijk bewondert om zijn lef. Bij dit soort misdaden draait het alleen maar om het ego van de dader, inspecteur Callanach. Ze gaan driest en onbevreesd te werk. De copycat wil laten zien dat hij nog verder durft te gaan dan zijn idool.'

'Waarom dan die onbeholpen letters in een envelop en dat hart in het vriesvak?' Callanach liet zich niet zo makkelijk de mond snoeren. 'Die dienden alleen maar om iedereen voor de gek te houden, het is niet iets wat de moordenaar van Buxton en Magee heeft gebruikt.'

'Ik denk dat onze nieuwe speler zijn eigen stempel op zijn werk wil drukken, uniek wil zijn. Het resultaat is een eerbetoon aan Hands werk, het gaat hem er niet om Hand tot in elk detail na te apen.'

'Ik zou het op prijs stellen als u degene die inspecteur Turner heeft ontvoerd geen "nieuwe speler" zou willen noemen, professor Harris,' zei hoofdinspecteur Begbie. Er viel een stilte. Het was een duidelijke reprimande. 'Dit is geen spelletje.' Harris deed zijn mond open om zich te verontschuldigen, in het besef dat hij te snoeverig klonk, en dat hij hiermee het respect van de aanwezige mannen en vrouwen had verspeeld, maar Begbie gaf hem niet de kans om nog iets te zeggen. Dat was voor Callanach het enige moment van voldoening tijdens de briefing. Verder viel er geen goed nieuws te melden.

'Ik neem die babyzaak nog eens door en trek iedereen na die mogelijk op vergelding uit zou kunnen zijn. Inspecteur Callanach doet verder onderzoek naar de doodsbedreiging die inspecteur Turner heeft ontvangen. Iedereen die niet bij een van de twee teams wordt ingedeeld doet verder onderzoek op de plaats delict. Ik wil dat jullie de bewakingsbeelden bestuderen, en Turners meest recente privémails en werkmails doorspitten om te zien of ze nog andere dreigingen heeft ontvangen die ze misschien niet heeft gemeld. Brigadier Lively zal de zaak tegen Hand verder opbouwen. Om twaalf uur wil ik updates horen. En nu aan de slag allemaal.'

Tripp haalde Callanach op de gang in. 'Dat wilde ik u nog even melden, sir. De eigenaar van die sloperij heeft eindelijk zijn dossiers teruggevonden. Hij heeft de auto aan een dealer in Edinburgh doorverkocht. Een zekere Louis Jones. Zal ik hem hierheen halen?'

'Nu niet. Na Jones kan die auto nog vier of vijf keer doorverkocht zijn. Bezorg me dat dossier over de doodsbedreiging tegen Ava en zoek uit waar Lively zit. Zeg tegen hem dat hij Rory Hand moet vragen naar de data en tijdstippen waarop hij Buxton en Magee heeft vermoord. Ik wil weten hoelang elk van hen nog geleefd heeft voordat ze vermoord werd. En zeg tegen Lively dat hij Hand de indruk moet geven dat de politie de antwoorden op die vragen allang weet, dus dat Hand alleen maar een fout of een goed antwoord kan geven. Professor Harris mag er niet bij zijn, of anders zorg ik er persoonlijk voor dat brigadier Lively heel snel naar de verkeerspolitie wordt overgeplaatst.'

'Moet ik dat letterlijk zo aan hem overbrengen?' Tripp keek benauwd.

'Letterlijk.'

'U denkt toch niet echt dat dezelfde moordenaar inspecteur Turner heeft ontvoerd? Want als dat zo is...'

'Ik heb geen idee, Tripp. Het is één grote chaos. Er zijn meer verschillen dan overeenkomsten en we draaien allemaal in een kringetje rond. Maar ik wil antwoorden, en snel ook, al is het alleen maar om een paar mogelijkheden uit te sluiten.'

Callanach ging die nacht pas om twee uur naar huis, maar alleen omdat Begbie had gezien dat er nog licht in zijn kamer brandde en hem had bevolen het bureau te verlaten. Voor de deur van zijn appartement had iemand een lange stok, verpakt in bruin pakpapier, achteloos in de hoek gezet. Aan het handschrift op de bijbehorende envelop zag hij dat die van Ava afkomstig was.

Hij opende de deur, griste het pakket mee en liep snel naar binnen. Eerst rukte hij het papier eraf, in de vertwijfelde hoop dat het pakket een aanwijzing zou bevatten over haar verblijfplaats, dat het allemaal een verschrikkelijke vergissing was gebleken, dat Ava springlevend was en er na haar schorsing vandoor was gegaan. Hij trof een glanzende houten werphengel aan, met de molen er al aan vastgemaakt, samen met een doosje kunstvliegen en een opgerolde wollen muts. In de envelop zat een briefje dat ruw uit een notitieblok was gescheurd en waar iets van thee op was gemorst. Het was in kleine, kriebelige letters geschreven, alsof ze geen waarde hechtte aan een fraai handschrift. Typisch Ava.

Luc – ik heb besloten dat je moet leren ontspannen. In dit pakket zit een hengel, voor het geval dat dit soort zaken je in Frankrijk ontgaan mochten zijn. De eerstvolgende keer dat je een weekend vrij hebt rijden we naar Loch Leven bij Kinross. Daar zal ik je leren hoe je de beste forel ter wereld kunt vangen en ik maak hem ook voor je klaar. We huren een huisje (jij betaalt, want ik maak je deelgenoot van de kunst van het forelvissen). Het is daar schitterend – alleen maar hemel, water en nog meer hemel. Even voor de duidelijkheid: dit is geen date. De vissen vind ik veel interessanter dan jou!

Die laatste zin werd gevolgd door een enorme smiley, met daaronder een

PS: Die muts zul je nodig hebben. We moeten vanaf een boot vissen en op het water wordt het koud. Sorry als je kapsel ervan in de war raakt!!!

Hij nam de hengel in zijn hand. Die was niet goedkoop geweest. Het hout was gladgepolijst en de molen maakte zachte klikgeluiden toen hij hem opwond, en de stok en de molen waren perfect uitgebalanceerd. Het cadeau en het briefje had zij daar achtergelaten voordat ze was ontvoerd – zoveel was wel duidelijk. Waarschijnlijk toen hij bij Natasha zat, zodat ze zeker wist dat hij niet thuis was.

De gedachte aan wat Ava op dit moment moest doormaken was ondraaglijk. Callanach drukte een kussen tegen zijn gezicht en schreeuwde het uit.

# 34

Ava's gezicht was gezwollen en gehavend. Zonde. Tijdens de lezing had hij haar nog zo aantrekkelijk gevonden.

'Als je me niet gedwongen had je te slaan, was het allemaal veel eenvoudiger geweest en had je niet zoveel pijn gehad,' zei King tegen haar, terwijl hij haar vanuit de garage naar binnen sleepte. Ava was bewusteloos, dus het was eigenlijk een beetje gek om tegen haar te praten, maar ze kon in ieder geval niets terugzeggen. Hij had haar moeten slaan om haar stil te krijgen. Zodra hij stilstond was het schoppen en schreeuwen weer begonnen, en zonder draaiende motor om het lawaai te overstemmen, bestond er een kans dat een voorbijganger haar hoorde.

Hij had met de rug van zijn vuist zo'n harde klap op haar slaap gegeven dat het hem had doen denken aan een geseling op een ouderwets oorlogsschip. Die vergelijking beviel hem wel. Het gaf hem het gevoel dat hij een kapitein was. Op zee was een strikte discipline noodzakelijk om de orde te handhaven. De manschappen moesten in het gareel worden gehouden, anders gingen ze muiten. Sloot die analogie niet naadloos aan op hun situatie? Maar toen hij zijn vuist op haar gezicht liet neerkomen en het gekraak hoorde, vreesde hij dat hij haar jukbeen had gebroken. Haar gezicht begon onmiddellijk op te zwellen.

In de zitkamer had hij de gordijnen dichtgetrokken, de tie-wraps gecontroleerd en haar aan de poten van een massieve eikenhouten tafel vastgebonden. Daarna had hij heel attent nog een kussen onder haar hoofd geschoven.

'Je wilt vast niet wakker worden met een stijve nek, of wel soms?' had hij gevraagd, terwijl hij voor de laatste keer de autosleutels oppakte. Hij moest eerst de huurauto nog terugbrengen voordat hij zich helemaal kon ontspannen. 'Niet dat je ergens heen gaat,' had hij in Ava's oor gefluisterd. 'En als ik weer terug ben, maken we plannen voor de dood van je plaatsvervangster. Je mag me daarbij helpen, als je wilt. Jij kent het klappen van de zweep beter dan ik.'

De tussenliggende tijd benutte dr. King om de huurauto terug te brengen naar de sloperij en zich af te vragen of het niet een drieste, ondoordachte zet van hem was geweest om een politievrouw te ontvoeren. Niet dat er enig gevaar bestond dat ze tegen hem opgewassen zou zijn – zijn talent om alle mogelijke situaties te voorzien en zich daarop voor te bereiden was zijn ultieme wapen. Maar hij was zich ervan bewust dat zij zich wellicht niet zo makkelijk zou laten intimideren als Elaine of Jayne. De strijd om haar te breken zou langer duren en vereiste een hogere inzet. Er bestond een zeker risico dat ze nooit voor zijn wil zou buigen. Het zou kunnen dat haar koppigheid groter zou blijken dan haar wens om zich te verbeteren. In dat geval had hij er geen moeite mee om zich van haar te ontdoen. Hij wilde Ava liever niet kwijtraken, want hij was zich ervan bewust dat hij Elaine en Jayne beu was. Het was absoluut noodzakelijk dat er wat vers bloed bij kwam. Maar als ze te gevaarlijk zou blijken, liet ze hem geen keus. Hij overdacht de mogelijkheden. Zonder een natuurlijke rechtvaardiging voor haar dood zou het gewoon een ordinaire moord worden. En hij was geen ordinaire moordenaar.

Haar koppigheid, daar focuste hij zijn gedachten op. Ze was zo koppig als een ezel. En wat deden ezels? Ze schopten, zodat hij alleen maar terug kon schoppen. Hij stelde zich voor hoe het klonk als zijn voet haar buik raakte, alsof er een voetbal leegliep. Haar ribben zouden veel te snel breken. Hij zou zijn schoenen uit moeten trekken, bedacht hij. Waarschijnlijk zou hij dan zijn voeten bezeren, maar dat achtte hij een passend en noodzakelijk offer.

Het was niet eerlijk om haar met schoenen aan in de buik te schoppen. Dat zou verkeerd zijn. Dus ja, het zou schoppen worden. Terwijl hij daarover nadacht, leek het hem steeds waarschijnlijker dat ze zich onverzettelijk koppig zou opstellen. En naarmate hij langer nadacht over de consequenties daarvan, kreeg het beeld van haar gekneusde en kapotte lichaam steeds meer kleur en textuur voor hem. Heel even vroeg hij zich af of hij niet bezig was een diepgewortelde wens tot wasdom te laten komen. Maar dat was absurd. Per slot van rekening was hij ruimdenkend en liet hij zich niet door vooropgezette meningen beïnvloeden.

Het duurde drie lange uren voordat King weer thuis was. Nadat hij de auto bij de rat had teruggebracht, moest hij het hele eind teruglopen. Op dat tijdstip reden er geen bussen. En ondertussen was inspecteur Ava Turner klaarwakker en lag ze op hem te wachten.

# 35

In slaap komen bleek onmogelijk, dus was Callanach weer opgestaan, had zich aangekleed, was met de auto via het bureau gereden om de sleutels van Ava's huis uit de opslag van bewijsmateriaal op te halen, en was vandaar naar haar adres gereden. Hij realiseerde zich dat het vier uur in de ochtend was en dat het wat typisch was om daar op dat tijdstip in zijn eentje heen te gaan, en hij besefte ook dat hij zich eerder overgaf aan zijn getroebleerde stemming dan dat hij met politiewerk bezig was, maar het was de enige plek waar hij wilde zijn. Hij was er maar één keer geweest, maar hij putte enige troost uit de vertrouwdheid die hij aan dat ene korte bezoek had overgehouden. Het kwam niet zozeer doordat dit de plek was waar Ava was als ze niet werkte, maar doordat alles wat hier stond doortrokken was van haar persoonlijkheid. De reusachtige, felgekleurde mokken. De muren die volhingen met schilderijen, reproducties, ansichtkaarten, landkaarten of voorzien waren van boekenplanken met eindeloze rijen dvd's en cd's. De woning was functioneel ingericht en tegelijkertijd sprak er een levendigheid uit zoals alleen Ava die kon belichamen. Voor haar wasmachine lag een stapel vuile was, T-shirts, half rechtopstaande jeans waar de sokken nog uit de pijpen staken, die ze duidelijk had uitgetrokken in de wasruimte om zich het loopje van de wasmand naar de wasmachine te besparen. Hij moest zich bedwingen om het niet allemaal voor haar in de wasmachine te stoppen. Eén klein dingetje voor haar doen om haar leven te vergemakkelijken wanneer hij haar weer terugbracht. Áls hij haar kon terugbrengen.

In gedachten ging hij terug naar de dag waarop ze die rozen had gekregen. Wat had hij gezegd toen ze het weigerde te melden? 'Ik hoop niet dat het je rouwboeket wordt.' Precies. Alleen de tijd zou uitwijzen hoe voorspellend die opmerking was geweest. Met een brul van woede waarvan hij zelf niet eens wist dat die eraan zat te komen, ramde hij met zijn vuist keer op keer tegen de muur tot hij zijn pink voelde breken en een stekende pijn door zijn arm voelde trekken. In de gipsplaten muur bleef een bebloede deuk achter. Hij pakte een doekje en probeerde de muur schoon te maken met bleekwater dat hij in het keukenkastje had gevonden, en plunderde toen haar verbanddoos om zijn ringvinger en pink aan elkaar vast te tapen. Hij wist dat hij hier weg moest. Het was niet gezond om in haar huis te blijven, zich onder te dompelen in zijn herinneringen aan haar. Maar de verleiding om haar slaapkamer te betreden bleek te sterk, om erachter te komen wie ze was in haar intiemste momenten.

Ava's slaapkamer was rustiger en ordelijker ingericht dan de rest van het huis. Over het keurig opgemaakte bed lag een eenvoudig wit donzen dekbed. Hier en daar stonden wat spulletjes, maar het leek erop dat dit de plek was waar ze haar hoofd leegmaakte en de chaos van de dag achter zich liet. Callanach ging op de rand van het bed zitten en voelde zich een indringer, maar tegelijkertijd wist hij dat hij voorlopig niet dichter bij haar kon komen dan dit. Langzaam trok hij de bovenste la van haar nachtkastje open. Er lagen wat sieraden, een notitieblok en een agenda in, en helemaal achterin lag een kleine leisteen waarop een kindergebedje was geschreven.

Lieve Heer, ik ga nu slapen en bid dat u over mij wilt waken. Mocht ik sterven voor het ochtendgloren, wil ik dat mijn ziel u zal toebehoren.

Hij streek met zijn vingers over de dunne, gladde, grijze steen. Bij het lezen van die woorden was het alsof er een mes in zijn maag werd rondgedraaid. Als Ava zou sterven... Geen gebed ter wereld kon haar nu beschermen. Ava's wekker ging. Het was tijd om aan de slag te gaan.

Callanach staarde naar de nutteloze feiten en cijfers op het blad voor hem. Zijn hersenen werkten tergend langzaam. In plaats van het voor de vierde keer te lezen pakte hij zijn telefoon en belde met de forensisch medewerkster die het verslag had opgesteld.

'Dus die doodsbedreiging heeft geen aanwijzingen opgeleverd. Er is geen enkel ongewoon aspect aan dat ons verder zou kunnen helpen?' vroeg hij.

'Helemaal niets, ben ik bang,' antwoordde de jonge vrouw.

'Is er iets wat je misschien over het hoofd hebt gezien, iets wat je opnieuw zou kunnen onderzoeken?'

'Niets. Je hebt het gramsgewicht van het papier, de inktsoort. Die worden allebei veel gebruikt. De meeste bedrijven kopen die in het groot in om kosten te besparen. Dat doen wij hier ook.'

Callanach stopte met bladeren door het verslag. 'Bedoel je met "wij" de mensen in het laboratorium?'

'Met "wij" bedoel ik de politiebureaus hier in Edinburgh, die allemaal onder Schotse politie vallen.'

Callanach hing op. De bloemen en de champagne waren bij het politiebureau afgegeven, maar dat hoefde niet te betekenen dat ze niet door iemand van het bureau zelf waren besteld. Iemand die toegang had tot precies dezelfde papiersoort en inkt die gebruikt waren om de doodsbedreiging te schrijven. Iemand die op een zieke manier geobsedeerd was door Ava, die Natasha had gemanipuleerd om Ava daar te krijgen waar hij haar hebben wilde. Het werd tijd om weer ouderwets te rechercheren. Dit kon niet worden opgelost met forensisch onderzoek.

Callanach nam de trap naar de benedenverdieping. Alle politiemensen waren die dag opgeroepen en alle verloven waren ingetrokken. Alleen degenen die in het buitenland op vakantie waren of ziek thuis zaten, mochten wegblijven. Hij wist niet eens waarnaar hij op zoek was. Hij klampte zich maar al te graag vast aan de hoop dat als hij de persoon vond die dit had gedaan, diens reactie hem zou verraden. Hij begon op de begane grond en werkte vandaar langzaam naar boven.

Callanach ging alle kamers, alle gangen, alle verdiepingen af. Hij sprak met iedereen, en vroeg of ze de afgelopen vierentwintig uur nog contact hadden gehad met inspecteur Turner. Iedereen ging serieus in op zijn vragen, niemand reageerde ontwijkend, allemaal begrepen ze wat er op het spel stond. Callanach luisterde niet naar hun antwoorden, hoorde amper wat ze zeiden: hij keek vooral naar hun gezicht, zocht in hun ogen naar tekenen van spanning of angst, een ontwijkende blik. Hij sloeg een afgemeten, zakelijke toon aan. Twee uur later was hij bij de bovenste verdieping aangekomen en begon hij zich af te vragen of dit wel zin had, of hij niet op zoek was naar een speld in een hooiberg. Toen hij bij de administratie aankwam, wist hij niet goed welke kant hij op moest. Hij was hier nog nooit geweest en had altijd Tripp naar boven gestuurd als er iets van papierwerk uitgezocht moest worden.

Hij liep de gangen door en stapte overal naar binnen, bij personeelszaken, bij de afdeling Persvoorlichting en vandaar liep hij verder naar het secretariaat. Een vrouw met een stapel papieren in haar handen stak net de gang over en ging een kamer binnen. Callanach liep achter haar aan.

‘Ik ben inspecteur Callanach,’ zei hij. ‘Mag ik u een paar vragen stellen? Hebt u de afgelopen vierentwintig uur contact gehad met inspecteur Turner?’

De vrouw schudde haar hoofd. ‘Nee. Ik doe alleen de salarisbetalingen aan de uniformdiensten. Mijn collega doet de financiële administratie van u en inspecteur Turner. Ze zit in de kamer hiertegenover. Jammer dat ik u niet kan helpen.’ Ze leek echt ontdaan. Callanach bedankte haar en liep de tegenoverliggende kamer binnen.

In de hoek zat een vrouw met haar rug naar hem toe, met haar ogen op het scherm gericht razendsnel te typen. Callanach wachtte een seconde voordat hij op de openstaande deur klopte om zijn aanwezigheid kenbaar te maken.

'Neem me niet kwalijk,' zei hij. 'Ik zie dat u druk bezig bent, maar ik zou u graag een paar vragen willen stellen.'

De vrouw draaide zich om. Ze had highlights in verschillende tinten goudblond in haar haar laten zetten en het in een bob laten knippen. Ze was magerder dan hij zich herinnerde en droeg een bril met een zwart montuur. Op de rug gezien of en profil had hij haar nooit herkend, en zelfs van voren zou hij haar niet herkend hebben als hij haar niet recht had aangekeken. Maar de glimlach was nog steeds precies dezelfde.

De vrouw met wie hij gesproken had, was ook binnengekomen en kwam naast hem staan.

'Ik zal u even aan elkaar voorstellen. Inspecteur Callanach, dit is mijn collega Astrid Borde.'

# 36

King was moe, en als hij moe was lieten zijn goede manieren te wensen over. Het was een tekortkoming waar hij zelf een verschrikkelijke hekel aan had, maar hij was nu eenmaal altijd zijn eigen scherpste criticus geweest. Hij hield er echter niet van als anderen hem op zijn tekortkomingen wezen.

Na thuiskomst, met pijnlijke armen en benen van de zware fysieke inspanning van de afgelopen nacht, nog natrillend van het teveel aan adrenaline, had hij een poging gedaan om zijn nieuwste gast hartelijk welkom te heten. Maar ze had zich niet ontvankelijk opgesteld. Hoewel hij even in de verleiding kwam om zijn toevlucht te nemen tot een extra dosis chloroform, wilde hij niet het risico lopen dat ze er te veel van binnenkreeg. Bovendien had hij er schoon genoeg van om steeds maar vrouwen de trap op en af te dragen. Hij tilde de zware tafel aan een kant op en stond Ava toe haar vastgebonden handen onder de poot vandaan te schuiven en rechtop te gaan zitten.

'Zo,' zei hij. 'Je zult nog wel een tijdje versuft zijn en vanwege de tie-wraps geen gevoel hebben in je handen en voeten, maar dat gaat over. Ik ben dr. King.'

'Moffebawwe,' antwoordde ze met een gezwollen gezicht, opgezette lippen en een oog dat helemaal dichtzat. Daar moest hij maar wat ijs op leggen.

'Sorry, ik versta niet wat je zegt. Misschien is het verstandiger om voorlopig te zwijgen en te luisteren. Ik moet je naar een plek brengen waar je fatsoenlijk tot rust kunt komen. Je zult moeten lopen. Het is niet ver. Iedere deur en ieder raam zit op slot, dus het heeft geen zin om ervandoor te gaan. Je handen blijven vastgebonden en ik maak je enkels los, maar jij en ik moeten elkaar wel even goed begrijpen. Ik heb dit mes,' zei hij en pakte het van de bank op. 'Het is een vleesmes. Ik heb het zelf geslepen en daar ben ik best trots op. Over een paar dagen zal de wereld sowieso treuren om je overlijden, maar ik zou je aanraden om ze geen directer bewijs te leveren van je verscheiden dan ik voor je in petto heb.'

Als blikken konden doden was hij ter plekke ter aarde gestort, dacht hij. Een pittige tante. Ze had niet eens naar het mes gekeken. Hij had taaiheid verwacht van een politieagente, maar deze ronduit vijandige houding kwam wat ongelukkig uit. Om zijn woorden kracht bij te zetten richtte King het mes op haar, zodat het schijnsel van de lamp op het lemmet viel en in haar ogen weerspiegelde.

'Ik hou dit mes onder het lopen tegen je keel. Niet schoppen, niet struikelen of jezelf tegen me aan gooien of van me weg proberen te komen. Als je dat doet, zal ik niet aarzelen om het staal te besmeuren.' Hij zette het mes op de tie-wrap rond haar enkels en demonstreerde haar hoe scherp het was. Het sneed door de taaie plastic band als een warm mes door de boter. Ava sloeg hem gade, maar in plaats van angst las hij berekening in haar ogen. Met deze vrouw zou hij op zijn hoede moeten zijn. Geen wonder dat Natasha zich tot haar aangetrokken voelde. Qua listigheid en geniepigheid deden ze niet voor elkaar onder.

'Opstaan,' zei hij.

Ava aarzelde geen moment. Ze was slim genoeg om te weten welke strijd ze kon aangaan en welke niet. Ze liepen de kamer door naar de gang en stapten in de kast onder de trap. Daar binnen viel de kelderdeur niet meteen op, maar was hij zeker niet onzichtbaar. Alle huizen in de straat hadden een kelder. Doen alsof er geen kelder was zou verdacht overkomen als iemand hier ooit kwam kijken. Op deze zelfde treden was zijn zus tragisch genoeg uitgegleden en had ze als veertienjarige haar nek gebroken, en daarmee haar uitzonderlijke intelligentie en potentie verspild. De dertienjarige King had verwacht dat zijn ouders daarna wel zouden verhuizen omdat er te veel herinneringen aan het huis kleefden, maar in plaats daarvan was het een heiligdom voor hun geliefde Eleanor geworden, en zowel zijn vader als zijn moeder had er de rest van hun dagen gesleten.

Inspecteur Turner liep door zoals hij haar bevolen had, maar ondertussen schoten haar ogen van links naar rechts. Nou ja, in ieder geval naar links, dacht hij, en hij moest even in zichzelf grinniken. Ze kon niet naar rechts kijken omdat haar gezicht aan die kant gezwollen was.

'Ik weet waar je mee bezig bent,' zei hij. 'Dus kijk maar een eind weg, neem de omgeving maar in je op, kijk maar waar de in- en uitgangen zitten. Het gaat je niet helpen. De trap vanuit de kelder naar het gastenvertrek ligt er al jaren. Mijn vader gebruikte hem als privéruimte waarin hij zich soms terugtrok als mijn moeder weer eens een van haar buien had. Pas toen ze allebei overleden waren heb ik deze valse muur ertussen gezet en de ruimte ingericht voor mijn eigen doeleinden. Alleen al het aanbrengen van die houten panelen heeft me bijna een jaar gekost.'

Onder aan de eerste trap maakte hij de deur open en deed het licht aan, waardoor de verborgen trap achter de muur zichtbaar werd. Ava draaide zich om en keek hem aan. Ze was dapper. Dat zag hij wel. Het was geen act, ze hield zich niet groot. Misschien kende ze echt geen angst. Misschien had een deel van haar, dat zesde zintuig dat iedereen als een parasitaire worm in zijn binnenste had zitten, altijd geweten dat het zo met haar zou aflopen.

'Ik weet wie jij bent.' Ze perste elk woord tussen haar gezwollen lippen naar buiten zodat ze niet mis te verstaan was. 'Je stinkt naar mottenballen. Jij hebt Elaine Buxton en Jayne Magee vermoord.'

'Heeft inspecteur Callanach je dat verteld toen hij geen steek verder kwam met zijn onderzoek?' vroeg King, ineenkrimpend vanwege haar opmerking over zijn geur, maar nog vastbeslotener om haar de trap op te krijgen. 'Jullie politiemensen zijn allemaal zo zeker van jezelf, hè? O, wat zijn jullie er happig op om een zaak van een stempel te voorzien, in een la op te bergen en als opgelost te beschouwen. Misschien wil je mevrouw Buxton en dominee Magee gezelschap houden?' vroeg hij, en hij drukte het mes tegen haar keel tot hij haar aderen zag opzwellen.

Eindelijk verscheen er een angstige blik in haar ogen. Ze deed een stap achteruit, en daarna nog een en nog een, en volgde de beweging van het mes dat hij van links naar rechts in een oneindige lus voor haar gezicht heen en weer bewoog terwijl hij haar steeds verder de verborgen trap op dwong, en zij met iedere stap verder verwijderd raakte van haar oude leven.

'Je hoeft me niet te vermoorden,' zei ze toen ze haar stem weer had hervonden en de deur boven aan de trap steeds dichterbij kwam.

'Was dat maar waar,' zei hij. 'Maar als je niet sterft, zul je nooit helemaal de mijne worden. Dan zullen er altijd mensen zijn die hoop blijven houden, mensen die niet zullen stoppen met zoeken, politiemensen voor wie het een cold case zal worden, maar eentje die ze nooit zullen vergeten. De dood, inspecteur Turner, brengt verdriet met zich mee, en door dat verdriet kun je er uiteindelijk vrede mee hebben.'

Ava stond op de bovenste trede, met haar rug naar de deur. Ze stak haar handen in de lucht en dat gebaar zei meer dan woorden ooit konden doen. Ze had gecapituleerd, had haar lot aanvaard, zich aan hem overgegeven. Hij wilde dat hij de tijd stil kon zetten, zodat hij de uitdrukking op haar gezicht kon bestuderen op het moment dat zij de overstap maakte naar zijn wereld, zodat hij voor altijd kon blijven genieten van de verrukkelijke wetenschap dat hij gewonnen had.

'Ava, niet bang zijn. Het wordt tijd dat je kennismaakt met je nieuwe dode vriendinnen.'

King duwde de deur open. Hij hield Ava's hand vast toen ze naar binnen stapte, als een bruid die naar het altaar wordt begeleid, en zag hoe ze haar ogen wijd opensperde toen ze de vrouwen op de bedden herkende.

'Wat de fuck is dit?' fluisterde ze.

# 37

'Inspecteur Callanach,' zei ze. In het bijzijn van haar collega nam ze een ingetogen pose aan, maar Callanach hoorde de spot in haar stem doorklinken. 'Leuk om met u kennis te maken.' Astrid stak haar rechterhand naar hem uit. Hij staarde ernaar alsof ze hem een stuk vlees voorhield dat vergeven was van de maden. Sinds ze hem van verkrachting had beschuldigd kon hij geen enkele aanraking meer velen, hoe terloops of goedbedoeld die ook was. Hij werd onpasselijk van de gedachte dat Astrids huid contact zou maken met de zijne.

'Ik wil u even onder vier ogen spreken,' zei hij met een schorre stem, waarin ongeloof doorklonk.

'Natuurlijk,' antwoordde ze charmant, 'waar u maar wilt.' Astrid keek de vrouw met wie ze de kamer deelde stralend aan, alsof ze de rest van de week vrij had gekregen. Callanach deed een stap achteruit om haar te laten passeren zonder haar een excuus te geven om hem aan te raken.

'De trap af, naar de benedenverdieping, aan het eind van de gang rechts,' zei Callanach, terwijl hij strak voor zich uit bleef kijken en zijn ademhaling telde om het ijle gevoel in zijn hoofd te onderdrukken waardoor hij wazig zag. Astrid nam alle tijd en zei iedereen die ze tegenkwamen opgewekt gedag. Callanach voelde de spieren in zijn schouders en rug bij iedere stap nog meer verstrakken en moest zich uit alle macht beheersen om niet te schreeuwen dat ze sneller moest doorlopen.

'Gaan we niet naar jouw kamer?' vroeg ze suikerzoet en gedwee, maar in zijn hoofd krijste haar stem als een vuvuzela tijdens een voetbalwedstrijd.

'Nee,' zei hij, en hij liep voor haar uit naar het eind van de gang en opende de deur van de verhoorkamer. 'En we praten alleen Engels. Geen Frans. Ik heb geen zin om tijd te verliezen met aantijgingen dat we het over ongepaste zaken hebben gehad.' Hij trok een stoel onder een tafel vandaan en gebaarde dat ze plaats moest nemen. Callanach drukte op een paar toetsen op het monitoringsysteem en schakelde de audiovisuele registratie in. Astrid schoof haar handen over tafel tot ze bijna de zijne raakten, en keek hem met een stralend lachje aan.

'Luc, dit is een verhoorkamer. Ik snap het probleem niet. Waarom al die apparaten? Vraag me gewoon wat je wilt weten.'

'Ik wil weten wat je hier doet,' zei hij. Hij deed zijn uiterste best om geen dreigende toon aan te slaan, met als gevolg dat zijn stem trilde van de inspanning.

'Ik werk hier,' zei ze. 'Ik heb me niet verstopt. Ik heb zelfs een paar urenregistratieformulieren teruggestuurd die jij niet correct had ingevuld. Mijn initialen stonden erop. Jammer genoeg stuurde je een van je hulpjes naar boven om het recht te zetten. Slordig van je dat je je administratie niet op orde hebt. Je laat steken vallen.' Astrid speelde met een haarlok die voor haar gezicht was gevallen. Een andere man had dat misschien verleidelijk gevonden, maar Callanach zag alleen maar een adder die haar moment afwachtte om toe te slaan.

'Ik bedoelde: wat doe je in Schotland? Er is een contactverbod tegen je uitgevaardigd, Astrid, een gerechtelijk bevel dat je verbiedt bij me in de buurt te komen. Je mag geen enkel contact met me opnemen.'

'Dat is alleen rechtsgeldig in Frankrijk, domoor. Dat contactverbod was niets meer waard zodra jij het land uit was. En hier heb je niet om een nieuw gevraagd, dus ben ik vrij om te gaan en staan waar ik wil. Dat wilde jij toch ook? Je bent toch hierheen gekomen zodat we een nieuwe start konden maken?' Ze raakte even zijn hand aan en Callanach reageerde alsof hij een schorpioen over zijn huid voelde kruipen. Hij sprong op, schopte zijn stoel weg en ging tegen de achterste muur staan.

'Ik ben niet naar Schotland verhuisd om me door jou te laten achtervolgen. Ik ben hiernaartoe gekomen omdat jij mijn leven in Frankrijk hebt geruïneerd. Je hebt alles van me afgepakt – mijn carrière, mijn vriendschappen, mijn reputatie. Hoe ben jij hier verdomme aan die baan gekomen?'

'Interpol mocht niets over het incident in mijn getuigschrift vermelden. Het was niet relevant voor de manier waarop ik mijn werk doe. Ik was een slachtoffer dat zich niet sterk genoeg voelde om een rechtszaak door te zetten. Als ze hadden verhinderd dat ik deze baan kreeg, had ik ze voor het gerecht kunnen dagen. En mijn directe leidinggevende bij Interpol had er geen idee van dat jij hier ook zat. Eerlijk gezegd denk ik dat dat wijf allang blij was dat ik wegging, dus ze heeft vast een schitterend getuigschrift geschreven.'

'Dat verklaart nog niet hoe het kan dat niemand hier heeft ontdekt wie je bent. Ze hebben een volledig antecedentenonderzoek gedaan. Ik heb ze alles verteld.'

'Je bent nooit veroordeeld – feitelijk ben je van alle beschuldigingen vrijgesproken. In dat soort situaties voorziet het computersysteem de namen van de betreffende personen niet van een verwijzing en wordt er ook geen informatie over hen opgevraagd. Bovendien heb ik hier pas gesolliciteerd nadat jij deze baan al had gekregen. En je vroegere baas, die zo hard zijn best heeft gedaan om je deze baan te bezorgen, heeft er waarschijnlijk voor gezorgd dat je papieren er keurig netjes uitzagen.'

'Je had niet het recht om me hierheen te volgen, en dat weet je.'

‘Luc, lieverd...’ Ze stond op en liep om de tafel heen.

‘Zitten blijven,’ commandeerde hij.

‘Sta ik onder arrest?’ vroeg ze.

‘Je wordt verhoord.’

‘Wijs me dan maar op mijn rechten,’ zei ze plagerig, terwijl ze het bovenste knoopje van haar blouse losmaakte en haar haar naar achteren gooide, maar ze ging toch weer zitten. ‘Ik snap niet waarom je zo kwaad bent. Ik heb indertijd besloten om toch niet te getuigen.’

‘Eén dag voor de rechtszaak. Ik heb maanden van mijn leven verloren! Zelfs mijn eigen moeder wil niet meer met me praten. En het ergste is nog dat je volgens mij geen moment van plan bent geweest om die rechtszaak door te zetten. Je wilde gewoon alles wat ik had kapotmaken!’ Callanach had zijn handen in zijn broekzakken tot vuisten gebald.

‘Ik heb je gered. Je hoeft niet zo tegen me tekeer te gaan.’ Haar ogen werden groot en vulden zich met tranen.

‘Het was een leugen, Astrid. Het was één grote leugen. Ik heb je niet verkracht, we hebben geen seks gehad. Hoe kun je in godsnaam denken dat je mij gered hebt?’ Callanach was steeds harder gaan praten en een nieuwsgierige agent keek door het raam in de deur naar binnen om te zien wat er aan de hand was. Callanach knikte hem even toe en de man liep door.

‘Je had nu in de gevangenis gezeten als ik het had doorgezet. Had je dat liever gehad? Tien jaar smerig eten en stinkende medegevangenen als gezelschap? Hoelang had je het daar uitgehouden, denk je?’ Astrid was woedend. Die emotie was in ieder geval echt, dacht Callanach. ‘Ik heb ervoor gezorgd dat je bent vrijgelaten, zodat we die nare periode achter ons konden laten en een nieuwe start konden maken. Daarom was het zo ideaal dat je ervoor gekozen hebt om elders in Europa aan het werk te gaan. We spreken allebei Engels, we hebben allebei vaardigheden waardoor we makkelijk overgeplaatst kunnen worden.’

'Hou alsjeblieft op!' Callanach sloeg zijn handen voor zijn ogen. 'Astrid, luister, je hebt hulp nodig. Ik weet dat het moeilijk voor je is, maar wij hebben geen relatie, die hebben we ook nooit gehad. Je kunt hier niet mee door blijven gaan.'

'Je bent zo lief, Luc. Je bent altijd heel lief geweest. Niemand ziet dat, alleen ik. Wij zijn voorbestemd om samen te zijn. Als ik bij jou ben verdwijnt de pijn die ik vanbinnen voel. Daarom ben ik je gevolgd. Ik voel dat je ontzettend veel van me houdt en ik weet dat je het eng vindt, maar ik ben sterk genoeg voor ons beiden.'

'Hoe dacht je dat aan te pakken?' vroeg hij. 'Was je van plan om op een dag gewoon mijn kamer binnen te lopen en me om de hals te vliegen?'

'Ik had je al laten weten dat ik hier was. Ik heb je champagne gestuurd. De allerbeste. En rozen, dezelfde rozen die in het Parc de la Tête d'Or bloeien, waar jij elke dag tussen de middag ging joggen.'

'Was jij dat? Wij dachten... nou ja, doet er niet toe. Nu wordt het tenminste duidelijk. Maar ik wil alles weten. Geen spelletjes meer.' Hij besloot het over een andere boeg te gooien.

Astrid dacht even na. 'Wat wil je dat ik zeg?'

'De waarheid,' antwoordde hij. 'Als je me terug wilt, moeten we eerlijk tegen elkaar zijn. Alleen jij kent me goed genoeg om te weten wat ik mooi vind. De rozen waren schitterend en ze deden me aan thuis denken.'

Op haar gezicht verscheen een onheilspellende uitdrukking. Het was alsof hij een storm aan zag komen rollen.

'Alleen ik, Luc, of is er ook nog iemand anders?'

'Niemand anders,' zei hij, en hij ging weer zitten.

'Leugenaar!' schreeuwde ze. 'Ik heb je wel met haar gezien! Ik heb je zien flirten. En ik zag hoe ze naar je keek. Heb je die champagne met haar opgedronken? Heb je die rozen aan haar gegeven?'

'Ik weet niet waar je het over hebt, Astrid.'

'Jawel, dat weet je wel,' antwoordde ze op giftige toon.

Callanach begon al een stapje verder te komen. 'Nee, echt niet. Er is sinds ons niemand anders geweest.'

Ze grijnsde naar hem en het was alsof hij op de rand van een afgrond stond te wankelen.

'Je zit me te voeren,' zei ze. 'Ik weet wel wat je me wilt laten zeggen, Luc, en dat ga ik niet doen. Niemand sinds ons? Ik dacht dat er nooit een "ons" was geweest. Ik dacht dat je hierheen was gekropen als een dikke, vette, gore spin die zich onder het tapijt heeft verstopt om mij te ontvluchten. Je wilt dat ik haar naam zeg. En dat ga ik niet doen.'

Callanach keek op zijn horloge. Hij had zijn best gedaan met haar, maar dat iemand een persoonlijkheidsstoornis had wilde nog niet zeggen dat ze ook een laag IQ had. Het zou hem veel meer tijd gaan kosten om haar te laten bekennen wat ze had gedaan en ondertussen tikte de klok de minuten af die Ava niet meer had.

'Heb jij inspecteur Turner een doodsbedreiging gestuurd?' vroeg hij zonder omwegen. Alle emotie verdween uit haar gezicht.

'Ik wil een advocaat,' zei ze.

'Heb jij haar ontvoerd?'

'Ik beantwoord geen enkele vraag meer.' Met een theatraal gebaar knoopte Astrid haar blouse dicht, sloeg haar armen over elkaar en staarde strak naar de tafel.

Callanach dacht na over al die moeite die ze had gedaan. Alleen iemand met een zieke geest was in staat om een ander zo onophoudelijk en zo hardnekkig te blijven achtervolgen. Ze zou het spel gaande houden zolang hij er was om het mee te spelen. Hij kon dit spel alleen maar winnen door haar het object van haar begeerte te ontnemen.

'Best,' zei hij, 'maar ik heb het druk. We hebben voldoende redenen om je verder te ondervragen, maar ik heb belangrijkere zaken te doen. Blijf hier maar zitten. Dan roep ik een agent om het verhoor voort te zetten. Je zult verder niets met mij te maken hebben.' Hij liep naar de deur.

'Wacht,' zei ze. 'Blijf staan. Loop je nu zomaar weg na alles wat er gezegd is?'

'Ja,' zei hij. 'Ik heb andere prioriteiten.'

'Vuile schoft,' siste Astrid. 'Prioriteiten? Verbeeld je je nou echt dat je Ava Turner zonder mij kunt vinden? Binnen twee uur kom je mij om hulp smeken,' grauwde ze met een van woede vertrokken gezicht. Ook al wilde Callanach op dat moment het liefst terug naar binnen rennen, haar bij de nek grijpen en de informatie uit haar wringen, hij wist dat dat niet zou werken.

'Wat ik al zei, ik heb het heel druk. Er komt zo een agent bij je. Intussen stuur ik een brigadier om je in voorlopige hechtenis te nemen en je op je rechten te wijzen.' Hij draaide zich om en liet de deur achter zich dichtvallen.

Een paar seconden later hoorde hij de deur weer opengaan. Hij was al halverwege de gang toen Astrid begon te krijsen.

'Klootzak, je kan doodvallen! Ik heb gezien hoe hij jouw dierbare inspecteur Turner heeft ontvoerd. Hij gaat haar vermoorden. Je komt nu meteen terug of anders heb je haar bloed aan je handen zitten.'

Callanach draaide zich om en liep terug, en leunde met zijn rug tegen de muur tegenover de deuropening. 'Waar?' vroeg hij. 'Waar heb je dat gezien?'

'Ik zeg niets meer tot je weer binnenkomt,' schreeuwde ze.

'Noem een paar feiten zodat ik weet dat je niet liegt, of anders zorg ik ervoor dat je me nooit meer terugziet.'

'Ik ben je na je werk gevolgd,' zei ze. 'Je ging naar die hoogleraar, die vrouw op wie je vriendin zo dol is. Ik heb de hele nacht zitten wachten tot je weer naar buiten kwam, maar je bent daar gebleven. Je hebt zitten slijmen bij dat stomme wijf en een hoop heisa gemaakt over die briefjes. En ja, ik weet alles van deze zaak. Je moet niet denken dat ik geen vrienden heb op dit bureau.'

'Het kan mij geen flikker schelen wie je vrienden zijn. Ik wil weten waarom je gewoon hebt staan toekijken toen er een politievrouw werd ontvoerd!' grauwde Callanach.

'Ik had geen idee dat het Turner was tot hij haar uit haar auto sleurde.'

Callanach was zo snel bij haar dat Astrid niet de tijd kreeg om zich schrap te zetten. Hij trok haar naar zich toe, greep met zijn ene hand haar bovenarm stevig vast en hief de andere tot vlak voor haar gezicht.

'Als je liegt...' zei hij. Hij hoefde de zin niet af te maken – de uitdrukking op zijn gezicht sprak boekdelen.

'Ik lieg niet,' antwoordde Astrid, 'maar ik zeg niks meer tot je me zwart-op-wit garandeert dat ik niet vervolgd zal worden, niet voor die brief die ik haar gestuurd heb en niet voor wat ik over gisternacht heb verteld.'

'Astrid, we hebben geen tijd,' zei Callanach, die niet goed wist of hij nu geweld moest gebruiken of haar moest smeken.

'En je blijft bij me tot het geregeld is. We gaan het over Frankrijk hebben, over onze oude vrienden, over vroeger. Zo gaan we het doen en niet anders.'

Tripp kwam binnenlopen, gevolgd door Lively. Ze verstarden toen ze zagen hoe stevig Callanach Astrid vasthield.

'Hoofdagent Tripp, zorg dat je een officier van justitie te pakken krijgt die de bevoegdheid heeft om immuniteit te garanderen,' zei Callanach. Tripp verdween onmiddellijk. Callanach keek Lively aan. 'Wat wilt u, brigadier?'

'Rory Hand. Hij kon geen antwoord geven op de vraag wanneer hij Buxton en Magee heeft vermoord. Hij wilde geen commentaar geven en vroeg om zijn advocaat. Ik kom me verontschuldigen. Ik denk dat u toch gelijk had.'

'Daar kom je wel een beetje laat mee,' zei Callanach, terwijl hij Astrid terugduwde in haar stoel.

# 38

King genoot van de verbijsterde uitdrukking in Ava's ogen toen ze de vrouwen op hun bed zag liggen. Geen van beiden zei iets. Hij bood zijn nieuwste gast de gelegenheid gebruik te maken van het toilet voordat hij haar aan het bed vastbond. Dat hij van dichtbij getuige moest zijn van hun persoonlijke hygiëne was een aspect dat hem als oppasser tegenstond, maar anderzijds gaf het hem een extra gevoel van macht.

'Mag ik nog wat pijnstillers, alstublieft, dr. King?' fluisterde Elaine.

Hij dacht erover na. Daar nam ze er de laatste tijd wel heel veel van. Maar er waren ergere dingen dan een medicijnverslaving en daardoor had hij in ieder geval minder last van haar.

'Ik zal je een paar aspirines geven, maar dan moet je me wel helpen met je nieuwe vriendin. Maak die tie-wrap vast om haar pols en om de bedstijl. Maar niet te strak. Het is niet de bedoeling dat haar bloedsomloop wordt belemmerd.'

'Niet doen,' zei Ava tegen haar. 'Elaine, ik ben politieagente, je moet hem niet helpen.'

'Dat moet ze wel,' fluisterde King, 'hè, Elaine?'

Elaine knikte zwakjes.

'Want wat gebeurt er anders?' King hield zijn mes op Ava gericht terwijl Elaine haar vastbond.

'Dan haalt u de liniaal weer tevoorschijn,' zei ze.

Ava verlegde haar aandacht naar Jayne. Je hoefde geen genie te zijn om vast te stellen dat Elaine volledig geknakt was, dat King haar innerlijke kracht en weerstand tot talloze nutteloze brokstukjes had vergruisd, maar hij had niet verwacht dat die onverschrokken politieagente haar poging iets bij haar te bereiken zo snel zou opgeven. Ondertussen zat Jayne te bidden. Altijd maar te bidden.

'Luister, Ava, ik wil niet dat je deze vrouwen tot rebellie aanzet.' Hij moest grinniken bij die gedachte. 'Ik zal je uitleggen waarom. Als een van jullie zich gedraagt op een manier die schadelijk is voor het welzijn van onze kleine commune hier, dan zal ik een van de anderen moeten straffen. Dus als jij mij moeilijkheden bezorgt, moet ik Jayne dingen aandoen die ze echt niet fijn zal vinden.'

'Jayne,' zei Ava. 'Kun je tegen me praten? Jayne Magee, er is hulp onderweg.'

'Dat is nou precies wat ik bedoel,' zei King. 'Normaal gesproken zou ik me wat soepeler opstellen omdat dit je eerste dag is. Ik snap dat het wat onrust en commotie met zich meebrengt tot je hier gewend bent, maar ik ben afgepeigerd en ik denk dat je even goed moet begrijpen in welke positie je verkeert.' Hij maakte een la open, pakte er twee tabletten uit en gaf ze aan Elaine, samen met een plastic bekertje water. 'Zie je hoe attent ik kan zijn?' Hij pakte nog iets anders uit de la, dat hij in zijn hand verborgen hield. Ava strekte haar nek om te zien wat hij deed.

King ging naast Jaynes bed staan. Ze begon steeds luider te bidden en maakte geen oogcontact met hem. Elaine had haar tabletten ingenomen en kroop nu onder haar bed met een kussen en een deken. Vanaf de plek waar ze zich verstopt had klonk een zacht geneurie, een kinderlijke melodie die zich steeds herhaalde.

'Ze gaat in regressie,' zei King op wijze toon tegen Ava. 'Les nummer een, inspecteur Turner. Denk niet dat u mijn waarschuwingen kunt negeren.'

Met zijn linkerhand pakte hij Jaynes neus stevig vast en kneep er hard in. Ze gilde en rolde met haar lichaam heen en weer over het matras om zich te bevrijden, maar hij had haar in een ijzeren greep. Gek eigenlijk, dacht hij, terwijl hij de zware papierklem in zijn hand in de juiste positie zette, dat hij als kind zo weinig spierkracht had gehad. Niet goed in sport, nooit sterk genoeg om zijn vader te helpen bij het timmeren of het tillen van zware dingen. Maar de laatste jaren, nu hij wat ouder werd en hij het juist nodig had, was hij beresterk geworden. Dat kwam niet zozeer doordat de geest sterker bleek dan het lichaam, maar doordat hij opgehouden was zich er zorgen over te maken. Tijdens de worsteling hield hij haar moeiteloos in bedwang.

Hij kneep in de hendeltjes zodat de klem openging, schoof de metalen clip over Jaynes tong en liet hem hoorbaar dichtklappen. Haar ogen draaiden even weg van de pijn, het volgende moment was ze weer bij en begon ze te gillen, krijsen en kokhalzen.

'Dit heb je aan mevrouw Turner te danken,' zei King. 'Later op de dag, als ik weer terugkom, heb je misschien iets bedacht om het haar betaald te zetten. Omdat het zaterdag is en ik al achttien uur niet geslapen heb, wil ik eerst even uitrusten. Ik denk dat jij ook wel wat slaap kunt gebruiken.'

'Haal dat ding weg,' riep Ava.

King hoorde hoe Elaine onder het bed het woordje 'nee' als een mantra bleef herhalen. Ze begon langzaam maar zeker de verstandigste van hen allemaal te worden. Zelfs Jayne schudde ondanks de martelende pijn verwoed haar hoofd.

'Ik geloof niet dat de brave dominee wil dat je je hiermee bemoeit,' zei hij. 'Ik denk dat ze wil dat je je zodanig gedraagt dat ik me niet gedwongen zie drastischer maatregelen te nemen.' Jayne maakte grommende geluiden en knikte heftig naar Ava.

'Het spijt me,' zei Ava zacht.

'Ik geloof niet dat we je verstaan hebben vanwege het lawaai dat de beide andere dames maken,' zei King. 'Kun je dat alsjeblieft even herhalen?'

'Ik zei dat het me spijt,' schreeuwde Ava. 'Oké? Het spijt me.'

'Mooi,' zei King. 'En Jayne, die klem blijft zitten waar hij zit! Je zult merken dat de pijn over een paar uur vanzelf wegzakt. En Elaine, niet in de verleiding komen om je vriendin te helpen en de klem los te maken. Je mag je inmiddels vrij bewegen, maar dat betekent niet dat je vrij bent om te doen wat je wilt. Tenzij je uit eerste hand wilt ervaren hoe onvoorstelbaar veel pijn dit doet. Dit heeft een heel interessante geschiedenis trouwens. In de Amerikaanse koloniën was dit een methode om zanikende vrouwen de mond te snoeren. Lijkt me heel passend. Ik zet wat muziek op voor jullie. Dan denk je misschien wat minder aan de pijn, Jayne.'

Terwijl hij de deur uit liep vulde de ruimte zich met een pianoconcert van Rachmaninov. King deed de deur op slot en bleef nog even staan luisteren, maar hoorde geen stemmen. Straks, als hij lag te slapen, zouden ze gaan praten. Maar dat maakte niet uit. Ze zouden hem een monster noemen en zeggen dat ze hem haatten, plannen maken om te ontsnappen en fantaseren over mensen die hen kwamen redden. Ze mochten van hem fantaseren. Als dat het enige was dat nog restte van hun vroegere leven, wie was hij dan om hun die schamele troost te ontnemen? Ze zouden zich snel genoeg aanpassen en als een van hen dat niet deed, hoefde hij één beslissing minder te nemen.

# 39

Callanach had weer plaatsgenomen in de verhoorkamer. Astrid had haar deal gekregen, en Lively volgde in de regiekamer via de monitor de rest van het verhoor. Callanach wenste dat hij met hem van plaats kon ruilen. Hij wilde geen seconde langer in haar nabijheid verkeren.

'Je hebt gekregen wat je wilde,' zei Callanach, 'en ik begin mijn geduld te verliezen.'

'Niet alles,' antwoordde Astrid. 'Ik wil een ondertekende brief waarin me wordt gegarandeerd dat je niet opnieuw om een contactverbod zult vragen.'

'Ava Turner wordt door een gek vastgehouden. Hou op met spelletjes spelen, Astrid.'

'Ik wil dat je dat opschrijft en dan ga ik praten.'

'Verdomme!' schreeuwde hij, en hij pakte een stuk papier en begon te schrijven. 'Zo, alsjeblieft. En nu ga je me vertellen wat je hebt gezien en snel.'

'Dus je geeft toe dat je iets voor haar voelt,' zei Astrid. 'Ik dacht het al toen ik jullie tweeën naar haar auto zag lopen.'

'Inspecteur Turner is een collega en ik doe mijn werk. Maar als je nu niet begint te praten, dan ruil ik graag van plaats met iemand die zich minder tolerant opstelt.'

'Oké, rustig maar, inspecteur,' zei ze vinnig. 'Het was ongeveer halfeen 's nachts. Ik begreep eerst niet wie dat was, snap je? Turners auto stond een heel eind van die van mij geparkeerd, onder een paar bomen. Ik zag dat het portier openging omdat het binnenlicht aanging. Een minuut lang begreep ik niet wat er gebeurde en toen zag ik dat een vent haar uit de auto sleurde en haar mijn kant op dirigeerde, en haar in zijn auto duwde.'

Callanach viel haar in de rede. 'Kun je hem beschrijven?'

'Niet echt, daar was het te donker voor. Hij was niet lang, blank, had een gedrongen postuur. Iemand die weinig beweegt, je kent het wel. Hij droeg een hoed en een bril. Meer kan ik je niet vertellen.'

'En toen?'

'Hij heeft haar in zijn auto gelegd, ik denk op de achterbank want hij maakte twee portieren open en weer dicht voordat hij wegreed.'

'Zat zij op de achterbank?' vroeg Callanach.

'Dat denk ik,' zei Astrid en ze leunde met haar hoofd op haar ene hand, alsof ze zich verveelde. Callanach moest zich enorm beheersen. 'Toen de auto wegreed, realiseerde ik me nog steeds niet wat er nou eigenlijk aan de hand was, maar toen begon ik wel beter op te letten.'

'Waarom?' vroeg Callanach.

'Omdat hij zijn koplampen niet meteen aandeed, dat deed hij pas toen hij de straat uit was. En hij keerde de auto en reed de tegenovergestelde kant op, niet langs mij.'

'Ik snap niet hoe dat zou kunnen helpen,' zei Callanach.

'Dat helpt omdat ik een verrekijker had en het kenteken heb genoteerd. Hij reed in een zwarte Nissan fourwheeldrive.' Ze haalde haar mobieltje tevoorschijn en opende de notities-app. 'Dit is het kenteken.'

Callanach pakte haar mobieltje en las het kenteken hardop voor zodat de agenten in de regiekamer het konden natrekken. Op datzelfde moment werd de deur van de verhoorkamer opengesmeten en kwam brigadier Lively naar binnen stormen.

'Dus jij hebt al die tijd dat kenteken geweten?' brulde hij, en hij pakte Astrid bij de arm. 'Je hebt haar dood misschien wel op je geweten!'

'Brigadier Lively,' zei Callanach. 'Laat haar los en verlaat de verhoorkamer.'

'Die fanclub van jou krijgt hier geen speciale privileges,' schreeuwde Lively tegen hem.

'We hebben nu een aanwijzing, wat meer is dan u voor elkaar hebt weten te krijgen door de verkeerde man te arresteren. Wegwezen nu!'

Lively vloekte nog een paar keer, maar liep toch de kamer uit.

'Dank je wel, Luc,' zei Astrid zacht. 'Dat was heel galant van je.'

'Niet omdat ik het zo graag wilde,' zei Callanach. 'Ik ben het eens met de brigadier. Maar ik ben nog niet klaar. Hoe zijn ze van Ava's auto naar zijn auto gelopen? Heeft hij haar gedragen?'

'Nee,' zei Astrid. 'Ze liep min of meer, alsof ze onvast ter been was en hij haar ondersteunde.'

'Chloroform,' zei Callanach. Hij stond op.

'Wacht,' zei ze. 'Is dat het? Wanneer zie ik je weer?'

'Je bent niet in orde, Astrid. Ik heb medelijden met je, maar er is geen wij en ik wil je nooit meer zien. Probeer dat alsjeblieft te begrijpen.'

Er verscheen een gemeen lachje op haar gezicht. 'Ik hoop dat hij haar vermoordt. Hij zal je hart breken zoals jij het mijne hebt gebroken. En dan kom je bij me terug. Dan wil je me weer, net als daarvoor.'

Callanach liep de deur uit.

Vijf minuten later kwam de informatie over het kenteken binnen: het was van een auto die total loss was verklaard. Eén telefoontje naar de sloperij in Falkirk en het dreigement de tent weer dicht te gooien en iemand van de arbeidsinspectie langs te sturen, volstond om de eigenaar te laten opbiechten dat de Nissan, waarvan de eigenaars dachten dat hij op de schroothoop was beland, eveneens was doorverkocht aan Louis Jones.

'Tripp!' riep Callanach terwijl hij door de gang naar zijn kamer rende. 'Haal Louis Jones hierheen. Ik wil dat zijn hele administratie, zijn computer, zijn mobieltje, alles wat je maar kunt vinden, onmiddellijk naar de coördinatieruimte wordt gebracht. Achterhaal waar die auto's gebleven zijn. En ik wil van minuut tot minuut weten waar Jones de afgelopen maand is geweest.'

'Komt voor elkaar, sir,' antwoordde Tripp. Hij stak zijn hoofd om de hoek van de deur van de coördinatieruimte en keek de gang in. 'En dr. Spurr zit in uw kamer op u te wachten. Hij zei dat hij wist dat u het druk hebt, en dat hij zal wachten.'

Callanach haalde op weg naar zijn kamer hoofdagente Salter erbij om bij het gesprek aanwezig te zijn. De patholoog begroette hen met een mistroostige glimlach.

'Inspecteur,' zei hij. 'Ik wil u even persoonlijk spreken om te zeggen dat ik het heel erg vind wat Ava is overkomen. Ze had me een ontzettend lief briefje gestuurd om me te bedanken voor de whisky. Als het om een van je eigen mensen gaat, is het moeilijk om objectief te blijven.'

'Aardig van u om langs te komen,' zei Callanach, 'maar u komt op een slecht moment. We wachten op een getuige die elk moment kan binnenkomen en ik moet zijn dossier nog doornemen.'

'Dit is geen beleefdheidsbezoekje,' zei Spurr, en hij pakte een map uit zijn tas. 'Ik zou graag willen dat u hier eens naar kijkt.' Hij hield een paar uitvergrote foto's omhoog.

'Waar kijk ik naar?' vroeg Callanach.

'Tanden,' zei Spurr. 'Dit is de tand die in de buurt van de honkbalknuppel was aangetroffen en niet door het vuur was beschadigd, dus hierop kun je de sporen het duidelijkst zien.' Hij wees op een paar kleine donkere inkepingen. 'Dit ziet eruit als donkere groefjes, hè? De forensisch tandheelkundige heeft dat niet meteen gezien omdat we de tanden enkel gebruikten om het slachtoffer te identificeren.'

'Wat zijn het dan?' vroeg Salter. 'En hoe komen die inkepingen daar?'

'We vermoeden, en verder wil ik niet gaan, dat het om beschadigingen van het glazuur gaat door een stuk gereedschap.'

'Dus die sporen kunnen ook eerder door haar tandarts zijn gemaakt?' vroeg Callanach.

'Dat denk ik niet,' zei Spurr. 'Die sporen zitten op een plek die onder de rand van het tandvlees gelegen moet hebben. Aangezien er nog een gezonde wortel aan deze tand zat, betekent dat dat een tandarts geen enkele reden had om dat te doen. Deze beschadiging is waarschijnlijk veroorzaakt door een extractietang.'

'En de andere tanden en kiezen?' vroeg Callanach. 'Zitten daar ook sporen op?'

'Dat denken we,' zei Spurr, en hij haalde de andere foto's erbij. 'Kijk maar, hier en hier. Het is moeilijker te zien omdat ze door het vuur zijn aangetast, maar op deze bijvoorbeeld' – hij hield een extreme vergroting van een kies omhoog – 'zie je de inkervingen. Die zijn diep en lopen door tot aan de wortel van de kies.'

'Daarmee wilt u dus eigenlijk zeggen dat de tanden er niet met een honkbalknuppel uit zijn geslagen?' vroeg Salter.

'Ik zeg alleen maar dat iemand een extractietang op haar tanden en kiezen heeft gezet en het lijkt me logisch dat die beschadigingen zijn ontstaan toen ze nog in Elaines kaak zaten, en niet daarna. Ik heb het nagevraagd bij haar tandarts. Hij kan niet met zekerheid zeggen dat ze nooit bij een andere tandarts is geweest, maar hij heeft dit in ieder geval niet gedaan. Hij zei ook dat het klungelig was gedaan en dat de tang niet op de goede plek was gezet. Als dat waar is, dan...'

'Dan is Elaine Buxton gemarteld voordat ze werd vermoord. U denkt dat haar tanden zijn uitgetrokken toen ze nog leefde,' zei Callanach. Salter trok wit weg.

'Dat kan ik niet met zekerheid zeggen,' zei Spurr. 'Maar dat lijkt mij waarschijnlijker dan nadat hij haar vermoord had. Dan zou het geen zin meer hebben gehad.'

'Een amateurtandarts?' zei Salter met verstikte stem, en ze

moest moeite doen om niet te kokhalzen. 'Hoe kom je aan de instrumenten daarvoor? En hoe heeft hij dat geleerd?'

'De instrumenten kun je via internet bestellen en je kunt online handleidingen voor noodbehandelingen bestuderen. Geen literatuur die ik zou aanbevelen, maar daarmee kom je wel een heel eind.'

'En Jayne Magee?' vroeg Callanach. Hij dacht aan de familie van de vrouwen en dat dit nieuws weer nieuw leed zou veroorzaken.

'Ik heb het aan Ailsa Lambert gevraagd. Ze is helemaal van streek. Ik geloof dat zij bevriend is met de moeder van inspecteur Turner.' Callanach knikte. 'Magees gebit was zo zwaar beschadigd door de chemicaliën dat de forensisch tandheelkundige geen specifieke sporen heeft kunnen ontdekken. Maar als haar tanden voor haar dood zijn getrokken, zou dat kunnen verklaren waarom haar tanden en haar kaakbeen in verschillende mate door de loog waren aangetast.'

'O, shit,' zei Salter.

'Ja, zeg dat wel,' zei Spurr. 'Als Ava Turner nog leeft, moeten jullie haar snel zien te vinden. Een man die tot zoiets in staat is...' Hij maakte zijn zin niet af en daar was Callanach hem dankbaar voor. Hij wist maar al te goed waartoe Ava's ontvoerder in staat was zonder dat iemand de bijbehorende beelden voor hem schetste.

'Bedankt,' zei Callanach. 'Sorry dat ik niet meer tijd voor u kan vrijmaken.'

'U hoeft zich niet te verontschuldigen,' zei de patholoog. 'Zorg dat u het monster vindt dat dit gedaan heeft.' Jonty Spurr nam afscheid van hen en Callanach deed de deur achter hem dicht.

'Sir...' begon Salter.

'Nee,' zei Callanach. 'We vertellen het aan niemand, nog niet. Iedereen zet zich al voor honderd procent in. Ze kunnen niet nog meer doen of het nog beter doen. Op dit moment gaat het slechts om een vermoeden. Het is niet eens zeker dat de man die inspecteur Turner heeft ontvoerd, dezelfde is die Buxton en Magee heeft vermoord. Op z'n best is het een beschuldiging die we hard kunnen maken wanneer we erachter komen waar hij ze heeft vastgehouden. Afgesproken?'

'Ja,' fluisterde Salter. 'Het is alleen zo'n verschrikkelijke gedachte dat ze zo gemarteld zijn.'

'Niet aan denken,' zei Callanach. 'Dat zul je mettertijd nog wel leren. Je moet jezelf niet in hen verplaatsen. Bezig blijven, Salter. Kijk of je me een lijst van websites kunt bezorgen waar ze tandartsinstrumenten verkopen.'

'We gaan haar toch wel vinden, sir?' vroeg Salter zacht.

Callanach wilde tegen haar liegen, maar zijn jarenlange ervaring als politieman zei hem dat dat niet raadzaam was. 'Bezig blijven,' zei hij weer. 'We kunnen alleen maar ons uiterste best doen.'

# 40

Louis Jones bleek een aalgladde figuur te zijn. Tripp mailde foto's van Jones' kantoor, voor zover het die naam verdiende, in real time naar Callanach. Nergens was een kalender of een agenda te zien, en zijn bureau was leeg. De laden zaten vol paperclips en stokoude dvd's, maar ze vonden niets wat met zijn autohandel te maken had. Het terrein was bezaaid met bergen auto-onderdelen, her en der stonden auto's van dubieuze herkomst, maar nergens was een computer te zien. Bovendien duurde het eeuwen voordat Jones' dossier bij hem werd gebracht. Na een uur wachten was Callanach het beu.

Hij stond op het punt een roffel op de deur van de hoofdinspecteur te geven, toen Begbie naar buiten kwam.

'Kom binnen, inspecteur,' zei hij. 'Ik was net naar u op weg.'

'Ik heb om een dossier gevraagd, en dat is...' begon Callanach.

'Dat weet ik,' zei Begbie. 'Het ligt op mijn bureau. Voordat u losbarst... daar is een reden voor. Op het dossier staat dat het niet geopend mag worden zonder toestemming van iemand van mijn rang of hoger.'

'Dat begrijp ik niet.'

'Louis Jones is op weg hiernaartoe, en dat doet hij vrijwillig. We zullen samen met hem praten,' zei Begbie.

'Ik kan deze zaak niet leiden als u informatie voor me verzwijgt. Ik wil precies weten wat er speelt.' Callanach sloeg met zijn hand op het bureau van de hoofdinspecteur. Begbie wierp een korte blik op zijn hand, pakte toen een dunne, smoezelige map op en overhandigde die aan Callanach.

'Dit dossier is vertrouwelijk omdat Jones, die vroeger bij de minder gezagsgetrouwe burgers van Edinburgh bekendstond als Louis de Klusjesman, voor ons als informant heeft gewerkt. Vijftien jaar geleden dreigde een drie jaar durend onderzoek stuk te lopen, zonder ook maar één gerechtelijke vervolging of arrestatie. Het ging om georganiseerde misdaad. De bende had mensen op de loonlijst staan bij de politie, de overheid, eigenlijk overal. Telkens als we wilden toeslaan, waren ze daarvan op de hoogte. Louis regelde auto's en chauffeurs voor ze. Hij heeft nooit een officiële getuigenverklaring afgelegd – als hij dat wel had gedaan zou hij dat niet lang hebben overleefd – maar hij heeft ons precies die informatie verstrekt die we nodig hadden om de bende op te rollen. We hebben een gentlemen's agreement met hem gesloten en hem sindsdien niet meer lastiggevallen.'

'Dit is een te ernstige zaak om ons druk te maken over afspraken die in het verleden zijn gemaakt. We weten niet eens zeker of hij niet degene is die dit op zijn geweten heeft.'

'Ik wel,' zei Begbie. 'De man naar wie jullie op zoek zijn, is wit, en Louis is een donkere man. Hij past ook niet in het daderprofiel. Ik ken hem nu goed genoeg om daar zeker van te zijn. Hij was mijn informant. Tegen mij praat hij wel.'

Zoals beloofd kwam Louis Jones twintig minuten later opdagen. Callanach zag hoe Begbie hem de hand schudde en dat de beide mannen een blik wisselden waaruit bleek dat ze elkaar oprecht mochten. Het gesprek vond plaats in de beslotenheid van Begbies kantoor en niet in de verhoorkamer.

'Dit is inspecteur Callanach,' zei Begbie tegen Jones. 'Hij heeft de feitelijke leiding over het onderzoek.'

'Ik dacht dat we met elkaar alleen zouden zijn, George,' zei Louis op een zachte, relaxte toon waar echter een geroutineerde waakzaamheid in doorklonk.

'Daar hebben we de tijd niet voor. Callanach wil met je praten. Je kunt hem vertrouwen.'

Callanach was daar niet zo zeker van, niet als zou blijken dat Jones al die tijd had geweten wat er speelde.

'Het gaat om twee auto's,' zei Callanach, en gaf de merken en kentekens op. 'Die zijn via een sloperij in Falkirk jouw kant op gekomen. Ik wil de gegevens van beide auto's.'

'Ik hou geen administratie bij,' zei Jones. 'Het zit allemaal in mijn hoofd. Als je hebt gezien wat ik allemaal heb gezien, dan schrijf je niks meer op. Waar gaat dit trouwens over?'

'Elaine Buxton,' zei Begbie. 'Ken je die naam?'

'Die kent iedereen,' zei Jones. 'Wat hebben mijn auto's daarmee te maken?'

'Deze auto's zijn gebruikt door de man die haar waarschijnlijk vermoord heeft. Dus wie heeft in die auto's gereden?' vroeg Callanach.

'Die pedante, betweterige snob? Zit je me nou te besodemieteren of zo?'

'Wie is het?' riep Callanach. 'Ik moet een naam hebben!'

'Ik doe niet aan namen. Van welke planeet komt hij?' vroeg Jones aan Begbie, die bezwerend zijn handen ophief.

'Wat kan je ons over hem vertellen, Louis?' vroeg Begbie rustig.

'Hij heeft contant betaald. Gebruikt de auto's niet langer dan vierentwintig uur en brengt ze weer terug. Zo ga ik te werk, ik verhuur auto's en ik stel geen vragen. Hij is een keer of zes terug geweest, en het leek me zo'n burgerlijk, stijf mannetje dat het geen seconde in me opkwam om te denken dat hij kwaad in de zin had. Hij maakte een keer een grapje dat hij wat tijd voor zichzelf wilde, zonder zijn vrouw. Ik dacht dat hij wat wilde rondcruisen om te kijken of er iets te neuken viel zonder dat zijn wederhelft een telefoontje van de politie kreeg.'

'Kun je hem beschrijven?' vroeg Callanach.

'Een jaar of vijftig, dikke pens, kamt zijn haar over zijn hoofd naar voren, draagt een grijze jas weet ik nog, en hij heeft een onderkin en hangwangen. Ik wil hier niet bij betrokken worden, George. Dit is heel slecht nieuws.'

'We hebben meer nodig, Louis,' zei Begbie. 'Ik ben je veel verschuldigd en dat weet ik, maar ik kan je hier niet buiten laten. Je hebt hem auto's verhuurd zonder hem na te trekken of zijn gegevens te noteren. Als blijkt dat deze man de moordenaar is, kan zelfs ik je niet uit de wind houden.'

'Ik heb godverdomme je leven gered, George, of ben je dat soms vergeten?' Jones sprong overeind.

'Ja, dat heb je zeker,' antwoordde Begbie, 'maar het leven van een van mijn mensen staat op het spel als we deze man niet vinden, dus kap nou maar met je gelul. Je hebt nog nooit zaken gedaan zonder bepaalde voorzorgsmaatregelen te nemen en wat dat betreft denk ik dat wij allebei de afgelopen jaren niet echt veranderd zijn. Dus wat zou je gedaan hebben als hij de auto niet had teruggebracht? Geen naam? Geen adres? Daar geloof ik geen zak van.'

Jones liet zich weer in zijn stoel zakken en vloekte. 'Ik ben geruïneerd als dit naar buiten komt, dus hier gelden de gebruikelijke regels, oké?'

'De gebruikelijke regels,' zei Begbie.

'Ik heb hem door een van mijn hulpjes laten volgen. Dat doe ik standaard als iemand me geen verdere informatie geeft. Ik vraag altijd om een waarborgsom, dus eigenlijk maakt het niet uit of ze de auto wel of niet terugbrengen, maar ik wil me wel kunnen indekken voor het geval ze die auto gebruiken voor een overval of...'

'Of een moord,' vulde Callanach aan. 'Dus je verhuurt de auto's en zorgt dat je voldoende informatie hebt om eventueel met de politie te kunnen onderhandelen.' Hij eindigde de zin met een lange reeks vloeken in het Frans.

Begbie sloeg er geen acht op. 'Dus wat kun je ons vertellen?'

'Hij reed de auto's naar een garage in Causewayside, een louche buurt waar verder weinig te zien valt. Ik kan je het adres geven. Voor mij was het voldoende dat ik hem wist te vinden als het nodig was.' Louis krabbelde iets op een notitieblok dat op Begbies bureau lag. Callanach scheurde het papiertje los en liep naar de deur.

'Mijn naam komt niet naar buiten, mijn telefoon wordt niet afgetapt en jullie citeren me niet in de processtukken. Ik en mijn bedrijf worden volledig met rust gelaten. We hebben een deal en wat mij betreft blijft die staan,' riep Jones hem na.

'Dat begrijpen we,' hoorde Callanach de hoofdinspecteur antwoorden, en hij was er zeker van dat dat meer voor hem was bedoeld dan voor Louis de Klusjesman. Interpol met zijn procedures, driedubbele controles en beleid om nooit een compromis te sluiten, leek verder weg dan ooit. Callanach wist niet of hij daar dankbaar voor moest zijn of er juist van moest walgen. Op dit moment maakte het niet uit. Hij begon te rennen.

De garage was er een in een rij garages in een straatje achter Causewayside. Het waren er minstens dertig, allemaal voorzien van een schuifdeur waarvan de verf zo was verbleekt en afgebladderd dat de kleur die ze ooit hadden gehad nog slechts een vage herinnering was. Er was geen straatverlichting, het betonnen wegdek was gebarsten en overal lagen brokken steen. De meeste garagenummers waren van de muur gerukt of met graffiti beklad. Tripp stond aan het begin van de straat te wachten om het team van de technische recherche de weg te wijzen. In de verte waren al sirenes te horen van hun auto's die zich een weg baanden door het drukke verkeer. Callanach telde de garages aan de even kant tot hij bij nummer achttien uitkwam. Hij trok handschoenen aan en morrelde aan de handgreep. De garage zat op slot en hij haalde een koevoet uit de achterbak van zijn auto en wrikte die in de spleet tussen de deur en de vloer. Er klonk een scheurend geluid toen de kabels boven aan de deur zich nog even verzetten en het toen begaven: het metaal was door ouderdom en slecht onderhoud te zeer verzwakt om weerstand te bieden aan Callanachs vastbeslotenheid om binnen te komen.

Vanaf de ingang scheen hij met een zaklamp in de duisternis achterin en bewoog de lamp van links naar rechts.

'Is er iets te zien?' riep Tripp vanaf het begin van de straat.

Callanach stond met gebogen hoofd en zijn handen in de zij naar binnen te kijken, en gaf een schop tegen de koevoet zonder acht te slaan op de pijn die door zijn tenen en enkel trok.

'*Merde!*' schreeuwde hij. 'Hier is niets te zien, helemaal niets.'

Tripp verliet zijn post en kwam aanrennen, en staarde in het lege gat van de garage.

'Misschien vindt het TR-team nog wat,' zei hij voorzichtig, maar Callanach zag aan zijn gezicht dat hij dat zelf niet geloofde.

'Zelfs als we zijn DNA aantreffen, en die kans bestaat, dan komt die rotzak waarschijnlijk niet in ons systeem voor. Hij is obsessief, en is waarschijnlijk jaren bezig geweest met het plannen hiervan. Hij is het tegenovergestelde van een zedendelinquent. Harris zat helemaal fout. Deze man gaat absoluut niet dwangmatig te werk. Hij schept er eer in dat hij juist niet zo'n type is.'

Het busje van de forensische recherche was ondertussen gearriveerd en het TR-team nam het nu over. Callanach en Tripp bleven werkeloos toezien.

'Ik moet een sigaret hebben. Kom bij me zitten.' Ze liepen de hoek om terwijl de plaats delict met tape werd afgezet. Er keken geen huizen uit op de garages, er waren geen pubs in de zijstraat en niemand zou daar 's nachts willen rondhangen, tenminste niet iemand die niets te verbergen had. Het was typisch zo'n plek waar criminele zaakjes werden afgehandeld, het kruimelwerk, inbraken bij mensen die niet verzekerd waren of geen alarm konden betalen, georganiseerde overvallen op bejaarden of mensen die slecht ter been waren. Het was een plek waar de moordenaar anoniem kon blijven te midden van de naam- en gezichtlozen. Het ideale terrein voor hem.

'Dus hier wisselde hij van auto en daarna reed hij in zijn eigen auto naar huis?' vroeg Tripp.

'Zo zal het wel gegaan zijn,' beaamde Callanach.

'Verdomme zeg, hij is wel slim,' zei Tripp. 'De centrale zegt net dat de garage eigendom is van een vrouw die hem te huur had aangeboden in een wijkkrant. De huurder heeft een jaar vooruitbetaald en het geld in een envelop onder haar deur door geschoven. Dat was zes maanden geleden. Ze heeft hem nooit ontmoet, ze heeft de garage gewoon open laten staan en de sleutel binnen neergelegd. Ze herinnert zich alleen dat ene telefoontje. De envelop en het geld zijn sindsdien allang verdwenen.'

Callanach nam een sigaret uit het pakje dat hij in zijn jaszak had zitten en stak hem onaangestoken tussen zijn lippen. Hij nam een trek en proefde de oude tabak. Zijn verbeelding deed de rest, gaf hem het gevoel dat er nicotine in zijn bloedbaan terechtkwam en dat er blauwgrijze rookwolkjes uit zijn mond kringelden. Hij voelde zich schuldig omdat hij zin had in een sigaret en stakkerig omdat hij eraan toegaf. Hoe was het mogelijk dat hij het roken zelf kon opgeven maar niet in staat was om het zogenaamd roken op te geven?

'Wat heb ik over het hoofd gezien?' vroeg hij, terwijl hij achteroverleunde en zijn gezicht naar de fletse zon keerde. 'Er moet ergens iets zijn. Wat weten wij waarvan hij niet wil dat wij het weten?'

'We zijn erachter gekomen waar hij zijn auto's vandaan haalt, waar hij van auto switcht, en hoever hij vooruit plant. We weten nu zelfs hoe hij eruitziet,' zei Tripp.

Allemaal heel wezenlijke en waardevolle informatie, dacht Callanach, die hen dichter bij de moordenaar had kunnen brengen. Alleen was hij hun nog steeds een stap voor, wist hij precies wat hij kon prijsgeven en wat niet.

'Ik denk dat hij het van tevoren allemaal heeft uitgedacht. Alsof hij van achteren naar voren denkt. Hij wist dat er een kans bestond dat we de garage zouden vinden, dus betaalde hij contant en heeft de eigenaresse hem nooit gezien. Hetzelfde geldt voor de auto's. Allemaal informatie waarvan hij wist dat we erachter konden komen en waarmee hij rekening heeft gehouden. Wat kan hij niet gepland hebben?'

'Hoe hij zijn slachtoffers zou uitkiezen. Dat is persoonlijk, want het moesten wel vrouwen zijn die hem bevielen, ze moesten in een behoefte voorzien.'

'Maar we weten niet waar of hoe hij ze gevonden heeft. Elke aanwijzing die we hebben heeft hij ons zo ongeveer op een presenteerblaadje aangeboden. Alleen weet hij niet dat Astrid hem heeft gezien, maar ook dat spoor is op niets uitgelopen. Het enige waar hij geen controle over had was de fietser die hem heeft horen praten toen hij Jayne Magee ontvoerde.' Callanach liep naar een rioolput waar hij de verfrommelde, onaangestoken sigaret in de waterige diepte liet vallen terwijl Tripp in zijn notitieboekje bladerde.

'O ja, dat wilde ik nog even zeggen,' mompelde hij onder het lezen, 'over die nachtclub, The Lane .. Magee noch Buxton was daar lid van. Er is ook een winkel in de stad die Goodies in The Lane heet, maar ik heb geen enkel verband kunnen ontdekken.' Tripp bladerde verder.

'Wat heeft die fietser hem precies horen zeggen? Wat was het ook alweer?' zei Callanach, en hij schopte een leeg blikje tegen de muur alsof hij een tiener was die zijn woede wilde afreageren.

'Iets van: we gaan naar The Lane...' Tripps stem kwam niet boven het lawaai uit van het blikje dat tegen het metselwerk knalde.

Callanach stopte en wierp een grimmige blik op de muur. 'Zeg het nog eens,' zei hij. 'Wat je daarnet zei, precies dezelfde woorden.'

'Liam Granger hoorde hem iets zeggen over teruggaan naar The Lane.' Callanach staarde Tripp aan, die terug staarde. 'Alles goed met u, sir? Alle kleur trekt opeens weg uit uw gezicht.'

Callanach zag sterretjes en begon snuivend adem te halen terwijl hij diep vooroverboog, tot zijn hoofd bijna tussen zijn knieën zat. Hij had een paar maaltijden en nog veel meer uren slaap overgeslagen. Maar de fantoomnicotine die hij uit de diepten van zijn herinnering had opgegraven, had zijn magische werk verricht.

‘Ze zijn niet dood,’ fluisterde Callanach. ‘Tripp, ze zijn niet dood.’

Tripp legde zacht zijn hand op de schouder van de inspecteur.

‘Zal ik wat water voor u halen, sir? Misschien moet u even gaan zitten.’

‘Nee, luister. De fietser hoorde hem “The Lane” zeggen, maar wat hij eigenlijk zei, was: “We gaan naar Elaine.” Ik dacht dat je dat zei omdat ik er daarnet niet met mijn kop bij was.’

‘Maar het lichaam van Elaine Buxton was toen al gevonden. Hij kan Jayne Magee niet naar haar toe gebracht hebben.’

‘Toch wel. En ik denk dat Jonty Spurr het met me eens zal zijn. Kom, we lopen naar de auto.’

Spurr liet alles liggen waar hij mee bezig was en kwam meteen aan de telefoon.

‘Inspecteur Callanach,’ zei hij. ‘Is er nieuws?’

‘Nee,’ antwoordde Callanach, ‘maar er is wel hoop. We vermoeden dus dat de tanden getrokken zijn voordat het lichaam in brand werd gestoken, en als ik het me goed herinner zaten er geen tanden meer in de kaak.’

‘Klopt,’ beaamde Spurr. ‘Maar een paar tanden waren verbrijzeld en dat lijkt te wijzen op het gebruik van de honkbalknuppel.’

‘Zou het kunnen dat de tanden en het kaakbeen met de honkbalknuppel zijn verbrijzeld nadat de tanden waren getrokken?’ vroeg Callanach. Het bleef een paar seconden stil aan de andere kant van de lijn.

‘Ja,’ zei Spurr.

‘Dus hij gaf ons een lichaam dat zodanig verkoold was dat het geen DNA kon opleveren, liet het achter op een plek waar het niet te snel ontdekt zou worden, maar zorgde er wel voor dat het voldoende intact was om het geslacht en de leeftijd van het slachtoffer te kunnen vaststellen. We hebben een hoeveelheid bloed, maar niet zoveel dat het ter plekke tot de dood kan hebben geleid...’

‘Dat klopt,’ zei Spurr.

'Een honkbalknuppel die zo was neergelegd dat het leek alsof hij verstopt was, maar die toch zo dichtbij lag dat we hem zeker zouden vinden, samen met een tand waar nog voldoende weefsel aan zat om DNA op te leveren. En dan hadden we ook nog het geluk een stukje van haar sjaal te vinden waarvan de randen niet zwartgeblakerd waren. Zeg eens, Jonty, welke van deze bewijzen vertellen ons dat dit het lichaam van Elaine Buxton was?'

'Alle sporen zouden daarop wijzen,' zei Spurr aarzelend, 'als we met een gewone moordenaar te maken hadden gehad.' Er viel een lange stilte terwijl Spurr nadacht over de conclusie waar Callanach hem heen had gevoerd. 'Of geen enkel spoor, als hij vastbesloten was – en daarbij klinisch, precies en obsessief te werk is gegaan – om ons te laten denken dat dit het lichaam van Elaine Buxton was. En dan moet hij ook bereid zijn geweest om een andere vrouw te vermoorden en haar als een soort vervangster in te zetten. Je denkt dus dat ze nog in leven zijn?'

'Ja, dat denk ik,' zei Callanach. 'Want dat is precies de conclusie waarvan hij niet wil dat wij die trekken.'

'Zeg me hoe ik kan helpen,' reageerde Spurr.

'Vergelijk jouw notities met het rapport van Ailsa Lambert over het lijk waarvan we dachten dat het van Jayne Magee was. Dit scenario zou kunnen verklaren waarom de botten en tanden in het vat in verschillende mate door de loog waren aangetast, en waarom er helemaal geen tanden en kiezen van de bovenkaak zijn gevonden. Je hebt me op het goede spoor gezet, Jonty, dankzij het feit dat jou die afdrukken op het glazuur zijn opgevallen. Ik kan je niet genoeg bedanken.'

'Vind inspecteur Turner maar levend terug.'

'Ik maak me niet zozeer zorgen om Ava,' zei Callanach. 'Waar ik me meer zorgen over maak is de identiteit van de twee dode vrouwen en het feit dat hij een derde vrouw nodig zal hebben om de plaats van Ava in te nemen.'

# 41

Het was zondag, en sinds Ava voet in het huis had gezet was er anderhalve dag verstreken. King had alle besef van tijd verloren en was in paniek wakker geschoten, in de veronderstelling dat hij te laat was voor zijn werk. Hij was zo afgepeigerd dat hij opnieuw in slaap was gevallen en pas laat in de middag wakker was geworden. Van de stress had hij niets kunnen eten en hij was geïrriteerd doordat zijn gebruikelijke routine was doorkruist. Hij had een paar keer geprobeerd die rat van de sloperij te bellen maar tot overmaat van ramp had hij een ingesprektoon of een antwoordapparaat gekregen. En hij kon hem ook niet even met zijn mobieltje bellen, maar moest daarvoor telkens naar een andere telefooncel lopen. Uiteindelijk had hij besloten het kenteken van zijn eigen auto te veranderen en van die lelijke strips op de zijkant te plakken. Meer kon hij niet doen om de wagen onherkenbaar te maken, en hij had de spullen daarvoor al een tijdje klaarliggen. Hij had altijd al geweten dat hij niet voor eeuwig op de rat kon rekenen. Over een uur, als het begon te schemeren, zou hij naar Dundee rijden. Daar ging hij op zoek naar een vrouw die hem een dienst kon bewijzen.

Voordat hij vertrok, bracht King zijn dames wat te eten. Het was ongewoon stil in de kelder, alsof hij een samenkomst van heksen had verstoord, dacht hij. Alle drie sloegen ze hem wantrouwig en gespannen gade toen hij binnenkwam.

'Boe!' riep hij plotseling, waarmee hij Elaine, die trillend onder haar bed lag, omringd door kussens en dekens, een kreet van schrik ontlokte. Hij liet een bulderende lach horen en dat gaf hem zo'n goed gevoel dat hij zich afvroeg waarom hij niet eerder op de dag was gekomen.

'Och, Jayne, je arme tong. Dat was ik glad vergeten,' zei hij en hij trok de papierklem met een smakkend geluid los van haar tong. Ze deinsde achteruit, drukte haar rug tegen het kussen en hield haar mond stijf dicht. King kon zich goed voorstellen dat ze die in zijn bijzijn nooit meer open zou doen.

'Ik neem aan dat inspecteur Turner ondertussen heeft geleerd niet alles te zeggen wat in haar opkomt,' zei hij, 'en ik hoop dat Elaine zo nu en dan uit haar hol is gekropen om jullie de ondersteek aan te reiken, zoals ik had gevraagd.'

Hij kwam naast Ava zitten en streelde haar haar, in de verwachting dat ze weg zou duiken. Maar dat deed ze niet. 'Je hebt een opvallend gave huid,' zei hij. 'En de zwelling is al een stuk minder geworden. Later op de avond, als de onaangename gebeurtenis achter de rug is, zal ik je wassen. Ik heb schone kleren, van een goede kwaliteit, geen vodden.'

'Dank u wel,' zei Ava. 'Wat gaat er vanavond dan gebeuren?'

'Dan gaat hij je tanden en kiezen uittrekken,' lispelde Jayne. Haar tong was nog zo gezwollen dat ze amper te verstaan was.

Kings lippen tuitten zich in een afkeurend *ts, ts*.

'Kom, kom, we willen onze nieuwe gast toch niet bang maken nu ze net bezig is om te wennen.'

'Zo hebt u de pathologen weten te overtuigen van hun identiteit,' fluisterde Ava. 'Slim.'

'Meen je dat echt, Ava? Hoe luidt het citaat ook alweer... "Ware lof overkomt zelfs de nederigste mens; valse lof alleen de sterksten." Ik heb ernaar verlangd om sterk te zijn. Het lijkt erop dat ik eindelijk een doel heb verwezenlijkt.'

'Seneca, adviseur van keizer Nero. U hoeft tegenover ons niet te bewijzen hoe sterk u bent. Waarom doet u dit?' vroeg ze, terwijl ze haar vingers afwisselend kromde en strekte.

'Heb jij Seneca gelezen?' vroeg hij.

'Een beetje,' antwoordde ze. 'U hebt geen antwoord gegeven op mijn vraag.'

'Er is geen antwoord. Ik heb het gedaan omdat ik op een punt was aanbeland waarop ik geen weerstand kon bieden.'

'Maar waarom Elaine?' bleef ze aandringen. Hij stopte haar dekens in als een vriendelijke matrone, pakte toen een borstel van een plank en begon haar haar te borstelen.

'Ze was briljant, doelgericht, gefocust. Vooral dat beviel me aan haar. Ze wist haar publiek als geen ander te boeien. Ik heb meer dan eens een lezing van haar bijgewoond. Die welsprekendheid heeft ze natuurlijk te danken aan al die jaren die ze in de rechtszaal heeft doorgebracht. Uiteindelijk zou ze rechter zijn geworden.'

'U wilde iemand op wie u trots kon zijn,' merkte Ava op.

'Precies. Trots. Het is een compliment. De andere twee hebben dat niet gesnapt. Toen ik jou je lezing zag houden voor de vakgroep filosofie, wist ik dat we elkaar zouden begrijpen.'

'Maar waarom bent u niet gewoon op me afgestapt, hebt u me niet te eten gevraagd, niet met me gepraat? Zou dat zo moeilijk zijn geweest?'

'Zou je dan ja hebben gezegd?' vroeg hij met samengeknepen ogen, wachtend op de leugen.

'Nee,' zei ze, 'maar ik zou u er wel om hebben gerespecteerd. En het is moeilijk om u te respecteren als ik vastgebonden zit aan een bed.'

'Dat zal niet lang meer duren,' zei hij. 'Jij bent een vrouw die de geest boven het lichaam stelt, die de dingen analyseren en bevatten kan. Jij bent in staat om de wereld vanuit een nieuw perspectief te zien.'

'Daarmee bedoelt u vanuit úw perspectief,' zei Ava. 'En als ik het daar niet mee eens ben?'

‘Alle standpunten zijn hier evenveel waard,’ antwoordde hij. ‘We zullen naar elkaar luisteren en hetgeen we geleerd hebben met elkaar delen.’

‘Door middel van angst? Op die manier leert niemand iets. Dat noemen ze conditionering.’

‘Van angst zal alleen sprake zijn als er gestraft moet worden, en straf vloeit enkel en alleen voort uit slecht gedrag. Zonder het een is er geen noodzaak voor het ander.’

‘Uw regels, dus,’ zei Ava.

‘Mijn regels.’ Hij drukte een kus op haar hand en legde de borstel terug op de plank.

‘Dus we zijn niet allemaal gelijk. Als we niet mogen meepraten over de regels, werkt het niet.’

‘Ik moet gaan,’ zei King, ‘maar ik heb hiervan genoten.’

‘Laat ons gaan,’ zei Ava rustig. ‘Elaine staat op het punt in te storten. Ze is al uren niet onder haar bed vandaan gekomen. Ze slaapt daar zelfs. Jayne heeft doorligwonden en haar polsen steken al veel te lang in die metalen handboeien.’

‘Dat heeft ze aan zichzelf te danken,’ snauwde hij. ‘Je hoeft van mij geen medelijden te verwachten.’

‘Ik dacht dat u onze beschermer was,’ zei Ava. ‘Tot wie moeten we ons anders wenden?’

‘Wat ben jij een sluwe slang, zeg. Maar dat gaat je niet lukken,’ zei hij glimlachend.

‘Carl Sandburg heeft eens geschreven: “De hoogste vorm van sluwheid is het helemaal niet te zijn.” Waar zult u zich achter verschuilen als wij u niets dan de waarheid vertellen?’ vroeg Ava.

King liep weg zonder antwoord te geven.

# 42

Hoofdagenten Salter en Tripp zaten bij Callanach op diens kamer, omringd door stapels dossiers.

'Dus u zegt dat die vrouwen nog in leven zijn maar dat hun tanden zijn uitgetrokken,' zei Salter. 'Zit Hand nog vast?'

'Ja,' antwoordde Tripp, 'maar alleen voor het verstrekken van valse informatie en vanwege de porno die op zijn computer is aangetroffen. Brigadier Lively handelt het verder af. De hoofdinspecteur geeft straks een persconferentie om aan te kondigen dat de aanklacht tegen Hand is afgezwakt. Harris zit op dit moment bij hem op de kamer. Ik heb gezegd dat u nog in Causewayside bent.'

'Heel goed,' zei Callanach. 'Dat geeft ons wat tijd. Ik wil die dossiers over vermiste personen van Harris terug hebben zonder dat hij doorkrijgt wat er speelt, anders gaat hij zich ermee bemoeien. Salter, kun jij die voor me halen?'

Ze gaf geen antwoord maar liep onmiddellijk de kamer uit.

'En Tripp, laat die garage in de gaten houden. Misschien komt hij daar nog terug. Vraag of Salter die dossiers in mijn auto wil leggen. Ik ga ze thuis doorlezen. De enige manier waarop we hem kunnen pakken is door de identiteit van die vermoorde vrouwen te achterhalen, en daar heb ik wat rust en tijd voor nodig. Jij blijft hier en houdt iedereen bij me uit de buurt. Oké?'

Tripp knikte. 'Sir,' zei hij. 'Goed werk geleverd.'

'Nog niet,' antwoordde Callanach, 'maar we geven de hoop niet op.'

Toen hij naar huis reed begon het al te schemeren. Op het nieuws zou het alleen maar over Hand gaan, dat hij op borgtocht was vrijgelaten en dat de aanklacht wegens moord was afgezwakt tot poging tot belemmering van de rechtsgang. Maar verder zou het natuurlijk vooral gaan over de incompetentie van de politie en over het schrikbeeld van een moordenaar die nog steeds zijn gang kon gaan. Niet helemaal onterecht, dacht hij.

Callanach was murw na een dag waarop ze één stapje vooruit en weer ettelijke stappen terug hadden gezet. Vooruitgang, miskleun, onthulling, frustratie. En te midden van dat alles was Astrid opgedoken. Zij was wel de laatste die hij hier verwacht had, maar toch had hij de hele middag niet aan haar gedacht.

Terwijl hij in zijn eentje door de duisternis reed haalde Callanach zich de politiecel in Lyon weer voor de geest. Hoorde hij zijn advocaat weer zeggen dat het verstandiger was om schuld te bekennen, dat hij bij de rechter kon scoren als hij Astrid de traumatische getuigenverklaring zou besparen. Door schuld te bekennen zou hij een aanzienlijk lagere straf krijgen. Het feit dat hij een Interpol-agent was, was op zich al een factor die zwaar zou meewegen in het uiteindelijke vonnis. En hij had inderdaad even overwogen om een valse schuldbekentenis af te leggen om zijn straf te bekorten, in de hoop op een beveiligde afdeling te worden opgesloten. Hij wist maar al te goed wat hij van zijn medegevangenen kon verwachten. Maar vierentwintig uur voor het begin van de rechtszaak had Astrid volkomen onverwacht aangekondigd dat ze niet zou getuigen. Het leek wel een zieke grap. Het enige waaraan hij toen kon denken was daar zo snel en zo ver mogelijk vandaan zien te komen. De gezichten van zijn vroegere collega's waren voor hem nog steeds getekend door hun allereerste reactie op het nieuws van zijn arrestatie. Medelijden, leedvermaak, ongeloof, afschuw. Na zijn voorlopige invrijheidstelling onder strenge voorwaarden – hij had zijn paspoort moeten inleveren, had maandenlang huisarrest tussen zes uur 's avonds en negen uur 's ochtends en mocht Lyon niet verlaten en het Interpol-gebouw niet in – had hij het gevoel dat hij zijn straf al had uitgezeten.

In het begin had zijn moeder nog haar best gedaan om hem terzijde te staan, maar naarmate ze meer details hoorde had ze langzaam maar zeker afstand van hem genomen. Hij was er altijd van uitgegaan dat de band met zijn moeder nooit verbroken zou kunnen worden. Toen hij nog jong was en worstelde met zijn woede om het vroege overlijden van zijn vader, was ze hem altijd blijven steunen. Zelfs toen hij zich op de universiteit misdroeg en de hobbelige weg naar de volwassenheid aflegde, was ze er al die tijd op blijven vertrouwen dat het goed zou komen met hem. Maar nadat hij zijn leven alsnog op de rails had gekregen en een beroep had gekozen waarin hij alleen maar het goede nastreefde, had ze hem in de steek gelaten op het moment dat hij haar het hardst nodig had. Dat had hem onvoorstelbaar veel pijn gedaan. Ze had wel een soort van verklaring op zijn antwoordapparaat ingesproken, waarin ze op afgemeten toon zei dat ze niet langer kon aanzien hoe hij zichzelf te gronde richtte, dat ze elke keer als ze dacht dat hij veranderd was weer een nieuwe klap te verwerken kreeg. Het leek of ze uiteindelijk niet langer de kracht had om van hem te blijven houden.

Feit was dat Callanach enkel en alleen onschuldig was verklaard op grond van een formeel punt. Astrid had niet toegegeven dat ze alles gelogen had. De waarheid was nooit naar buiten gekomen. En nu zag hij zich weer geconfronteerd met dezelfde demonen die hij toen had geprobeerd achter zich te laten. Astrid Borde had Ava met de dood bedreigd en de kans om een moordenaar te pakken voorbij laten gaan omdat ze zo door hem was geobsedeerd. De cirkel was rond, Callanach was terug bij af.

Hij wierp een blik op de passagiersstoel. Daar lag dezelfde stapel dossiers die hij had willen doornemen toen de chef ze in plaats daarvan aan Harris had meegegeven. Indertijd was Callanach alleen maar blij geweest dat de professor zich had laten afleiden door wat toen een onbelangrijke klus leek. En nu konden ze weer van voren af aan beginnen. Nu moesten ze weer oude zaken doorspitten zonder ook maar enig aanknopingspunt te hebben en draaiden ze in een kringetje rond. Hij was geen stap verder gekomen en zijn vriendin en collega was in handen van een psychopaat gevallen. Er waren al twee vrouwen vermoord en er zouden er meer volgen tenzij de moordenaar werd gepakt.

Hij was er zeker van dat Ava ergens in de stad werd vastgehouden. Hij had geen idee of Elaine Buxton en Jayne Magee daar ook waren of wat ze hadden doorgemaakt. Het enige wat hij wist was dat een ander slachtoffer zat te wachten om gered te worden. Een vrouw die geen idee had van wat er ging gebeuren en die niets had gedaan om zo'n lot te verdienen.

Thuisgekomen nam Callanach eerst een douche om een helder hoofd te krijgen voordat hij begon te lezen. In het kastje naast de wastafel lag een stapel handdoeken en helemaal onderop lagen een presse-papier, een sleutelhanger in de vorm van een aardbol en een leisteen met een kindergebedje erop. Als iemand die ooit zou vinden zou hij ervan beschuldigd worden trofeeën te verzamelen en zou hij zonder meer schuldig worden bevonden aan diefstal. Maar door die voorwerpen vast te pakken, zich voor te stellen dat hun vorige eigenaars ze in hun handen hadden gehouden, hield hij de vrouwen levend. En nu hij wist dat ze naar alle waarschijnlijkheid inderdaad nog in leven waren, vroeg hij zich af wat hij moest doen met deze persoonlijke voorwerpen.

Hij ging achter zijn bureau zitten en legde de dossiers op een rijtje naast elkaar. De levens van meer dan honderd vrouwen, die stuk voor stuk door hun dierbaren werden gemist, waren tot beknopte samenvattingen gereduceerd. Sommigen waren weggelopen. De overgrote meerderheid, vermoedde hij. Er waren gevallen bij van drugsgebruik, alcoholverslaving, huiselijk geweld en psychiatrische stoornissen. Veel vrouwen hadden een creditcard, kleren of een dierbare foto meegenomen. Dat was niet veel, maar genoeg om uit te concluderen dat ze zelf de beslissing hadden genomen om weg te gaan. Pas toen de deurbel ging werd Callanach losgetrokken uit de toestand van verdoving waarin hij het ene na het andere vrijwel identieke, deprimerende verhaal had zitten lezen.

Natasha stond voor de deur. Als hij haar in deze toestand op straat was tegengekomen, zou hij haar niet herkend hebben.

'Sorry, Luc. Ik kon niet langer thuis blijven wachten op nieuws,' snikte ze.

'Kom binnen,' zei hij. 'Dan schenk ik je iets in en daarna bel ik een agent om je naar huis te brengen. Je bent een getuige in deze zaak en ik ben druk bezig met het onderzoek.'

'Je bent aan het werk,' merkte ze op en ze keek naar de papieren die overal rondslingerden. 'Kan ik je helpen?'

'Nee,' zei hij glimlachend, 'tenzij je zin hebt om te koken. Sorry als je dat seksistisch vindt.'

'Ik wil heel graag voor je koken. Stuur me alsjeblieft niet naar huis. Ik wil nooit meer een voet in die straat zetten.'

'Dat kan ik me voorstellen,' zei hij. 'Ik heb eieren en zalm in huis, en ook asperges en brie geloof ik.'

'Werk jij maar verder,' zei ze. 'Ik moet iets omhanden hebben. Ik beloof dat ik je niet in de weg zal lopen.' Ze ging aan de slag in de keuken en Callanach ging verder met lezen.

Twee tienermeisjes uit de Highlands, hartsvriendinnen, hadden blijkbaar hun koffer gepakt en waren verdwenen. De vader van een van de meisjes had een verklaring afgelegd waarin hij in de verleden tijd over zijn dochter sprak, alsof hij een van tevoren opgestelde grafrede uitsprak, waarin hij zichzelf een glorieuze rol toedichtte omdat hij zo'n buitengewoon hechte band met haar zou hebben gehad. Callanach had het kille gevoel dat de meisjes allang dood waren in plaats van in een verre stad feest te vieren met geheime vriendjes, maar qua leeftijd pasten ze niet in dezelfde groep als Elaine en Jayne. Hij legde de dossiers opzij om er nog eens naar te laten kijken.

Het volgende dossier was dat van Grace Smith uit Glasgow. Een man met een Oost-Europese naam, die zich haar zakenpartner noemde, had haar als vermist opgegeven. Dat was een interessant eufemisme, dacht Callanach. Uit de talloze eerdere veroordelingen wegens prostitutie, gecombineerd met de straat waar ze verdwenen was, maakte Callanach op dat het haar pooier was geweest die haar als vermist had opgegeven. Hij ging blijkbaar met haar naar bed of hij zat zo krap bij kas dat hij de politie erbij had gehaald. Natasha kwam de keuken uit lopen met twee borden, met daarop een omelet en een salade.

'Alsjeblieft. Wanneer heb je voor het laatst gegeten?' vroeg ze.

'Dat weet ik niet meer,' zei Callanach.

Onder het eten las hij de verklaring van de pooier door, en wanneer die zijn prostituee voor het laatst gezien had. Het kon evengoed een truc zijn. Soms, als een pooier niet het hele bedrag kreeg waarop hij gerekend had na een nacht werken, werd hij gewelddadig. Hij zou niet de eerste of de laatste zijn die zijn meisje iets te hard geslagen had en dat probeerde te verhullen door haar als vermist op te geven. Maar zijn verklaring bevatte een aantal details die hem opvielen: de auto had een kapotte binnenverlichting, het meisje was nerveus geweest, en de pooier had de klant van tevoren laten betalen. Dat was vreemd, dacht Callanach. Daarmee gaf hij toe dat hij haar pooier was. Dat soort details zou je niet verwachten van een man die een kletsverhaal ophangt. Behalve de opmerking dat er een muffe citroenachtige lucht uit de auto kwam, had de pooier weinig details kunnen geven over de klant. Het was een blanke man, meer wist hij niet te vertellen. Hij had evenmin iets over het merk of het model van de auto kunnen zeggen, en Grace had geen mobieltje bij zich gehad.

'Misschien greep ze die kans aan om ergens anders een beter leven op te bouwen,' mompelde Callanach.

'Wat?' vroeg Natasha.

'Ik praatte in mezelf,' zei hij en hij las verder. 'Pas maar op dat je niet wordt aangestoken.'

'Het eerste teken van waanzin, geloof ik. Wie zei dat ook alweer?'

'Citroenachtig,' zei hij.

'Citroenachtig?' herhaalde Natasha terwijl ze zichzelf nog een glas wijn inschonk.

Callanach was al opgestaan en pakte een andere stapel dossiers die op een stoel lagen. Hij smeet er twee op de grond, opende het derde en gleed met zijn vinger langs de inhoudsopgave.

'Hier staat het, Isabel Yale,' zei hij.

Natasha was ook opgestaan en keek mee over zijn schouder. 'Wie is dat?' vroeg ze.

'De getuige die een man met een grote rolkoffer de straat uit zag lopen waar Jayne Magee woont.' Hij las de verklaring snel door, sloeg de bladzijde om en tikte met zijn vinger op de betreffende regel. 'Natasha, hoe ruiken mottenballen?'

'Beetje zurig, zou ik zeggen. Ze hebben een onaangename, weeige, zoetige lucht. Als je het positief wilt omschrijven zou je het citroenachtig kunnen noemen.'

'Grace Smith,' mompelde Callanach. 'Juiste leeftijd, makkelijke prooi. Hij heeft de binnenverlichting van die auto met opzet kapotgemaakt.'

Natasha raapte de dossiers van de grond op en legde ze weer terug op de stoel om een papierloze doorgang naar de keuken te creëren.

'Ik haat die lucht,' zei ze. 'Die doet me denken aan het hoofd van de administratie van onze vakgroep. Misschien heb je hem ontmoet toen Ava haar lezing kwam geven?'

# 43

Het was een rampzalige tocht geweest en Reginald King was pisnijdig. Dundee leek zo'n makkelijke keuze. De stad lag redelijk dichtbij en hij was er nog nooit eerder geweest, dus liep hij geen gevaar herkend te worden door een alerte pooier die nieuwe vaste klanten voor zijn meisjes zocht.

Hij had de tippelaarster gevonden, verlicht door de gloed van haar eigen sigaret, terwijl ze met de capuchon van haar nepbontjas diep over haar ogen getrokken en zo te zien slechts gehuld in een panty, heen en weer drentelde over het trottoir. Ze stond te ver weg om haar gezicht goed te kunnen zien, maar aan haar gebogen rug en kromme schouders zag hij dat ze al een tijdje in het leven zat. En ze had in ieder geval de goede lengte.

Hij draaide zijn raampje naar beneden en ze riep naar hem.

'Wat wil je?'

Dat haatte hij vooral: die smerige praatjes, het onderhandelen.

'Gewoon neuken,' zei hij. 'Een vluggertje.'

'Reken maar,' zei ze. 'Ik wil eerst geld zien.'

Hij zwaaide met wat bankbiljetten uit het raam. Dat zou meteen het laatste zijn wat ze ervan zag, dacht hij. Het meisje kwam wankelend op hem af lopen, trok het portier open en liet zich op de passagiersstoel vallen.

'Hé, pas een beetje op,' siste hij. 'Dat moet wel schoon blijven.'

Hij was geïrriteerd omdat hij zijn eigen auto had moeten nemen. Het meisje rook naar goedkope drank en urine, en ze had korstjes op haar handen. Ongetwijfeld van sigaretten die daarop waren uitgedrukt. Waarschijnlijk deed hij haar alleen maar een plezier. Degene die haar misbruikte zou nu in ieder geval op zoek moeten gaan naar een ander speeltje. Haar kleine handen kropen als griezelige spinnetjes naar zijn kruis en begonnen aan zijn rits te frunniken, terwijl ze heen en weer wiegde en in zichzelf mompelde.

'Blijf van me af!' commandeerde King, niet in staat om die poppenkast vol te houden vanwege de doordringende stank die ze afgaf. En toen zag hij haar gezicht pas.

Ze had een holle blik in haar ogen waaruit alle leven was verdwenen, alsof hij zijn taak er al op had zitten. Verder was ze nog een kind: ordinair opgedirkt als een sekspop, met valse wimpers die op het ene oog half loshingen en op het andere ooglid te hoog waren vastgezet. Ze had een gladde, strakke huid. Niet ouder dan veertien, dacht hij. Toen moest ze opeens kotsen.

'Nee!' schreeuwde hij, en zonder erbij na te denken haalde hij uit met zijn vuist om haar hoofd zo ver mogelijk van zich af te slaan. Ze klapte met haar gezicht keihard tegen het raam, en toen wist hij dat hij geen chloroform nodig zou hebben. De passagiersstoel zag eruit alsof er een beest was geëxplodeerd en was bedekt met de glibberige, druipende inhoud van haar maag en bloedspetters. Het bloed stroomde over haar kleding en ze was nog steeds bewusteloos. Verkeerde leeftijd of niet, hij kon haar niet meer laten gaan. Ze had te veel gezien. En ze moest betalen voor de schade aan zijn auto.

King berispte zichzelf. Hij doodde niet zomaar, niet uit woede, niet uit wraak. Hij doodde alleen maar om de vrouwen in zijn leven te bevrijden, om hun het ultieme en definitieve alibi te verschaffen. Dit meisje moest sterven. Haar dood maakte deel uit van zijn plan, hij zou haar dood gebruiken om zijn werk voort te zetten. En Ava Turner moest zijn macht nog uit de eerste hand ervaren.

Maar eerst moest hij wat er nog restte van het meisje, dat beslist door niemand gemist zou worden, naar huis zien te krijgen. King zette haar meer rechtop en trok de capuchon wat verder over haar hoofd, zodat het leek alsof ze lag te slapen, en probeerde zo goed en zo kwaad als het ging het braaksel van het raam te vegen. Als hij erin slaagde om naar huis te rijden en de auto in de garage te zetten, kon hij hem daar op zijn gemak schoonmaken. Voor het eerst prees hij zich gelukkig dat hij geen auto had kunnen huren. De keren dat hij die prostituees oppikte of zich van hun lichaam ontdeed, had hij zijn eigen auto in de gehuurde garage in Causewayside laten staan en daar van auto gewisseld, maar met al die kots en dat bloed op de zitting had hij de huurauto niet zonder meer terug kunnen brengen. Het zou hem zeker twee dagen hebben gekost om die er weer acceptabel uit te laten zien. Twee dagen die hij dan niet bij zijn vrouwen kon doorbrengen. Op dat moment leek hem dat reden genoeg om het meisje te laten sterven.

Een uur later was hij thuis. Het was elf uur 's avonds.

# 44

Callanach belde met het bureau terwijl Natasha met de beveiliging van de universiteit belde om de privénummers van de andere stafleden op te vragen. Na afloop van hun gesprekken gingen ze bij elkaar zitten met hun aantekeningen in de hand.

'Reginald Andrew King,' zei Callanach, 'Schotse nationaliteit, drieënvijftig jaar, geen eerdere veroordelingen, zelfs geen verkeersboete. Is hij getrouwd?'

'Nee,' zei Natasha, 'geen partner, geen kinderen voor zover ik weet. Maar ik heb iets gevonden. Acht maanden geleden heeft Jayne Magee een lezing gegeven aan de School of Divinity. Dat heb ik daarnet gecheckt bij het hoofd van de vakgroep. Ik kan me nog herinneren dat King er de volgende dag lyrisch over was. Toentertijd heb ik er totaal niet op gelet wie de spreker was.'

'En Elaine?' vroeg Callanach terwijl hij zijn sportschoenen pakte en verwoed de veters begon te strikken.

'Nog geen jaar geleden heeft zij een lezing gehouden voor studenten van de Edinburgh Law School. Het was een openbare lezing, dus het is heel goed mogelijk dat hij daar ook bij was,' zei Natasha.

'Dat is ongelooflijk toevallig. Hij is dus bij alle drie geweest.' Callanach griste zijn autosleutels van de tafel. 'Heb je een adres?' vroeg hij.

'Ik ga met je mee,' zei ze.

'Jij blijft hier, Natasha. Misschien is er niks aan de hand.'

'Je moet het bureau bellen,' zei ze.

'Nog niet. Ik kan alleen afgaan op mijn vermoedens en intuïtie. Misschien wil ik er alleen graag in geloven. Begbie wordt zwaar belaagd door de media. We hebben net een man vrijgelaten die de moorden had bekend. We hebben geen enkel forensisch bewijs, geen enkele getuigenverklaring die King met de moorden in verband brengt. Ik heb niet eens een wettige reden om zijn huis te doorzoeken. Als ik de andere teams erbij haal en ze het verkeerd aanpakken, schrikken we hem misschien af en vinden we die vrouwen nooit meer. Dan zijn we Ava voorgoed kwijt.'

'Hij is een meter zeventig, bleek, gezet, en noemt zich dr. King, alsof hij de belangrijkste mens op aarde is. Hij heeft toegang tot mijn kantoor en hij probeerde met Ava in contact te komen op de avond dat ze die lezing gaf. Wat wil je nog meer?' vroeg ze. 'Als hij de deur al voor iemand opendoet, dan is het voor mij.'

'Dat risico kan ik niet nemen,' zei hij.

'Denk je soms dat hij jou wel binnenlaat?' vroeg Natasha ongelovig.

Callanach hield zijn voordeur open voor Natasha en deed die achter haar op slot. Ze renden de trap af en de gang door, de nachtelijke duisternis in.

'Daar staat mijn auto,' gebaarde Callanach, en hij startte de auto al voordat hij het portier helemaal dicht had geslagen. 'Luister, we gaan daar gewoon even een kijkje nemen voordat ik het officieel meld, oké? We gaan niet de held uithangen,' zei hij, terwijl hij de auto de weg op stuurde.

Natasha voerde het adres in op de navigatie.

'Hoe ver is dat van Ravelston Park?' vroeg Callanach.

'Tien minuten ongeveer, als je niet in de file belandt.'

'Of misschien twaalf,' zei Callanach peinzend. 'Op de kop af twaalf minuten als je je keurig aan de snelheid houdt en voor ieder stoplicht stilhoudt.'

'Hoezo?' vroeg Natasha terwijl ze haar telefoon op stil zette.

'Dat zei de ontvoerder van Jayne Magee tegen haar toen hij haar in die koffer over het trottoir vervoerde, denk ik. "We gaan naar Elaine, we zijn er over twaalf minuten." Hij gaat obsessief planmatig te werk. Heb je dr. King weleens in zichzelf horen praten?'

Natasha staarde hem aan. 'Sneller rijden, Luc,' zei ze, 'veel sneller.'

# 45

Toen hij de oprit voor zijn huis in draaide, opende King de garagedeur met de afstandsbediening. De roldeur gleed geruisloos omhoog – hij zorgde ervoor dat de deur altijd goed geolied was – en hij reed een paar meter de duisternis in, en zodra de auto helemaal binnen stond liet hij de elektrische deur weer zakken. Het licht in de garage floepte niet vanzelf aan, en hij moest eerst uitstappen om het aan te doen. Vroeger had hij een automatisch systeem, maar dat had hij uitgeschakeld toen zijn leven wat ingewikkelder begon te worden. Het leek hem niet zo handig om de aandacht van nieuwsgierige buren te trekken.

Hij stond in het donker naast zijn auto en zijn hand tastte al naar het lichtknopje op de muur toen het meisje op de enige andere uitgang in de garage af stormde: de deur die direct toegang gaf tot zijn aan alle kanten zorgvuldig afgegrendelde huis. Hij was ervan uitgegaan dat ze nog bewusteloos was. Maar blijkbaar was haar overlevingsinstinct in werking getreden. Hij had geen zin gehad om onderweg te stoppen met die smerige troep in de auto, en had haar niet vastgebonden, in de stellige overtuiging dat hij haar zo hard geslagen had dat ze de eerste uren niet wakker zou worden, als ze überhaupt nog wakker zou worden.

King knipte het licht aan en pakte een hamer van het gereedschapsrek aan de muur. Het kwam eigenlijk wel goed uit, dacht hij.

Dan hoefde hij haar niet naar binnen te dragen. Ze kon trouwens toch geen kant op. Hij volgde haar, trok zijn schoenen uit en stapte zijn huis binnen.

'Ik zal je geen pijn doen,' riep hij zacht en hij deed onder het lopen de lichten aan, en controleerde iedere hoek en iedere kast. 'Het is gewoon iets zakelijks. Sorry dat ik je heb geslagen, dat was een vergissing. Kom maar tevoorschijn, dan maak ik je gezicht schoon.' Er kwam geen antwoord. Dat had hij ook niet verwacht. Van haar kant verwachtte zij juist dat hij dat soort dingen zou zeggen, en het werkte altijd in je voordeel als je je gedroeg zoals de mensen verwachtten. Het bood je meer ruimte om ze te verrassen. In de gang kraakte een deur en dat geluid kon maar van één plek komen. Ze was in de kast onder de trap gekropen. Dat was de enige deur die hij nooit oliede. Hij wilde altijd kunnen horen of iemand daar naar binnen ging of, God verhoede, onverwacht naar buiten kwam. Met de hamer boven zijn hoofd geheven ging King naar haar op zoek.

'Ben je bang?' vroeg hij onder het lopen. De kleine hielenlikker die zo lang zijn best had gedaan om bij Natasha Forge in de smaak te vallen, bestond niet meer. Hij herkende zijn eigen stem nog amper, zo vervuld van zelfvertrouwen, zo onbekommerd. Hij registreerde het zonder het te willen analyseren. De hand die talloze verslagen had geschreven, verscheurd en weer herschreven, uit angst dat ze niet zouden voldoen aan Natasha's strenge criteria, trilde niet terwijl hij het wapen vasthield. Voor het eerst voelden zijn voeten zonder zijn glimmend gepoetste schoenen aangenaam vrij aan. Hij voelde de houten planken onder zijn voetzolen, voelde hoe zijn tenen houvast vonden op de vloer, gebruikmaakten van de stilte. En het was ook stil. Hij praatte niet in zichzelf. Hij wist dat hij van nu af aan nooit meer in zichzelf zou praten. De zenuwen, de wanhopige pogingen om indruk te maken, aardig gevonden te worden, geaccepteerd te worden, waren weggespoeld als uitwerpselen die via de afvoer het riool in glijden. Dit was wie hij was. Dit was wat Reginald King altijd had willen zijn. Geen titel, geen oorkonden, geen huichelarij. Alleen dit.

Hij legde zijn ene hand kalm op de deurklink en hief de hamer op. Haalde een paar keer diep adem, dronken van de naar binnen stromende zuurstof, en rukte de deur open. Ze was er niet. Hij wilde zich net omdraaien en een stap naar achteren zetten, toen hij een mes langs de achterkant van zijn bovenarm en ribbenkast voelde snijden. King pakte de hamer nog steviger vast en draaide zich nu helemaal om, wild om zich heen slaand waardoor het mes de gang in zeilde. Keer op keer haalde hij uit met de hamer, en terwijl hij op haar af liep en haar weer een klap gaf zag hij hoe het bloed alle kanten op sproeide en het behang, het tapijt en het plafond ruïneerde. Het was heerlijk.

'Kom hier, smerige slet,' krijste hij. Door de hamerslagen had ze haar evenwicht verloren, maar ze kwam alweer omhoog en greep naar het mes, schreeuwend van pijn en woede – een woede die die van hem evenaarde. 'Wil je bloed zien?' grauwde hij. 'Wil je mijn huis ermee besmeuren? Kom maar op.' Hij kwam op haar af en liet links en rechts een regen van hamerslagen op haar neerkomen terwijl zij in elkaar dook, op de grond viel en zijwaarts op handen en voeten wegkroop als een radeloze krab. Uiteindelijk bleef ze met haar rug tegen de voordeur zitten, hijgend als een hond. Als een dol geworden, schurftige straathond. 'Opstaan,' schreeuwde hij, en hij hield de hamer voor haar gezicht terwijl hij met zijn andere hand aan de horizontale snijwond op zijn rug voelde. Hij had pijn moeten voelen, en morgen zou het ook zeker pijn doen, maar het was geen diepe wond en eerlijk gezegd gaf de pijn hem nieuwe energie. Het voelde goed om iets anders te ervaren dan schaamte en afwijzing, en het besef dat je altijd maar op een na de beste was.

'Je had moeten steken, niet snijden,' zei hij tegen haar. 'Als dat mes mijn long had geraakt, was ik nu dood geweest. Stommeling.' Hij deed een stap naar achteren, raapte het mes op dat ze uit zijn keuken had gestolen en stopte het achter zijn broeksband. 'Opstaan,' zei hij. Ze kwam niet in beweging, haar tranen trokken riviertjes door het bloed dat op haar gezicht was gespetterd. 'Dan help ik je wel even,' zei hij. Hij liep op haar af, pakte een handvol haar en trok haar omhoog zodat haar hele gewicht eraan hing. Ze schreeuwde het uit van de pijn. 'Vind je dat niet fijn? Dat is oké. Je hoeft het ook niet fijn te vinden. Je moet gewoon lopen.'

King hield de hamer voor haar ogen zodat ze niet hoefde te twijfelen aan wat er zou gebeuren als ze hem weer aanviel. Hij sleepte haar naar de trapkast. Het was krap daar binnen, maar het kon hem niet schelen dat ze de muren besmeurde. Die moesten sowieso opnieuw geschilderd worden. Omdat hij het meisje noch de hamer los kon laten, gaf hij een trap tegen de deur achterin, waarachter de keldertrap zichtbaar werd.

'Doet u me alstublieft geen pijn, ik ben pas veertien. Ik moet van mijn moeder tippelen, ze betaalt u als u me terugbrengt. Ik was bang, ik wilde u geen pijn doen met het mes. Niet doen alstublieft, niet doen alstublieft.' Ze bleef het maar zeggen. King voelde de snee in zijn vlees branden terwijl hij haar de keldertrap af sleurde. Het gaf hem een onsterfelijk gevoel.

Onder aan de trap smeet hij haar tegen de muur, haalde de sleutel uit zijn zak en deed de deur in het paneelwerk van het slot.

'Nee,' zei ze. 'Ik ga niet naar boven. Wat is daar? Wat gaat u met me doen?'

Een hoop geschreeuw en weinig wol, dacht King. Eigenlijk jammer, in aanmerking genomen hoeveel indruk ze daarvoor had gemaakt. Ze had wel het lef gehad om hem aan te vliegen in plaats van zich te verstoppen.

'Je hebt vast een verschrikkelijk leven gehad,' zei hij. 'Dat je eigen moeder je voor hoer laat spelen. Geeft ze je drugs om het wat makkelijker te maken?'

Het meisje knikte.

'En je gaat zeker niet naar school?'

Ze schudde haar hoofd.

'Dus wat voor nut heb je dan?' vroeg hij.

Op haar gezicht stond verwarring te lezen, daarna geschoktheid en toen weer angst.

'Wat voor nut heb jij voor mij? Voor wie dan ook, behalve dan voor die laag-bij-de-grondse moeder van je.'

'Ik wil niet dood,' snikte ze.

'Natuurlijk niet.' King trok zijn wenkbrauwen op. 'Niemand wil dood.' Hij pakte haar weer bij haar haar vast, liet de zware deur achter zich dichtvallen en sleepte haar centimeter voor centimeter de laatste treden op.

Hij maakte de laatste deur open, alert op eventuele onwelkome verrassingen die daarachter op hem lagen te wachten, en smeet haar de kamer in.

'Wat hebt u met dat kind gedaan?' vroeg Jayne ademloos.

'Nou niet beginnen, hè?' zei King, en hij liet de hamer op Ava's bed vallen, maar zorgde ervoor dat ze er niet met haar voeten bij kon. 'Waar is Elaine?'

'Onder mijn bed,' antwoordde Jayne.

King zag een trillende hoop beddengoed tegen de achterwand aan liggen, onder het hoofdeinde.

'Doe dat meisje niet nog meer pijn,' zei Ava rustig. 'Ze is nog maar een kind. Ze mag wel bij mij in bed slapen, wij zullen voor haar zorgen.'

'Weet je wat zij is?' vroeg King en hij zette de klassieke muziek die hij had opgezet, wat harder.

'Jong, kwetsbaar, onschuldig, doodsbang. Dat is ze. Laat haar toch met rust.' zei Ava.

Ze rukte aan de tie-wraps om haar polsen.

'Ze is afval. Dit meisje is het levende, ademende bewijs van wat er voortkomt uit een combinatie van slechte genen, armoede en de onwil om te leren en jezelf uit de goot te werken. Zie je wat ze bij me heeft gedaan?' Hij tilde zijn ene arm op en leunde opzij om Ava de wond te laten zien. Ze vertrok geen spier.

'Ze wilde zich verdedigen,' zei Ava. 'Dat is de menselijke natuur. Wat heb je haar aangedaan?'

'Haar neus gebroken, waarschijnlijk ook haar trommelvlies, in ieder geval een hersenschudding en een hoofdwond. Ik heb haar voor jou meegebracht, maar ze is niet geschikt. En nu zit ik met een snijwond die gehecht moet worden, een auto die ik moet schoonmaken en een gang die opnieuw geschilderd moet worden. Om nog maar te zwijgen van het feit dat we één huisgenote te veel hebben. Of misschien wel twee. Het lijkt wel of ik een harem heb.' Hij lachte. Het meisje begon in de richting van de deur te kruipen. Zonder het oogcontact met Ava te verbreken trapte King haar in de ribben.

'Vind je me aardig, inspecteur Turner? Nee, stomme vraag: je kunt me onmogelijk aardig vinden. Ik zal de vraag anders stellen: vind je me vermakelijk?'

'Ik doe hier niet aan mee,' zei Ava, en ze concentreerde zich op het meisje dat op de grond lag te kronkelen.

'Jawel. Je doet wel mee. Ik ga je niet smeken of proberen over te halen. Je hebt geen keus. Hoe voelt dat?' Hij streek met zijn hand over Ava's gezicht en liet bloederige strepen achter op haar bleke huid. Hij wist niet zeker of het zijn eigen bloed was of dat van het meisje. Maar het gaf Ava iets wilds, alsof ze een gewond dier was, en dat beviel hem wel.

King pakte een touw van de grond en begon het rond de enkels van het meisje te binden.

'Hoe heet je?' vroeg hij. 'Het laatste meisje dat ik hier had heette Grace. Zeg alsjeblieft dat jouw moeder jou een passender naam heeft gegeven.'

'Billie,' zei ze. 'Waarom doet u dit? Dat wil ik niet. Mag ik bij die mevrouw zitten? Ik zal gehoorzaam zijn. Ik doe alles wat u zegt. Ik zal me niet meer verzetten.'

King gooide het touw over een hoge balk, deed een stap naar achteren en begon eraan te rukken. Ze woog bijna niets. Zo ging dat waarschijnlijk als je drugs gebruikte in plaats van te eten. Daar zou het wel aan liggen, of misschien was hij toch sterker dan hij dacht. De pijn van de wond was weggeëbd. Hij genoot van het doffe, kloppende gevoel in zijn spieren en vroeg zich af waarom hij al die jaren zo gegruwd had van lichaamsbeweging. Waar het uiteindelijk om ging was dat je precies die activiteit vond die bij je paste.

Billie begon zich aan van alles vast te klampen in een wanhopige poging om op haar benen te blijven staan, maar King liet zich niet tegenhouden. Hij bleef trekken, hijsen en sjorren, en uiteindelijk had hij haar waar hij haar hebben wilde: ondersteboven hangend met haar voeten twee meter boven de grond, terwijl ze wild kronkelend heen en weer zwaaide en haar tranen een beschamend plasje wanhoop op de vloer vormden.

'Ik heb een probleem, inspecteur Turner, en het heeft even geduurd, maar nu weet ik hoe ik het moet oplossen. Ik heb me lopen afvragen of ik nou van de Vrome Magee of van de Krankzinnige Elaine af wil. Ik erger me wild aan dat onophoudelijke bidden, maar de dominee is in ieder geval nog bij haar volle verstand. Elaine anderzijds is nuttig voor het uitvoeren van simpele opdrachten met een minimum aan woorden, maar ze krijgt haar verstandelijke vermogens nooit meer terug. Ze heeft geen natuurlijke veerkracht. Ik heb me het hoofd gebroken over wie van de twee moet gaan, en opeens hoef ik niet meer te kiezen.' Hij haalde het keukenmes uit zijn broeksband en liep op Ava af, sneed de tie-wraps rond haar polsen los en deed snel een stap achteruit.

'Pak de hamer,' zei hij, 'en als in dat hoogopgeleide hoofd van jou de gedachte mocht opkomen om me iets aan te doen, dan moet je wel weten dat het meisje zal sterven als je dat doet.' Hij ging naast Billie staan en hield het mes tegen haar keel, drukte de punt net diep genoeg zodat er een druppel bloed opwelde. 'Ava kiest,' zei hij. 'Wie is voorbestemd om ons te verlaten? Eén goed gerichte klap moet volstaan. Dat doet het minste pijn. Als je het lef hebt, kun je daarmee het leven van dit meisje redden. Ik geef je vijf minuten, die gaan nu in. Als je niet een van de twee doodt, laat ik de kleine Billie als een varken leegbloeden. Ze is trouwens veertien. Te jong om te sterven, dat ben je vast met me eens. Wat je moet onthouden is dat het mij geen reet interesseert wie je kiest. Maar iemand moet dood.'

# 46

Callanach parkeerde de auto een eindje van Kings huis vandaan. Natasha en hij deden de portieren heel zacht open en weer dicht, en gingen bij de oprit achter een struik staan om het huis te observeren.

'Dat is een behoorlijk groot huis voor iemand met een administratieve functie,' merkte Callanach op.

'Hij heeft het van zijn ouders geërfd. Geloof me, ik ken het verhaal van A tot Z. Hij heeft me een keer uitgenodigd op de koffie. En toen heb ik een smoes verzonnen.'

'Ik ga een van mijn mensen bellen om versterking te regelen. Maar ik moet eerst bereik hebben. Blijf hier maar even wachten.' Callanach liep een paar meter de weg op en keek op zijn telefoon.

'Je hebt geen wettige reden om je toegang tot zijn huis te verschaffen, dat heb je net zelf gezegd. Het enige wat we kunnen doen is dat ik een excuus verzin om onverwachts langs te komen,' zei Natasha, die achter hem aan was gelopen.

'Te riskant,' antwoordde Callanach, terwijl er op datzelfde moment aan de andere kant werd opgenomen. 'Tripp, Callanach hier. Ik ga je een adres geven. Pak een pen en papier...' Tegen de tijd dat hij was uitgepraat, was Natasha nergens meer te zien. Callanach rende terug naar de oprit, waar ze al op Kings deur stond te kloppen.

'Natasha,' siste hij. 'Je gaat daar niet naar binnen!' Ze ging op haar tenen staan, legde haar handen op het glas-in-loodraampje in de deur en probeerde naar binnen te kijken. Niemand deed open. Natasha draaide zich om, wenkte Callanach en wees naar het raam aan de voorkant, en liep ernaartoe. Balancerend op een bloempot tuurde ze door een spleet in het gordijn naar binnen en hield haar hoofd scheef alsof ze een bepaald aspect van het tafereel daar binnen beter probeerde te zien. En toen zag hij haar verstarren. Ze begon met haar hoofd te schudden, eerst met kleine bewegingen en daarna steeds heviger. Callanach hoefde niet dichterbij te komen om te begrijpen wat ze zei: haar lichaam sprak voor haar. Nee. Nee, nee, nee. Hij rende al op haar af voordat ze zich kon omdraaien, en keek door het raam naar binnen. In de woonkamer zag hij over de houten vloer een glimmend spoor van opdrogend bloed. Natasha wees hem op een openstaande deur die op de gang uitkwam. Het fraaie blauw-wit gestreepte behang in de hal was besmeurd met bloedspetters.

Callanach holde naar zijn auto en kwam een paar seconden later terug met dezelfde koevoet die hij had gebruikt om de garage open te breken. Hij rende naar de garage naast het huis, klemde de koevoet onder de deur en begon te wrikken. Dit keer zou hij niet met lege handen terugkeren. Natasha stond achter hem toen de roldeur omhooggleed. In de garage brandde licht en het portier aan de passagierskant van de auto stond nog open. Natasha sloeg haar hand voor haar neus.

'Allemachtig, wat een stank!' zei ze.

Callanach wierp een blik in de auto. Op de vloer aan de passagierskant zag hij braaksel en een plakkerige zwarte vloeistof liggen. 'Ik wil dat jij buiten op Tripp gaat wachten,' zei hij.

'Ava is hier,' antwoordde ze. 'Je kunt me niet tegenhouden.'

Callanach probeerde de deur die naar het huis leidde. Hij zat niet op slot. Het feit dat King vergeten was de deur achter zich op slot te doen, wees erop dat de gebeurtenissen een onvoorziene dramatische wending hadden genomen, dacht Callanach bij zichzelf. Met de koevoet in zijn hand sloop hij naar binnen en stuitte daar op het bloedspoor. Hij bukte zich en stak zijn vinger erin.

'Nog niet helemaal gestold,' fluisterde hij. 'Degene die hier bloed heeft verloren, is nog niet lang binnen.'

Binnen was het doodstil en leeg. Op de achtergrond was geen televisie of radio te horen, op de salontafel stond geen vergeten koffiemok, er was geen jas te zien die nonchalant over de trapleuning was gehangen. Maar onder de recente walgelijke stank in Kings huis hing nog een andere lucht, een lucht die daar al jaren hing, zonder dat de eigenaar zich daarvan bewust was en die tot in iedere vezel van het huis was doorgedrongen. Het was een lucht die aan schoonmaakmiddel deed denken, maar dan onaangenamer, zoetig en penetrant. Hij hield een gordijn tegen zijn gezicht en ademde diep in, en daar was het: de geur van mottenballen, die een prikkelend gevoel in de longen veroorzaakte en hem ineen deed krimpen. Reginald King rook het al jaren niet meer, net als een parfum dat iemand vaak opdoet.

De bloedspetters liepen naar een deur onder de trap, die op een kier stond. Callanach zette zich schrap.

'Zet de voordeur open,' zei hij tegen Natasha. Terwijl zij naar de voordeur liep, rukte hij de deur van de trapkast helemaal open, in de verwachting daar het ergste aan te zullen treffen, maar hij zag alleen maar jassen hangen en een rij schoenen staan. 'Hier is niets,' zei hij. 'Verdomme!'

Natasha wrong zich langs hem heen en begon de jassen van de hangers te trekken terwijl Callanach naar de keuken liep. De achterdeur zat van binnenuit op slot, wat betekende dat King niet naar buiten was gegaan.

Hij stak zijn hoofd in de trapkast. 'Ik ga boven kijken,' zei hij. Er kwam geen antwoord. Hij zette een stap naar binnen en toen nog een stap. Vanachter de jassen schoot een hand naar voren en greep hem vast. Het duurde een seconde voor hij besefte dat het Natasha was.

'Niet doen, ik had je bijna een klap gegeven.'

'Sst,' zei ze. 'Hier loopt een trap naar een kelder. Kom.'

Het was donker, de lucht voelde klam en kil aan maar niet echt koud. Callanach raakte de muur aan en voelde dat die met houten panelen was betimmerd.

'Het loopt hier dood,' zei Natasha toen ze beneden stond. 'Er is niet eens een luchtrooster dat in de tuin uitkomt.'

'Kijk eens op de grond,' zei Callanach. 'Misschien zit er een luik in de vloer dat verder naar beneden leidt.'

Ze gingen op hun knieën zitten en voelden de vloer af, op zoek naar onzichtbare naden of handgrepen, maar vonden niets.

'Wacht,' zei Callanach. 'Luister eens.'

Ze bleven roerloos zitten, met ingehouden adem en hun hoofd schuin.

'Ik hoor niets,' zei Natasha.

'Nog even. Er was iets, heel in de verte. Ik denk dat het stemmen zijn.' Callanach liep terug naar de trap, ging een paar treden op en bleef weer staan luisteren.

Het geluid was amper hoorbaar, alsof ze onder water zaten, een trilling in de lucht, meer niet. Maar dit keer hoorde Natasha het ook. Callanach zag hoe ze haar hoofd schuin hield om het beter te kunnen horen.

'Daar ligt een zaklamp,' zei ze en ze pakte een zwart voorwerp van een plank en scheen met het licht heen en weer.

'Deze kant op,' zei Callanach. 'Het geluid komt vanachter de muur.'

Natasha richtte de lichtstraal op de lambrisering, op zoek naar een opening.

'Schijn eens op de vloer.' Callanach zat al op zijn knieën en wees naar een donkere plek. In het licht van de zaklamp leek het op een roestbruine vlek. Hij wreef er met zijn vinger over en rook eraan.

'Bloed,' zei hij. 'Geef me de zaklamp eens aan.'

Callanach begon zacht op het hout te kloppen. Vlak naast de trap was het hout massief, maar aan de onderkant klonk het hol toen hij ertegenaan sloeg. Hij had gevonden wat hij zocht.

'Vingerafdrukken,' zei hij. 'Kijk maar naar de afdrukken op dit paneel, het zijn er een heleboel. En hier zit een inkeping in het hout.' Hij schoof een vierkant stukje hout opzij waarachter een sleutelgat schuilging. 'Shit,' zei hij. 'Daar hebben we een sleutel voor nodig.'

Natasha slaakte een kreet van woede en gooide haar hele gewicht tegen het paneel aan, waardoor de deur openvloog en ze aan de andere kant tegen een muur smakte. Callanach trok haar omhoog.

'Hij had zijn handen natuurlijk vol. God mag weten wat we daar aantreffen,' fluisterde Callanach. 'Alsjeblieft, Natasha. Loop terug naar boven. Iemand moet de politie straks de weg kunnen wijzen.'

Op datzelfde moment hoorden ze boven hun hoofd, glashelder alsof ze er vlakbij stonden, het gekrijs.

Callanach rende met twee treden tegelijk de trap op, op de voet gevolgd door Natasha. De trap was smal en krap. Bovenaan stuitten ze weer op een deur van massief, dik hout met een groot slot.

Ze klemden hun tanden op elkaar en duwden er uit alle macht tegenaan, in de hoop dat hij te slordig was geweest en ook deze deur niet had afgesloten, maar dit keer hadden ze geen geluk.

# 47

'Ik doe het niet,' zei Ava. 'Jij gaat mij niet verantwoordelijk maken voor het doden van een medemens, of dat nou het leven van dit meisje is of dat van hen,' zei ze en ze wees naar Jayne. Elaine was nergens te zien.

'Denk je soms dat ik bluf?' vroeg King en hij duwde het mes dieper in Billies hals. 'Denk je soms dat ik het niet zal doen omdat ze nog zo jong is? Ik zal je eens vertellen hoe jonge vrouwen over me denken, Ava. Op de universiteit lopen ze achter me in de gang te giechelen. Ze maken zich vrolijk over de manier waarop ik me kleed, fluisteren gemene opmerkingen over mijn haar. En voor de snotjongens die over de campus paraderen alsof ze jonge goden zijn, pronken ze met hun blote benen en nauwelijks ontwikkelde tieten. Maar wie is híér de god, ja?'

'Leg dat mes neer,' zei Ava. 'Het is genoeg geweest.'

'Pak die hamer of ik snij haar keel door,' antwoordde hij. 'Je tijd zit er bijna op.'

'Ik doe het niet,' schreeuwde Ava. 'Wat ga je doen als je haar keel hebt doorgesneden? Je wilt Jayne of Elaine niet zelf vermoorden. Daarom probeer je het mij te laten doen.'

'Denk je dat ik het lef niet heb?' krijste King. 'Ik heb al twee vrouwen in deze kamer afgeslacht. Denk je dat ik er niet nog twee, drie of twintig kan vermoorden?' Hij haalde het mes van Billies keel, zette een stap naar Ava toe en richtte het mes op haar. 'Denk je soms dat ik jou niet zal vermoorden?' Hij haalde naar haar uit, waarop Ava met een kreet achteruitdeinsde op een manier die hij verrassend opwindend vond. 'Wil je weten waarom ik dit doe? Omdat ik wil zien hoe de beste vriendin van Natasha Forge een andere vrouw in koelen bloede afslacht. Ik wil je zien schreeuwen, en niet alleen van pijn. Ik wil zien hoe alle menselijkheid uit je wordt gescheurd.'

'Doe je het daar allemaal voor?' vroeg Ava zacht. 'Om Natasha's aandacht te trekken? Ze moet wel een diepe verachting voor je voelen.'

'Pak die hamer,' zei hij. Zijn stem klonk ijskoud. 'Twintig seconden. Kies er een uit of ik vang het bloed van het meisje in een emmer op en dwing jou om het op te drinken.'

'Nee,' schreeuwde Ava. King deed een stap terug naar Billies ondersteboven hangende lichaam. Haar gezicht was paars en gezwollen.

Ava staarde naar het meisje. 'Doe het niet. Vermoord haar alsjeblieft niet.'

'Het is goed, Ava. Kies mij maar,' zei Jayne. 'Bedek eerst mijn gezicht en zorg dat je meteen raak slaat. Ik ben niet bang om te sterven. Om de waarheid te zeggen jaagt het me meer angst aan om hem weer te zien moorden.'

'Nee, Jayne. Dat gaan we niet doen,' zei Ava, en ze legde haar hand zacht op het voorhoofd van de andere vrouw.

'Ik probeer echt niet de heldin uit te hangen. Geloof me, ik word doodsbang bij de gedachte aan de pijn, maar je mag niet toestaan dat hij haar vermoordt. Ze is nog een kind en ze heeft al genoeg meegemaakt. Red haar. Doe het voor mij.'

'Tien seconden,' zei King.

'Pak de hamer,' zei Jayne tegen Ava. 'Ik doe mijn ogen dicht.'

'Nee,' fluisterde Ava, maar opeens stond ze een stap dichter bij haar bed en stak ze haar hand uit. Tranen liepen over haar wangen. King probeerde de grijns te onderdrukken die zich over zijn gezicht verspreidde, merkte dat het hem niet lukte, en stond zichzelf toe om dan maar simpelweg van dit moment te genieten.

'Weet dat je doet wat ik wil,' zei Jayne. 'En dat niemand ooit van je mag denken dat je niet het enige juiste hebt gedaan. Zeg tegen mijn moeder dat ik van haar houd. Vraag de mensen in mijn gemeente om deze man te vergeven, want je kunt haat niet met haat verslaan.'

Ava stond voor haar, de houten steel van de hamer voelde ruw aan in haar handpalm. De ijzeren hamerkop was verweerd door jarenlang gebruik. Ze keek King aan met een woordeloze smeekbede in haar ogen. Hij reageerde alleen maar door achter Billies ondersteboven hangende lichaam te gaan staan, zijn ene arm om haar middel te slaan en met de andere hand met het mes vlak voor haar luchtpijp een snijbeweging in de lucht te maken. Zijn boodschap was glashelder.

'Dat God me moge vergeven,' zei Ava. Ze legde een deken over Jaynes hoofd, hief de hamer met beide handen hoog boven haar hoofd en zette snikkend haar voeten een eindje uit elkaar zodat ze steviger stond om een snelle en harde klap te kunnen geven. Ze wist dat ze het maar één keer kon doen en dat ze, nadat ze het had gedaan, ter plekke net zo goed kon sterven, net als Jayne.

Het gebonk op de deur kwam uit het niets, hard en aanhoudend.

Er volgde een moment waarop King en Ava elkaar aankeken, elkaar inschatten, hun volgende zet overwogen. King weifelde even, haalde het mes van Billies keel en rende naar de deur, maar rende meteen weer terug om zich aan haar hangende lichaam vast te houden omdat hij wist dat hij haar als pressiemiddel nodig zou hebben.

'Blijf godverdomme bij die deur weg,' brulde hij, maar Ava had haar positie als beul al verlaten, liet de hamer uit haar handen vallen en sprintte naar de deur.

De sleutel stak nog in het slot. King vervloekte zichzelf. Het was Billies schuld. Ze had niet meegewerkt, waardoor hij zich te veel had opgewonden. Hij vroeg zich af hoe ze hem gevonden konden hebben.

'Als je die deur openmaakt, is ze over een paar seconden dood. Wil je dat soms?' schreeuwde hij. 'Wil je haar zien doodbloeden telkens als je je ogen sluit?'

'Doe die deur open,' zei een mannelijke stem met een zwaar accent dat King onmiddellijk herkende.

'Luc, dat gaat niet,' riep Ava, 'hij heeft hier een meisje opgehangen. Als ik de deur opendoe, vermoordt hij haar.'

'Dat doet hij sowieso,' riep Callanach terug. 'Hij heeft al twee vrouwen vermoord. Ik neem de verantwoordelijkheid, Ava. Doe die deur open.'

'Ava?' riep een andere stem, dit keer was het een vrouw. 'Ava, doe wat Luc zegt. Laat ons binnen, dan kunnen we je helpen.'

'Natasha?' zei King, nog voordat Ava iets kon antwoorden. 'Ben jij dat?'

'Ja,' antwoordde ze. Stilte. Wachten. Zelfs Billie zweeg en hield op met kronkelen.

'Doe de deur open,' commandeerde King. 'Ik zal het meisje niets doen. Ik wil professor Forge graag zien.'

Ava draaide met trillende vingers de sleutel in het slot om. De deur zwaaide open en Callanach en Natasha staarden naar binnen.

# 48

Zodra de deur openging, zette Callanach een stap naar voren en ging voor Natasha staan. Kings stem had een sinistere klank gekregen toen hij haar naam zei, deels kinderlijk, deels dreigend – de pestkop die een kleiner kind met snoep achter een boom lokt om het daar ongezien pijn te doen.

Ava's gezicht was toegetakeld. Haar ene wang was verschrikkelijk opgezwollen, maar ze stond nog op haar benen, en dat was een goed teken. Aan de andere kant van de ruimte zag hij een vrouw die met haar polsen aan het hoofdeinde van een metalen ziekenhuisbed was vastgebonden. Haar gezicht en lichaam waren met een deken bedekt. Alleen haar armen waren zichtbaar. Ze lag zachtjes te jammeren en te neuriën.

King was maar gedeeltelijk zichtbaar, hij verschool zich achter het lichaam van een andere vrouw die ondersteboven hing aan een touw dat om haar enkels was vastgemaakt. Aan de natte plekken op de vloer onder haar te zien had ze al bloed verloren. Als ze haar niet snel los konden maken, zou ze bewusteloos raken. King hield een groot, gekarteld keukenmes tegen haar halsslagader. Eén verkeerde beweging en ze was niet meer te redden.

'Reginald,' zei Callanach. 'Ik heet Luc. Wat denk je, kun je dat mes wegleggen zodat we even met elkaar kunnen praten?'

'Hou maar op met je *Psychologie voor Dummies*-kletspraat, inspecteur Callanach. Dat stadium ben ik allang ontstegen. Ik wil trouwens met Natasha praten. Mag ik je hier bij je voornaam noemen?' vroeg hij haar op sarcastische toon. 'Aangezien ik in mijn eigen huis ben, waar jij niet langer mijn meerdere bent. Ik vermoed dat ik sowieso niet meer welkom ben op de universiteit. Ik denk niet dat personeelszaken voor dit soort scenario's een standaardwaarschuwingsbrief klaar heeft liggen.' Hij lachte en Natasha duwde Callanachs hand van haar arm en stapte naar binnen.

'U gaat dat meisje toch geen pijn doen, dr. King?' zei ze.

'Waarom maak je je zorgen om haar?' vroeg King. 'Om mij heb je je nooit zorgen gemaakt, je hebt nooit naar mijn mening gevraagd, in al die tijd dat we samenwerkten heb je nooit eens gevraagd hoe het met me ging. Maar om dit meisje, dit stuk stront onder de schoenen van de mensheid, bekommer je je wel.'

'Wij hadden een arbeidsverhouding, zoals ik met alle andere collega's van de vakgroep heb. Het spijt me als u vindt dat ik u niet genoeg aandacht gaf.' Ze zette nog een stap in Billies richting om King te laten zien dat ze niet bang was. Callanach probeerde ook verder de kamer in te komen.

'Tot daar en niet verder, inspecteur Callanach. Vergeet niet wat er op het spel staat,' zei King.

'Laat mij haar losmaken,' zei Natasha. 'U hebt bewezen waartoe u in staat bent. U hebt me laten zien dat ik u onderschat heb. Meer is niet nodig.'

'Nee, ik laat haar niet los. Nog niet,' zei hij. 'Maar je mag haar troosten als dat jou een fijn gevoel geeft, als je je vrienden wilt laten zien hoe aardig en meelevend je bent. Ga je gang.'

Natasha pakte de hand van het meisje vast en de tiener kwam weer even tot leven. Callanach hoorde Billie zuchten toen hun handen elkaar raakten en zag hoe ze Natasha innig dankbaar in de ogen keek.

'Zie je nou wel,' zei King. 'Je kunt het wel. Ik snap niet waarom je je tegen mij altijd als een gevoelloos kreng hebt gedragen.'

En met een snelle, vloeiende beweging sneed King Billies keel in één keer helemaal door. Het ging zo snel dat er niet eens een uitdrukking van pijn op Billies gezicht verscheen. Toen de spanning op haar keel was weggevallen, klapte haar hoofd naar achteren zodat haar gezicht naar de vloer gericht was. Natasha probeerde het te bevatten, stak haar handen uit om het bloed op te vangen, om het gezicht van het meisje terug naar haar keel te duwen, waardoor ze allebei onder het bloed kwamen te zitten.

'Nee!' schreeuwde Natasha. 'O, God. Nee, alsjeblieft, nee. Waarom deed u dat?'

Ava snelde op Billie en Natasha af. Callanach rende op King af, maar was te laat. Voordat hij iets kon doen, stond King al naast Jaynes bed.

Uit Billies lichaam stroomde nu ook de rest van haar bloed weg. Natasha zat op haar knieën te jammeren van verdriet en woede, terwijl Ava haar armen om haar heen sloeg.

Callanach zag hoe King met een snelle beweging de deken van Jaynes gezicht trok. Zijn gezicht was rood aangelopen en nat van het zweet. Hij genoot hiervan, schepte genoegen in de dood. Hij zou niet ophouden.

'Nee,' zei Ava. 'Jij gaat Jayne niets aandoen. Als je dat doet, kom je hier niet levend uit.'

'Wil je deze hier soms ook komen troosten, Natasha?' vroeg hij. 'Wil je haar hand vasthouden terwijl ik haar slacht?'

Natasha duwde haar gezicht tegen Ava's schouder.

'Je heldenmoed laat het opvallend snel afweten. Jammer hoor. Jayne vindt het niet erg om te sterven, hè, Jayne? Waarschijnlijk denk je dat er hierna een hemel op je wacht. Maar stel dat het hiernamaals uit jou en mij en deze kamer bestaat, stel dat we hier voor altijd samen gevangenzitten, terwijl ik jou telkens weer afslacht?'

Jayne gaf geen antwoord.

Callanach hoorde een geluid achter zich, keek even om zich heen en stak zijn hand naar achteren in de richting van de deurpost.

King maakte met het mes een strelende beweging over Jaynes wang. Ze beefde, haar ogen puilden uit van angst. Callanach liep op Ava en Natasha af en ging voor hen staan.

'Ga je proberen me te overmeesteren, inspecteur?' vroeg King grijnzend. 'Alleen denk ik dat ik sneller ben dan de slimste en snelste politieagent van Interpol. Kijk je nou verbaasd? Ach ja, je bent niet de enige die z'n huiswerk heeft gedaan. Je hebt Frankrijk onder nogal vervelende omstandigheden moeten verlaten, hè? Hoewel ik durf te stellen dat je collega's daar niet zo rouwig om waren. Hoe voelde dat nou, om eerst de rijzende ster te zijn en daarna alles kwijt te raken? Even samenvatten... je hebt uitstekende studieresultaten behaald, je bent een tijdje fotomodel geweest, je naam is in tijdschriften en kranten in één adem genoemd met verschillende beroemdheden. Daarna volgde een korte maar indrukwekkende periode bij de Parijse politie, en toen de overstap naar Interpol. En vervolgens je ondergang. Ik moest het natuurlijk allemaal in het Frans lezen, maar dat heb ik mezelf geleerd en ik spreek de taal vloeiend. Wij hebben eigenlijk meer met elkaar gemeen dan u denkt. Mijn toekomst is me ook genadeloos afgenomen, nietwaar, Natasha?'

King keek even in haar richting. Ze deed haar mond open om te antwoorden, maar behalve een fluistering en een snik kwam er niets over haar lippen. Callanach deed zijn best om onbewogen te blijven, ondanks de details die King over zijn leven kon oplepelen. De fanatieke gedrevenheid waarmee de man alles over hem had uitgezocht paste perfect in het profiel van de moordenaar naar wie ze al die tijd op zoek waren geweest. Door zijn obsessieve persoonlijkheid was hij zo moeilijk te vangen geweest. Hij had die ontvoeringen al maanden van tevoren gepland, en wist alles wat er te weten viel over Jayne en Elaine.

'Wat denk je, Callanach? Zullen we?' vervolgde King, en hij gebaarde met zijn mes naar de ruimte tussen hen in. 'Ava wilde mijn spelletje niet meespelen. Misschien ben jij een betere tegenstander.'

'Goed,' zei Callanach. 'Hoe groot is de afstand tussen ons, denkt u? U kent deze ruimte beter dan ik.'

'Absoluut,' antwoordde King. 'Bijna zes meter. Genoeg tijd om haar te vermoorden en jou met het mes te lijf te gaan. Denk je dat je een kans maakt?' vroeg hij.

Callanach knikte.

'Luc, niet doen!' riep Ava. 'Je redt het niet. In godsnaam, doe het alsjeblieft niet.'

'Wil je nog een laatste gebed doen, dominee? De inspecteur hier zet jouw leven serieus op het spel. Dus misschien wil je je op het ergste voorbereiden.'

Jayne begon woest aan de boeien rond haar polsen te trekken en met haar benen te trappelen.

King plaatste het mes zorgvuldig tegen haar keel, stelde de hoek enigszins bij en oefende iets meer druk uit, alsof hij op het punt stond een braadstuk aan te snijden.

Hij keek naar Callanach en opende zijn mond om het startsein te geven.

Callanach trok zijn hand achter zijn rug tevoorschijn en vuurde. De taser trof King vol in de borst en joeg twaalfhonderd volt door zijn lichaam. Hij ging direct neer en het mes vloog uit zijn handen.

Tripps gezicht dook op in het trapportaal. 'Hebt u hem geraakt?'

Callanach knikte.

'De ambulances en de versterking zijn er over een minuut.'

Callanach begon op Kings lichaam af te lopen toen een vrouw die hij nog niet eerder gezien had, althans niet in het echt, opstond en haar hand uitstak om hem tegen te houden.

'Nee,' fluisterde ze. 'Niet dichterbij komen. Hij moet sterven.' In haar hand hield ze de hamer die Ava op de grond had gesmeten.

'Elaine,' zei Ava. 'Het is voorbij. We gaan hem arresteren. King draait levenslang de bak in, dat beloof ik je.'

'Dat is niet genoeg,' zei ze. 'Het kan me niet schelen of hij opgesloten wordt en honderd jaar lang iedere dag gemarteld wordt. Het kan nooit genoeg zijn.'

Ze haalde het kunstgebit uit haar mond waardoor haar ontstoken, rode tandvlees zichtbaar werd, en smeet het door de ruimte. Het gebit belandde voor Callanachs voeten.

'Elaine,' fluisterde Jayne. 'Lieverd, je mag hem niet vermoorden. Zo ben je niet.'

'Hoe kun je dat zeggen na alles wat hij ons heeft aangedaan? Na alles wat hij die anderen heeft aangedaan?' vroeg ze slissend. Er liep speeksel over haar kin.

'Ik wil dat hij terechtstaat,' zei Jayne. 'Ik wil gerechtigheid. Het is niet aan ons om een leven te nemen. Maak me alsjeblieft los zodat ik voor je kan zorgen.'

Elaine hief de hamer op en keek Callanach recht in de ogen. 'Mag hier niet iets tegenover staan?' vroeg ze, wijzend op de zweren in haar mond. 'Is het niet terecht dat hij hiervoor boet, in plaats van zich te verschuilen achter advocaten en psychiatrische rapporten? Ik weet hoe dat werkt. Ik heb aan de andere kant gestaan. Ik herinner me hem van die keer dat ik een lezing gaf aan de University Law School. Na afloop is hij naar me toe gekomen en begon hij tegen me te slijmen. Ik werd bang van hem. Het stond toen al in zijn ogen. Hij moet boeten.'

'Elaine,' zei Callanach. 'Ik kan niet toestaan dat je hem pijn doet. En ik moet hem boeien terwijl hij nog bewusteloos is.'

Op haar gezicht zag Callanach het vurige litteken van de angst die altijd bij haar zou blijven, op haar werk, in de auto, zelfs als ze lag te slapen. Van sommige dingen kon een mens nooit meer herstellen. In zijn rechterhand hield hij de taser die Tripp hem vanuit de gang had aangereikt. Hij hield hem gereed voor het geval King zou bijkomen. Met zijn ogen gebaarde Callanach naar zijn linkerhand, en hij zag dat Elaine zijn blik volgde. Langzaam, weloverwogen, zonder een woord te zeggen hief hij zijn wijsvinger op. *Eén keer.* Voor het eerst gleed er een andere emotie dan angst over haar gezicht. Ze knikte dat ze het begreep.

Elaine hief de hamer niet te hoog en sloeg ook niet te hard. Ze wilde niet riskeren dat hij hersenletsel opliep of zou sterven. Ze mikte nauwkeurig en de klap kwam precies op de goede plek neer. Toen ze de hamerkop omlaag bracht verbrijzelde hij Kings lippen, en ging dwars door het vlees heen tot in het midden van de twee rijen tanden.

Ava liep op haar af, legde een arm om haar schouders, nam de hamer uit haar handen en bracht haar naar buiten. Tripp voerde Natasha de trap af naar het wachtende ambulancepersoneel. Callanach sneed de tie-wraps om Jaynes polsen door, rolde King om en deed hem handboeien om. Voor het arme meisje aan de balk kon hij niets meer doen behalve bij haar blijven wachten tot ze haar los zouden maken, om ervoor te zorgen dat ze haar met respect zouden behandelen. Het was voorbij.

# 49

Callanach had geweigerd aanwezig te zijn op de persconferentie. Hij had al veel meer media-aandacht gekregen dan hem lief was. Hoofdinspecteur Begbie had het kort en bondig afgehandeld en zichzelf niet op de borst geklopt. Er waren drie vrouwen dood. Er was geen reden om feest te vieren.

De familie en vrienden van Elaine Buxton en Jayne Magee, die herdenkingsdiensten hadden gehouden en om hen hadden gerouwd, reageerden diep geschokt. Een team psychologen was ingeschakeld om de ontvoerde vrouwen te helpen hun leven weer op de rails te krijgen. Callanach dacht diep in zijn hart dat niets, behalve de tijd, misschien ooit de pijn van die herinneringen enigszins kon verzachten. De plaatsvervangster van Elaine Buxton bleek een andere verdwenen prostituee uit Glasgow te zijn. De volgende week zou er een herdenkingsdienst voor de drie slachtoffers worden gehouden.

Tripp kwam Callanachs kamer binnenlopen met een langwerpige doos in zijn handen waar alleen maar een fles in kon zitten. Callanach kreeg een misselijk gevoel. Sinds Kings arrestatie was hij Astrid helemaal vergeten. De gedachte aan nog meer anonieme cadeaus werd hem te veel. Hij wilde met rust worden gelaten.

'Voor u, sir. Is net bezorgd,' zei Tripp.

Callanach maakte de doos open en haalde er een fles Lagavulin uit, en een handgeschreven kaartje.

Nu is het jouw beurt

las hij.

Het was prettig samenwerken met je. Drink deze fles maar op met het hele team. Jonty Spurr.

Begbie kwam net binnenwandelen toen Tripp weer naar buiten liep.

'Blijf je nog een tijdje in Schotland, Luc?' vroeg hij.

'Heb ik zonder het te weten mijn ontslag dan ingediend?' antwoordde Callanach.

'Nee,' zei Begbie, terwijl hij de Lagavulin oppakte en de fles met een waarderende blik bestudeerde, 'maar je bent hierheen gekomen omdat je op de vlucht was voor wat er in Lyon is gebeurd. Ik heb ervaren dat mensen die beginnen met vluchten, vaak blijven vluchten. Ik wil je even zeggen dat ik je niet graag kwijt zou willen raken.'

'Ik ga nergens heen, chef. Het heeft me flink wat tijd gekost om gewend te raken aan de regen, de koffie en het accent. Dan kan ik net zo goed hier blijven.'

De chef knikte. 'Professor Harris bedoelde het goed, weet je. Soms doen we allemaal iets te hard ons best.'

'De volgende keer wil ik toch liever zelf kiezen met wie ik samenwerk, oké?' vroeg Callanach.

'Helaas niet. We zitten met krappe budgetten, en we mogen maar een beperkt aantal overuren declareren. Dit is rechttoe rechtaan politiewerk, inspecteur. Wen er maar aan.' Hij zette de fles neer en liet Callanach alleen.

Een paar minuten later klopte Lively op zijn deur.

'Ik ben populair vandaag,' zei Callanach. 'Ik moet maar eens een bordje NIET STOREN aan mijn deur hangen.'

Lively reageerde niet op de grap, overhandigde hem een envelop en deed een stap naar achteren.

'Wat is dit?' vroeg Callanach.

'Mijn ontslagbrief,' zei Lively. 'Ik ben meer dan eens tegen u over de schreef gegaan. Dat ging veel te ver. Dat heeft het onderzoek geen goed gedaan. Mijn schuld, niet de uwe.'

'Grappig,' zei Callanach, 'maar dit is al het tweede gesprek over ontslag nemen in een paar minuten tijd. De chef wilde mijn ontslag niet aanvaarden en ik aanvaard dat van jou niet. Je was bot, echt bot, en het is goed dat je je excuses komt aanbieden, maar ik heb geen zin om een team van jaknikkers te leiden. De volgende keer zit ik fout en zit jij goed. Ik had je van de zaak af moeten halen zodra ik merkte hoe sterk je erbij betrokken was, maar dat heb ik niet gedaan en daar ben ik verantwoordelijk voor. Trap me niet op de tenen, brigadier, en dan probeer ik niet op jouw tenen te trappen. Neem deze fles mee naar de coördinatieruimte en zeg namens mij tegen iedereen dat ze goed werk hebben geleverd.' Hij mikte Lively's brief in de prullenmand. 'En zeg tegen hoofdagente Salter dat ze zich moet voorbereiden op haar brigadiersexamens. En om het goed te maken kun jij haar begeleiden.'

'Drinkt u niet een glas met ons mee, sir?' vroeg Lively.

'Ik moet ergens heen,' zei Callanach. 'Wil je mij bij de anderen excuseren?'

Tegen de tijd dat hij bij Ava's huis aankwam, had hij het gevoel dat hij elk moment kon instorten. Het ziekenhuis had gemeld dat ze zichzelf had ontslagen en geen gehoor had gegeven aan hun wens om haar nog een dag langer in observatie te houden. Callanach wist niet waarom hij iets anders van haar had verwacht.

Natasha deed de deur open, vloog hem om de hals en bleef hem net zolang vasthouden tot hij haar zachtjes van zich af duwde. Maar hij had zich wel iets langer laten aanraken dan anders zonder iets van bedreiging of benauwenis te ervaren. Het betekende dat hij vooruitging.

'Alles goed met haar?' vroeg hij.

'Ze doet net alsof. Je kent haar,' zei Natasha. 'Ze is in de woonkamer. Ik blijf een paar dagen logeren, wat mij net zoveel goeddoet als haar. Ik ben aan het koken, als je trek hebt.'

Natasha liep terug naar de keuken en Callanach stak zijn hoofd om de hoek van de kamer. 'Ben je in de stemming voor bezoek?' vroeg hij.

'Alleen als je bloemen, bonbons en single malt whisky hebt meegebracht,' antwoordde ze.

'Ik ben de bloemen vergeten, ging ervan uit dat je niet van bonbons houdt en de whisky heb ik weggegeven,' zei Callanach. 'Dus je moet het alleen met mijn gezelschap doen.'

'Dat heb ik weer,' zei ze, en ze zette de televisie uit. 'Maar ik overleef het wel.'

'Sorry,' zei hij, terwijl hij naast haar ging zitten en niet naar de geel verkleurde zwellingen op haar gezicht probeerde te staren. 'Als ik mijn werk beter had gedaan, had je dit allemaal niet hoeven doormaken.'

'Jouw ego is werkelijk grenzeloos,' zei ze. 'Ik raakte emotioneel te diep betrokken bij een zaak, kreeg een schorsing aan mijn broek, bleef niet thuiszitten zoals ik eigenlijk had moeten doen en heb 's nachts het portier van mijn auto opengedaan voor een vreemde. En daarvoor wens jij je nog steeds verantwoordelijk te voelen? Doe even normaal, Luc.'

'Nou, dan is het daarmee afgedaan,' zei hij.

Het bleef even stil tussen hen.

'Wil je erover praten?' vroeg hij.

'Nee,' zei ze. 'Op een dag misschien wel. Maar nu zeker niet. En jij? Geen problemen gekregen omdat Elaine naar King heeft uitgehaald?'

'Ik kon niets doen om haar tegen te houden,' zei hij. 'Ik ben er zeker van dat ze dacht dat King op het punt stond weer op te krabbelen, en dat ze hem daarom die klap heeft gegeven. Maar zelfs al zou ik haar een signaal hebben gegeven dat ze hem één gerichte klap mocht geven uit pure wraak, dan zou ik daar geen wroeging over hebben. Hij is door en door slecht. En ze had gelijk. Hij gooit het nu op ontoerekeningsvatbaarheid.'

'Hoe kan het ook anders,' zei Ava.

'Het gaat niet alleen om die drie vrouwen van wie wij het zeker weten. Veertig jaar geleden schijnt zijn zus op de keldertrap te zijn uitgegleden en heeft ze haar nek gebroken. King was toen dertien jaar oud, één jaar jonger dan zijn zus, en hij was op dat moment alleen thuis met haar. Uit de aantekeningen van de dienstdoende agent kwam naar voren dat hij Kings verhaal nooit heeft geloofd. Zijn zus is niet meteen gestorven, maar de ambulance is pas gebeld toen het al te laat was. King beweerde dat hij in shock was. Maar ze konden niets bewijzen, je kent het wel, het gebruikelijke verhaal. Zijn vader is twaalf jaar geleden overleden, blijkbaar aan een beroerte. Twee jaar later is zijn bejaarde moeder uitgegleden toen ze uit bad wilde stappen en verdronken, en King bleef achter als enige erfgenaam. Er was geen bewijs van kwade opzet. En er is hem niets ten laste gelegd, maar uit de verklaringen van de agenten kwam naar voren dat ze King nogal... zelfvoldaan vonden overkomen. Ik geloof dat ze dat woord gebruikten. Maar verder konden ze zijn verhaal op geen enkele manier weerleggen, net als toen met zijn zus. We hebben geen flauw idee wat voor motief hij zou kunnen hebben gehad om zijn zus te vermoorden, maar het gaat wel om een heleboel dodelijke ongevallen in één huis.'

'Ik wist dat ik die vraag niet had moeten stellen.'

'Maar ik heb ook goed nieuws. Felicity Costello woont nu met haar zoontje in een opvanghuis voor tienermoeders. Jeugdzorg houdt een oogje in het zeil om te zien of ze het redt.'

'Dat is goed nieuws,' zei Ava. 'En hoe zit het met de lieftallige zuster Ernestine?'

'Die gaat voor een paar jaar de gevangenis in. Er lopen verschillende aanklachten wegens geweldpleging tegen haar en die gaan in sommige gevallen wel tien jaar terug. Je hebt een vreselijke misstand aan de kaak gesteld. De meisjes krijgen nu de juiste zorg. Je mag trots op jezelf zijn.'

'Dat is wel weer genoeg peptalk, inspecteur. Bedankt. Wat heb je trouwens aan je vinger?'

Callanach keek haar recht aan. 'Ik heb met mijn vuist tegen een muur geslagen. Tegen jouw muur om precies te zijn. Daar zit nu waarschijnlijk een deuk in. Ik maak het wel in orde als hij beschadigd is.'

'Hoeft niet. Ik hou wel van een huis met karakter. Wel eerlijk van je om dat te zeggen. Bijna alsof je je realiseert dat we echt vrienden zijn. Ben je de laatste tijd nog gaan parachutespringen?'

Callanach wreef in zijn ogen. 'Nee,' zei hij. 'De komende maanden ben ik niet welkom in Strathallan, denk ik. En wat dat betreft...'

'Ga je me de hele waarheid vertellen?' vroeg ze. 'Ik bedoel de volledige waarheid, zonder rechtschapen verontwaardiging en uitvluchten?'

Callanach kon geen antwoord geven. Hij kon niet liegen tegen Ava – niet nu hij haar bijna was kwijtgeraakt. Zijn lichamelijke problemen waren nog niet opgelost, maar hij had er in ieder geval een tijdje niet meer aan gedacht. Hij koos ervoor zijn hoofd te schudden.

'Ik vind een viswater wel een goeie plek om je ziel bloot te leggen. Het is hier eindelijk lente geworden en dat betekent dat de *lochs* op hun mooist zijn. Tussen jou en de natuurkrachten zit alleen een bootje. Niemand die over je oordeelt, behalve een paar forellen, en dat zijn geen goede luisteraars. Maar ik wel.'

'Prachtige hengel heb je me gegeven,' zei hij. 'Regent het vaak in Kinross?'

'Dit is Schotland,' antwoordde ze. 'Als het niet regent valt er niet goed te vissen. Ik hoorde via via trouwens dat je onverwacht bezoek uit Frankrijk hebt gekregen?'

'Zij was degene die de champagne en de rozen had gestuurd, en die waren overigens voor mij bedoeld. Behalve die doodsbedreiging dan. Ik heb geen idee waarom Astrid haar pijlen op jou richtte.' Het was een leugentje, want Callanach wist heel goed waarom ze dat had gedaan. Astrid had iets tussen hem en Ava opgemerkt, iets in de manier waarop ze met elkaar omgingen. Natasha had het ook opgepikt. 'Ze is psychisch niet in orde. Ik heb helaas moeten instemmen met immuniteit voor strafvervolging.'

'Godzijdank. Denk je dat ik zit te wachten op een rechtszaak waarin iedereen erachter komt dat ik niet meer dan een tweedehands stalker heb aangetrokken? Ik heb liever een eigen stalker dan een afdankertje van jou. Maar vertel eens, hoe is het eigenlijk om als Frans-Schotse voormalige Interpol-agent in de Schotse wildernis te wonen?'

'Niemand heeft oog voor mijn gevoelige natuur,' antwoordde hij. 'En ik overweeg de chef om loonsverhoging te vragen omdat jullie accent zo moeilijk te verstaan is.'

Ava schoot in de lach, wat hem een glimlach ontlokte. Hoewel hij het niet aan zichzelf wilde toegeven, was hij even bang geweest dat hij die lach nooit meer zou horen.

'Zeg, zou jij als daad van naastenliefde van de week een keer met me naar de film willen gaan?' vroeg hij. 'Jouw filmkeuze helpt zeer goed tegen mijn slapeloosheid.'

'Cultuurbarbaar,' antwoordde ze. '*High Noon* draait deze week in de nachtvoorstelling. Zelfs jij moet toch kunnen zien dat dat een meesterwerk is.'

'Speelt Steve McQueen erin?' vroeg Callanach, en ondertussen stak hij zijn hand in zijn zak om het leisteentje te pakken dat hij terug had willen geven. Maar hij liet het zitten waar het zat en sloeg in plaats daarvan zijn armen over elkaar.

'Nee,' zei Ava. 'Jammer genoeg niet. Hij is waarschijnlijk de enige acteur die er een nog betere film van had kunnen maken. Ik heb honger. Doe eens wat nuttigs en ga kijken hoe het met het eten staat.'

Callanach stond op. 'Je meent toch niet serieus dat hij knapper is dan ik?'

'Blond haar, blauwe ogen,' zei ze. 'Helemaal mijn type.'

Op weg naar de keuken bekeek Callanach zichzelf in de gangspiegel.

'Steve McQueen,' mompelde hij en hij streek met zijn hand door zijn haar. 'Ik dacht het niet.'

# Dankwoord

Dank jullie allemaal: Helen Huthwaite en het hele team van Neon voor de verwezenlijking van dit boek, en omdat het hele proces dankzij jullie zo geweldig is verlopen (de tranen van geluk zijn nu pas opgedroogd). Mijn geniale agent, Caroline Hardman, die een gehavend ego oplapte, een eindeloze reeks e-mails heeft beantwoord, me nooit heeft laten vallen en heeft gelezen en herlezen; je hebt een engelengeduld.

Eindeloos veel dank aan mijn eerste proeflezers, die mijn vreselijke typfouten en domme fouten moesten corrigeren. Jessica Corbett, jij hebt mijn gekakel over dit boek aangehoord zonder ooit in slaap te vallen. (En de taart die je in tijden van nood hebt gebakken is misschien wel de meest waardevolle bijdrage aan dit boek.) Allison Spyer, jij hebt het boek gelezen, geloofde erin, hebt het de hemel in geprezen, mensen omgepraat en genoeg loyale partijen om tafel weten te krijgen om een schare twijfelaars af te schrikken. Andrea Gibson, jij hebt elke tegenslag en overwinning in het hele proces met me meebeleefd alsof die jou persoonlijk aangingen. Gelukkig wist je veel meer van scheikunde dan ik. Je was altijd positief en zeker van je zaak en je hebt me erdoorheen geholpen. Mark Thomas, jij hebt me alles bijgebracht over tanden (en alle fouten komen voor mijn rekening). Ruth Chambers, mijn vakantievriendin, ik schaam me bijna als ik bedenk hoelang je me hebt moeten aanhoren over de verschillende plots en personages (duizendmaal excuus).

Mijn moeder Christine, die me heeft laten zien dat je een moeder, echtgenote en wat je maar wilt kunt zijn, en dat allemaal tegelijk. Edinburgh, die roemrijke, verbluffend mooie, stimulerende en wonderbaarlijke stad (voor je dranklokalen en eethuizen heb ik een speciale plek in mijn hart), bij elk bezoek raak ik meer van je onder de indruk. Vrienden, te talrijk om hier allemaal te vermelden, die me op de been hebben gehouden.

En David, die me de tijd, ruimte, mogelijkheden en moed heeft gegeven om met mijn toetsenbord te doen wat ik met de mond had beleden. Dank je.

Lees ook de andere thrillers van Helen Fields, met
Ava Turner en Luc Callanach in de hoofdrollen: